# 高名凯译文集 13

## 外省伟人在巴黎

《幻灭》三部曲之二

（法）巴尔扎克 著

海峡出版发行集团 | 海峡文艺出版社
THE STRAITS PUBLISHING & DISTRIBUTING GROUP | Haixia Literature & Art Publishing House

鲁先、巴尔吉顿夫人、姜迪、阿尔柏尔丁（女仆），大家都一句话也没有说到这次旅行的事；但是，我们可以相信人们不断的来，却使等待私奔的一切快乐的情人觉得这旅行是非常的讨厌。平生第一次到驿站去的鲁先，非常惊异的看着他预备一年费用的数目，差不多就整个的花在自安古莲到巴黎去的路途中。正如一些有稚气的温存和才干的力量的人一样，他对于这些新的东西就发出他那错误的幼稚的惊愕。一个男子坦白的让女人看出他的感情和他的思想之前应当精细的研究她。一位又温柔又伟大的情妇会对稚气的举动微笑而了解；但是只要她有些微的虚荣心，她总不会宽恕他的爱人做出小孩子的、轻薄的、渺小的样子。很多的女人在她们的爱好之中都是太夸张的，她们总要把她们的偶像看作一位上帝；然而，那些为男子本人而爱他，不是先为她自己而爱他的女人们，却能够崇拜男子的渺小的地方，正如男子的伟大的地方一样。鲁先还没有猜出巴尔吉顿夫人的爱情是和她的骄傲相连接的。他错误了，因为在这次旅行中，当他没有忍住而凭着出穴的小鼠一般的可爱的举止来自由行动的时候，他并没有对自己解释路易丝所发出的几个微笑的原因。

黎明之前，旅行的人们就在埃栖尔街的格伊亚尔·布瓦饭店下车了。两位情人是这样的疲倦的，甚至于路易丝的第一件事情就是想睡觉，而且也就睡觉去了，不过并不是没有命令鲁先去开她的寓所上面的一间房子罢了。鲁先一直睡到下午四点钟。巴尔吉顿夫人让人把他叫醒去吃饭，他知道时刻，就赶快穿好衣服，在一间丑陋的房子里找到路易丝。这房子简直是巴黎的耻辱。在巴黎，虽然人家说是如何的漂亮，却找不到一个旅馆可以让富有的旅行家觉得是住在自己的家里似的。虽然因为突然的醒来眼睛里不免有点昏暗，鲁先却在这寒冷而没有阳光的房子里认不得路易丝。这房子的窗帘是变了色的，擦油的石板地似乎是很可怜的，这里的家具都是用过了的，都是没有什么兴味的，都是旧的或拍卖买来的。事实上，有许多的人一旦离开了给他们当框架的那些脸孔、那些事物、那些地方之后，就不能再有同样的姿仪、同样的价值。那些活生生的姿容有特殊的气派，正如佛兰德图画的浓淡配合法是画家的天才要给他们所画的图像一个生气时所必要的一样。外省人大体都是这样的。其次，巴尔吉顿夫人显得庄严，比这没有障碍的幸福开端的时候所应有的更为庄严、更为沉思。鲁先不能够埋怨：姜迪和阿尔柏尔丁伺候他们。餐宴已经没有外省的餐宴那样的丰富、那样的佳美。一盘一盘的菜是在间断的默想之中从隔壁的一间餐馆端来的，菜的分量很少，他们觉得是让人家薄给了。巴黎在这些小事上并不美妙，小康之家的人们是在这些地方受罪的。鲁先等着饭吃完来问问路易丝，因为路易丝的态度的变迁有点莫名其妙。他一点儿也没有弄错。正当他睡觉的时候，一个严重的事态突然的降临，因为思考是精神生活的变故。

下午二点钟的时候，查特利到旅馆里来，叫醒了阿尔柏尔丁，对她表示他要见见她的主妇；好容易让巴尔吉顿夫人梳妆之后，他又来了。自以为是瞒住了人，只被查特利这个简单的出现而引起好奇心的阿纳斯就于三点钟左右接见了查特利。

“我冒着官方的责罚的危险跟着您来，”他说着，给她行了敬礼，“因为我预先看出您所要做的事。但是，我得丢掉我的地位，至少可以使您不至于灭亡，您！”

“您是什么意思呢？”巴尔吉顿夫人叫起来说。

“我知道您爱鲁先，”他用一种谦缩的神气接着说，“因为为着爱一位男子就得对任何东西都不加思索，对任何的社会习惯都不加考虑，您，您这个懂得这样清楚这些事情的人就这样的干！您相信当人家知道您和一位青年人从安古莲私奔出来，特别在巴尔吉顿先生和商都尔先生决斗之后私奔出来的时候，埃斯巴尔夫人或其他任何巴黎的权贵客厅能够接待您吗？您丈夫移居埃斯卡尔巴颇有分居的神气。在这种情形之下，男子汉总要开始为他们的女人而决斗，再让她们自由。您就爱吕崩柏礼先生吧，您就保护他吧，您就为他而做一切您所要做的事吧，但是千万不要和他住在一起！如果这里有人知道你们是在同一辆车中旅行的话，您所要看的社会一定会用手指您。并且，阿纳斯，请您不要为这个您还没有拿他和别人相比较的男子而做出许多的牺牲。这位男子还没有经过任何的试探，如果他在这里找到一位巴黎的女人，觉得对于他的野心更有用处的话，他会把您忘记了的。我不是要破坏您所爱的人，但是我请求您允许我叫您把您的利益放在他的利益之前，而对您说：‘请您研究研究他！请您认识认识您的举动的重要性。’如果您碰到闭门羹，如果贵妇们拒绝接待您，至少您对于这些牺牲不会有任何的后悔，只要您想一想，您所为他牺牲的这个人值得您去牺牲，而且懂得您的牺牲。埃斯巴尔夫人又是矜持的，又是严肃的，因为她自己也和她的丈夫分居，然而社会上的人却研究不出他们所以分离的原因；但是拿发莲一家、布拉孟—楚夫利一家、勒农古尔一家，她的一切的亲戚们都围绕着她，大模大样的女人们都到她的家里来，非常尊敬的欢迎她，好像错处都是在她的丈夫埃斯巴尔侯爵方面，不是在她那一方面似的。第一次您去看她之后，您就可以承认我的意见的正确。当然我可以给您预言，因为我认识巴黎：如果侯爵夫人知道您和一位药师的儿子（如果他不愿意做药师的儿子的话，就说是吕崩柏礼先生吧）一块儿住在格伊亚尔·布瓦饭店的话，您一到她的家里，就会觉得失望。您会在这里碰到比阿美利还要奸刁、还要滑头的对手，这些女人不会不打听您是谁、您是哪儿人、您从哪里来、您做些什么事。我知道您以为您可以守秘密，没有人知道；但是您这种人不能不让人家知道。您不是要到处碰到古安莲的人吗？来给议会举行开幕典礼的就是查兰特的议员们；在巴黎度假期的就是驻防军的将军；只要让一个安古莲的居民看见了您，您的生活就要非常可怕的停顿；您就除了当鲁先的情妇以外什么也不是了。如果您需要我帮您什么忙的话，我就住在税务总局局长的家里，圣奥瑙利镇大街，就在埃斯巴尔夫人家附近两步。我相当认识卡里几安诺大将夫人、塞利西夫人和内阁总理，我可以给您介绍；但是您可以在埃斯巴尔夫人家里看到许多的人，您也就用不着我了。您不想到这个那个客厅去，但是一切的客厅都希望您去。”

查特利居然能够一直的说，没有让巴尔吉顿夫人来打断他：她很受他的正确的观察的感动。安古莲的王后的确想守秘密不让人知道。

“您说得对，朋友，”她说，“但是怎么办呢？”

“让我给您找一个合适的、有家具的寓所，”查特利回答说，“您就可以比住旅馆省钱，同时也就算是有了您的家；而且如果您相信我的话，今天晚上您就可以到那里去睡觉。”

“可是，您怎么知道我的住址呢？”她说。

“您的车是容易认识的，而且我是跟在后面来的。在塞夫尔地方，您的车夫把您的地址告诉了我的车夫。您不允许我当您的管家吗？我一会儿就给您写出我要安置您的地方的名字。”

“好吧，就这么办吧。”她说。

这句话什么意思也没有，却说出了一切。查特利男爵是用社会的语言对一位社会中的女人说话的。他一身显露着华丽的巴黎的服装，他是坐着一辆配搭整齐的两轮轻车来的。偶然间，巴尔吉顿夫人走到十字窗前思考着她的地位，她看着这位老年的花花公子走去了。一会儿之后，忽然醒来穿好衣服的鲁先就出现在她的眼前；他穿着一条去年所做的南京紫花布的裤子和一件讨厌的小礼服。他是美丽的，但是却穿得太滑稽了。把挑水夫的衣服穿在柏尔维德尔的阿波罗神像上或是安特奴神像上，您还能够认识希腊或罗马雕刻家所刻的神像吗？在心坎来证实这个机械的判断之前，眼睛已经在那里做比较的工夫了。鲁先和查特利的对照是太突如其来的，这不能不打击路易丝的眼睛。当六点钟左右吃过晚饭的时候，巴尔吉顿夫人给鲁先做了一个暗号，叫鲁先来到她的身边，坐在她所坐的一张印有黄色花朵的棉布所制的安乐椅上。

“我的鲁先，”她说，“你的意见不是说如果我们做了一桩要杀害我们两个人的疯狂的事情的话，我们就有理由来设法补救吗？亲爱的孩子，我们不应当一块儿住在巴黎，也不应当让人家怀疑我们是一块儿来的。你的前途是大大的依赖于我的地位的，我不应当用任何的方法来放弃他。所以，自今天晚上起，我要到离此不远的地方去居住；但是你可以住在这旅馆里，因此我们可以每天见面而不至于让人家找出什么闲话来说。”

路易丝给鲁先解释社会上的规律，鲁先睁着眼睛。他不知道寻思到疯狂上面来的女人同时也会寻思到爱情上面来的，他懂得他已经不是安古莲的鲁先了。路易丝只对他说到她自己，说到她的利益、她的名誉，说到社会；并且为着解释她的自私起见，她却想方法使他以为这所说的都是属于他自己的问题。他对于路易丝已经没有任何的权利，路易丝又突然的变成巴尔吉顿夫人了，而且更严重的是他已经没有任何的力量了。所以他就不能够忍住眼中流出的粗大的泪珠。

“如果我是您的光荣的话，您还不止是我的光荣而已，您是我的唯一的希望，您是我的整个的前途。我明白了，如果您帮助我成功的话，您也得促进我的不幸，因此我们也就已经这样的分离了。”

“您批评我的行为，”她说，“您不爱我。”

鲁先用这样苦痛的表情瞅着她，使她不能够不对他说：

“亲爱的小孩子，如果你要的话，我就留在这里好啦，不过我们大家都要毁灭，大家都要变成孤单无人救援。但是，如果我们都要变成悲惨而被人拒绝的话，如果我们将来要因为失败而被人丢到埃斯卡尔巴去的话（因为我们得预见一切），你要记住，我的爱，我已经预先看到这个结果，我已经给你提议要依据社会的规律来服从他，而达成功。”

“路易丝，”他一边回答，一边吻着她，“你这样的贤慧把我吓坏了。你得想想我是一个孩子，我是整个在你的意志之下而被弃的。我，我要胜过许多男人，许多强有力的东西。但是，如果我能够因为你的帮忙而比较更快的成功的话，我一定能够很幸福的因为你而得到我的一切财富。对不起！我一切都依靠你而不怕一切。在我看来，分居就是被弃的先兆，被弃就是死亡。”

“但是，亲爱的孩子，社会并不要求你多少东西，”她回答说，“这只是在这里睡觉的问题，你可以整天在我家里，免得人家找岔子来说话。”

只有几句妩媚的话就把鲁先平静了。一个点头之后，姜迪就送来查特利的条子，对巴尔吉顿夫人说他已经在鲁森堡新街替她找到一个寓所。她就叫人解释这条街道的地位，说是离埃栖尔街不算远，就对鲁先说：

“我们是邻居。”

两个点头之后，路易丝就登上查特利派来接她到她家里去的车。这个寓所是由家具商人排上家具，是租给有钱的议员或是暂时来巴黎的要人住的那些寓所之中的一个，他是华美的，但却不方便。鲁先十一点左右回到他的小小的格伊亚尔·布瓦饭店去，他只在巴黎看到鲁森堡新街和埃栖尔街之中的圣奥瑙利街的一部分。他就睡在他的悲惨的小房子里，他不能够不把这房子和路易丝的伟大的寓所来做一个比较。正当他离开巴尔吉顿夫人的家的时候，查特利男爵到来了，他是从外交部长家里回来的，全身穿着华丽的跳舞衣。他来报告他所给巴尔吉顿夫人定下的契约。路易丝颇为不安，因为这奢侈把她吓坏了。外省的风气最后就在她的身上反动了起来。她变成非常小心于计算的；她是有头有绪的，所以在巴黎她就要变成一位吝啬的女人了。她带了差不多两万佛郎的钱，是税务总局局长所开的支票，她打算来弥补四年的开销的超出额；她已经害怕这数目不够用，害怕要欠债。查特利告诉她，这个寓所每月只花六百佛郎的租金。

“这够寒酸的，”他看见阿纳斯的发抖，就这样的说。“您可以自由应用一辆车，每月车租五百佛郎，一共才五十路易。剩下的只是您的服装了。看见上流社会的女人不能够不这样的安排自己。如果您要使巴尔吉顿先生当税务总局局长的话，或是要给他在王宫里头找到一个地位的话，您就不能够太寒酸气。在这里，人家只把东西送给有钱的人。您非常侥幸。”他说，“有姜迪陪着您，有阿尔柏尔丁给您穿衣服，因为巴黎的仆人是够麻烦的。您不要常在家里吃饭，因为您已经投身在社会里。”

巴尔吉顿夫人和查特利男爵谈论巴黎。查特利告诉她当日的新闻，在巴黎不可不知道的成千的事情。他马上就给阿纳斯一些指导，告诉她应当去买东西的商店：他指示她要买无边帽就得到黑尔保尔商店去，要买有边帽和头巾就得到儒列特商店去。他给她写出可以代替维多林的裁缝铺的地址，最后他又使她觉得有解脱安古莲气的必要。然后他就用侥幸找到的最后的机智走出去了。

“明天，”他不大在意的说，“明天我一定要在那一间戏院定一个包厢；我要来带您们去，您和吕崩柏礼先生，因为你们一定要让我给你们两个人献出巴黎的敬礼。”

“我没有想到他的性格这样的大方。”巴尔吉顿夫人看见他也要请鲁先，自己对自己这样说。

六月这一月，大臣们不知道如何处置戏院的包厢；议员和他们的选举人就收成着他们的葡萄或监督他们的收获，他们最难应付的熟人不是在乡下就是在旅行。所以，这时期巴黎各戏院的最好的厢座都只好接待一些外客，是老巴黎人不会再看见到的，这些客人让群众看来有一个旧地毡的印象。查特利已经想过在这种环境之下他可以不必花多少钱就能够给阿纳斯预备一些最能饵诱外省人的娱乐。第二天早上，鲁先第一次来，却找不到路易丝，巴尔吉顿夫人出门去购买一些不可缺少的东西。她去找几位尊贵而著名的人物，请教她们关于查特利对她说过的女人的服装问题，因为她已经给埃斯巴尔侯爵夫人写信通知她的到来。虽然巴尔吉顿夫人对于自己很有自信，因为她曾长时期的出过风头，但是她却只怕显得乡下气。她相当的机敏，知道女人间的关系第一次的印象最为重要；而且虽然她知道努力立刻就把自己安放在埃斯巴尔夫人一样的高等社会的妇女的水平之上，然而她却觉得有一开头就得受到人家的欢迎的必要，特别希望不要错过任何成功的成分。所以，她也让查特利知道她对于他教她如何和巴黎的高等社会相调和的方法所有的无穷的感激。凑巧，侯爵夫人正好是在喜欢为她的丈夫的亲戚尽些殷勤的情况之下。埃斯巴尔侯爵没有任何的外表的原因却隐退了起来；他不管自己的事情，不管政治上的事情，甚至于不管家事和他的妻子的事。侯爵夫人于是就变成自己的主子了，她觉得有使社会赞成她的必要；所以她很高兴能够在这种情形之下来代替侯爵，来当家族的保护人。她要夸张这种当家主的权威，因而能够使她的丈夫的错处变成特别的明显。她就当天给巴尔吉顿夫人，纳格礼柏里斯安人回了一封最动人的信，格式是这样的美丽，甚至于需要许多的时间才可以认识内容的空虚。

“她很高兴有一个机会能够使她所听到的一位人接近她的家庭，她希望这位人能够知道她并不愿意在这世界之上找到任何让她更爱的人，她这样的希望，因为巴黎的友谊是不坚固的；并且如果这不实现的话，这也不过是要和其他的幻想埋在一起的一个幻想而已。她是乐意帮她的表妹的忙的，如果她不是不舒服留在家里出不了门的话，她一定要看她的表妹去；但是她已经认定这位表妹怎么样的想她，她已经是怎么样的感激她了。”

当他第一次在各大马路和和平街流荡的散步的时候，正如一切新来的人一样，鲁先所注目的是街头的景物，而不是人。在巴黎，一般的民众第一个关心的就是店铺的繁华、房屋的高大、车辆的来往；极端的奢华和极端的悲惨的不断的对照，是第一个令人注目的。他是这一群人里头的陌生者，被一群人愣住了，这位富于幻想的诗人觉得自己是越来越渺小了。在外省享有某种名望而在外省每一举步都遇有一个证明他们的重要的证据的人们，对于这整个的消失和他们的价值的堕落，是一点儿也不习惯的。在家乡雄赳赳而在巴黎什么也不是，这是需要过渡的两个状态；那些太突然从其中的一个状态走到另外一个状态去的人们就堕落在一种消灭的状态中了。这位年青的诗人一向是给一切的情绪找到回响，给一切的思念找到一个知己，找到一个灵魂来分享他的最微小的感觉的，然而在他看来，巴黎却要变成一个可怕的沙漠。当巴尔吉顿夫人应当回来的时候，鲁先就到她那里去，但是他并没有去找他那蓝色的好衣服，因为这衣服有点寒酸，纵使不说是破旧的话。他在巴尔吉顿夫人家里找到了查特利，查特利带他们两个人到岗卡尔岩饭馆去吃饭。鲁先被巴黎街上的急速的旋转弄得糊里糊涂的，一句话也不能够跟路易丝说，他们三个人都坐在车里；但是他却压住她的手，而她也很温和的回答他这样表达出来的情思。饭后，查特利带着他的两位客人到芜德维尔去。鲁先看见查特利的脸暗地里觉得有点不满意，他责备把他带到巴黎来的事变。间接税务局局长这次旅行的目的有他的野心的计算：他希望能够被委为一个行政机关的秘书长，到内阁去当员外郎；他来追问人家所给他的允许，因为像他这样的人不能够一辈子当税务局局长；他宁可什么事也不干，只希望变成议员，走进外交界。他自己觉得伟大了起来；鲁先泛泛的认识这位年老的美男子在巴黎的生活方面要比他高强的一位社会的人物；他惭愧受到他的招待。就在诗人忧烦不安而觉得别扭的地方，前任的公主秘书却觉得如鱼之得水。查特利用冷笑来回答他的情敌因为没有习惯而发出的犹豫、惊愕、问题和小小的错误，就好像老水手嘲笑那些没有水脚的初习的水手一样。鲁先在第一次看见巴黎戏剧中所得到的快乐刚刚好可以补偿这些错乱所生的不快乐。这个夜会很值得注目，因为他对于外省生活所有的观念大部分都暗暗的弃绝了。范围扩大了，社会取了另一种比例了。旁边穿得这么漂亮、这么新鲜的巴黎的女人使他觉得巴尔吉顿夫人的装饰未免太旧，虽然她颇有野心：布料、样式、颜色都不够时髦。在安古莲那样诱惑他的头巾，和每一个巴黎女人互相介绍的甘美的发明相比较，在他看来似乎是非常低味的。

“她还要这个样子的下去吗？”他心里说，而没有知道这一天正在预备一个变形。

在外省没有什么选择、什么比较可做：观看身材姿势的习惯给这些身材姿势加上养成了一种因袭的美丽。搬到巴黎来，在外省被人认为美丽的女人却得不到人家的注意，因为她只是在下面的一句格言的应用上才显得美丽的：在盲人的国度里，独眼人就是国王。鲁先的眼睛就做了昨天巴尔吉顿夫人在他和查特利之中所做的同样的比较。在她方面，巴尔吉顿夫人也对她的爱人生出许多奇怪的思考。虽然他是异常美丽的，但是这位可怜的诗人却一点儿也没有气派。坐在回廊上的年青人旁边，他那袖子太窄的礼服，他那乡下味的坏手套，他那狭小的背心，都使他变成非常可笑的：巴尔吉顿夫人觉得他有一种可怜的神色。关心她而并没有装出有意的查特利是用一个可以表露一种深情的细心来照顾她的，风流漂亮而和重新登上舞台的演员一样的安舒的查特利只在两天之内便收复了他于六个月中所丢掉的一切的失地。虽然一般的俗人并不承认情绪可以突然的变化，但是两位情人的分离总要比结合来得快速。使巴尔吉顿夫人和鲁先心中都渐渐的产生出互不满意的情绪的原因就是巴黎。在诗人的眼中，这里的生活越变越伟大，正如在路易丝眼中社会有簇新的面目一样。在他们两个人之间，只要有一个小小的事故，就可以把联结他们的连锁打断。这一个在鲁先方面是非常可怕的棒喝，用不着等多久的时候。巴尔吉顿夫人把他的诗人扔在旅馆里，让查特利陪着她到她的家里去，这使可怜的爱人非常的不快乐。

“他们要说我什么?”他一边想着，一边登上他的楼房。

“这位穷孩子真够麻烦。”当车门重新关上的时候，查特利笑着说。

“那些心中脑中有一个思想的世界的人都是这个样子的。那些要于长期梦幻的著作中来表达许多思想的人，对于谈话都表示一些轻蔑的态度，谈话是使精神货币化、使精神品质低落的一种买卖。”骄傲的纳格礼柏里斯小姐说，她还有护卫鲁先的神气，其实这护卫大部分还是为她自己而护卫的。

“我赞同您的意见，”男爵说，“但是我们是和人众生活在一起，不是和书本生活在一起。请您注意，亲爱的阿纳斯，我看到了，在您和他之中还没有什么，我很高兴。如果您决定在您的生活之中放下您从来没有的兴趣的话，我要祈祷上帝这个兴趣并不是一位假冒的天才。您看错了！如果在几天之内您把他和真正的才士，和您所要看见的出色的人物来比较的话，您就知道，亲爱的美人鱼，您在您那迷人的背上所背负而带到港口的并不是一个富有诗才的人，而且是一个没有礼貌、没有价值的愚笨而自大的小猴子，他在湖姆可以显得聪明，但是在巴黎却变成了一个非常平凡的孩子！总之，这里每星期出版了无数的诗集，其中最渺小的也比查尔登先生的一切的诗还要值钱。我很厚意的请您等着，请您比较！明天星期五有诗剧的演奏，”他说着，看着车进了鲁森堡新街，“埃斯巴尔夫人给议院的第一等的绅士们定下包厢，她一定也要请您去。为着看您光荣起见，我要到塞利西夫人的包厢里去。人家要演奏《但纳伊人》。”

“再见。”她说。

第二天，巴尔吉顿夫人想方法凑成一套合适的晨装，要看她的表姐埃斯巴尔夫人去。天气有点清凉，她在安古莲的古董里再也找不出比一件乱加修饰的绿色丝绒袍更好的衣服。另一方面，鲁先也觉得有寻找他那伟大的蓝色礼服的必要，因为他讨厌他那件单薄的衣服，而他也要显得每天都是穿得整整齐齐的，希望能够遇到埃斯巴尔夫人或是无意中要到她家里去。他就登上了一辆雇用的马车，希望能够马上带回他的一包行李。两个钟头的时间花费了三四个佛郎，这使他相当的思考着巴黎的生活程度。装饰得最美丽之后，他就到鲁森堡新街来，在巴尔吉顿夫人的寓所的门限上碰到姜迪，和另外一个陪着姜迪而饰有好看的羽毛的马夫。

“我到您家里去，先生；太太叫我给您送这一封信来。”姜迪说，他不懂得巴黎的礼节，习惯于外省的素朴的风俗。

马夫把鲁先看作一个仆人。鲁先打开了信，从这封信里他知道巴尔吉顿夫人在埃斯巴尔夫人家中过了一天，晚上要到国立音乐厅去；但是她也叫鲁先到那里去，因为她的表姐答应她给这年青的诗人留下一个厢位；侯爵夫人很高兴能够得到这种快乐。

“她爱我，原来是！我的恐惧真是疯狂，”鲁先对自己说，“她自今天晚上起就要把我介绍给她的表姐。”

他快乐得跳了起来，而要在距离夜会之前的时间痛痛快快的消遣一下。他跑到杜伊勒利花园去，想要在那里一直散步到他要去维利吃饭的时候为止。于是鲁先就乱跳着、舞蹈着，快乐得满身轻松，在万叶台上蹓来蹓去，来回的观看游人，观看美丽的女人和她们的崇拜者，漂亮的男子，一对一对的，一只手臂在上一只手臂在下的走着，互相用眼色致敬。这个万叶台和博刘相比较有多大的不同啊！这台上所栖止的飞鸟而且要比安古莲的美丽得多！和欧洲的灰色的飞鸟相比较，这是印度或美洲的鸟类身上所发出的华丽的光色。鲁先在杜伊勒利花园中过了两个钟头的残酷的时间，他在那里很强烈的看到自己的身上而来批判自己。先说，他就没有看见这些漂亮的青年有穿大礼服的。如果他看见一个穿礼服的人的话，这就是例外的老头儿，什么穷魔鬼，从马勒来的一位收租人，或是衙门的听差。当他知道有晨装和晚装的存在之后，这位大为感动而有深入的眼光的诗人就认识他的敝衣的丑陋，他那可笑的礼服的缺点了；裁缝的样式已经是过时的，蓝色是不正当的，领是过分的难看，前边的衣裾因为穿了太久两边已经互相的倾斜；钮子已经生红锈了，皱痕显出白色的线条。并且他的背心也太短，样子太乡下气，为着把他遮蔽起来起见，他就突然的钮上了他的礼服。再说，他只看见平常的人穿南京布的裤子。

体面的人们所穿的都是些珍异的优美的布料，或是雪白无斑的白布！而且一切的裤子都是一直垂到鞋底皮带上，而他的裤子却乱七八糟的和他的长靴的脚跟结在一起，干涸的布边显得和这长靴非常的不调和。他有一条两头由他姐姐给他绣花的白领结，他的姐姐看见胡多瓦先生和商都尔先生有这样的领结，就马上忙着给她的弟弟绣了一条同样的。不但是除了几个穷苦的人、几个老守财奴、几个严肃的官员以外没有一个人打白色领结，鲁先而且还看见在栏杆的那一边，在李波里街的行人道上走着一个杂货铺的伙计头上顶着一个篮子，这个安古莲人惊愕的看见这位伙计的领结是由一位什么妖冶的女工给他在两头上绣好花纹的。看了这个光景，鲁先的胸脯就受到一个打击。这个器官还没有好好的下过定义，然而却是我们的感觉的避难所，自从人们有情感之后，人们就把手放在这胸脯上，无论是快乐或是极度的苦痛。不要评论这稚气的叙述。当然在没有知道这种苦痛的富人看来，这有一些卑鄙不可相信的东西；但是不幸者的忧愁并不是不能够和引起世界上有权力的生活的革命的变动一样惹人注意的。而且我们不是到处可以碰到苦痛吗？苦痛会使一切的东西放大。总之，换别的话来说吧：请您不说一件相当好看的衣服，而说一条大绶、一块勋章、一个衔头。这些表面上看去的渺小的东西不是曾经使光荣的人们忧愁过吗？衣服的问题在那些想要他们所没有的东西的人们看来而且是非常重要的问题；因为这总是使将来占有这些东西的最好的工具。鲁先想到那天晚上要这样的穿着到这位王室大臣的亲戚埃斯巴尔侯爵夫人面前去出庭，到这位家中来有一切种类的选择的人物的女人面前去出庭的时候，他就不禁浑身流出一阵冷汗。

“我的确有一位药师的儿子的神气，真正的小伙计的神气！”他气愤的对自己说，看见文雅漂亮而风流的圣日耳曼镇上各贵族子弟从那里走过，这些年青人都用轮廓的细致、风度的高贵、脸上的神色使人家觉得他们都有一种相似的举止；但是他们都在各人选来表现各人的价值的格式上彼此不相同。大家都用一种场面来显示他们的长处，这种场面在巴黎是青年男女所共同了解的。鲁先从他的母亲处得到体格上的宝贝的特点，是从他的眼睛表现出来的；但是这种黄金还只存在于镀皮中，还没有经过冶炼。他的头发剪得不好看。他的脸孔不是高高的顶在柔软的领上，而是埋在陋恶的衬衫的领里；他的领结一点儿也不结实，使他不得不倾下他那悲惨的头部。哪一位女人能够从他那从安古莲带来的长靴里猜想出他那美丽的脚呢？哪一位年青人能够从他到现在为止还以为是礼服的这个蓝色布袋里来羡慕他的细腰呢？他看见在雪白发亮的衬衫上有可爱的纽扣，然而他自己的却是赭色的！这些漂亮的绅士都带有非常美妙的手套，然而他的手套却是警察所带的！这里一个调皮的拿着手杖，那里一个穿着一件有金钮子扣好的袖饰的衬衫。对一位女人说话，其中的一个就绞着一条迷人的马鞭，而他那带有一些水泥斑点的裤子的许多的皱褶，他那响亮的刺马距，他那窄小的旅行礼服却表示他要骑上一只和拳头一般大的老虎所抑制的两匹马之中的一匹。另外一个就从他的背心口袋里掏出一只扁得就和一块一百苏的钱币一样薄的表，看了看时刻，好像是太早或是太晚去赴约会的人一样。看到这些鲁先所没有忧虑过的美丽的琐事，一个必要的浮面的世界就出现在他的面前，当他想到要得到一个美少年所需要的庞大的资本时，他不禁发抖起来了！他越是钦佩这些满面春风的青年，他就越觉得自己的神色的怪异，一个不知道自己所走的路要通达到什么地方的人的神色。他走到了王宫，然而却不知道王宫是在哪里。他问一位过路的人罗佛尔宫在哪里，这个人却回答他说："您就在罗佛尔宫。"鲁先觉得自己是由一座地狱和这世界隔开了，他问自己到底有什么方法可以越过这地狱，因为他要变得和这轻盈而细腻的巴黎的青年一个样子。这些公子王孙都对穿得和仙女一般美丽的女人们致敬，鲁先很愿意粉身碎骨，只要能够换得和这些女人接一个吻，就像克涅希斯马克公爵夫人的书童一样。在他那模糊的记忆里，和这些女王相比较，路易丝简直是一位老太婆。他遇到人们要于十九世纪的历史中谈到的几位女人，这些女人的精神、美丽和爱情绝不是不若前代的王后所有的那样的出色。他看见一位超越的女性走过去，这位女性就是笃慈小姐，是一位以莫宾·葛美儿的笔名闻名的作家，她在美丽和精神方面都是很伟大的，她的名字是游客和女人们所低声重复传诵的。

“啊！”他对自己说，“这就是诗。”

在这位充满着青春、希望、前途的光辉而带着甜蜜的微笑的天使旁边，在这位眼睛和苍天一样的深黑、和太阳一般的强烈的天使旁边，巴尔吉顿夫人是什么呢？她笑着和巴黎一位最迷人的女人费尔米安尼夫人谈天。他听到一个声音对他说：“智慧是人们用来震动世界的杠杆。”但是另外一个声音却对他说智慧的后台老板就是金钱。他不愿意再停留在他的废墟之中，在他的失败的舞台之上，他问了路之后，就到王宫去，因为还不知道这一区域的地理。他进了维利菜馆，为着开始享受巴黎的欢乐就要了一份可以安慰他的失望的菜饭：一瓶保尔都酒、一些奥斯堂德的牡蛎、一盘鱼、一只鹧鸪、一盘炒面、一些果子，这就算是他的欲望的极点了。他品尝着这小小的饕餮，想要在当日晚上到埃斯巴尔侯爵夫人身边去证明他的精神，而用他的丰富的智力的施展来赎回他的奇服怪装的幼稚性。然而他的梦幻却被账单打破了，这一账却把他以为可以在巴黎跑得相当远的五十佛郎花光了。这一顿饭花去了他在安古莲一月的费用。所以他就很尊敬的关了这个宫殿的门，一面想着永远不要再插足其中。

“爱薇说得对，”他对自己说，一边从石廊走到他的家里去，想到那里再去取一些钱来，“巴黎的物价和湖姆的物价不同。”

一边走路，一边羡慕着裁缝店，想着今天早上他所看到的服装。

“不，”他叫起来说，“我绝不能够在埃斯巴尔夫人面前显得不整齐的样子。”

他和鹿一样快的一直跑到格伊亚尔·布瓦旅馆去，上楼到他的房子里，取了十个厄古的钱，又下来到王宫去，想要彻头彻尾的装饰一番。他在王宫看到鞋铺、衬衫铺、裁缝店、理发馆，在那里，他的未来的漂亮的服装是散布在十间店铺里的。他第一次进去的裁缝店给他试了他所要穿的一切的衣服，劝告他说这一切都是最新的式样。鲁先买了一件绿色的礼服、一条白裤、一件珍奇的背心，花去了二百佛郎。他不久也就找到了一双非常漂亮而合脚的长靴。买完了一切必要的东西之后，他就叫一位理发匠到他的家里去，一切的供给者都已经把他的货物送到这里来。晚上七点钟，他登上了雇用的马车，让人家把他带到国立音乐厅来，和行列中的圣约翰一样的掠过街头，穿得好好的背心，打得好好的领结，但是第一次装在这种筒子里，他觉得有点难受。依照巴尔吉顿夫人的嘱咐，他就问王室大臣的包厢。看了这位有意乔装漂亮的类似男宾相的人，检票员就请求他拿出他的戏票。

“我没有。”

“您进不去。”检票员干干脆脆的回答他。

“但是我是和埃斯巴尔夫人一块儿的。”他说。

“我们管不了这些。”音乐厅的雇员说，他忍不住对其他的同事交换一个听得出声音的微笑。

正在这个时候，一辆车停在回廊的下面。一位马夫（鲁先已经认不得他了）就放下马车的踏脚，从车里走出两位盛装的妇人。

不愿意接受检票员请他侍立的劝告的鲁先就给这两位女人让路。

“但是这位就是您所冒称认识的埃斯巴尔侯爵夫人哩，先生。”检票员讥笑的对鲁先说。

鲁先惊愕失措，巴尔吉顿夫人也没有认得出新装中的鲁先的神气；但是当他走近她的时候，她就向他微笑而对他说：

“这真是好极了，您来！”

检票员又变成严肃的了。鲁先跟着巴尔吉顿夫人，巴尔吉顿夫人一面登上国立音乐厅的石阶，一面把她的吕崩柏礼先生介绍给她的表姐。王室大臣的包厢是大厅深处的堵墙所隔断的两间小室中的一个：在那里人们可以被各方面的人所看见，正如人们可以看见各方面的人一样。鲁先坐在巴尔吉顿夫人背后的一张椅子上，他很高兴躲在暗影里。

“吕崩柏礼先生”侯爵夫人用妩媚的音调说，“您第一次来音乐厅，您应当细细的看一下，您坐这儿吧，请您坐在前面，我们允许您。”

鲁先服从着，歌剧的第一幕演奏完了。

“您时间利用得真不坏。”路易丝朝着鲁先的耳朵说，她是在因为鲁先的改变而惊愕的第一个时刻之中。

路易丝还是一样的。在一位时髦女人埃斯巴尔夫人的边邻，这位巴黎的巴尔吉顿夫人真使他厌腻死了；华美的巴黎的贵妇特别使外省的女人显得不完全，结果这位被全厅的美丽社会和这位超等贵妇的光照的鲁先最后就在这可怜的纳格礼柏里斯·阿纳斯身上看出是一位俗气的女人，在巴黎人看来这位女人是粗大的、干燥的、麻脸的、瘦萎的、红得发紫的、多角的、娇揉作态的、宝贝的、冒充的、满口外省的语气的，特别安排得不调和！事实上，巴黎旧袍子的折痕还是有味道的，人家可以解释他，可以猜想当时他是什么样子，但是外省的老袍子却是无法解释的，却是可笑的。这件袍子和这位女人都是不雅观、不新鲜的，丝绒和色调都一样的发了花了。鲁先觉得曾经爱过这个乌贼骨实在是一桩可耻的事，他想要利用路易丝的性格的第一次发作就离开她。他的眼力使他能够用他那瞄准的小千里镜非常清楚的朝着贵族的包厢中看去。最漂亮的女人们一定是在细察巴尔吉顿夫人的，因为她们一边讨论，一边微笑。如果埃斯巴尔夫人在女人们的姿势和微笑之中认出她们的讥嘲的话，她却是满不在乎的样子。第一，每一个人都得认识她这一群人中间来自外省的她的穷亲戚，整个巴黎的家庭都会因为她而发愁。其次，她的表妹曾对她说过关于服装的问题而表现出一些恐惧的样子，当她看到阿纳斯一旦穿上了好看的衣服就可以有巴黎女人的风度的时候，她曾经安慰过她的。如果巴尔吉顿夫人缺乏习惯的话，她总有贵妇的天然的高超的气派和人家所说的种族遗传的我也说不出的什么东西。下星期一她就可以给她们一个报复，一旦这些人懂得这位女人就是她的表妹，侯爵夫人知道他们一定就会停止他们的嘲笑，而在批评之前还要等着一个新的考察。鲁先没有猜想到路易丝颈项上所围的肩带，她的美丽的袍子，她的漂亮的头饰和埃斯巴尔夫人的主意对于路易丝所生的变化。登上石阶的时候，侯爵夫人已经告诉过她的表妹不要拿手巾在手中炫示。所谓好兴味坏兴味都是存在于这些小小的事情上面的，是一般尖锐的女人立刻可以看出来，然而却是一部分的女人永远也懂不了的。巴尔吉顿夫人早就有许多善良的欲望，她有比较拿来认识自己的缺点所必要的更多的聪明。埃斯巴尔夫人确信她的学生会使她光荣，就义不容辞的去修改她。总之，在这两位女人中，已经因为共同的利益而结下一个盟约了。巴尔吉顿夫人已经突然的给当日的偶像许下一个志愿，因为这偶像的风姿精神和环境都诱惑着她、昏迷着她、颠倒了她。她认识埃斯巴尔夫人是伟大的野心的贵妇的神秘的权力，她已经对自己说过她能够在充当这天星的卫星之中实现野心：所以她非常诚恳的崇拜埃斯巴尔夫人。侯爵夫人已经感到这个天真的征服，她对他的表妹很感兴趣，因为她觉得她的表妹是虚弱的、可怜的；而且她也排布得很清楚，要找到一位学生来开学堂，目的也只在于使巴尔吉顿夫人当一种管理寝室的妇人，一种恭维她的奴隶而已，这在巴黎的女人中是比在文学中得到一个忠实的批评家还要稀罕的宝贝。然而好奇的动作已经变成很明显的了，这位新到的女人也就不能不感觉到，而埃斯巴尔夫人也就想在这忧虑之中很有礼貌的来改变她。

“如果有人来看我们，”她对她说，“也许我们就要知道为什么我们被这些女人所注意了。”

“我怀疑是我的老丝绒袍和我那安古莲的外貌给这些巴黎的女人开了心。”巴尔吉顿夫人微笑着说。

“不，这不是因为您，这里有一件东西是我不能解释的。”她转过身来朝着诗人加上这一句说话，她是第一次看他的，觉得他穿得很特别。

“查特利先生来了。”正在这个时刻，鲁先指着塞利西夫人的包厢说，这位年老的美男子刚刚走进这厢子。

看了这个手势之后，巴尔吉顿夫人就咬着愤恨的嘴唇，因为侯爵夫人禁不住对他瞧了一眼，放出一个惊异的微笑，好像非常轻蔑的说：“这位年青人是从哪儿钻出来的?”这使路易丝觉得她的爱情的卑陋，这是一位法兰西女人所觉得最刺激的感觉。她不能够原谅她的情人这样的跟她说话。在这个一切小东西都变成伟大的世界之中，一个姿态、一句话就可以使一位新来的人失败。高等社会的优美的举止和声调的主要的功劳就是献出一个调和的整体，一切都融化在一起而没有任何的刺激。那些也许因为无知、也许因为思想的激烈而没有服从这个科学的规律的人们都要明白：

在这个问题之中，只要有一个不调协，就要和音乐一样的破坏了整个的曲调，一切的条件都得小心实现，不然的话，这曲调也就不存在了。

“这位先生是谁?”侯爵夫人指着查特利问，“您已经认识塞利西夫人吗?”

“啊！这个女人就是著名的塞利西夫人，做过不少的险事，然而却到处受人接待的塞利西夫人！”

“一桩从来没有听过的事情，”侯爵夫人回答说，“一桩可以解释然而却没有人解释过的事情！最可怕的男人都是她的朋友，可是为什么呢? 没有人敢去试探这个神秘。这位先生就算是安古莲的美少年吗?”

“但是查特利男爵先生，”阿纳斯说，为着虚荣起见，她就把她对于崇拜她的人所拒绝否认的衔头，又在巴黎还给他了，“他是一位叫人家常常谈到的人。他是孟特里物先生的同事。”

“啊！我一听到这个人的名字，就想到和流星一样陨灭的可怜的兰齐公爵夫人。——这里，”她指着包厢接着说，“是拉斯迪额先生和儒僧庄夫人，一位供给家、银行家、事业家、新异杂物的批发家，在巴黎以财产显耀，而人们说是对于他的增加财富的方法并不选择手段的人的妻子；他曾尽了一切的力量来使人相信他对于布尔崩王朝的忠实；他已经想要到我的家里来。因为坐了兰齐夫人的包厢，他的妻子以为自己也得到和兰齐夫人一样的宠爱、一样的精神、一样的成功！还是插上孔雀毛的樫鸟寓言！”

“我们知道拉斯迪额先生夫妇连一千厄古的年收都没有，他们怎么能够维持他们的儿子在巴黎的花费呢?”鲁先惊愕这位年青人穿得这样的漂亮、这样的奢华，就对巴尔吉顿夫人说。

“很容易看出您是从安古莲来的。”侯爵夫人相当讥讽的回答说，没有离开她的小千里镜。

鲁先没有懂得，他是聚精会神的看着各包厢的，他猜想各包厢里边的人都是如何的批评巴尔吉顿夫人，如何的把他拿做好奇的对象看待。另一方面，路易丝却因为侯爵夫人对于鲁先的美丽不大在意而觉得羞愧。

“所以，他并没有我所想象的那样的美丽！”她对自己说。

由此而再觉得他没有那样的天资，其中只差一步。布幕已经落下来了。查特利走到埃斯巴尔夫人包厢旁边的一个包厢中来访问卡里格里安诺公爵夫人，他在那里给巴尔吉顿夫人行一个礼，巴尔吉顿夫人用点头来还礼。一个高等社会的女人可以看出一切，侯爵夫人注意到查特利的卓越的态度。正在这个时候，四位巴黎的著名的人物前前后后的走到侯爵夫人的包厢里来。

第一个是马尔赛先生，他是以能动人感情出名的，特别是他那类似女郎的温柔的美丽和那矫正这美丽的老虎一般的镇正、严静、褐色而肃厉的眼光最惹人家的注意：人家都喜欢他，也都骇怕他。鲁先也是美丽的，但是他的眼光是这样柔软的，他的蓝色眼是这样透明的，他不像有这种容易感动女人的力量。并且，诗人还是一点儿价值也没有的人，而马尔赛却是精神焕发的、喜气洋洋的，有一套可以压倒他身边的敌人的合乎他的性格的服装。用他身边的这位人来比较，鲁先是妄自夸大的、涂油的、坚硬的、簇新的，和他的衣服一样！马尔赛有一种精神，有一种风度可以允许他说些无礼的话。侯爵夫人对他的欢迎立刻指示巴尔吉顿夫人这个人物的权力。第二位是两个王地尼斯之中的一个，就是使杜德利贵人出名的那个温和有精神而谦逊的青年，他是以和马尔赛所以能够光荣的性格相反的性格得到成功的，是侯爵夫人的表妹莫尔梭夫夫人所热烈推荐的。第三位是孟特里物将军，就是兰齐公爵夫人所以死亡的罪魁。第四位是卡拿利先生，他是这时代最著名的诗人之中的一个，还在他的光荣的黎明期间的青年，因为宁可为着当绅士而不愿意以诗才来自夸起见，他就自荐来当埃斯巴尔夫人的侍御，隐瞒着他对楚刘夫人的爱慕。虽然他有许多的风流的韵事，人们可以猜想出他是有一个极大的野心，将来可以把他投进政治生涯的风波里。他那差不多是娇养的美貌，他那妩媚的举止不能够好好的遮掩他的深刻的自私和那时候还没有稳固的生活的不断的计算，但是他对于这个四十多岁的楚刘夫人的选择却使他得到宫廷的恩宠、圣日耳曼镇的权贵的称赞和自由党人的责骂，这些自由党人说他是一位教堂衣库中的诗人。

看到这四位这样出色的人物，巴尔吉顿夫人就懂得侯爵夫人这样不大在意鲁先的理由了。后来，当大家开始谈话的时候，当这几位这样细致、这样温和的人物中的每一个都用阿纳斯在外省一个月的光景还听不到那样多的意义、那样深的思想的话语来表现自己的时候，当这位大诗人让人听见一段代表时代的响亮的谈话的时候，路易丝就懂得前夜查特利所对她说过的话：鲁先什么也不是。每一个人都用这样残忍的漠不相关的态度来看这位可怜的生人，他在那里确乎是一个不懂得语言的外国人，是侯爵夫人所怜悯的。

“先生，”她对卡拿利说，“让我给您介绍吕崩柏礼先生。您在文学界中占有一个太高的地位，不要不欢迎这个新作家。吕崩柏礼先生是从安古莲来的，他一定需要您的保护，把他介绍给那些给机会让天才发展的人们。他还没有能够在攻击他之中使他得到幸运的敌人。用友谊来使他得到您由怨恨所得到的东西不是一桩相当富有创造性的事业吗？”

于是，这四位人物就于侯爵夫人说话的时候都来瞧着鲁先。虽然马尔赛和这位新来的人只有两步的距离，他却拿出他的小千里镜来瞟视，他的眼睛从鲁先看到巴尔吉顿夫人，又从巴尔吉顿夫人看到鲁先，用一种讥笑的思想来配对他们，使他们都害臊起来；他就把他们当做两只奇怪的动物一样的究察，微微的笑着。这个微笑在外省的伟人看来却是一个拳击。王地尼斯·菲力士有一种仁慈的神气。孟特里物给鲁先投去一道眼光，要用一直探到白土层里边的同样的方法来测探他。

“太太，”卡拿利先生鞠了一个躬说，“我听您的吩咐，虽然依据个人的利益，总是不让我们的竞争者得到方便；但是您总使我们习惯于一些神迹的行为。”

“好吧，那么就请您星期一到我家里和吕崩柏礼先生一块儿吃饭；你们可以更方便的谈论文学界的事情；我还要想法子招致几位文学界的暴君和卫护文学的名人，《乌里迦》的作者和几位有思想的年青诗人。”

“侯爵夫人，”马尔赛说，“如果您因为他的聪明而要照应这位先生的话，我却因为他的美貌而要保护他；我要给他出一些主意，使他变成巴黎的幸福的一位花花公子。然后，如果他愿意的话，他就可以当他的诗人去啦。”

巴尔吉顿夫人用一个满充感激的眼光来感谢她的表姐。

“我不知道您对于有才质的人是妒忌的，”孟特里物对马尔赛说，“幸福杀害一切的诗人。”

“是不是因为这个，先生才想方法要结婚呢？”这位花花公子接着对卡拿利说，因而去知道到底埃斯巴尔夫人是不是中了这一句话的刺。

卡拿利耸一耸肩，楚刘夫人的外甥女埃斯巴尔夫人不禁笑了起来。

鲁先觉得自己装在他的衣服里就好像埃及的雕像装在像座里头一样，他惭愧没有回应什么话。最后，他就用他那柔和的声音对侯爵夫人说……

查特利就于这个时候进来了，想要抓着机会让巴黎的一位大

查特利进来了，他给巴尔吉顿夫人行礼。

王孟特里物在侯爵夫人身边来支撑他。他给巴尔吉顿夫人行礼，而请埃斯巴尔夫人宽恕他没有得到她的允许就侵进她的包厢来：他和他的旅行伴侣分别太久了！自从离开沙漠当中之后，这是孟特里物和他的第一次的会面。

“在沙漠之中离别而在音乐厅里相逢！”鲁先说。

“这是戏院的真正的恩惠。”卡拿利说。

孟特里物把查特利介绍给侯爵夫人，侯爵夫人也就对这前任的皇家公主的秘书加以热烈的欢迎，因为她已经看见过他被三个包厢之中的人们的接待，而且塞利西夫人也只接待有地位的人，何况他是孟特里物将军的旅行伴侣哩。这最后的一个资格有这样大的价值，巴尔吉顿夫人居然能够在这四位人物的声调里、他们的眼色中、他们的举止内看出他们已经不加讨论的承认查特利是他们之中的一个了。查特利在外省所有的苏丹式的行为一下子就被阿纳斯所了解了。最后，查特利看了鲁先一眼，给他致了一个人轻视另外一个人时所行的干燥而冷酷的小敬礼，给社会上的人众指示他所占有的地位的卑劣。陪着他的敬礼的是一个冷笑的神气，好像是在说：“他怎么到这里来呢？”查特利的意思确是被人所了解的，因为马尔赛斜过头来朝着孟特里物，对他的耳朵说，故意要让男爵听见的样子：

“请您问他这位类似裁缝铺门口穿好衣服、站立着的人体模型神气的怪青年是谁。”

查特利朝着他的旅行伴侣的耳朵上说了一会儿，好像在重温他的知识似的，无疑的他要把他的情敌切成四段了。

看到这种机巧的精神，看到这些人的应对的细雅，鲁先不能不惊愕了，他被人们所谓的一条形容线、一句话，特别是被话语的倜傥、态度的自如而弄得糊涂了。那天早上恫吓他的物质上的奢华，他又在人家的思想上找到了。他自己问自己这些人怎么能够有这样的急速的刺人的思想，怎么能够有他只可以在长时间的沉思之后才能够想出的迅速的回答。而且这五位社会上的人物不但是说话自如，而且在服装上也是很从容的：他们并没有什么新的，也没有什么旧的。在他们身上并没有什么了不得的服装，也没有什么发亮的事物，然而一切却都能够吸引视线。他们的今天的奢华就是他们的昨天的奢华，而且也就是他们的明天的奢华。鲁先猜想自己有一辈子第一次穿衣服的人所有的神气。

"亲爱的，"马尔赛对王地尼斯·菲力士说，"这位小拉斯迪额就好像是飞生虫一样的冲碰！您瞧，他就在李斯杜麦侯爵夫人的包厢里，他进步多了，他用小千里镜在瞧我们哩！他一定认识先生吗？"这位花花公子转过身来对鲁先接着说，但是却没有瞧鲁先。

"我们所用以骄傲的伟人的名字是不容易不到他的耳朵来的，"巴尔吉顿夫人回答说，"他的妹妹最近还听见吕崩柏礼先生给我们念读美丽的诗句哩。"

王地尼斯·菲力士和马尔赛给侯爵夫人行了一个敬礼，走到李斯杜麦夫人的包厢里去了，李斯杜麦夫人是两位王地尼斯的姐姐。第二幕开演了，每个人都留下埃斯巴尔夫人、她的表妹和鲁先而走了。有的就去给那些因为巴尔吉顿夫人的出席而觉得忧愁的女人们解释巴尔吉顿夫人，有的就叙述诗人的来临，讥笑他的服装。卡拿利又到楚刘夫人的包厢里去，不再回来了。鲁先很高兴这幕戏转移了大家的视线，巴尔吉顿夫人对于和鲁先有关的所有的一切的恐惧却因为她的表姐对于查特利男爵所有的特殊的注意而增高了，这注意和她对于鲁先的卫护的礼貌不同性质。第二幕演奏的时候，李斯杜麦夫人的包厢里还是高朋满座的，而且似乎是被一个讨论巴尔吉顿夫人和鲁先的谈话所震荡的。小拉斯迪额显然是这座包厢的玩客，他给这巴黎的笑声一个兴奋的震荡，巴黎的笑声每天都是走到一块新鲜的草地上，都是忙着于顷刻间把当前的题目弄成故旧的。心灵不安的埃斯巴尔夫人明白人家不会很久不让她所伤刺的人知道人家所发出的诽谤，她等着这一幕的终场。当情绪回转到自己身上的时候，顷刻之间，鲁先和巴尔吉顿夫人的心中都有了怪事的发生：道德界的革命是在速成律之下进行的。路易丝回想到从芜德维尔回来时查特利所对她说的关于鲁先的那些聪明而富有外交作用的话。每一句话都是一个预言，而鲁先也勉力来完成这些话的真理。失去了他对巴尔吉顿夫人的幻想，正如巴尔吉顿夫人失去她对于他的幻想一样，这位似乎有卢梭的命运的可怜的孩子也就效法着卢梭，因为他被埃斯巴尔夫人迷住了，马上就狂爱着她。年青的人或是记得青春时代的感情的人们可以明白，这种情绪是可能而且自然的。这些优美的小体态，这种甘柔的谈话，这种温和的声调，这位纤弱的女人，这样贵气，这样高卓，这样被人羡慕的女人，这位王后之表现在诗人的面前就好像巴尔吉顿夫人在安古莲之表现在他的面前一样。他那见异思迁的性格就立刻迫着他去希求能够得到一个高贵的保护；最可靠的办法是占有这位女人，然后就有一切了！他已经在安古莲成功过，为什么不能在巴黎成功呢？虽然有音乐厅的魔力，虽然一切在他都是新鲜的，他的视线却不知不觉的被这位伟大的西里门吸去了，而不停的向她流盼；并且，越看她，他就越想看！巴尔吉顿夫人被鲁先的一道活泼的目光所惊愕了；她观察着他，看出他比看戏还要专心的看侯爵夫人。她很愿意让步变成人家记忆中所提不起的被摈弃的女人，但是，当她看见鲁先发出比当时对她所发的更有野心、更为热烈、更有意义的眼光时，她却变成妒忌的了，不过这妒忌大半是为过去，而不是为将来的。

“他从来就没有这样的看过我，”她心里想，“我的天哪，查特利说得真对！”

于是，她就认识她的爱情的错误。当一位女人追悔她的弱点的时候，她就忘却了生活上的事迹，因而要拭去一切的痕迹，好像用一块海绵来拭灭一样。虽然鲁先的每一道眼光都使她发怒，但是她却还是镇静的。休息的时候，马尔赛又带着李斯杜麦先生来了。阴沉的男人和自负的青年不久就告诉傲慢的侯爵夫人说，这位穿得和星期日一样的而误被她接待在她的包厢中的男宾相并不是姓吕崩柏礼的，正如一位犹太人并不会有受洗礼的名字一样。鲁先是一位姓查尔登的药师的儿子。熟识安古莲掌故的拉斯迪额先生已经使两个包厢中的人们取笑侯爵夫人称为表妹的这个“木乃伊”和这位特意雇请药师用药品给她维持人工生活的贵妇。最后，马尔赛又告诉巴黎人在顷刻之间所说的成千的笑话之中的几句。这些笑话之被人家忘记正如被人家说出一样的快速，但是却是查特利在背后所弄的把戏。

“亲爱的，”埃斯巴尔夫人用扇子掩住嘴，对巴尔吉顿夫人说，“劳驾请您告诉我，到底您所保护的人是不是真的姓吕崩柏礼。”

“他用他母亲的姓。”阿纳斯支吾的说。

“那么，他父亲姓什么呢?”

“查尔登。”

“这位查尔登是做什么的?”

“他是药师。”

“亲爱的朋友，我确信整个的巴黎不能够来给我所赞同的一位女人开玩笑。我并不忧虑看见许多笑人的人到我这里来，发现我和一位药师的儿子在一块儿；如果您相信我是这样的话，我们可以马上一块儿走。”

埃斯巴尔夫人的神色相当的无礼，鲁先没有猜透为什么有这脸色的变化。他想是因为他的背心没有味道，这也是真的；他又想是因为他的礼服的式样太为过火，这也还是真的。他暗地里很苦痛的承认，他得找一位能干的裁缝来给他制造衣服，他想定第二天就跑到最出名的裁缝铺里去，因而能够于星期一的约会中和到侯爵家里去的男人们竞争。虽然他是堕在思想的海中，他的眼睛却是注视第三幕的演奏，而没有离开暮景。一方面看着这独一无二的戏剧的华丽的布景，一方面却让自己来做关于埃斯巴尔夫人的梦。他对于这个突如其来的冷淡的态度不禁大失所望了，因为这种冷淡的态度正和他的智慧的热情相反。原来，他想用这智慧的热情来进攻这新生的爱情，没有顾虑他所看到而要克服的庞大的困难。他从他那深长的默想中跳了出来，要再看一看他的新的偶像；但是，转过头来一看，他看见只有他一个人；他听见过一声轻微的声响，门自己关上了，埃斯巴尔夫人拉着她的表妹出去了。在这最后的一点上，鲁先很奇怪为什么让人家丢了下来，但是他并不多加思索这问题，这正是因为这问题是无法解释的。

当这两位女人登上了车，由李慈刘街转到圣懊瑙利镇的时候，侯爵夫人装着愤怒的声调说：

“亲爱的孩子，您想些什么呢？您无妨先等这位药师的儿子出了名再去关心他也不迟。楚刘公爵夫人还没有答应卡拿利，然而卡拿利却已经成了名，而且是一位绅士哩。这位孩子并不是您的儿子，也不是您的情人，是不是呀？”这位骄傲的女人说着，给她的表妹投去一道质问而明晰的眼色。

“把这位贱骨头丢得远远的，什么也没有答应他，真是侥幸得很！”巴尔吉顿夫人心里想。

“好吧，”侯爵夫人接着说，她把她的表妹的眼睛的表情当做答复，“让他在那儿吧，我请求您。窃用一个名门的姓氏！……但是，这是社会所要责罚的胡为乱作。我承认这是他的母亲的姓氏，但是请您想一想，亲爱的，只有国王一个人才有权力下令把吕崩柏礼这个姓赐给这一家的一位小姐的儿子；如果她和下贱的人结婚的话，这改姓的好处却真大，然而为着取得这改姓的权利，却需要一个极大的财富、极大的功劳、有势力的后台老板。这种和一位穷伙计星期日所穿的一样的衣服证明这孩子既不富有，也不是绅士；他的脸孔是好看的，但是我觉得他有点傻头傻脑，他不知道如何坐立、如何说话；总之，他并不是受过好教养的。您怎么会保护他呢?”

否认鲁先正如鲁先否认她一样的巴尔吉顿夫人非常骇怕她的表姐知道她的旅行的实情。

“但是，亲爱的表姐，我很懊悔给您招来一个祸患。”

“您并没有给我招祸，”埃斯巴尔夫人微笑的说，“我只想到您。”

“可是您请他星期一来吃饭。”

“我要生病，”侯爵夫人活泼的回答，“您可以预先告诉他，我要因为他的双重的姓氏禁止他进我的门。”

鲁先想要在休息的时候到观客游散处去走走，因为他看见大家都到那里去。先说，那些来过埃斯巴尔夫人包厢的人没有一个给他行礼，没有一个注意他，这在这位外省的诗人看来是非常奇怪的。再说，他想去勾结查特利，查特利却用眼角来窥伺他，老是躲开他。看了在游散处飘来飘去的人们而确信自己的服装太可笑之后，鲁先就坐在包厢的角落里，在余下的演奏的时间轮流的被吸收在第五幕以《地狱》著名的艳丽的舞曲中，被吸收在一厢一厢的看去的大厅的姿态内，和他自己的思考里了；他的思考在这巴黎的社会之前是很深刻的。

“所以，这就是我的王国，”他对自己说，“这就是我应当征服的世界!”

他步行回家，脑子里想着那些来看埃斯巴尔夫人的人物所说的一切的话、他们的举止、他们的态度、出入的姿势，这一切的一切都万分忠实的浮现在他的记忆之中。第二天中午的时候，他的第一件事就是跑到当时最著名的裁缝斯多铺里去。因为他的坚请，因为他的花钱，他居然得到人家允许他能够替他赶做为伟大的星期一而穿的衣服。斯多布甚至于答应给他做一件最好看的礼服、一件背心、一条裤子，为这一天穿的。鲁先又到一间衬衫铺子去定了一些衬衫和手绢，一束小行装，他又让一位著名的鞋铺来量他的短鞋长靴的尺寸。他在凡尔地店里买了一条好看的手杖，在爱尔兰夫人店里买了手套和衬衫钮子；总之，他想方法要用花花公子的最高峰来装饰自己。当他满足了他的幻想之后，他就走到鲁森堡新街去，然而路易丝却出了门了。

“她到埃斯巴尔侯爵夫人家里去，很晚才能回来。”阿尔柏尔丁对他说。

鲁先走到王宫的一间定价四十苏的饭馆去吃饭去，晚上很早就睡觉。星期日刚十一点钟，他就到路易丝家里来，路易丝还没有起床。下午两点钟，他又来。

“太太还不接客，”阿尔柏尔丁对他说，“但是她却叫我交一封信给您。”

“她还不接客?”鲁先重复一句，“但是我并不是什么客人呀……”

“我不知道。”阿尔柏尔丁非常没有礼貌的说。

鲁先觉得阿尔柏尔丁的回答的奇怪还没有觉得巴尔吉顿夫人给他一封信的奇怪来得厉害，他拿了这封信，就在街中读了这几行大令人扫兴的话：

埃斯巴尔夫人病了，她星期一不能够接待您；我自己也有点不舒服，不过我还得穿好衣服到她那里去陪她。这种不称心的事，我真是有点扫兴，但是您的天才可以安慰我，您也可以不必用幻术来露出您的头角。

“并且没有签字!”鲁先心里说，他走到了杜伊勒利花园，而不相信自己是走过了路。

一般天才所有的预见使他怀疑这封冷酷的信所宣告的悲剧。他沉思的走着，看着路易十五广场上的建筑物。天气非常的好。许多美丽的车辆不断的在他的眼皮之下走过，转到苍细莉茜大街去。他跟着这些游人去，看见这里有三四千的车辆在这晴和的星期日奔流，而即时宣告郎苍的赛马。被这些马匹、这些服装、这些仆从的奢侈弄得糊里糊涂的，他总是走着走着，而来到了凯旋门的前面。当他回来，看见埃斯巴尔夫人和巴尔吉顿夫人坐在驾得非常神气的四轮轻车而来，在这车后飘荡着他可以从绿色绣金的衣服认得出来的马夫的羽毛的时候，他是变成什么样子的呢?队伍因为途中的障碍停止行进了，鲁先也居然看到整个改变了的路易丝；她已经是认不得的了：她的服装的颜色是特别选择能够光焕她的脸色的；她的袍子是精美的；她那梳得雅致的头发很适合于他的脾胃；她那味道十足的帽子是在时装领袖的埃斯巴尔夫人的帽子的旁边。戴帽子有一种不能下定义的方式：把帽子戴得太后一点儿，您就有厚颜的神气；把帽子戴得太前一点儿，您就有阴险的样子；戴在旁边，就变成骑士的气度；像样子的女人可以随便戴帽子而都有完美的气派。巴尔吉顿夫人已经当场解决了这个问题。一条娇美的腰带画出她的纤腰。她已经学会了她的表姐的姿势和她的态度，和她的表姐一个样子的坐着，她玩着一个小香炉，这香炉是由一条链子羁在她的右手的一个指头上的，于是，她就这样的显示着她那穿上好手套的纤手，而不会使人看出她那有意显示的神色。总之，她并没有模仿她的表姐而已经变得和埃斯巴尔夫人相似；她是侯爵夫人的适当的表妹，侯爵夫人对于她的学生似乎很得意。在高道上散步的男男女女都看着带有埃斯巴尔家和布拉孟—楚夫利家的徽号的光亮的马车，这两家的两个徽章是背靠背的。鲁先很奇怪有那么多的人对这两位表姐妹行敬礼；他不知道全巴黎二十个贵权客厅的社员都已经知道了巴尔吉顿夫人和埃斯巴尔夫人的亲戚关系。骑在马上的年青人，其中有马尔赛和拉斯迪额，都赶到车前来领导这两位表姐妹到树林去。从这两位骄傲的年青人的姿势里，鲁先很容易看出他们是给巴尔吉顿夫人的变形加以称颂的。埃斯巴尔夫人的韵致和她的健康都是很活泼的：所以她的抱病只是不接待鲁先的借口，因为她没有把她的餐会改期。动了气的诗人就朝着四轮轻车走来，慢慢的走来，当他让这两位女人看见的时候，他就给她们行礼：巴尔吉顿夫人不愿意看他，侯爵夫人用小千里镜来瞟视，不给他回礼。巴黎贵族的盛气凌人并不是和安古莲的君主一样的：为着奋身伤刺鲁先起见，那些乡下绅士都承认他的权力，而把他当做一个人看待，然而在埃斯巴尔夫人看来，他是不存在的。这并不是拘留，而是法院的拒绝裁判。当马尔赛用小千里镜来瞟视他的时候，这位可怜的诗人就感到一种致命的寒冷；巴黎的美男子就这样奇怪的放下他的小千里镜，在鲁先看来这似乎就是断头台上放下来的利刃。四轮轻车驶过去了。疯狂和复仇的欲望占住了这位被轻蔑的人的整个的心；如果他擒住巴尔吉顿夫人的话，他真要砍掉她的喉咙；他真想当福基尔—丹维尔，能够把埃斯巴尔夫人送到断头台上；他真想用野蛮人所发明的细密的阴谋来使马尔赛受罪。他看见卡拿利骑在马上走了过去，潇洒得和最会阿谀人的诗人所应当有的那样的潇洒，卡拿利给最漂亮的女人们行礼致敬。

“我的天哪！死也得弄到黄金！”鲁先对自己说，“黄金是这世界的人要跪在前面崇拜的唯一的力量。（不！这唯一的力量是光荣，光荣就是工作！要工作！这是大卫所说的话。）”他的良心这样的叫着。“我的天哪！为什么我要在这里呢？但是我要得到胜利！我要坐在四轮轻车里让马夫把我驾到这条马路上来！我要有许许多多的埃斯巴尔侯爵夫人！”

说毕这些疯狂的话语之后，他就到虞尔邦去吃一顿四十苏的饭。第二天九点钟，他到路易丝家里去，目的想去骂她的野蛮；不但人家对他说巴尔吉顿夫人不在家，而且门房也不许他上楼，他就留在街上侦视着，一直到中午为止。中午的时候，查特利从巴尔吉顿夫人家里出来，他在眼角里看见诗人而躲避他。刺到心坎的鲁先就追着他的情敌来；查特利感到紧迫，就转过头来给他致敬，他的目的很显然的是要在这行礼之后给他装大方。

“劳驾，先生，”鲁先说，“容我两秒钟，我有两句话给您说。您曾表示过是我的朋友，我要问您给我做一桩小事。您是从巴尔吉顿夫人家里出来，请您给我说说为什么我在她和埃斯巴尔夫人身边失去了宠爱。”

“查尔登先生，”查特利假仁慈的回答，“您知道这两位太太为什么在音乐厅里离开了您吗？”

“我不知道。”可怜的诗人说。

“好吧，我告诉您，您一开头就让拉斯迪额毁了。人家问他关于您的事，这小花花公子就干干脆脆的说您是姓查尔登的，不是姓吕崩柏礼的，说您的母亲给生孩子的女人当看护，说您父亲活着是安古莲外镇湖姆的一位药师，说您的姐姐是一位烫得一手好衬衫而快要嫁给安古莲一位姓施且尔的人的漂亮动人的女孩子。这就是社会！请您看着他，他要跟您辩论。马尔赛先生就跑来跟埃斯巴尔夫人来笑话您，于是这两位太太就逃了，以为在您身边招了祸了。您不要想再到她们家里去。如果巴尔吉顿夫人还继续看您的话，人家就不会接待她。您是有天才的人，您应当想法子来报仇。社会轻蔑您，您应当轻蔑社会。您应当躲到一间楼顶房里，写着您的杰作，得到某种力量，然后您就可以看见社会是在您的脚下；那时候您就可以还给他一切他所能够给您留下的伤疤。巴尔吉顿夫人越给您表示她的友谊，她就越要离远您。女性的情感都是这个样子的。但是现在的问题并不是克复阿纳斯的友谊，而是不要把她当做仇人看。我告诉您一个方法：她曾给您写过许多信，您可以把她的一切的信都退还给她，使她感觉到您这绅士的举动，而不会再敌视您。至于我呢，我对于您的前途有这么高的意见，我甚至于到处替您辩护，从现在起，如果我能够在这里替您做些什么事，我总是乐意给您效劳的。”

鲁先太悲哀了、太凄惨了、太萎颓了，他甚至于没有用巴黎的气度来给这位返老还童的美男子还了他所给鲁先的干燥的敬礼。他回到旅馆里来，在那里找到了斯多布本人。斯多布多半是来回旅馆老板娘打听他这位不认识的顾客的经济状况的，而不是专为来给他试衣服的。鲁先是由驿站来的，上星期四巴尔吉顿夫人把他用马车从芜德维尔带回这里来。这些消息都是很好的。斯多布就叫鲁先做“伯爵先生”，而让他看见自己是怎么样能干的使他的漂亮的式样放出光辉。

“年青人穿了这个，”他对鲁先说，“就可以到杜伊勒利花园去散步，两星期之内就可以娶到一位有钱的英吉利女郎。”

这种德国裁缝的诙谐和他的衣服的完美、呢布的细软、从镜中看出的自觉的潇洒的风采，这些琐事使鲁先减轻了他的悲哀。他泛泛的对自己说巴黎是满充着偶然凑巧的都城，而他也相信能够偶然碰到什么机遇。他不是有一部诗稿和一本伟大的小说稿《查礼九世的弓手》吗？他要在他的前途中求希望，斯多布答应第二天就给他做便礼服和其他的衣服。第二天，鞋铺、衬衫店和裁缝又来了，大家都给他带来货单。不知道退货办法的鲁先，还是外省习惯的鲁先，都偿清了账；但是还了账之后，他带到巴黎来的二千佛郎也就只剩下三百六十佛郎了：他只在巴黎一星期！不管三七二十一，他还是穿得好好的到万叶台去打圈儿。他到那里去报复。他穿得这么好、这么温雅、这么美貌，甚至于有好几位女人都被他的美丽所吸引而转过头来看着他。鲁先研究年青人的步伐和态度，学着大方举止的课程，脑筋里却不断的想着他的三百六十佛郎。晚上一个人在房子里，他就想起要解决他在格伊亚尔·布瓦旅馆的生活，为着经济起见，他在这里所吃的已经是最简单的饭菜。他说要搬家，知道自己负了一百佛郎左右的债。第二天，他跑到拉丁区去，因为大卫会告诉他这里的生活便宜。找了好久，他居然在巴黎大学附近克龙尼街中找到了一间带家具出租的悲惨的旅馆，而以他所要付的房租租下了一间房子。他马上就付了格伊亚尔·布瓦旅馆的账，当天就搬到克龙尼街住下。他的搬家只花了一趟马车的费用。

住下了他的可怜的房子之后，他就把一切巴尔吉顿夫人的信集中在一起，捆了一包，放在桌子上；当他开始写信之前，他又来回的想着这悲惨的一周的生活。他并不说自己是第一个糊里糊涂的否认了他的爱情，而不知道他的路易丝在巴黎的变化；他看不见他自己的错误，他只看到他的实景；他责骂巴尔吉顿夫人不但没有指导他，而且反而把他摈弃了。他发怒，他变成骄傲的，就于极度的愤懑之下写了下面一封信：

太太，当一位女人曾经使一个懦怯而满充着信仰（这就是后来叫做幻想的）的可怜的孩子快乐，曾经用她的妖媚、她的细致的精神和她那类似母爱的爱情来诱拐这个孩子的时候，您要说她什么呢？无论是最甜蜜的允许也好，是使他叹赏的空中楼阁也好，这在她都是不费一文的；她领着他，她占住他，她给他一阵一阵的吹嘘；当这孩子放弃了家庭，盲目的跟着她来的时候，她就把她领到一个庞大的海边，用微笑把他引进脆弱的短艇上，把他一个人，没有援助的放在海中，历尽风涛；然后，她就在她所逗留的岩石之上大笑起来，祝福他的好运。这位女人就是您，这位孩子就是我。这位孩子手中有一个记忆，可以表露您的假恩假惠的罪恶和您的摈弃的好结果。如果您想到您曾经把这位孩子抱在怀中的话，当您碰到这位孩子和波浪挣扎的时候，您是会脸红的。当您读到这封信的时候，您一定能够有一个回忆。您可以自由忘记一切。在您的手指给我在天空中指示着美丽的希望之后，我在巴黎的烂泥之中却看到了悲惨的现实了。当您荣光辉发而被人崇拜的穿过您曾带我到他门限上面的这个世界的时候，我却在您把我投在里边的一个悲惨的屋顶楼中寒栗。但是在您的宴会快乐之中也许有一个悔疚会来抓住您的，也许您会想到这个被人丢在地狱深处的孩子。好吧，太太，请您没有悔疚的想到这里！在他的悲惨的深处，这个孩子要给您贡献出他所留下的唯一的东西，就是他的最后的眼光所表现出来的宽恕。是的，太太，谢谢您，我现在是一无所有。一无所有！这不就是上帝用来创造世界的东西吗？天才的人应当效仿上帝；我开始有他的仁慈而不知道到底有没有他的力量，如果我的结果不好的话，您也只有发抖，因为您是我的错误的从犯。哎！我埋怨您一点儿也不能够和我共同享受我的工作所要给我带来的光荣。

写了这封信有声有色然而却满充着二十一岁的艺术家常常加以放大的信、这暗淡而庄严的信之后，鲁先又回想到他的家庭来了：他又看见大卫牺牲一部分家产给他修饰的那个精致的寓所，他看到了他所尝过的安静温和的中产阶级的快乐；他的母亲、他的姐姐和大卫的影像就来到他的身边，他又听到临行时他所流的眼泪的声音，于是他也就痛哭了，因为他是举目无亲的单独留在巴黎的。

几天之后，鲁先就给他的姐姐写了这一封信：

亲爱的爱薇，做姐姐的人在分担献身于艺术的兄弟的生活之中所有的愁苦是比快乐更多的；我已经开始害怕你对于我的负担会变成重大的。我不是已经浪费了你们的一切，使你们为我而牺牲了吗？这种满充着家庭乐处的我的过去的回忆，是支持我来抵抗我的现在的孤单的。在我从巴黎的社会中得到第一批的悲愁和第一批的失望之后，我并不是没有用鹰鸟回巢的速度来走遍离开我们的距离而来到真实的情感的范围。你们的灯光发过光亮吗？你们笼中的着火木转动过没有？你们听见过你们耳中的声响没有？妈妈说过‘鲁先在想我们’没有？大卫回答过‘他跟人和事物斗争打架’没有？我的爱薇，我只给你一个人写这封信。我只敢对你一个人和盘托出我所要得到的好处和坏处，而红着我的脸，因为这里的好处是和坏处一样的稀罕的。你可以由我的几句话中懂得许多的事：巴尔吉顿夫人已经认为我贻羞她，在我到来的第九天她已经否认了我、辞退了我、摈弃了我。她看见我就转过头去不理我；我呢，为着跟她到她所要引我去的世界里，我已经把在安古莲那里好不容易借来的二千佛郎花去了一千七百六十佛郎了！你一定要问：‘干什么用？’可怜的姐姐，原来巴黎是一个奇怪的深渊：这里花十八苏可以吃一顿饭，而漂亮饭馆的一顿最平常的宴席每份却得五十佛郎；这里有四十佛郎和四十苏的背心和裤子，然而最时髦的裁缝却非一百佛郎不给您做。下雨的时候，得花一苏去渡过街中的水沟。

还有，坐一趟车最少得要三十二苏。住过阔地带之后，我今日搬到克龙尼街的克龙尼旅馆来了，这是巴黎最穷的一条街，是三个礼拜堂和巴黎大学的老建筑之间的一条狭窄的街道。我住在第五层楼的一间带家具出租的房子，虽然这房子是脏污的、破旧的，然而每个月我还得付十五佛郎的房租。我中午吃了个两苏钱的面包和一苏的牛乳，然而晚上我却在巴黎大学广场一间名叫福利高都的饭馆里花了二十二苏吃一顿很好的饭。一直到冬天为止，我的花费每月一切在内不会超过六十佛郎，至少是我的希望。所以我的二百四十佛郎总够得我最初四个月的开销。到了那个时候，我一定能够卖出我的《查尔九世的弓手》和《群芳集》，所以你们不必为我发愁。如果现在是冷酷的、空虚的、低劣的话，将来一定是蓝色的、富有的、光荣的。大部分的伟人都遇过这种影响我而不能够压倒我的变迁。伟大的喜剧诗人柏罗特曾经当过磨坊的伙计。马基亚味尔白天在工人群里鬼混，夜里却写着他的《君王》。最后还有著名的塞尔王德斯，他在勒邦德战役中曾建过功劳，断过手臂，而被当时的笨拙的著作家称作"平民老残废"，因为缺乏书局，在他的伟大的《桂楚特爵士》第一部和第二部的出版，中间是隔离了十年之久的。我们现在还没有做到那个地步。忧愁和悲惨只能够到达无名的天才的身上；当著作家出名的时候，他们就会变成富有的，我也要变成富有的。并且我是生活在思想之中的，我每天在圣志尼维厄夫图书馆里过半日，在那里找些我所缺乏的知识，没有这个知识我是走不得多远的。所以，现在我差不多可以说是很幸福的。几天之中，我就已经习惯于我的地位了。天一亮，我就开始从事于我所喜欢的工作；物质的生活是有保障了，我常常冥想，我研究：自从我离开社会之后，我现在再也看不见可以伤害我的地方，可以使我的虚荣心随时感到痛苦的地方。时代的伟人都是生活在僻静的地方的。他们难道不是树林中的飞鸟吗？他们唱歌，他们在自然界中逍遥，而没有人可以看见他们。我也要这样干，要使我的精神的最有雄心的计划得以实现。我并不惋惜巴尔吉顿夫人。这样行径的女人是不值得回忆的。我也并不懊悔离开安古莲。这个女人把我丢在巴黎，把我摈弃在这里让我自己来努力，她是有道理的。这是著作家、思想家、诗人的国度。只有在这里才能够培植光荣，而且，我现在也认识到他所产生的好结果了。只有在这里，著作家们才能够在博物院和收藏处找到温暖而激奋他们的幻想的有生气的作品；只有在这里，那些不断开放的图书馆才能够给精神一些教导和粮食。总之，在巴黎，有一种精神，他的气派和他的细节的地方都可以呼吸而印留在文学的创作之中。人们在咖啡馆内、戏院里谈了半个钟头的话，可以得到比在外省谈上十年的话所得的还要多的东西。真的，这里的一切都是戏景，都是比较，都是知识。过度的便宜、过度的昂贵，这就是巴黎，在这里，蜜蜂遇到他的巢房；在这里，灵魂同化在他所特有的性质之中。如果这时候我有苦痛的话，我一点儿也不后悔。相反的，我有一个美丽的前途在发展着，在使我的暂时的苦痛的心快乐。你不要等着按期收到我的信：巴黎的一个特点就是人家真的不知道时间是如何过去的。这里的生活是惊人的快速的。我最动情的接吻着母亲，大卫和你。

福利高都是许多著录中所记载的名字。复辟初期十二年中住在拉丁区的学生们，很少没有到这饥饿和穷苦的寺院来串门的。三盘菜的一顿饭加上一小水晶瓶的葡萄酒或是一大瓶的啤酒价值十八苏，如果加上一大瓶的葡萄酒的话，就值得二十二苏。使这个青年人的朋友不能够大发财的就是大字印在菜单上的一句话：随便吃面包，意思就是吃到不随便的时刻为止。许多的光荣都是以福利高都来做养育的父亲。当然的，一个非常著名的人物的心看到露在巴黎大学广场和李慈刘新街前面带有小玻璃窗的店面时，应当会享受成千的不可形容的回忆。这个店门是七月革命以前福利高都二世和福利高都三世所敬重而给他留下棕黑的颜色，留下这种对于外面的大吹大擂，差不多是一切现在的饭馆主人都用肚皮的牺牲来愉悦人们的眼睛而做下的广告，加以轻蔑的古色古香的尊严的神色。没有这些不是拿来烹饪的猎获物的标本，没有这些可以符合“我看见一只鲤鱼，想在一星期内买到他”这句话的假鱼，没有拿来取悦下级军官和他们的女同乡而陈列的时菜（实在应当叫做过时菜），这老实的福利高都却陈列着一些补了许多地方的菜篮，其中所装的一大堆煮好的李子干可以取悦消费者的眼光，使他们保证他人广告上太滥用的“饭后果食”这个词并不是一个法典。六磅重的面包切为四条，就可以担保所谓的“随便吃的面包”。这就是当时莫利哀所称赞的一个饭馆所有的奢华，因为这个名字就是很滑稽的。福利高都还存在着，只要有学生们的存在，他还要永远的存在。人家在那里吃饭，一点儿也不少，一点也不多；但是人们是以工作的态度在那里吃饭的，有的时候是暗淡的活动，有的时候是快乐的举止，视性格和环境的情形如何而定。这个饭馆是由两个凑成曲尺形的狭长而低落的餐厅组织而成的，一个是朝着巴黎大学广场的，一个是朝着李慈刘新街的；两个饭厅的家具都是从什么修道院的膳堂里来的，因为他们的长度有修道院的格式，因为他们的食具有印着数目字的铜环的定制的饭巾。福利高都一世一星期只换一次台布；但是据人家说自从他的竞争者威吓他的天下之后，福利高都二世每星期就换了两次。

这个饭馆是有器具的一个工场，而不是有风雅、有享乐的一个宴会的餐厅；每一个人一吃完都赶快的跑了出去。里边的动作很快速。伙计们走来走去，丝毫没有虚费时光，他们都有事做，他们都是必要的。菜饭没有多大的变化。永远有马铃茹，爱尔兰可以连一个马铃茹也没有，马铃茹可以到处找不到，然而在福利高都饭馆里总是有的。三十年以来他就以迪田所喜欢用的金栗色出现在这里，上面撒有青菜末，特别是女人们所喜欢的：这就是您于一八一四年所看见的，这也就是您将要于一八四〇年所找到的。这个饭馆菜单上的羊肋骨、牛里脊，就和维利饭馆菜单上的雉鸡和鲟鱼的脊肉一样，都是从早晨起就有人叫的特菜。母牛是最重要的，小牛是以最精巧的方式在这里出风头的。当鲟鱼、鲭鱼在大西洋岸出产的时候，他们都活活的送到福利高都饭馆里来。这里，一切都是和农事的变迁和法兰西各季节的偏好相符合的。人们可以在那里学到富人、闲人、那些漠不关心自然界的人们所疑惑的事物。关在拉丁区里的学生可以在那里得到关于季节的最正确的知识：他们知道什么时候要收成豆类和豌豆，什么时候市场里满充着白菜，市场所有的是什么生菜，是不是缺乏甜萝菔。当鲁先进来的时候，人家还在重复的说着古代的谤语，认为牛肉扒的出现就是马匹的死亡的结果。巴黎的饭馆很少有这种景象。在这里，您只能够找到青春和信仰、快乐所支撑的穷困，虽然这里也并不缺乏热烈而严肃、暗淡而不安的脸孔。一般人都是不大注意服装的。可是，人家也看得到穿得一身好看的常来的顾客。每一个人都知道这特殊的服装的意思是：等待情妇和朋友们去戏院里看戏，或是到高等社会去交际去。据说有许多后来成为著名人物的学生们就是在这里结成朋友的，这可以在这篇故事中看得出来。然而，除了同乡的年青人坐在同一的桌角上聚会以外，平常的食客都有一种沉闷的空气，他们很不容易解闷，也许因为受了反对一切向外发展的天主教的精神的影响。那些来过福利高都的人都会记起几个暗淡而神秘的人物，包围在一团冷雾之中，居然能够在那里吃上两年的饭，而忽然失踪了；就是最好奇的顾客的眼里也没有法子明白这些巴黎鬼魅的去迹。在福利高都开端的友谊，就在隔壁的咖啡馆借了五味酒的火焰，或是半杯某种光荣所祝福的咖啡的热气里更加牢固了。

鲁先搬到克龙尼旅馆住的最初几天，他就和一切新入教的人一样的也有许多懦怯而规矩的行动。在他试过刚刚吸去他的资本的漂亮的生活之后，他就用这最初的热情来投身在他的工作之中。这热情是这样快的消散了巴黎给一切的人（无论贫富）所生出的困难和嘲笑，这困难和嘲笑会给真正的天才和暗淡的野心引起野蛮的力量。鲁先注意到早来的好处之后，就于四点半左右来到福利高都了，那时候的菜样比较的有变化，人家所喜欢的还可以找得到。正如一切有诗人精神的人一样，他特别喜欢一个座位，他的选择的确有相当的眼力。自从他到福利高都来的第一天之后，他就在柜台附近一张桌子上从食客的姿态和偷听到的他们的谈话中知道他们是一群喜欢文学的人。并且，他的本能也使他猜想到坐在柜台旁边可以和老板聊天。大家终究可以互相认识，而在经济发生困难的时候，他也无疑的可以得到必要的借款。所以他就坐在柜台旁边的一张小方桌上，在这里他只看到两副带有两块没有套环的白色饭巾的食具，大约是给来往的人用的。鲁先的对面是一个消瘦而惨白的青年，大约和他一样的穷困，青年的脸色是美丽的，但却已经颓萎不振了，这脸色可以告诉人家他那失去的希望曾经疲倦了他的额头，而在他的灵魂之中留下一些下种而没有发芽的痕迹。鲁先觉得自己被这些诗意的废墟和一个不可抵抗的同情心逼着去接近他。

这位年青人是安古莲的诗人经过一星期的关心、谈话和互相的观察之后和他第一个倾心谈吐的人。这位青年的名字叫做陆士铎·埃田。正如鲁先一样，埃田已经离开他的故乡，离开柏利的一个城市两年了。他那活泼的态度，他那明亮的眼睛，他那简洁的谈吐，表露出一种对于文学生涯的悲苦的认识。埃田是从桑西尔来的，他也是被打击鲁先的同一的力量所引诱而在口袋里带着一本他所著的悲剧到这里来的。这力量就是：光荣、权势和金钱。这位年青人接着几天都是先来吃饭的，后来却越来越晚了。五六日的缺席之后，鲁先又碰到他的诗人一次了，他希望第二天再看见他，然而第二天他的位置却被一位不认识的人占去了。当年青人前夜互相见面的时候，昨天的谈话的火焰就反映在今天的谈话之上；但是这种中断每次都逼着鲁先去克服艰苦，而和缓了最初几星期不大进步的亲热的友谊。问了女会计之后，鲁先知道他的未来的朋友是一家小报的编辑，常常在这报上写了许多介绍新书，批评在安比居喜剧场、快乐剧院和全景剧院演过的戏剧的文章。这位年青人就在鲁先的眼中忽然变成了一位人物；鲁先计划要跟他更亲热的谈话，愿意牺牲一点儿东西来求得对于一位新近作家大有用处的朋友。这位新闻记者两星期都没有来。鲁先并不知道埃田只是没有钱的时候才到福利高都来吃饭的；也就是因为这个缘故，他才有这种沉闷的、不高兴的神气，这种鲁先用妩媚的微笑和温柔的话语来对待的冷淡的态度。然而这个连结却需要成熟的思虑，因为这位暗淡的新闻记者的生活似乎是很耗费的，参杂着一小杯一小杯的酒、一碗一碗的咖啡、一缸一缸的五味酒、戏剧和宵夜。可是鲁先初来这里居住的几天，他的行为是一个被第一次对于巴黎生活的经验所厌烦的穷小子的生活。所以，研究了消费的价格，探量了他的钱包之后，鲁先就不敢效法埃田的步伐，只怕又开始了还在懊悔的谬误。他总是在外省的宗教的规范之下，他的两位护卫的天使爱薇和大卫，当他有最小的坏思想的时候就出现在他的脑中，使他回忆他们对于他所有的希望，满足老母的期待的幸福和他的天才的前途。他每天早上跑到圣志尼维厄夫图书馆来阅读历史。他的初步研究就使他看出他在他的小说《查尔九世的弓手》中所做下的错误。图书馆关了门，他就回到他那潮湿而寒冷的房子里来修改他的著作，整章的修补，整章的删除。在福利高都吃完饭之后，他就走下商场，在布罗斯文学阅书室阅读当代的文学著作、报章、杂志、诗集，希望能够熟识当时知识界的动向，差不多等到夜里十二点才回到他那悲惨的旅馆，没有烧过任何的木头，没有用过任何的灯光。这阅读大大的改变了他的思想，他甚至于重新看了一遍他的咏花诗，他的亲爱的《群芳集》，而重新的改写，甚至于还留不到一百句的旧作。所以，鲁先最初是生活在外省的可怜的孩子们所有的纯洁而天真的生活之中的；这些外省的孩子们是在用老家的平常的生活来比较之中觉得福利高都是奢华的地方的，是在鲁森堡公园的花径中消遣着，用倾斜的眼睛和满充着热血的心田来观看美丽的女郎，没有离开拉丁区，而神圣的献身于只顾将来的成功的工作的。但是天生的诗人鲁先不久就有了一些庞大的欲望，他没有力量来反抗戏剧广告的诱惑。法兰西剧院、芜德维尔剧场、杂玩场、歌舞喜剧场给他劫去了六十佛郎左右的票价，虽然他只在那里买了奏乐所后面的座位。哪一位学生能够反抗观看达尔马所演的戏时所得到的快乐呢？一切带有诗人精神的人所共同爱恋的戏剧就迷倒了鲁先了。男女演员在他看来都是极有权力的人物，他不相信能够穿过壁垒来亲切的观看他们。这些喜剧的作家在他看来是伟大的奇人，是报章上所称许的国家的大利益。当一位剧作家，当一位演员，这么多么迷人的梦啊！那些大胆的人，例如德拉维额，确曾实现过这个梦，这些丰富的思想，这些失望之后的自信就动摇着鲁先，把他支持在工作和经济的神圣的道上，虽然他的内心有一个疯狂的欲望所组成的无声的叫唤。为着过度的谨慎起见，他禁止自己到王宫去，这个让他一天之内在维利花了五十佛郎、为衣服差不多花了五百佛郎的毁人的地方。所以，当他服从了观看福勒利、达尔马、两位巴布迪斯特或者米楚的诱惑的时候，他也并没有走过人家五点半后就排队而迟到的人非到办事处去花上十苏来买一个座位不可的黑暗的看棚更远的地方。常常，当他在那里等了两个钟头之后，“没有票了”这句话就回响在许多失望的学生的耳朵里。看了戏之后，鲁先就低着眼睛回来，一点儿也不观看街中的景象，这时候街里正满充着活的诱惑物。也许他有一两次过分平常的冒险的行为，但是这行为却在年青的畏怯的幻想中占有极重大的地位。有一天，当鲁先计算着他的钱款时，他恐惧的看着他的资金的低落，当他想到必得去搜求一位书籍商人而寻觅一个领薪的工作的时候，鲁先不禁发了一身的冷汗。他所结交的唯一的朋友，这位年青的新闻记者没有到福利高都来。鲁先等待着一个偶然的机会，然而这偶然的机会却没有来。在巴黎只有那些广交的人才会碰着偶然的机会；多方面的关系可以增加一切种类的成功的机会，而偶然的机会也是属于大队伍这一边的。鲁先还保留有外省人的先见之明，他不愿意走到只剩下几个厄古的地步：他决定去碰书籍商人的钉子。

九月的一个清冷的早晨，手臂下夹着两本稿子，他走下了哈尔布街。他一直走到奥古斯丁堤岸，一边沿着行人道散步，一边轮流的看着塞纳河的水和书店，好像是一位良善的神仙劝他宁可投身水里去而不要投进文学界一样。许多刺人的犹豫之后，深深的研究玻璃窗内或门限上所看见的相当温和、闲豫、皱眉、快乐或是愁苦的脸孔之后，他看到了在一间书铺的门前有许多伙计们正在忙着打包书籍。这是预备运输的，墙上贴有下面的广告：

出售：

《遁世者》，阿尔林古尔子爵著，三版发行。

《黎恩尼德》，杜甘慈·维克多尔著，十二开本五册，精纸印行，价十二佛郎。

《伦理学发微》，客拉特利著。

“他们真有福气，这些人！”鲁先叫了起来。

那时候，著名的拉德无卡所发明的招贴的办法正好第一次非常繁盛的出现在墙壁之上。巴黎马上就被这种招贴的办法弄得花花绿绿的，这是公家进款的一个来源。最后，带着一颗饱满热血和不宁的心的鲁先，在安古莲那样的伟大而在巴黎又这样渺小的鲁先，就沿着这些店铺跑，结集了一切的勇气，走进这间满堆着伙计、买客和书商等等的铺子里来，心里想着：“也许还有著作家们哩！”

“我要跟维达尔先生或是波尔仓先生说话。”他对一个伙计说。

他在招牌上看见大大的写着：“维达尔—波尔仓公司，代售国内外各书籍。”

“这两位先生都忙着有事。”一位伙计回答他说。

“我等着。”

人家让诗人在铺子里等着，他就在那里看着一包一包的货物；他逗留了两个钟头，忙着看书名，翻开书，这里那里的念上他几页。最后他就把肩膀靠在一个挂有绿门帘的玻璃门上，猜想维达尔或是波尔仓就是站在那里的。他听见有人在作这样的谈话：

“您愿意拿五百部吗？我要减价到五佛郎，给您两倍十三分之一的扣头。”

“这算多少呢？”

“至少十六苏。”

“那么，是四佛郎又四苏了。”维达尔或是波尔仓对卖书的人说。

“对了。”卖者说。

“记账吗？”买者问。

“老奸！您要在十八个月之后，再开一张一年为期的支票来清账吗？”

“不，你马上就算。”维达尔或是波尔仓回答说。

“那么多少时候为期呢？九个月吗？”售书人或著作家问，这位著作家无疑的是在出售一部著作。

“不，亲爱的，一年为期。”这两位代售书商之中的一个回答说。

一会儿的寂寞。

“您要了我的命了！”这位生人叫了起来。

“我们一年之内能够代售五百部的《黎恩尼德》吗？”代售书商对杜甘慈的出版人回答说，“如果书籍是依照出版人的意思流通的话，我们也就要变成百万富翁了，亲爱的老板；但是他们是依照读者的意思流通的。斯各脱的小说，人家每本才给十八苏，买三本每本才给十二苏，您却要我把您的小书卖得更贵吗？如果您要我给您推销这部小说的话，您得给我一些好处。——维达尔！”

一个大胖子离开柜台走来，他的耳朵和脑袋的中间插着一管笔。

“你上一次旅行的时候卖了多少杜甘慈呢？”波尔仓问他。

“我卖了两百部《短小的卡莱老人》；但是为着代售这些书，还得减价两种人家不给我们大减价的其他变成了黄莺的书。”

鲁先后来才懂得，所谓“黄莺”，就是书商们指着那些栖在货栈里最寂寞的地方所安放的书箱里的书籍而言的。

“并且你知道，”维达尔接着说，“毕格尔正在写小说。人家答应我们在平常的书价中抽取百分之二十的手续费，让我们成功。”

“好，就一年吧。”出版家悲惨的回答，因为他被维达尔对波尔仓所说的最后的秘密惊吓了。

“说好了吗?”波尔仓干干脆脆的问这位生人。

“是的。”

书商出去了。鲁先听见波尔仓对维达尔说：

“我们已经有三百部的定购，我们可以延期付款，我们可以每部《黎恩尼德》售卖价一百苏，我们可以叫他们六个月内清账，而且……”

“而且，”维达尔说，“这就赚了一千五百佛郎。”

“噢！我看得清楚他是很为难的样子。”

“他才倒霉哩！他要了两千部而给杜甘慈四千佛郎哩。”

鲁先关了这小屋子的小门，拦住了维达尔。

“先生们，”他对这两位合股的朋友说，“我很幸福能够给你们致敬。”

两位书商很勉强的给他行了礼。

“我是一部法兰西历史小说的作者，是模仿斯各脱的笔调写成的，这篇小说的题目是《查尔九世的弓手》，我希望你们能够得到这部书。”

波尔仓给鲁先投去了一道无情的眼色，把他的笔放在斜面写字柜上。维达尔就用一个野蛮的态度瞧着这位著作家而回答他说：

“先生，我们不是出版书籍的书店，我们是代售书籍的书店。如果我们要自己印些书的话，我们也要和一些成名的著作家办交代。并且，我们也只购买一些严格的书，一些历史，一些节本。”

“但是我的书是非常严格的；这本书是描写当日拥护极权政府的天主教徒和要建立共和政府的新教徒之间的斗争。”

“维达尔先生！”一位伙计叫。

维达尔逃去了。

“先生，我不是说您的书不是一部杰作，”波尔仓用一个相当无礼的态度接着说，“但是我们只管印好的书。请您去看看那些买稿子的人吧：罗佛尔宫附近高克街的多格罗伯，他是一个出版小说的人。如果您早说的话，您刚才就可以看见鲍礼，他是多格罗和一些木廊的书店的竞争者。”

“先生，我还有一部诗集……”

“波尔仓先生！”人家在叫。

“诗！”波尔仓生气的叫，“您把我当做谁呢？”他加上一句话，翘着鼻子对他发笑，而跑到店铺的后院不见了。

鲁先穿过了新桥，脑中有成千的思虑。他从商业的术语中听到的使他猜想在这些书商看来，书就好像是帽商所看的棉帽一样，他是一种贵卖贱买的货品。

“我错了。”他对自己说，他受到文学所有的野蛮和物质方面的打击了。

他在高克街看见一间小书铺，这是他已经走过的；这书铺的上面漆有绿地黄色的字：多格罗书店。他记得曾经在布罗斯阅读室里所读的小说所有的封面的底下常常看到这几个字。他走了进去，并不是没有一切富于幻想的人觉得必要斗争时所有的内心的颤动。他在这铺子里找到了一位奇怪的老年人，是帝国时代许多富于创造精神的书业伟人的一个角色。多格罗穿着一件带有方形大裾的黑礼服，而那时代的时装却把他的燕尾服裁得和鳖鱼尾一样。他的背心是由类似各种颜色的棋盘格子形的布料造成的，在背心的口袋的地方挂着一串钢链和一把铜钥匙，在那黑色的大裤上摆来摆去。他的表应当有一个洋葱那样的大小。这服装是以铁灰色的呢袜、银扣子的皮鞋来凑全的。这位老年人的头没有戴帽，头上是以斑白而相当富有诗意的散乱的头发来点缀的。多格罗柏

（这是波尔仓所给他加上的绰号）是以他的上衣、他的裤子和他的鞋来支持他那文学教授的身份的，又以背心、表和袜子来支持他的商人的身份的。他的身姿一点儿也不打消这种奇怪的连结：他有修辞学教师的庄严而武断的神气和他那深思的面孔，同时又有书商的尖锐的眼睛、多疑的嘴和空泛的不安的态度。

“是多格罗先生吗？”鲁先说。

“是的，就是我，先生。”

“我是一部小说的作者。”鲁先说。

“您真年青啊！”书商说。

“但是先生，我的年纪和我的事业并不相干。”

“说得对，”老书商说着，一边取过书稿。“啊，好家伙！《查礼九世的弓手》，多好的一个题目。好，年青的先生，请您用两句话给我解说您的内容。”

“先生，这是模仿斯各脱笔调的一部历史小说，在那里新教徒和天主教徒之间的斗争是用来表现两个政体的战斗的，在那里我讲述到国王如何的被侵犯。我是袒护天主教徒的。”

“呃！年青的先生，这只是思想的问题。算了吧，我要念一念您的著作，我答应您这个。我更喜欢一部用拉德克利夫夫人的作风来写的小说，但是如果您是用功，您有一些作风、有一些观念、有一些思想、有一些表现的技巧的话，我就不想要求什么，只想对您有用。我们要什么呢？……一些好稿子。”

“我什么时候可以再来？”

“我今天晚上要到乡下去，后天可以回来，我也就可以念您的著作，如果我觉得行的话，那一天就可以大家讨论。”

鲁先觉得他是这样的好说话，使他不能不想再拿出他的《群芳集》的诗稿来。

“先生，我还写了一部诗集……”

“啊，您是诗人，我不要您的小说了。”年老人说着，给他递过他的稿子，“作诗的人一写散文就写不好了。在散文里并没有什么无用的虚套，散文必得说些什么。”

“但是，先生，斯各脱也写过诗……”

“这也是真的。”息怒的多格罗说，他猜到年青人的穷困，就留下他的稿子，“您住在哪里？我要看您去。”

鲁先写了地址，没有怀疑到这位老头儿有什么背后的主意；他并不认识这位老年人是一位老派的书商，是书商们希望把福尔泰尔和孟德斯鸠关在仓库里锁了起来让他们饿死的那个时代的人物。

“我正好要从拉丁区回来的。”老年人看了地址之后，对他这样说。

“真是好人!”鲁先心里想，给书商行了敬礼。“我算是遇到一位年青人的朋友，一位懂得一些东西的人了。对我说这个吧！我要告诉大卫，天才在巴黎是很容易成功的。”

鲁先又变成快乐而轻松的了，他做着光荣的梦。他忘记了在维达尔和波尔仓柜台上刚刚打击他的耳朵的那些凶恶的话，他把自己看成至少是一千二百佛郎的富翁。一千二百佛郎代表巴黎的一年的生活费，他可以利用这一年来著作其他的新书。在这个希望之上建立多少的计划啊！看着他的生活是坐落在工作上面，他有多少的甜蜜的梦幻啊！生活安定，事情有头绪，稍进一步，还可以购置些东西。他只有用在布罗斯阅书室的不断的阅读来抵抗他的急躁。两天之后，惊异鲁先在他的第一部书中所用的作风的老多格罗，很高兴这个故事的时代所允许的人物的性格的放大的老多格罗，受了年青作家往往要在他的第一个计划中所用的狂热的幻想所激动的老多格罗——他并不是溺爱这青年作家，多格罗伯！——他就来到他的未来的斯各脱所住的旅馆里来了。他决定

多格罗对鲁先说：“看，文学家就应当有这样的生活！”

要用一千佛郎来买《查尔九世的弓手》的版权，并和鲁先订下好几部书的合同。当他看见这个旅馆的时候，这位老狐狸又改变了意见了。

“一位住在这里的年青人只有朴素的嗜好，他喜欢读书，喜欢工作；我可以只给他八百佛郎。”

他向旅馆女主人问了吕崩柏礼先生，女主人回答他说：

“第五层楼。”

书商仰起鼻尖，只看见第五层楼上面的青天。

“这位年青人是一个顶有意思的孩子，而且他是很美丽的；如果他赚了太多的钱，他一定要胡闹起来，不再工作了。为着我们的共同利益起见，我只要给他六百佛郎；不过是现钱，不是期票。”

他上了扶梯，在鲁先门上扣了三响，鲁先来开门。房子里是一个无望的空虚。桌子上有一碗牛奶和一条两苏的长面包。天才的穷乏打击了这位好好先生多格罗的心。

“让他保守这简朴的风俗，淡泊的生活，轻微的需要。——我很高兴看见您，”他对鲁先说，“先生，卢梭就是这样生活的，您和他要有更多的关系。天才的火焰就是在这种住处里发光的，超卓的著作就是在这种住处里写成的。文学家就应当有这样的生活，不要在咖啡馆、在饭馆里去找佳肴，去消磨时间、精力和我们的金钱。”

他坐下来了。

“年青的朋友，您的小说还不坏。我曾当过修辞学教授，我知道法兰西的历史；您的书里有不少的好东西。总之，您是有前途的。”

“啊！先生。”

“不，我告诉您，我们可以合作。我可以买您的小说。”

鲁先的心花开放了，他快乐得只管跳，他要到文学界里去了，他的书终于要印出来了。

“我给您四百佛郎买您的小说。”多格罗用甜蜜的声调说，他看着鲁先，他的神气好像要表现他是如何的努力于装做仁慈的样子。

“一本?”鲁先说。

“整部小说。”多格罗说，他并没有惊异到鲁先的惊讶。“但是，”他加上一句话，“这是现钱。您可以和我订立六年的合同，每年给我写两部。如果第一部六个月内售完的话，后来的小说就给您每部六百佛郎。所以每年写两部，您就可以每月得到一百佛郎，您的生活就有保障了，您就是幸福的人了。我有许多作家，每部小说我只给他们三百佛郎。从英文翻译过来的，每部只给二百佛郎。以前的时候，这种价钱已经是太多的。”

“先生，我们没有法子彼此了解；我请您退回我的稿子。”冷了半截的鲁先说。

“在这儿。”老书商说，“您还不懂事，先生。印一位作家的第一部小说，一位出版家得冒一千六百佛郎的印刷费和纸费的险。写一部小说比找这一笔款还要容易。我家里有一百部小说原稿，但是我的钱柜里却并没有十六万佛郎。啊！我做了二十年书商还赚不到这个数目呀！人家不能够靠印小说发财。维达尔和波尔仓只在一天比一天要耗费我们的条件之下来给我们代售的。您只冒险花时间，我，我却得拿出两千佛郎。如果我们上了当的话，因为书有他们的运气，我就丢了两千佛郎，至于您呢，您不过把您的诗丢给愚笨的读者而已。您想一想我跟您所说的话，您一定会再来找我的。——您一定会再来找我的，”这位书商重复的说着，用这种庄严的神气回答鲁先所发出的倨傲的姿态，“您找不到一个愿意为不认识的年青人用两千佛郎来冒险的书商，您找不到一位愿意来念您的涂鸦的伙计。我念过，我可以告诉您那里边有许多法文上的错误。您把 faire observer 写成 observér，还有 magré que。Magré 需要一个直接目的格。”

鲁先显得有点不好意思。

“等下次再看见您的时候，您就得损失一百佛郎，”他加上一句话，“那时候我只能给您一百厄古。”

他站了起来，行了礼，但是走到门根的时候，却说：

“如果您不是有点天才、有点前途，如果我对于好学的年青人不感觉兴趣的话，我一定不会给您提出这样优良的条件。每月一百佛郎！您想想吧。总之，放在抽屉里的小说比不得养在厂房里的马，他不会吃面包。说句真话，他也不会生产面包！”

鲁先拿过稿子，投在地下，叫着说：

“我宁可烧掉他，先生！”

“您真是诗人的脑筋！”老年人说。

鲁先吞下他的面包，舔了他的牛奶，下楼去了。他的房子不够大，他得和植物园笼子里的狮子一样的在里头拐弯。鲁先想到圣志尼维厄夫图书馆去，在这个图书馆里，他总看见一位差不多二十五岁的年青人老是坐在同一的角落里，专心的工作，任何的东西都不能够分他的心、打扰他，是真正的文学的工作人。这位年青人一定是来了好久了，馆里的雇员甚至于馆长本人都对他很殷勤；馆长让他把书带回去，鲁先看见这位不认识的年青人第二天又把书带来。诗人觉得这位年青人是一个穷苦而有希望的弟兄。他是短小的、消瘦而惨白的，但是，他却在相当散乱的厚密的黑头发之下隐蔽着一个美丽的额头，他有纤美的手，他那模糊里有点类似那幅仿照勒非勃夫的画像所刻的拿破仑肖像的神气，可以吸引不在意的人们的眼光。这个雕刻就是一首歌颂强烈的悲愁、含蓄的野心、隐蔽的活动的诗。请您好好的察看一下：您可以在这里找出天资、谨慎、细腻和伟大。眼睛有女人眼睛的精神，发出一道目光好像要看透一块空间而要克服一切的困难似的。拿破仑的名字并没有写在底下，然而您却一样的能够长时间的欣赏他。这位表现这个雕像的年青人平常都是穿着一条裤脚放在大鞋夹里的裤子，一件普通呢布的礼服，一条黑领结，一件灰中带白而一直扣到上面的呢背心，一顶便宜的帽子。他对于一切无用的服装的轻蔑是很明显的。这位额头上留有天神在他的奴隶的额头上所打下的印章记号的神秘的陌生人，鲁先发现他是一切福利高都的客人中最常来的一个，他是为着活而到那里去吃饭的，并没有注意到那些似乎还熟识的食品，他只喝水，不喝酒。无论是在图书馆里也好，在福利高都也好，他总是很庄严的，这庄严无疑的是从一个从事于伟大事业的生活所有的良心中来的，使他显得不可接近的样子。他的目光富有思想。沉思就寓在他那高贵的美额上。他那漆黑而活泼的眼睛可以清清楚楚的立刻看到东西，宣布他有一种看到事物的深底的习惯。他的姿势是简单的，但是他却有一个深沉的举止。鲁先不禁对他起了敬重之心。已经好几次了，他们都彼此瞧着好像要在图书馆或饭馆的出入口说话一样，然而，他们都没有敢过。这位沉静的年青人一直走到饭厅的最深处，坐在朝向巴黎大学广场的地方，所以，虽然鲁先觉得要亲近这位有许多说不出的比他优良的地方的年青的工作人，他却没有能够和他结交。正如他们后来所认识的一样，他们两个人都是初出茅庐而胆小的人，他们都有一切使孤独的人快乐的恐惧的情感。如果不是碰着鲁先刚刚好有这个突如其来的惨剧，说不定他们永远也不会通话。然而，当鲁先走进格礼斯街的时候，他却看见这位年青的生人从圣志尼维厄夫图书馆回来。

“图书馆关门了，我不知道什么道理，先生。”他对鲁先说。

这一刻，鲁先眼中满充着眼泪，他用比演讲还要漂亮的姿态来感谢这位陌生的人，这个姿态在青年人与青年人之间会马上打开他们的胸怀。两个人都走下格礼斯街，向哈尔布街走去。

“我要到鲁森堡公园去散步去，”鲁先说，“出了门，就不容易再回家工作。”

“您不是在想一些必要的思念，”陌生的人的观察，“您好像很悲愁，是不是，先生?”

“我刚刚碰到一桩怪事。”鲁先说。

他就述了他在堤岸上的访问，然后又讲到老书商和他刚刚受到的提议；他报了自己的名字，又说了几句关于自己的境况。差不多一个月的光景，他花了六十佛郎的饭费、三十佛郎的房租、二十佛郎的娱乐费、十佛郎的阅读费，一共一百二十佛郎，他只剩下一百二十佛郎了。

“先生，”不知名的朋友说，“您的经历就是我的经历，也就是每年从外省来巴黎的一千到一千两百个青年的经历。我们还不算是最不幸的。您看见这个戏院吗?”他说着，给鲁先指着奥德恩戏院的顶峰，“有一天有一个人来这广场旁边的一间房子里来住，他是一位在苦楚之中辗转的天才；他比我们还要穷苦，因为他和他所爱的一位女人结了婚；不管您认他是富是穷也好，总之，他是有了两个孩子的人；他负债累累，但是他对他的笔却有信心。他给奥德恩戏院献上一出五幕剧的稿本，剧本被接受了，得到极好的条件，演员重复的排演，院长激励这排演。这五种幸福构成了比较写这五幕剧还难实现的五出悲剧。这位可怜的作家就住在您可以从这里看见的一个仓房里，当他的剧本要开演的时候，他是为着生活而耗尽了他的最后的财源，他的妻子把他的衣服寄在当铺里，全家的人只吃到面包。最后一次的重演，公演之前的一夜，家里短了区里麦包房、牛奶厂和门房五十佛郎。这位诗人保留了最必要的东西，一件礼服、一身衬衫、一条裤子、一个背心和一只长节靴。因为确信能够成功，他就来吻着他的妻子，对她宣告穷苦的结束。‘现在算是什么东西也不会阻挠我们了。’他叫着说。他的妻子却对他说，‘还有火哩，你瞧，奥德恩着了火了！’先生，奥德恩发生了火灾。所以您也不必埋怨。您还有衣服，您并没有妻子，也没有儿女之累，您偶然还有一百二十佛郎在您的口袋里，而且您一个铜子儿的债也没有短人家的。这部剧曾在鲁瓦剧场演了一百五十次。国王给作者一笔钱。步风曾经说过，天才就是忍耐。人类的忍耐，事实上最像自然界创化万物的方法。艺术是什么，先生？艺术就是自然界的缩影。”

这两位年青人于是就大踏步到鲁森堡去。一会儿鲁先就知道了这位努力安慰他的人的名字。这位年青人就是后来变成名人的阿尔太斯·但尼尔，是现今我们这时代的一个最著名的作家，是一位有诗人的忧思而能够“使天才和性格相调和”的稀有的人物。

“人们不能够没有代价而变成伟人，”但尼尔温和的对他说，“天才是用眼泪来灌溉他的著作的。才子是一个精神的造化，正如其他一切的造化一样，他有一个可以生病的童年。社会要抛弃不完全的才子，就好像自然界要消除懦弱或结构不全的生物一样。要居在人上的人必得准备一个斗争，不要在任何的困难之前退缩。一位大著作家就是一位死不了的殉道者，如是而已。您的额头有天才的记号。”阿尔太斯对鲁先说，一边给他投去一道包围他的眼光：“如果您心里没有坚强的意志，如果您没有天使一般的忍耐，如果没有到达目的地命运就发生障碍而您也就不重新踏上您那永无底止的大路之上，好像任何地方的龟走上他们的大洋一样的话，您就得马上放弃这个事业。”

“那么，您就在等着人家的阴谋吗？”鲁先对他说。

“等着一切种类的试探，等着诽谤，等着出卖，等着竞争者的不义的举动；等着无耻的行为，等着狡猾，等着商业的辣涩，”这年青人用忍耐的声音回答，“如果您的著作是好的话，第一次的损失又算是什么呢?”

“您要不要念一念，给我批评批评呢?”鲁先说。

“好。”阿尔太斯说，“我住在四风街的一间房子里，这里是我们这时代一个最著名的人物、一个大科学家、一个最知名的外科医生德斯布兰最初受到苦痛而和生活的困难、巴黎的光荣相斗争的地方。这桩事每天晚上都给我灌上了每天所需要的兴奋剂。我就住在他常和卢梭一样吃面包和樱桃却没有卢梭的蒂礼斯而生活着的这间屋子里。下午一点钟请您来，我在那儿。”

这位诗人就分别了，大家都用说不出的柔情的悲哀来握手。鲁先跑去寻找他的稿本。阿尔太斯·但尼尔跑到当铺去把表放在那里，因而能够买到两束薪木，使他的新朋友能够在他的家里找到热火，因为天气太冷了。鲁先准时到来，他最初看见一间没有像他的旅馆那样倾斜的房子，房子里有一道黑走廊，走廊的尽头是一个黑扶梯。阿尔太斯·但尼尔的屋子就在第六层楼上，里面有两个破旧的十字窗，两窗的中间放着一个漆黑的木制书架，满堆着标号的纸片。一架漆木的小床就好像是学校里用的小床一样，一张拍卖行买来的茶几，两条盖有毛垫的靠椅就占住了这间屋子的深处，那里是裱上被烟灰和时间所染涂的苏格兰的纸。在壁炉和十字窗的中间放有一张满载着纸张的长桌子。这个壁炉的对面有一个桃木的破旧的衣橱。一张怪地毡整个的盖住地上的石板。这必要的奢侈结果可以节省热气。在桌子的前面有一张用白了的红羊皮办公椅，六张破旧的椅子就算是凑全了他的家具。在炉壁上面，鲁先看见一个带有遮光罩的老烛台，上面插着四条洋烛。当鲁先看出一切的东西都是穷苦的象征而问他用洋烛的理由时，阿尔太斯就回答说因为他受不了蜡烛的气味。这种情景指明有一种细腻的感觉的存在，证明他有一个超等的感性。稿子念了七个钟头。但尼尔非常敬虔的听着，不说一句话，不作任何的提醒，这是听者所能有的兴趣的最稀有的证据。

“怎么样?”鲁先对但尼尔说，一边把稿子放在壁炉上。

“您已经走上一条美丽而良好的路上来了，”年青人严肃的回答，“但是您的书应当加以修改。如果您不要当斯各脱的猴子的话，您得创造出一个不同的作风，然而您却模仿了他。您学他一开头就是一些悠长的谈话来安放您的角色；当他们谈了话之后，您才描写景物和动作。这种一切戏剧式的著作所必要的对照应当在后面。请您颠倒一下这问题。请您用我们的语言所特长的描写，来代替在斯各脱书里那样的伟大而在您的书中却是没有色调的谈话。您应当使您书中的对话变成您所预先说到而等待着的事情的结果。请您一开头马上就描写动作。请您把您的题目有时从前面有时从尾巴上说了出来；总之，请您改变一下您的布局，不要用人家的老套。那么，把法兰西的历史应用在苏格兰文学家的形式之上，您的作风就是新鲜的了。斯各脱没有情感，他不知道情热，也许是被他那伪君子的国风所禁止的结果。在他看来，女人是天生有责任的。除了极少数的例外，他的女主角总是绝对相同的，用画家的术语来说，他只有一个画稿来描写一切的女人。她们都是哈尔罗·克拉里斯；因为他都把她们引到同一的意思上，所以他只能够在同一的典型中抽印几个摹本，不过在巧妙的涂巴上有其不同罢了。女人的情感总是给社会的秩序带来不安的成分。感情有无穷的变化。所以描写这些感情，您就可以有这位大天才因为要适合假道德的英吉利的一切的家庭的胃口而不敢纵笔的大材料。在法兰西，您可以在我们的历史中最富于感情的时代里找到天主教和黯淡的加尔维尼教不同的动人的错误和光耀的风气。每一个正统的王朝，自查尔曼大帝起，至少都要一部大著作来描写，有的时候甚至于四部或五部，例如路易十四、亨利四世、佛兰苏一世。所以，您可以写一部有声有色的法兰西历史，您可以在那里描写服装、家具、房屋、房内的布置、私人的生活，来表现当时的精神，不要拘泥于叙述大家都认识的事实。您可以免除一般人把我们的国王来变形的描写的错误，因此，您也就可以得到一个创新的作风了。请您大胆一点儿，在您的第一部著作中重新建立起伟大的加太琳的面目，因为，您是随着一般人对于他所加的偏见而牺牲了她的。然后，再真实的描写查尔九世，不应当学新教徒的方法来描写他。十年的苦干之后，您就可以得到光荣和幸运了。”

那时候已经九点钟了。鲁先模仿他的将来的朋友的秘密的行径，请他到爱顿去吃饭，花了二十个佛郎。吃饭的时候，但尼尔把他的希望和他的研究的秘密都告诉给鲁先。阿尔太斯不承认没有深刻的形而上学修养的人可以变成非凡的天才。他这时候正在研究一切古代近代的哲学，希望能够消化他们。正如莫利哀一样，他要在写喜剧之前先养成一位深刻的哲学家。他研究书本上的世界和现实的世界，他研究思想，同时又研究事实。他的朋友是自然科学的学者、年青的医生、政论著作家和艺术著作家，好学严肃而富有前途的人们所结合的会社。他是靠那些用心写成而编在传记文学、百科全书或是自然科学的辞典内的文章所得到的极少的报酬来维持生活的：他写得不多不少，刚刚好够得维持生活，能够使他随着思路的发展为止。阿尔太斯有一部幻想的著作，完全是为研究语言的技巧而写的。这部任意修改、写了又写而还没有完全的著作，他把他留在身边，要等到最穷困的时候为止。这是用高超的小说的体裁来描写心理的著作。虽然，但尼尔是很谦虚的表达，但是在鲁先看来，他却是非常伟大的。十二点钟出了饭馆的时候，鲁先给这个没有夸大的德性、这个不自知的高超的性格保证了这样强烈的友谊。诗人并不讨论但尼尔的劝告，他是原原本本的跟随着的。这位已经成熟思想的美丽的天才，这位曾经给他（不是给别人）做一个结实而没有发表过的批评的美丽的天才，忽然给他推开了最伟大的思想之宫的宫门。外省人的嘴唇被热烈的炭火塞住了，巴黎工作人的语言却在安古莲诗人的脑筋里找到一块耕作的好土地。鲁先开始重铸他的工程。

非常快乐能够在巴黎大沙漠中遇到一颗富有和他的情感相调和的温情的心，外省的伟人就做了一切渴望感情的年青人所做的事：他好像是有周期的病症一样的归附于阿尔太斯，他去找他一块儿到图书馆里去，天气好的时候，他就陪着阿尔太斯在鲁森堡公园散步，他每天晚上，在福利高都里，坐在阿尔太斯旁边，吃完饭之后，就陪着阿尔太斯到他的屋子去，然后就如同在俄罗斯的冰天雪地里和邻人靠紧的兵士一样的靠紧阿尔太斯。认识但尼尔的最初几天，鲁先并不是没有悲哀的觉得那些朋友聚会的时候他的出场的别扭。这些超人们的谈话（阿尔太斯曾经非常真诚的对他说过的谈话）都是建立在和他们那外面的亲热的友情不相谐和的保守的界限之内。鲁先偷偷的走了出去，心中非常的难受，因为他是人家的排挤的对象。同时又因为这些不知姓氏的人物对他引起一个好奇心，鲁先不知道他们的姓氏，因为他们都是用受洗礼的宗教名字互相称呼的。他们都和阿尔太斯一样，额头上都带有特殊的天才的记号。在但尼尔背地里为他辩护之后，鲁先就被他们认为有走进这些伟大的人物所结合的文社的资格了。从此之后，鲁先就能够认识这些由于强烈的同情心，由于智慧的严肃的存在而结合在一起的人物，他们差不多每天晚上都到阿尔太斯家里来聚会。他们都预测阿尔太斯是一位伟大的作家；自从他们失掉了那时代最超群的神秘的天才，他们的第一个领袖之后（这位领袖因为一个用不着重提的原因而回到外省去，鲁先常常听见人家说到他的名字，路易），他们就把阿尔太斯看作他们的头领。

人们可以容易的明白，这些人物如何在那些和阿尔太斯一样得到完全光荣的人们的经验里来引起一位诗人的兴趣和好奇；因为很多的人都死去了。

在那些还活着的人之中有毕安仓·霍拉斯，那时候是市立医院的练习医士，后来变成了巴黎学派的一把火炬；现在他是太著名的人物了，实在用不着来描写他，或是来解释他的性情和他的品格。其次就是吉罗·黎昂，这位深刻的哲学家，这位大胆的理论者，他推翻了一切的哲学系统，批判他们，表达他们，归结他们，把他们引进他的偶像“人道主义”的脚下。他无论在什么地方都是伟大的，甚至于在他的错误的地方也是伟大的，因为他的善良的心肠使错过变成非常的高贵。这位坚毅的工作人，这位精细的学者就变成了后来一个道德政治哲学的学派的领袖，只有时间可以说出他的功绩如何的重大。如果他的信仰把他的命运引到和他的同伴们所投身的不同的地方的话，他总不失为他们的一个忠实的朋友。代表艺术的是布里都·约瑟，他是新派的一个最好的画家。如果不是受了他那容易感动的性格所产生的那些秘密的不幸的话，尚未盖棺定论的约瑟一定能够继续意大利学派的衣钵：他有罗马派的章法和威尼斯派的设色；但爱情杀害了他，不只是穿过他的心；爱情只管在他的脑中射过箭矢，使他的生活不得安宁，使他做下许多奇怪的执拗。如果他临时的情妇使他变成快乐或是苦恼的话，约瑟就可以只给展览会送去一些颜色胶着画线的画稿，或是在虚想的悲哀的重压下想要完笔的图画，因为他太专心于画线，结果随随便便着下的颜色却在这画上连瞧也瞧不出来了。他不断的使群众和他的朋友们失望。霍夫曼对于他在艺术界中大胆的创出粗笔画，对于他的偏意，对于他的幻想极为崇拜。当他健全的时候，他就引起人们的赞叹，他就品尝这赞叹，而对自己气愤不能够在那些他的眼睛可以看出而一般群众所没有看出的好处的所谓失败的图画中受到人家的称颂。他的脾气最怪不过，他的朋友们曾经看见过他把完工的画自己毁坏了，因为他觉得画得太多几笔。

“画得太过，”他说，“太学生气了！”

他是古怪的，有的时候是绝伦的，他有神经系统的一切的苦恼和快乐，在这些神经系统之中，健全会变成疾病。他的精神就和斯太因相近，只是没有文学的工作。他所说的话，他所发出的思想都有闻所未闻的甘味。他有口才，他也懂得恋爱，但是他是用偏意来爱恋，正如他在工作上面的偏情一样。他在这个文社里所以被大家喜欢的缘故，正是因为他有这些中产社会所谓的缺点。还有的就是李达尔·福尔庄斯，他是我们这时代最有幽默兴致的一位作家，他不想光荣，只给戏院送去最粗俗的著作，而在脑门里为着自己、为着朋友保留最优雅的幕景，他是这样的一位诗人；他只向群众要求足以维持生活的报酬，得到金钱之后，他就什么也不干了。和罗西尼一样的懒惰、一样的富于生产力，和莫利哀及拉柏莱一样的不得不在人家的赞同的地方或反对的对面来考虑一切的东西，他是一位怀疑主义者，他可以发笑，事实上他曾对一切发笑过。李达尔·福尔庄斯是一位伟大的实践哲学家。他对于世界的知识，他的观察的天才，他对于光荣的轻蔑（他管这光荣叫做出风头），一点儿也不使他的心田干涸。所以他并不因为私人的利益而为别人热心，如果他替人家办事的话，这一定是替他的朋友办的。为着不违反他那拉柏莱派的面具起见，他并不怨恨好吃的饮食，也不再去追寻，他既是悲哀的，又是快乐的。他的朋友们管他叫做“军营的狗”，没有任何的东西可以比这绰号更能描写他。和这四位侧面描绘的朋友至少是一样高超的其他三个人却前前后后的死去了。先说麦罗，他是在激动居维尔和圣希来·志奥夫瓦这两位同等天才之间因为分霸科学世界的一个大问题而起的著名的辩论之后死去了的，在那个主张严密的分析的科学而反对还活着的德国人所尊敬的泛神论者的人死去之前几个月死去了的。麦罗是路易的朋友，这位路易就是不久之中就要被夭死鬼从知识世界中强夺而去的人物。在这两位同样夭逝、虽然有丰富的知识和超越的天才而同样不为今日所闻的人以外，还得加上克里斯特恩·米赤尔。克里斯特恩是一位高级的共和主义者，他梦想过全欧罗巴的联邦，他在一八三〇年的圣西门的伦理运动中曾经献过极大的努力，他是赋有圣汝斯特和丹坦同样威力的政治家，然而却和一位少女一样的简朴和温柔，满充着幻想和爱情，他有一副音乐性的声调，可以取悦莫沙尔、魏伯尔或罗西尼，他可以歌唱柏郎志的小调，使诗意爱情和希望的心沉醉。克里斯特恩·米赤尔和鲁先、但尼尔及其他一切的朋友同样的穷困，然而他却毫不在意的用犬儒学派的态度来维持他的生活。他替许多大著作编制一些目次，给书商做下一些广告，他对自己的主义是一口不发的，就好像一座坟墓对于死的秘密一口不发一样。这位快乐的智慧的流荡人，这位伟大的政治家说不定会改变世界的面目，然而却以小卒的资格死在圣梅里修道院里。一位什么商人的子弹就在那里杀死了法兰西土地之上所生的最高贵的人物之中的一个。克里斯特恩·米赤尔是为自己的主义以外的其他的主义而死的。他的联邦主义要比共和主义的宣传还要厉害的蹂躏欧罗巴的君主主义；他的联邦主义和一些自认为革命时代的国约议会派的承继人的无稽的年青人所主张的无限制的自由来比较是更有理性的，没有那样的疯狂。这位高贵的平民的死亡是一切认识他的人所哀哭的；他们之中没有一个人不常常想到这无名的伟大的政治家。

这九位人物就结成一个文社，在那里，各种不同或相反的意思和主义之间的和平是由互相的尊重、互相的敬爱来维持的。毕卡尔省的绅士阿尔太斯·但尼尔是用克里斯特恩·米赤尔对于欧罗巴的联邦主义所有的同样的确信来主张他的君主主义的。李达尔·福尔庄斯嘲笑对阿尔太斯预言基督教和家庭的灭亡的吉罗·黎昂的哲学思想。相信基督的教义，相信基督是平等主义的神圣的立法人的克里斯特恩·米赤尔就卫护灵魂不灭的学说，反对超等分析家毕安仓的解剖刀。大家都在讨论而不在争论。他们一点儿骄傲的意气也没有，自己就是自己的听众。他们互相的报告自己的工作，用青春的值得尊敬的善意彼此互相请教。如果是一桩严重的事情的话，反对派就取消自己的意见，附和他的朋友的思想，证明他在自己的意见之外对于一个主义或是一个工作都是大公无私的。大家差不多都有温和的容忍的精神，这两种性质就是表明他们所以与众不同的证据。嫉妒是我们的希望所以不能实现、我们的才能所以失败、我们的成功所以被阻碍的可怕的宝库，然而却是他们所不认识的。并且大家都是在不同的道路上走。所以，被大家允许进会的人，例如鲁先，总会觉得很安闲。真正的才人总是善良的、天真的、坦白的，一点儿也不自骄的孩子；在他的身上，讽刺会抚摸他的精神，永远不会打击他的自尊。一旦尊敬心所引起的第一个感情消失了之后，人们在这些年青生力军的身边，就会生出无限的和蔼。熟识亲热并不排除每一个人对于他的价值的良心上的承认，每一个人对于另外一个人都有深切的尊重；总之，每一个人都觉得有一种力量轮到他来当赐恩人或是受恩人，大家都无条件的接受别人的恩赐。满充着情趣而不疲惫的谈话，包含有最不同的题材。字句是箭矢一样的轻飘，快速的射到最深的地方。外表上的大穷苦和理智的丰富的焕发正好产生一个奇异的对照。在那里，没有人不是为着得到一些友爱的开心而想到实际的生活。一个先期到来的寒冷的天气，阿尔太斯的五个朋友每个人都有相同的思想来了，大家都在大衣下带来一些木头，好像在野餐的时候每一个客人都得预备他的杯盘，都带一块里有鱼肉的面包一样。一切的人都赋有这反应在形式上的精神的美丽，这美丽是和他们的工作、他们的勤劳一样的用神圣的颜色涂在他们的脸上，给他们现出生活的贞洁和思想的火焰所规定而澄清的微愁的脸纹。他们的额头都有一种诗人的热情。他们那活泼而明亮的眼睛寄托着一个没有污垢的生命。当他们觉到生活的穷苦时，大家就用这样的热情来这样快乐的撑持住这穷苦，甚至于一点儿也不会改变这些还没有严重的错处的年青人的畅快的脸色。这些错处就是羡慕成功而不择用手段，喜欢文学家们用以欢迎而宽恕欺诈的容易的恭维，然而却不是没有得法的支撑的穷苦所有的任何的松懈的调和所能减轻的。使他们的友谊变成不能融化而加倍有情趣的就是一个情场所找不到的情绪：确信。这些年青人对于自己都有自信力：其中一个人的仇敌就是大家的仇敌，他们曾经破坏过个人的急切的利益来服从他们的精神的团结。他们都不会松懈而对一切的责难发过一声震人耳鼓的“不”，能够用安全来互相卫护。他们的心田都是同样高贵的，他们的情感都有同样的力量，他们能够思想，能够谈论科学和知识；就是因为这个缘故，他们的结交才是天真的，他们的言论才是畅快的。他们确信能够互相了解，因此他们的精神都是很轻松的飘来飘去；所以在他们之中，并没有任何的拘泥的礼节，他们互相的披沥痛苦和快乐，他们放心的思想，放心的苦恼。《二友寓言》里所说到的伟大人物的动人的细心在他们身上是很习惯的。他们对于允许新人物进会的严格是因为：他们对于他们的伟大和幸福太有自信心，他们不愿意让新进的、不认识的分子来打扰他们。

这种情投意合的联盟没有冲突、没有误会的经历了二十年。只有蓝巴尔·路易、麦罗和克里斯特恩·米赤尔的死亡才能够减弱这个高贵的聚会。一八三二年，米赤尔去世的时候，毕安仓、阿尔太斯、吉罗、布里都，李达尔就冒着危险到圣梅里去运出他的尸体，而在如火如荼的政治的局面之下，给他尽了最后的责任。他们整夜里陪着这位朋友的遗骸，一直到彼得—拉齐斯墓园里去。毕安仓·霍拉斯引起这个问题的一切的困难，但是他并不在任何的势力之前退缩；他坚强的求见各部长，给他们解释他对于这位断了气的联邦主义者的老交情。这是印在帮助这五大伟人的少数的朋友的记忆中的一幕动人的景象。如果您在这座高贵的墓园中散步的话，您就可以看见一块永久买来的土地上堆着一个满生青草的坟墓，上面立着一个黑木的十字架，十字架的上面写着红色的字：克里斯特恩·米赤尔。这是这种作风的唯一的墓碑。五位朋友都认为他们应当用这种简单的布置，来给这位素朴的人物致敬。

所以，在这间寒冷的楼顶房中，就实现着情感的最美丽的梦景。在那里，这些在不同的学科中都有同样的深刻的学识的弟兄们，大家都善意的互相切磋着，大家什么话都说，甚至于他们的恶思想，大家都受到广大的教育，都尝过穷苦的生活。一旦得到他们的允许，来参加这生力军的集团而当了其中的一份子之后，鲁先就在那里代表诗才和美貌。他在那里念读人家所钦佩的十四行诗。人家请他念一首十四行诗，就好像请克里斯特恩唱一首小调一样。所以，鲁先就算在四风街找到了巴黎沙漠中的一个绿洲了。

十月初旬，当他用最后的金钱购买一些木头之后，鲁先就在他最热心的工作（就是修改稿子）的中间一个铜子儿的钱也没有了。阿尔太斯·但尼尔，他是用烧泥炭的办法来壮烈的支撑他的穷苦的生活的：他一点儿也不埋怨，他把自己列入老处女的一群，而且和吝啬的人很相类似，因为他有种种的方法。这勇气激动了鲁先，他这位新入社的会员就咬定牙根不肯说出自己的穷困。一天早上，他一直走到高克街去，想把他的《查尔九世的弓手》卖给多格罗，然而他却找不到这位书商。鲁先不知道伟大的人物有多少的宽仁。每一个朋友都承认诗人的弱点，都承认随着诗人对于他们所负责重述的自然界的欣赏所激动的灵魂上的努力而起的消沉。这些人这样有力的反抗自己的不幸，他们对于鲁先的苦痛很同情。他们都知道他没有钱。于是，这文社就举行了许多的座谈，深刻的默想，诗会，说心事，讨论知识、国际的将来和历史的夜会，用一个姿态来证明鲁先是一个如何没有深知他们的新友。

“鲁先，我的朋友，”但尼尔对他说，“你昨天没有到福利高都来吃饭，我们知道你的原因。”

鲁先止不住流在两颊之上的眼泪。

“你太不相信我们了，”克里斯特恩·米赤尔对他说，“我们好久没有看见你到这里来，当我们凑成十个的时候，我们要在壁炉上做起一个十字架来。”

“我们大家都找到例外的工作，”毕安仓说，“我，我给德斯布兰看一位有钱的病人；阿尔太斯给《百科杂志》写一篇文章；克里斯特恩本来想用一条手绢和四根蜡烛到苍细莉茜去参加一夜的唱歌，但是他却找到一个工作，替一位要做政治家的人写一本小册子，拿了马基亚维尔的六百佛郎；吉罗借了他的书商五十佛郎；约瑟卖了他的书稿，福尔庄斯星期日出演他的剧本，卖了个满座。”

“这是二百佛郎，”但尼尔说，“拿着去吧，人家不会向你讨回的。”

“我们走吧，他不是要给我们接吻，好像我们给他做了一桩非常大的事似的吗？”克里斯特恩说。

为着明白鲁先在这天使一般的一群活百科全书的中心里，在这些各有各的学科所给的不同的奇才的年青人之中是如何的快乐，我们只要看一看第二天鲁先所收到的家中的回信就知道了。这些信是感觉和善良的意志的杰作，是拔除他的苦楚的可怕的叫声：

**施旦尔·大卫复鲁先书**

亲爱的鲁先，这里另寄给你一张九十日清偿的二百佛郎的期票。你可以和我们在巴黎的代理纸业商人麦特维尔先生商量。他住在塞尔班特街。好鲁先，我们什么也没有了。我的妻子已经自己管理印刷所了，她用忠诚、忍耐和使我感谢上天把一位天使赐给我做妻子的动作来清偿她的责任。她自己也承认我们要给你寄去一些最轻微的援助的不可能。但是，朋友，我相信你走上了这样美丽的道路，你有这样伟大而高贵的同伴，你绝不至于在你信中所说的差不多是神仙的智慧的阿尔太斯·但尼尔、克里斯特恩·米赤尔和吉罗·黎昂诸位先生的援助之下，在麦罗、毕安仓和李达尔诸位先生的指导之下而损失了你那美丽的命运。我瞒着爱薇给你寄上这张期票，我到期的时候可以想方法偿清。不要离开你的道路；这道路是崎岖的，但是将来总要得到光荣。我宁可受到成千的罪过，而不愿意看见你堕入巴黎的泥浆里，我在那里看到不少这一类的事情。请你鼓起勇气，正如你现在所做的一样，去避免卑劣的地方、坏恶的人、轻率的人和一部分我在巴黎时懂得估计他们的价值的无行的文人。总之，你应当做这些使我敬爱的天神们的适当的匹敌。你的行为不久就可以得到补偿了。再见，亲爱的兄弟，你使我心中快乐，我没有想到你有这样的勇气。

大卫

**施旦尔·爱薇复鲁先书**

朋友，你的信使我们大家都流泪。但望天使所引你去看见的这几位有高贵心田的人知道，有一位母亲、一位可怜的年青的妇人将要日夜的为着他们祷告上帝，如果最热心的祈祷到达他的宝座的话，这祈祷就可以为你们大家求得一些上帝的恩宠。是的，我的弟弟，他们的名字是深深的刻在我的心中。啊！有一天我要去看他们去。我要步行去感谢他们所给你的友情，因为这友情是和膏药一样的贴在我的剧烈的创痛上。朋友，我们在这里和工人一样的工作。我的丈夫，这位我一日比一日因为时时刻刻发现他的心地的丰富而更加爱慕的无名的伟人，他已经停滞了他的印刷所，并且我知道这是什么缘故：你的穷苦，我们的穷困，母亲的穷困算是杀害了他了。我们所崇拜的大卫正如被一只秃鹰、一个尖啄的黄色的悲哀所吞噬的勃落米太一样。至于他呢，这位高贵的人却没有想到这个，他还希望有一个幸运。他每天都在实行他那制纸的试验；他请我代替他去料理事物，而于空闲的时候来帮助我。哎哟！我怀孕了。这种可以使我高兴的事却使我在我们现在的情形中生出忧愁之心。可怜的母亲又变成年青的了，她又找到力气来干她的辛苦的看护病人的勾当了。想到将要到来的幸运，我们就变成快乐的。施且尔老头儿不愿意给他的儿子一个子儿花；大卫去看他，想要借些最后的款项来救济你，因为你的信使他发愁。他说："我认识鲁先，他要糊里糊涂的干些傻事。"我跟他大发脾气。我回答他说："他的弟弟什么也没有！……鲁先知道我要因为他而苦痛死的。"母亲和我、大卫并不怀疑，我们押当了一些东西；母亲等赚到一些钱之后就要把他们赎回来。因此，我们居然能够凑上一百佛郎，我就托邮局寄给你。如果我没有回答你的第一封信的话，请你不要怨恨我，朋友。我们连夜里都工作，我就和男人一样的工作。啊！我不知道我居然有这种力气。

巴尔吉顿夫人是一位没有灵魂、没有心田的女人；就是不再爱你，她也得常常保护你、帮助你，因为把你从我们手里夺去的正是她，把你投进这可怕的巴黎大海中的也正是她，在巴黎没有上帝的祝福不会从人群里、兴趣中遇到这些真正的朋友。她是不足惜的。我希望你身边会有一位忠诚的女人，第二个像我这样的女人；但是，因为我知道现在你有许多朋友继续我们的情意，我也只有在这里放心了。展开你的翅膀，可爱的美丽的天才！你要变成我们的光荣，正如你已经是我们的爱一样。

爱薇

亲爱的孩子，在你的姐姐所说的话之后，我只能够祝福你，给你保证我的祈祷和我的思念都只是满充着你，而损及我所看见的人的；因为有的心总以为看不见的人是有道理的，这种心也就是属于

你的母亲的

所以，两天之后，鲁先就能够还清朋友们那样慷慨借给他的钱。在他看来，也许生命从来没有这样的美丽，但是他的自尊的动作却并没有瞒得过朋友的深刻的眼睛和他们的精细的感觉。

“人家要说你怕短我们什么东西。”福尔庄斯叫了起来说。

“噢！他所表现的快乐在我眼中是很严重的，”克里斯特恩·米赤尔说，“他证实了我所有的观察：鲁先有虚荣心。”

“他是诗人。”阿尔太斯说。

“你们恨不恨我所有的这样自然的情绪呢？”

“我们应当注意到他没有隐瞒我们的地方，”吉罗·黎昂说，“他还坦白；但是我怕他将来会畏惧我们。”

“那么，为什么呢?”鲁先问。

“我们在念读你的心。”布里都·约瑟说。

“在你身中，”克里斯特恩·米赤尔说，“有一种魔鬼的精神，你可以用你自己的眼睛来看这个精神所有和我们的原则最不相同的东西：你的思想不是诡辩派的，但是你的行为却是诡辩派的。”

“啊！我真怕，”阿尔太斯说，“鲁先，当你变成伟人的时候，你一定要对自己做出可钦佩的辩论，这些辩论会酿成许多可咒骂的事实……你永远不会同意你自己。”

“你们的质问到底根据什么呢?”鲁先问。

“你的虚荣心太大了，亲爱的诗人，你甚至于把他放在友谊之上!”福尔庄斯叫着说，“这一类的虚荣心可以表露出一个可怕的自我主义，而自我主义却正是友谊的毒药。”

“噢，天哪，”鲁先叫了起来，“你们难道不知道我如何的爱你们吗?”

“如果你和我们爱我们那样的爱我们的话，你会那样急迫还清我们那么高兴送给你的钱吗?”

“我们这里并不借东西给朋友，我们只送东西。”布里都·约瑟突然的说。

“不要以为我们是严厉的，亲爱的孩子，”克里斯特恩对他说，“我们有预见之明。我们怕将来有一天，看见你宁可选择一个小小的报复的快乐，而不要我们的纯粹的友谊的快乐。请你读一读歌德这位天才的最大的杰作《达斯》，你就可以看出诗人喜欢漂亮的布料、欢宴、胜利和光耀。好吧，就请你当没有疯狂的达斯吧。世界和人世的欢乐要召呼你吗?留在这里吧……请你把你向虚荣心所要求的一切移到思想的地方来吧。用疯狂来换疯狂，把德性放在你的行为之中，把罪恶放在你的思想之内，不要像阿尔太斯所说的那样有好思想而有坏行为。”

鲁先低下了头，他的朋友们说对了。

“我承认我并没有你们那样的强健，”他说着，给他们投去一道尊敬的眼光，“我并没有可以支撑巴黎的腰板和肩膀，可以让我勇敢的奋斗。天性使我们有许多不同的性格和机能，你们比什么人都清楚知道罪恶和德性的表里。我已经疲倦了，我老实告诉你们。”

“我们要支持你，”阿尔太斯说，“忠实的友谊的用处就在这里。”

“我刚接到的帮助是很危险的，我们大家都是同样的穷困；需要随时跟着我。克里斯特恩在书店方面什么也办不到。毕安仓对于这一类的事情是门外汉。阿尔太斯只认识科学或专门的书店，他们并不出版小说。霍拉斯、福尔庄斯和布里都的工作和书店相距一两百里路。我得定一个主意。”

“所以请你看我们的，受苦！”毕安仓说，“勇敢的受苦，用工作来自傲！”

“但是，在你们方面只是受苦的，在我方面却就是死亡了。”鲁先激烈的说。

“第三次鸡鸣之前，”吉罗·黎昂微笑的说，“这个人一定会为巴黎的懒惰和罪恶而出卖工作。”

“工作到底带你到哪儿去呢？”鲁先笑着说。

“当人家从巴黎到意大利去的时候，人家并不在半路上找到罗马，”布里都·约瑟说，“在你看来，豌豆加上牛油就可以生长出来啦。”

“只有在法兰西世卿的大少爷们看来，豌豆才是这样生长出来的。”克里斯特恩·米赤尔说，“但是，我们这些其他的人，我们却种着、灌溉着，使我们长得更好看。”

谈话就变成滑稽的，而转换了题目。这些聪明伶俐的精神，这些精神的心田就找方法来使大家忘记和鲁先所有的这小小的争论。从此以后，鲁先懂得欺瞒这些人是如何的不容易。不久，他就觉得有一种内心上的失望，他很谨慎瞒着他的朋友们这种失望，因为，他以为他们是不易和解的孟多尔。他那容易在情感的联锁上跑老跑去的南方人的精神使他下了许多最相反的决心。

他好多次说要投身新闻界，他的朋友们总是对他说：

“您要当心啊!”

“那里就是我们所敬爱的、我们所认识的美丽而柔和的鲁先的坟墓。”阿尔太斯说。

“您不能够抵抗新闻记者的生活之中所有的快乐和工作的永远的对立；而所谓抵抗，其实就是一切德性的根源。你当了两个月新闻记者，就要高兴的施展你的权力，高兴能够操有思想工作的生死的大权。当新闻记者就是当文学的总督。能够说一切的话的人就会做一切的事！这句格言是拿破仑所说的，你也就可以懂得这句话的意思了。”

“你们不是在我的身边吗?”鲁先说。

“那时候我们不会再在你的身边了。”福尔庄斯喊道，“当了记者，你并不会比漂亮而被崇拜的音乐厅的少女，在她那衬丝的车中不想她的乡村、她的母牛和她的木屐更想我们。你实在太富有新闻记者的性质：思想的明艳和突变。你永远不会拒绝不用一个警句，他应当会使你的朋友痛哭。我在戏院的游散场中看见过不少的新闻记者，他们真使我讨厌。新闻界是一个地狱，是不义、欺骗、出卖的地狱，是人们不能穿行的；除非有维尔志尔的桂冠的保护，例如但丁，人们不能够干净的从那里出来。”

文社的社友越是阻止他走上这一条路，鲁先就越要认识这危险，越要到那里去冒险。他开始对自己辩解：再让自己被穷困惊扰一次而没有任何抵抗的办法不是太可笑的吗？看到第一部小说的交涉的失败，他就不想再来试写第二部了。并且，在写这第二部的时候，他要靠什么来生活呢？他已经在一个月的贫乏中消尽了忍耐的药剂。他难道不能够高贵的做些新闻记者们没有良心、没有尊严而做下的事情吗？他的朋友们用不信任的态度来侮辱他，他要给他们证明他的精神的力量。说不定有一天他可以帮助他们，他要当宣布他们的光荣的传令官！

“并且，在复杂的环境之前退缩还算得是什么友谊呢？”一天晚上，当他和吉罗·黎昂陪克里斯特恩·米赤尔一直走到家里时，他问米赤尔。

“我们不在任何的事物之前退缩。”克里斯特恩·米赤尔回答说，“如果你不幸杀死了你的情妇的话，我可以帮助你来隐蔽你的罪行，而且还能够一样的看重你；但是如果你变成一个侦探的话，我就要愤怒的躲开你，因为你的系统要变成懈怠的、无耻的。这两句话就可以把新闻界说透。友谊宽恕错误，宽恕感情所有的没有经过思考的行动；但是对于决定出卖灵魂、出卖精神、出卖思想的人，他却应当是不能和解的。”

“我不能够当新闻记者来把我的诗集和小说稿卖了，然后再放弃报业吗？”

“马基亚维尔曾经这样干过，但并不是吕崩柏礼·鲁先。”吉罗·黎昂说。

“那么，我就要给你们证明我就等于马基亚维尔。”

“啊！”米赤尔拉着黎昂的手，叫着说，“你刚刚把他丢掉了。——鲁先，你有三百佛郎，你可以安闲的活三个月；好，你得工作，请你再写你的第二部小说，阿尔太斯和福尔庄斯要帮你忙，结构你的布局；你将来会变成伟大的，你会成功为一位小说家。我要深入这些思想的一个虎穴，我要当三个月的新闻记者，我要替你把你的书卖给我要批评他的出版物的书店，我要写几篇批评的文章，我可以替你办到这桩事；我们可以想定一个成功的计划，你可以变成一个伟人，你也永远会继续做我们的鲁先。”

“所以你轻视我，认为我到那里去就会堕落，你却能够自救吗?”诗人说。

“赦免他，我的上帝，这是一个小孩子!”克里斯特恩·米赤尔喊道。

在阿尔太斯家的夜会里鼓起精神之后，鲁先就研究小报上的讽刺语和文章。他确信自己至少可以和最聪明的编辑相等，他就偷偷的学习这种思想的训练，而于一天早上发出一个胜利的思想，要到轻佻的出版界队长那里去投效。他穿上最出色的衣服，走过许多的桥，心里想着著作家、新闻记者、小说家和他的将来的兄弟们总会比使他失望的两个书商来得更客气，没有那样的重利。他能够遇到同情，遇到一些良善的温和的情感，好像他在四风街的文社中所遇到的一样。满身载着幻想的人所喜欢有的顺意的预想的感情，他就走到孟马尔太大马路附近圣菲亚克尔街的一家小报馆的门前；看见这报馆，他就生出年青人走进坏地方时所有的心脏的跳悸。然而，他却不顾一切的走上了位于地下室和二层楼之间的报馆办公处。在第一间由一个一半装木板一半装铁丝的隔扇分开的屋子里，他找到了一位残废的军人，用他那只唯一的手扶住头上所顶的好几令的纸，而在牙齿之间衔着一本印花税局所要的账簿。这位可怜人的脸上是黄色而长有许多红刺的，这也就是他所以被人号为“老葫芦”的原因。这位残废的军人就告诉他在铁丝窗后面的报馆的监守人。这位人物是一位得过勋章的老军官，他的鼻子被灰色的胡须包围着，头上戴着一顶黑丝的帽子，而且和乌龟缩在龟甲里边一样的缩在他那蓝色的礼服里面。

“先生要从哪一天起订报呢?”帝国的军官问他。

“我不是来订报的。”鲁先回答说。

诗人看着对面门上的招贴，上面写着“编辑室重地”，下面写着“闲人免进”。

“又是来麻烦的吗?”拿破仑的旧兵接着说，“啊！是的：我们对于小马利未免太狠了。有什么办法！我还不知道是什么原因哩。但是，如果您要质问理由的话，我是方便的。”他加上一句话，看了看角落里架在一起的钝剑、手枪和近代的兵器。

“没有什么啊，先生。我是来跟总编辑说话的。”

“这里四点钟之前什么人也没有。”

“您瞧，老吉落都，我写了十一列格，每列格一百苏，一共五十五佛郎；我只收到四十佛郎；所以，正如我跟您说的，您还短我十五佛郎。”

这些话是由一个獐头鼠目的脸孔上发出来的，这个脸孔正如煮得不好的鸡蛋白一样的白亮，中间挖着两颗浅蓝色狡猾的可怕的眼睛，是一位衰瘦的年青人的所有的，这位年青人就躲在老军人的不透明的身体的后面。这个声音使鲁先发抖，这声响正如老猫的咪咪的叫唤和豺狼的喘气的音调一样。

“是的，我的小卒，”退伍的军官回答说，“但是您却算了标题和空白，我奉菲诺的命令，叫我把行数加在一起，用每列格所应当有的行数来分。把这紧缩的方法应用在您的文稿上，您的文稿却差了三个列格。”

“他空白不给钱，这个阿刺伯人！但是他却给他的同党算这空白，大批的付给稿费。我要看看陆士铎·埃田、维尔奴……”

“我不能够触犯禁令，小先生，”军官说，“怎么！只因为十五佛郎，您就叫唤着，反对您的财神爹，您这个写起文章来和我吸一支雪茄一样容易的人！呃！您可以给您的朋友们少付一碗五味酒的钱，或是多赢一盘台球，一切的话就算是说完了！”

“菲诺的经济方法会使他吃大亏哩。”这位编辑回答着，站了

鲁先说："先生，我是来跟总编辑说话的。"

起来，走了。

“人家不是要说他是福尔泰尔或是卢梭吗？”这位会计对自己说，一边瞧了瞧外省的诗人。

“先生，”鲁先接着说，“我四点钟左右再来。”

辩论的时候，鲁先看见墙上有孔斯坦·边查民、福瓦将军和自由党的十七个著名演说家的肖像；再加上一些反对政府的讽刺画。他特别瞧着内厅的门，那里应当是起草着天天使他快乐，嘲笑国王，嘲笑最严肃的事体的权利，用一句滑稽的话放下一切的悦人的宣传。他到马路上去闲荡，这是他新感觉到的快乐，这快乐是这样合意的，结果看见钟表店的挂钟针指着四点钟，他还不觉得自己没有吃过午饭。诗人赶快飞到圣菲亚克街去，他走上扶梯，开了门，已经看不见这老军人了，他只看见这位残废的军人坐在贴过印花的纸上，咬着面包皮，用谦卑的态度恭守职务，就好像以前不懂得不知道为什么皇帝要命令他们去勤劳的苦役所做的一样。鲁先忽然想出一个主意，想要骗一下这位可怕的职员；他戴上帽子，好像就是馆里人一样的开了内厅的门。编辑室在他那贪婪的眼睛之下，现出一张盖有绿毡的圆桌，六张野樱桃木制成而还装有新草的椅子。这一间屋子的花砖虽涂过色而没有打蜡，但非常的干净，这证明群众很少来过这里。壁炉上有一面镜子，一个满盖着尘土的杂货铺所挂的挂钟，两个硬插着两支蜡烛的烛台和许多散乱的名片。桌子上折着许多旧报纸，包围着一个墨池，墨水干得和漆一样，毛笔被太阳晒得绞转。他从一张一张的纸上读到一些差不多和埃及文一样的念不出来的文章，上面有印刷所排印工人的撕痕，看了这记号才知道是排好的文稿。还有的就是这里一堆那里一堆的灰色纸上所画的相当有神色的讽刺画，画的人一定是那些要消遣时间而把弄手中的东西的人们。在一张水绿色的布纹纸上，他看见用别针别好的九支毛笔所画的关于《孤独者》的漫画。这是那时候名震全欧，应当可以使新闻记者手忙足乱的："《孤独者》在外省，出现了，惊动了女人们——在一个别宫里人们阅读《孤独者》——《孤独者》对于家畜的影响——在野蛮人之中，人家解说《孤独者》，他得到了最光荣的成功——《孤独者》译成汉文，作者把他贡给北京的皇帝——野蛮山中埃罗蒂被污。"这个漫画在鲁先看来并不雅观，但是他却使鲁先发笑。"在新闻纸中，《孤独者》是在一张天帐之下，好像迎神会中的游行一样——《孤独者》使印刷机破裂，伤了许多的熊——从反面来念，《孤独者》以他的高超的美丽惊动了翰林院的进士。"鲁先看见在一堆报纸上面有一张图像，代表一位编辑先生伸手拿帽子，下面写着：菲诺，我的一百佛郎！签着一个变成出名的人的名字，然而这个人却永远成不了伟人的。壁炉和十字窗之中放着一张书记的桌子，一张桃木的靠椅，一个字纸篓，一块长方形而叫做"壁炉前"的地毡：一切都盖上一层厚灰。窗户只有小块的窗帘。在这张书记的桌上，差不多有二十份日里放在那里的书籍、一些刻画、乐谱、鼻烟匣、一本第九版的《孤独者》（总是当时的大笑林），还有十几通密封的信。鲁先点了点这奇异的家具，默默的思想了一会儿之后，已经响了五点钟了，他就回来问问这位残废的军人。老葫芦已经吃完他的面包皮，他用小官的忍耐等待着受过勋章的军官，这位军官也许是在马路上溜达哩。正在这个时候，一位女人在扶梯上响着她的袍声和容易认识的女性的步声之后，就在门限上出现了。她是相当漂亮的。

"先生，"她对鲁先说，"我知道为什么您这样的夸张维尔志尼的女帽，所以，我就先来向您订了一年的报；但是请您说您的条件吧。"

"太太，我不是报馆的人。"

"噢！"

“从十月份订起吗?”残废的军人问。

“太太要什么呢?”重新出现的老军官说。

老军官就和漂亮的售卖时髦服装的女商人攀谈起来了。当等得不耐烦的鲁先回到第一间屋子的时候，他听见这结尾的一句：

“但是，这要使我非常的高兴，先生。佛罗兰丁小姐能够到我的铺子里来抽选她所喜欢的。我卖带子。就这样好了：您不要再说到维尔志尼，一位女劣工不会发明好式样，可是我能够，我!”

鲁先听见有相当的厄古钱落在钱柜里头。然后，这位老军官就去计算当日的收支。

“先生，我已经来了一个钟头了。”诗人相当愤怒的说。

“他们还没有来吗?”拿破仑的退休老军人说着，显得相当的忧虑，表示他的礼貌，“这不算奇怪。我已经相当时间没有看见他们了。我们现在是月中，您瞧！这些狡兔每月只于二十九至三十领薪水的时候才来的。”

“那么，菲诺先生呢?”记得社长的名字的鲁先说。

“他在费都街他的家里。老葫芦，送纸到印刷所去的时候，把今天送来的都给他带去吧。”

“那么，报纸是在哪里编印出来的呢?”鲁先自言自语的说。

“报纸吗?”这位从老葫芦手中接到买印花所剩下的钱的雇员说，“报纸吗？……——布隆！布隆！——老葫芦，明天早上六点钟就得到印刷所去看送报的人怎么干。——先生，报纸是在街里编辑先生的家里编成的，晚上十一点至十二点之间才送到印刷所去的。皇帝在的时候，人家还不认识出卖这些破纸的店铺。啊！他可以叫四个人和一位连长来让您发抖，不会让这些文句来烦恼他。但是，我说得太多了。如果我的外甥在那里找到他的利益，如果人家是为别人的儿子而写的话——布隆！布隆！——总之，这也不算坏。噢，这个！订报的人不像是紧紧的一大队一大队的来，我就要下班啦。”

“先生，好像您很懂得报馆的编辑的事务似的，是不是呀?”

“在财政方面，布隆！布隆！”老军人说着，一边搜集着喉咙里的痰汁，“凭才干，四十字一行的五十行的列格，每列格没有空白的算一百苏或是三佛郎，就是这么回事。至于编辑先生呢，他们都是些怪物，都是我所不要他们当小卒的年青人，他们因为能够把苍蝇脚放在白纸上，似乎就很看轻这皇上禁卫军的老队长，这退伍的团长，这和拿破仑一块儿走过欧罗巴的一切京城的老军官，这……”

拿破仑的兵士刷了刷蓝色的礼服，表示要出门的样子，被他这样推到门口的鲁先就大胆的来一个拆烂污。

“我是来当编辑的，”他说，“但是我可以跟您发誓我很尊敬一位皇家禁卫军的队长，铁军的团长!”

“说得好，我的小国民，”军官接着说，“但是您要当哪一级的编辑呢?”老兵士答辩着，从鲁先的肚皮上擦了过去，走下扶梯。

他只在门房里点雪茄的时候才停留。

“如果有人来订报的话，请您接待他们，记下他们的名字，楚勒姆姆。——老是订报，我只知道订报，”他接着说，转过身来朝着跟他来的鲁先。“菲诺是我的外甥，我亲戚中唯一使我得到好地位的人。所以，无论什么人想要跟菲诺打仗的话，我就请他来找老吉落都，来找禁卫军的队长，这队长去的时候只是松布尔—默斯军队的骑兵，当了五年意大利军的第一骑兵队剑术科教官！一，二，捣乱的人就要倒他的霉!”他加上一句话，做出踏进一步的姿势。“小先生，我们的编辑先生有好几等不同的阶级：有的编辑写稿子，拿薪俸；有的编辑写稿子，却没有报酬，这就是我们所谓的义务编辑；还有的什么也不写，他不是最傻的编辑，他做不出错处，他是一位文人，他属于报馆，他请我们吃饭，他在戏院里消磨时光，他捧坤伶，他非常快乐。您要当哪一种编辑呢?”

“我要当一位好好的工作的编辑，所以也要收到好好的报酬。”

“您原来就和要当法兰西元帅的一切投军的人一样！请您相信老吉落都，排队向左走，快步走，请您和这位勇敢的人所做的一样到巴黎沟中去寻找钉子去，这可以从他的姿势看出来。一位身经百战的老兵士在巴黎沟中寻找钉子不是太不成话了吗？我对上帝发誓，您只是一个光棍儿，您没有帮忙过皇帝！总之，小先生，早上您所看见的那个怪人，每月才赚四十佛郎哩。您能够干得更好吗？并且，据菲诺说，他还是这些编辑中最聪明的一个哩。”

“当您到松布尔—默斯去的时候，人家已经告诉过您这是危险的。”

“天晓得!”

“那么?”

“那么，请您去看我的外甥菲诺去吧，他是一位好孩子，是您所要遇到的最忠诚的孩子，如果您能够遇到他的话，因为他和鱼一样的滑来滑去。他的职务并不是写东西，而是叫别人写东西。好像一般教民都宁可和坤伶去鬼混而不愿意污玷纸张似的。啊！这些都是怪人！希望能够再看见您。”

这位管账就摆动他那包铅的可怕的手杖，日耳曼尼古斯将军的一个保护者，把鲁先丢在马路上，鲁先就和在维达尔跟波尔仓店里所得到的文学问题的结果一样的，为着这编辑问题而莫名其妙的愣住了。鲁先跑了十次，到费都街报馆社长菲诺·安多慈家里去，但是没有找到他。大清早，菲诺还没有回来。中午，菲诺还在奔忙：人家说他在某家咖啡馆吃午饭。鲁先跑到这家咖啡馆去，问饮料店女主人菲诺在不在，然而，他却增加了极大的逆意：菲诺刚刚出去。最后，疲倦了的鲁先就觉得菲诺是一位神秘的无有先生，他觉得还不如到福利高都饭馆去等待陆士铎·埃田。这位年青的新闻记者一定会给他解释和他有关的新闻界生活的神秘。

自从鲁先百福交集居然认识了阿尔太斯·但尼尔的那一天起，他就在福利高都饭馆里换了地位：两位朋友坐在一起吃饭，轻声的谈到高贵的文学，如何的选择材料，如何的表现，如何的冒头，如何的收场。这时候，阿尔太斯·但尼尔就给他修改《查尔九世的弓手》的稿本，重新润色几章，在那里写下几页美丽的文句，又加上一篇伟大的序文，来制御全书，而给新兴的文学投入许多的光明。有一天，当鲁先坐在等待他而被他拉着手的但尼尔身边的时候，他看见陆士铎·埃田在转动着门口鸭舌式的锁簧。鲁先立刻放开但尼尔的手，对伙计说他要在柜台旁边老地方吃饭。阿尔太斯给鲁先投去一道包蔽责骂的宽宥的天使的眼光，这眼光这样剧烈的攻击诗人的心坎，他就不能不再拉起但尼尔的手，给他重新行礼。

"这是一桩非常要紧的事，我以后再告诉您。"他对但尼尔说。

当陆士铎·埃田坐下位子的时候，鲁先也就坐了他的老位子；他先给埃田行礼，不久就开始谈话了，而且谈得这样的相契，鲁先甚至于就在陆士铎吃饭的时候跑去找他的《群芳集》。他终于能够把他的十四行诗放在新闻记者的面前，希望能够得到他的夸奖和欢迎，因而能够找到一位出版家或是进入报馆。回来的时候，鲁先看见但尼尔在饭馆的角落里曲肱而依，悲愁的看着他；但是被穷困所迫，被野心所促，他就装作没有看见他的社友的样子，跟着陆士铎来。太阳下山之前，这位新闻记者就和这位新入教的徒弟走到有大径从观象台通到西大街的那一部分鲁森堡公园的树下坐着。这一条街当时是一块旁边有畦田和沼泽的悠长的泥泞的地段，只在朝向芜古拉尔街的那一头有房子。很少的人来过这块地方，所以，当全巴黎都在吃晚饭的时候，两位情人可以在这里吵架，可以在这里拿出和解的定头钱而不至于被人看见。唯一讨厌的人就是在西大街小栏杆旁边巡哨的老兵，如果这位老兵想法要在他那单调的脚步之外向前多走上几步的话。埃田就在这条大径的两棵菩提树中间的一条木凳上，听着从《群芳集》里抽选出来做标本的几首十四行诗。两年学习而一帆风顺当了编辑先生的陆士铎·埃田相当的认识几位当代的名人，他在鲁先的眼睛里简直是一位紧要的人物。所以，打开他的《群芳集》的稿本时，这位外省的诗人就认为有预先说一篇序言的必要。

“先生，十四行诗是一种最难写的诗。一般人都不写这种小诗。法兰西没有一个人能够胜过柏特拉尔克，因为他的语言比我们的法文柔软，能够允许我们的实证主义所不容的思想的游戏（请您宽恕我用‘实证主义’这个名词）。所以，我觉得开始集些十四行诗是一种创造的工作。雨果写颂歌，卡拿利出产过简短的小诗，柏郎志独占过歌曲，卡斯美尔垄断过悲剧，拉马丁包办过默想。”

“您是古典派的呢，还是浪漫派的？”陆士铎问他。

鲁先的惊愕的神色，显示出他对于陆士铎认为必得明白的文学界的情况的全然不知。

“亲爱的，您走到一个火热的战场上来了，您得马上决定您的派别。文学本来分作好几个范围，但是我们的大人物却是分作两个阵营的。保王党是浪漫主义者，自由党是古典主义者。文学意见的分野又加上了政见的不同，而且在兴盛的光荣和衰落的光荣之间有一个应用一切的武器的斗争、狂雨一般的墨水、铁针一般的字句、锋刃一般的诽谤、极端的绰号的相加。一个奇怪的别扭，浪漫派的保王主义者要求文学的解放和我们的文学的成规的解除，而自由主义者却要保持单位、十二缀音的步法和古典时代的题材。所以双方的文学意见都是和政治意见不相一致的。那么，您是属于哪一派的呢？”

“哪一派最强呢?”

“自由党的报纸比保王党和阁部官报的订户多;但是虽然卡拿利是君主主义者,是热心宗教的人,虽然他受宫廷和教会的保护,他却能够露出他的头角。——嘿!十四行诗,十四行诗是布瓦刘以前的文学,”埃田说着,瞧了瞧被阵营的抽选而惊吓的鲁先,“您还是当浪漫派吧。浪漫派是年青的人,而古典派却是一些‘假头发’呀!浪漫派要胜过他们。”

“假头发”是浪漫派的新闻记者所找到的最后的一个字眼,用来形容古典派的字眼。

“《戏咏小白菊》!”鲁先说着,一面从两首带有同样题目的开头的十四行诗中抽选了一首:

草场上的小白菊,你们那调和的色辉
并不是完全为着悦目而发散;
他还用一首诗来说出我们的最高贵的愿望,
使人可以在那里学会他的同情。

你们那嵌有白银的黄金色的花蕊,
就是他要用来当作神明看待的宝藏,
而你们的细丝上面流着的一道神秘的血泉
就是成功所需要的预感的苦怜!

是不是为的要在复活的耶稣从墓中走进更美丽的世间
振动他的翅膀使德性降落人世的那一天,
开出华艳的鲜花,

凉秋才再来细看你们那短小的白蒂

对我们的眼色发出那靠不住的快乐的谈话，
或是使我们回忆二十年的光华？

鲁先很奇怪陆士铎整个安静不动的听着他念这首十四行诗；他还不知道厌腻散文、厌腻戏剧和诗歌的新闻记者的批评的习惯所有的听不进去的特性。惯于接受人们的称赞的诗人就忍住他的失望；他就念了巴尔吉顿夫人和文社里几位朋友所喜欢的那一首十四行诗。

“这一首也许可以获到他的一句称赞吧。”他心里想。

**第二首　《咏菊》**

我是菊花，我曾是散布在天鹅绒的草地上
那些花中的最美丽的一朵。
我真幸福，人家只因为我的婵娟来找寻，
而我的生命也要夸张着他的永远的曙光。

啊！不管我的愿望，一个新的德性的习尚
却在我的额头上倾倒了他那定命的亮火；
命运用真理来判处我的罪刑，
于是我苦痛了，消灭了：科学终会死亡。

我已经没有平静，也没有休止；
爱情用两句话来夺去我的来日，
他扯碎了我的心坎，要在那里读出我爱他的字影。

我是人家弃而不惜的唯一的花朵：
人家自他的冠冕上剥除了我的额顶，

而且得到我的秘密之后也就把我踏在脚踝。

诗人念了这之后，就瞧了瞧他的阿里斯达尔克；陆士铎·埃田欣赏着树秧地里的树木。

“怎么样?”鲁先对他说。

“好，亲爱的，念下去吧！我不是在听您念吗？在巴黎，倾听而不发一语就是称赞。”

“您听够了吧?”鲁先说。

“继续下去。”新闻记者相当突如其来的回答。

鲁先念了下面的十四行诗，但是他是心如槁灰一样的念着，因为陆士铎那不可侵犯的镇静的态度使他冰凉了他的舌头。后来，更深入文学界的生活之中的时候，他才知道在作家们之间同样环境之下的沉寂和突破，正足以表现一部优美的著作所产生的妒忌，正如他们的钦佩是宣告可以安慰他们的自尊心的平凡的作品所给他们引起的快乐一样。

**第三十首　《咏山茶》**

每一种花都在自然大书中说出一语或一文：
蔷薇属于爱情并且庆祝美丽，
紫萝兰吐出一个可爱的洁净的灵魂，
百合花则以素朴的性质发出他的光焰。

但是山茶花，这田野的怪种，
他没有蔷薇的红丽，也没有百合的威严，
仿佛是在寒冷的季节中，
为着安慰处女的媚人的烦扰而繁艳。

然而，在戏院包厢的镶边，
我却喜欢看见白色的山茶，这贞洁的冠冕，
展开他那白玉的花翼，

插在美女的黑色的髮上。
她们知道给灵魂熏染一个情感，
就好像菲迪亚斯雕刻的希腊的云母石。

“您觉得我这些可怜的十四行诗怎样呢?”鲁先正式的问。

“您要我说老实话吗?”陆士铎说。

“我的年纪相当的轻，我喜欢他，并且我太希望成功，听老实话不至于发怒，不过不是不会失望而已。”鲁先回答说。

“好吧，亲爱的，第一首那别扭的字句，可以证明他是在安古莲写成的，您一定曾费过苦心，想要在这首诗里解脱安古莲的气味；第二首和第三首已经有巴黎的味道了。但是，请您再给我念一首吧!”他加上一句说，作出一个姿态，这在外省的伟人看来似乎是很合适的。

这个要求鼓起了鲁先的勇气，他就最有信心的念了阿尔太斯和布里都所喜欢的这首十四行诗，这也许是因为他的色调。

**第五十首　《咏马兰花》**

我，我是马兰花，我出产在荷兰，
我是这样的美丽，甚至于吝啬的佛拉曼，
都愿意用比买金钢钻还要大的价值来买我的一瓣，
如果内部是洁净的，如果我是正直而伟壮。

我有封建的气派，正如一位女约兰，

穿着的是一条多褶的裙，这样的长，
我在我的衣裳上也带有徽章，
红地带着银条，黄地带着紫绛；

神圣的园丁曾用他的手指来排布
太阳的光辉和帝王的红布
给我制了一件纬线柔细的衣着。

园里没有一朵花能够有我的艳丽；
但是大自然啊！他却没有倾倒香气
在我那类似中国花瓶一般的花托。

“怎么样?”一刻的寂寞之后，鲁先就这样的说，这一刻的寂寞，在他看来似乎是不可测量的悠久。

“亲爱的，”埃田看着鲁先从安古莲带来而已经穿毁了的长靴的鞋底说，“我请求您用您的墨水来擦皮鞋，因而可以节省一些鞋油，当您从福利高都出来到这公园里来散步的时候，用您的笔尖来当牙签，摆出已经吃过饭的样子，再去找一个什么事情做做。如果您有勇气的话，就请您去当一个执达吏的书记；如果您腰子挺得硬的话，就请您去当一位店员；如果您喜欢听军乐的话，就请您去当兵。您有三个诗人的才干；但是，在露出头角之前，您得有六倍的时间预备饿死，如果您要靠您的诗来维持生活的话。依据您自己所说的幼稚的话看来，您的目的是要用您的墨水瓶来赚钱。我并不批评您的诗，他比一切堆书店角落里的诗都要好，这些栖在书店角落里的漂亮的‘黄莺’比其他的书卖得更贵，因为他们是用白色牛皮纸印成的，他们都飞到赛纳河河畔来栖止，您可以到那里去研究他们的歌唱，从热龙姆伯的商店到圣母院桥，一直到王桥为止，如果哪一天您到巴黎的堤岸去察访的话。您可以在那里遇到一切的诗论，一切的灵感的作品，一切的高超的文学，一切的赞美诗，一切的歌曲，一切的长短句，一切的短歌，总之一切七年来在孵化的鸟卵，满盖尘土的诗章，被马车喷得满纸的泥浆，被参观封面插画的过客扯得破烂不堪。您什么人也不认识，您没有任何的报纸做您的阶梯：您的《群芳集》还要和现在拿着他一样的束之高阁；他是永远也不会在著名的多里亚不惜用花草来修饰的大草场上、在公开的太阳之下开花。多里亚是给大著作家出书的书商，是木廊的大王。可怜的孩子，我也和您一样满充着幻想来的，因为酷爱艺术，我也被不可克服的行动推着向光荣的路上走去；然而，我找到了工作的真实、书店方面的困难和实际生活的苦楚。我的激发（现在已经被我抑制了），我的初期的狂热给我蔽住世界的机械性；我们应当看见这性质，应当碰到许多的钉子，撞着许多的轮轴，染上一身的油泥，听着铁链和车翼的响音。跟我一样，您不久就可以懂得，在这一切梦幻中的事物之下都有人事、情感和物质的需要在反动着。您要强烈的加入可怕的挣扎之中，一种工作一种工作的挣扎着，一个人一个人的格斗着，一党派一党派的混战着。在那里您应当做有计划的争斗，不要让同党的人摈弃，这些卑劣的斗争会使灵魂不快乐、使心田腐败，而疲倦到整个损失的地步；因为您的努力往往会使您所怨恨的人成功，不论您如何的天资高超，一个次等才干的人反而会被人接纳。文坛的生活有许多的秘密。惊愕的成功或是配得的成就，都是台下观群所鼓掌称善的；卑鄙的手段、着色的木偶、雇用捧场人和走狗，这就包含着秘密。您还是留在下层的观座之中。到了时候，请您在举步走上许多野心争夺王位的舞台之前就放弃您的宝座，请您不要像我这样的为生活而做下侮慢自己的事情（眼泪浸湿了陆士铎·埃田的眼睛）。您知道我怎么生活的吗？”

他用疯狂的语调接着说，“我家里所能给我的一点儿钱一会儿就吃光了。当我想法子使一部剧本让法兰西剧院接受之后，我却一个钱也没有了。在法兰西剧院，一位王子或是一位国王的大臣的保护不足以获得恩宠：伶人们只对那些威吓他们的自尊心的人退让。如果您有势力可以叫人家说主角患了气喘症或是女主角患了痔疮，随您的便，叫人家说剧场中的侍女杀死飞行中的一个苍蝇的话，明天就有人演您的戏了。我不知道在两年之中，我这位对您说话的人，是不是能够得到这种势力，这得有许多的朋友。那么，我是从哪里、怎么样的、用什么方法取得我的面包呢？这是我被饥饿胁迫的时候对我自己所发出的问题。几番的尝试，写了一本匿名的小说，得到多格罗的两百佛郎之后（他并不在这里赚到多少钱），我就证明当新闻记者是唯一给我饭吃的办法。但是，怎么样才可以走进这一条路呢？我不必告诉您我的步骤和我那落空的运动，也不必告诉您我如何的度过六个月被人家看作冗员的工作，如何的听见人家说我激发订报人的反感，什么时候我才算是习惯了。我们可以不必再提这些被虐待的情形。我现在正在菲诺的报纸上，写些批评马路上各大戏院的文章，差不多都没有报酬。菲诺是一位高大身材的孩子，每月差不多在福尔泰尔咖啡馆吃两三次的饭（但是您不到那里去！）。菲诺是总编辑。我是靠售卖戏院的经理因为在报纸上替他们鼓吹而报酬我的几张戏票和书店给我送来让我批评的书籍来生活的。最后，一旦菲诺满意我之后，我就在他的指导之下，写了几篇赞成或反对商人送来的礼物的文章，来干我的生意经。去风药水、土耳其药浆、头痛油、巴西药，每篇的嘲笑的批评得到二三十佛郎的报酬。我被迫去谩骂那些只给报馆极少数书籍的书店：书店只拿两部来给菲诺去售卖，但是我也得有两部去售卖。如果刊印一部杰作的话，舍不得多送几部书的书店也就大受打击了。这是不大体面的举动，但是我却靠这个来维持生活，不但是我，其他百来个人也都这样的生活！您不要以为政界的情形比文学界的情形好！这两界中的一切都是腐败的，那里的每一个人不是败坏别人的人，就是被败坏的人。如果是书业中一个重要的事情，书店就给我钱，怕我毁骂他。所以我的收入刚好和广告成为正比例。如果广告和火山破裂一样的喷出的话，金钱就和水一样的流进我的口袋，我也就请了我的朋友吃饭。如果书店没有事情的话，我就到福利高都来吃饭。坤伶们也给钱请人喝彩，但是最聪明的坤伶是给钱请人写评论的；不加可否是她们所最怕的。所以，能够引起外面辩论的评论是更有价值的，所得到的报酬也比第二天就忘记了的干干脆脆的一声喝彩多。亲爱的，笔战是出名的捷径。就是因为当了这思想上、这工业上、这文学上、这戏剧上的斗士，我每个月才能够赚到五十厄古，我才能够每部小说卖他五百佛郎，我才能够开始变成一位可怕的人物。如果我不在佛罗林家里生活，用装作富豪神气的药商的钱，而逗留在家里，如果我有由我编辑报纸的副刊的日子的话，那一天，我的亲爱的，佛罗林就可以变成一位大坤伶；至于我呢，我不知道我要变成什么，部长或是老实人都是可能的（他举起他那谦逊的头，用责难而可怕的失望的眼光瞧了瞧树叶）。我有过一部被接受的悲剧！我在我的稿中有一首将要死去的诗章！我曾经是一位好人。我曾经有过一颗纯洁的心：我有一位情妇，是全景剧院的坤伶，我这个梦想在上流社会中找到最美丽的女人的爱慕的人！最后，为着书店拒绝不肯给报馆一部书，我却对我觉得很好的一部书说了坏话！”

鲁先感动得流下泪来，他拉着埃田的手。

“在文学界之外，”新闻记者说着，站了起来，向观象台大街走去，两位诗人就在那里散步，好像要多吸一些新鲜的空气似的，“就没有一个人认识依据才能而到达的所谓赞誉、时髦、声望、名气、显著、众望的经历，这些走进光荣而不能够代替光荣的阶梯。这种道德的现象是这样光荣的，他是由各种不同程度的偶然的事发结成的，没有两个人从同一的路途走上成功的路。卡拿利和拿坦是走两条不同的路的，这两条路而且是不会重逢的。勤紧工作的阿尔太斯要从另外一个机会变成著名的。这大家所羡慕的名誉，差不多都是和成功的娼妓一样的。是的，那些下等的文学工作简直就是代表在边角里努力的可怜的女孩子；次等的文学就是一位从不良的新闻界出来的受人供给的女人，我就是她的一位扶持人；上等的文学就是一位骄傲的著名的娼妓，她有她的家具，她给国家纳税，她接待高贵的王公，随意的优待或是虐待他们，她有仆从，她有辇车，她能够使变坏的债权人等着她。啊！在一部分的人看来，例如昔日之我、今日之您，文学界是一位有五花六色的翅膀的天使，穿着白色的制服，一只手拿一根绿色的棕枝，一只手拿着光亮的宝剑，好像住在枯井之中的神话中的人物，又好像放逐在小镇之上的有德性的穷女，只以高贵的勇气来培植德性的光辉，当她不是失了体面、被人搜求、被人奸污、被人忘记的死在穷苦的人的柩车之中的时候，她就以洁白无瑕的性格飞回到天上去。不过，这些箍着脑袋的人，这些心田在雪下还有余温的人，在您所看见的脚边的世界之中是很稀少的。”他指着黄昏的烟霞所笼罩的这座大城说。

文社的景象忽然显在他的眼前，感动了他。但是，他却被陆士铎牵引去了，陆士铎还继续他那骇人的牢骚。

“他们在这发酵的酿酒缸里是稀少而不变的，是和爱情世界中的真正的情人一样的稀少，是和财政世界中只取本分应得的财富的人一样的稀少，是和新闻界中的洁净的人一样的稀少的。第一个对我说了我对您所说的话的人的经验是白费了的，就好像我的经验将来也一定于您没有用处。每年都是一样狂热的从外省急急的跑来同样多的年青的有志的青年（暂不说这数目是每年增加的），昂着头，骄着心，投身在‘时髦’的锋刃上，这‘时髦’就好像每一个都要当她的卡拉夫王子的《一千零一夜》中所说的林兰多克特公主一样！但是没有人猜透这个谜。大家都陷在不幸的沟渠里、报馆的泥泞中、书店的沼泽内。这些叫化子俯拾传记文字、面包片、报纸上的巴黎消息或是宁可要求愚蠢的短篇而不要不好售卖的长篇的杰作的喜欢讲逻辑的书商所约写的书稿的余惠。这些变成蝴蝶之前就被压碎的虫蛹，都是生活在耻辱和丑行之中，等着咬伤一位新生的天才或是拍他的马屁，听着《宪政报》、《每日新闻》或《辩论报》的太岁的命令，书店的指使，妒忌的同伴的请求，往往只为一顿饭就可以出卖。那些战胜障碍的人就忘记了他的开头的苦楚。我，就是对您说话的这个我，我曾在六个月的时间之中写了许多的文章，都是为着一位可怜的文人而写的，他说什么我就写什么，他要利用这些样本而当一个副刊的编辑：他并不把我看作同工合作的人，他甚至于没有给我一百苏，我还不能不给他伸出我的手，拉着他的手。”

“为什么呢？”鲁先骄傲的说。

“我需要在他的副刊上登出十行的文章。”陆士铎冷淡的说，“总之，亲爱的，在文学界里，真正的工作并不是发财的秘密；发财的秘密是如何的开发利用别人的工作。报纸的主人是企业家，我们是工匠。所以越是谦卑的人就越快成功；他可以生吞蛤蟆，在一切之前退让，恭维文学霸王的低级的小情感，例如从李莫慈新来的麦尔冷·埃克多尔，他已经在中央右派的报纸上干他的政治，他也在我们的小报上工作，我亲眼看见他给总编辑捡起帽子。因为讨好一切的人，这位孩子可以在各竞争的野心家的斗争之中成功。您真叫我怜悯。我觉得您和我以前一样，我确信一两年之内，您一定会变成和我现在一样。您也许相信这些苦涩的劝告含有秘密的妒忌和个人的利益；但是，这些话都是一个坠落而不能够离开地狱的人的失望而说出来的。没有人敢像我这样，用伤心者的苦痛和另外一个躺在粪土上的约伯的叫声，‘这是我的创痛’来给您说这些话。”

“在这场合中或在别的场合奋斗，我都应当奋斗。”鲁先说。

“所以您得知道啊！”陆士铎接着说，“如果您有才干的话，这个奋斗是不容和解的，因为您的最好的机遇就是不要有机遇。您的内心现在是纯洁的，这内心的严谨会在那些手中握着您的成功的人之前消灭；这些人可以说一句话就给您生命而却不愿意说，因为，请您相信我，时髦的作家是最无耻的，对新进的人最苛刻，比书店还要残酷。书店不过看到金钱的损失而已，作家却害怕一位敌手；书店不过要送您走而已。作家却要粉碎您。为着写好书，您可以从您心中一大笔墨水一大笔墨水吸出柔情、精液和力量，您可以把他们展开为感情、情绪和文句！是的，您可以写作而不行动，您可以歌唱而不格斗，您可以爱慕，您可以憎恶，您可以生活在您的书中；但是，当您给您的作风留下财富，给您的人物留下黄金和红袍而穿着破衣在巴黎街上散步，很高兴的和户口局竞争，给社会造出一位名叫阿尔多夫、高林、克拉里斯、勒尼或是马农的人，用您的生命和您的肠胃来养活这些人的时候，您就可以看出他的生活是如何的受到人家的诽谤、欺卖，如何的被新闻记者丢在九霄云外，如何的被您的最好的朋友埋没了。您能够等着他出头的一天吗？然而是谁让他出头呢？什么时候出头呢？如何的出头呢？在店铺的荒堆里存在有一部伟大的书，怀疑论的梁柱《奥柏尔曼》，这书在荒凉的书店中闲游，也就是书商们讽刺的叫作一只‘黄莺’的。这本书什么时候才能够见到他的曙光呢？没有人知道！总之，您可以想法子去寻找一位印刷《群芳集》的书店。问题不在于得到报酬，是在于能够出版。那时候您就可以看到奇怪的幕景了。”

这一段用各种不同的情绪的音调所说出来的刺耳的台词就好像雪崩一样的压在鲁先的心上，在那里放下冰一般的冷气。他愣在那里一会儿，一句话也说不出来。然后，好像受了可怕的困苦的诗章所刺激一样，他的心忽然激发起来了。鲁先拉住陆士铎的手，对他说：

“我要得到胜利！”

“好！”新闻记者说，“又是一个丢在斗兽中和猛兽决斗的基督徒——亲爱的，今天晚上全景剧院第一次演出一出新剧，八点钟开演，现在才六点，请您去穿一套您最好的衣服，态度合适一点。请您来找我，我住在哈尔布街，塞尔维尔咖啡馆的楼上，第五层楼。我们先要到多里亚家里去坐一会儿。您不是要坚持到底吗？好，今天晚上我要让您认识一位书店大王和几位新闻记者。看完戏之后，我们要一块儿跟朋友们在我的情妇家里吃宵夜，因为我们的晚饭吃得太少，不能算是一顿饭。您可以在那里遇到总编辑和我的报馆的主人菲诺。您知道芜德维尔·明尼特的一句话‘时间是一盘大素菜’吗？好，在我们方面，偶然的机会也是一盘大素菜，我们应当尝一尝。”

“我永远不会忘记这一天。”鲁先说。

“准备好您的稿子，穿好您的礼服，这倒不是为佛罗林，而是为书商。”

接着诗人的大声疾呼描写文学界的战场之后而来的朋友的仁慈，是和不久以前阿尔太斯在这同一的地方用同一的严肃的腔调说出来的宗教式的话语一样剧烈的感动了鲁先。被预先见到即将和其他的人相争夺的景象所激动，这位没有经验的年青人一点儿也不怀疑新闻记者告诉他的道德的不幸的真理。他还不知道要把自己放在两条路的哪一条，在文社和新闻界这两者之中要选择哪一个系统；在这两者之中前者是悠长的、光荣的、靠得住的，后者是布有暗礁而危险的，满充着可以使他的良心染得一身泥土的泞泥的沟流。他的性格使他取了最短的路径，表面上看来最为方便的道路，取了最决绝而快速的方法。这时候，他看不出在阿尔太斯的高贵的友谊和陆士铎的轻浮的交情中有什么分别。这种见异思迁的精神，就以为在报纸中可以找到一个合适的武器，他觉得自己有管束这武器的才能，他要拿起这武器。被这位以类似温和的放任的态度手拍手的新交的朋友的眩惑，他懂得在出版界的军队里，每个人都和将军需要兵士一样的需要朋友！看见他下了决心的陆士铎就尽量的招拢他，希望能够结成一党。新闻记者认为得到第一位朋友，鲁先却认为得到第一位保护人；前者要当后者的连长，后者要当前者的兵士。这位新入教的人就快乐的回到他的旅馆里去，在那里用当日要到音乐厅埃斯巴尔夫人的包厢去时所有的同样的细心来打扮，但是他的上衣已经是更合适的，因为他已经习惯了。他穿了浅颜色的裤子，一双四十佛郎买来的有鞋结的长靴和跳舞用的上衣，卷了他那丰厚而柔细的栗色发，再加上香油，梳成一条一条的光亮的发纹。他的额头显得大胆的样子，是他对于自己的价值和前途的感觉而生的结果。他修了他那女人一般的纤手，他那杏仁一般的指甲就变成清楚而带玫瑰色的。在他那黑绸的领上，发亮着他那圆圆白白的颈部。从这拉丁区的山上，从来就没有走下过这样年青的美男子。和希腊天神一样的美丽。鲁先雇了一辆马车，六点三刻就到达了塞尔维尔咖啡馆的门前。看门太太请他爬上四层的扶梯，告诉他一些相当复杂的地理观念。依照这些指导，他好不容易才在一条暗淡的走廊尽头找到了一个开着的门，认出一间拉丁区的古典的屋子。年青人的穷苦又跟着他到那里来，正如在克龙尼街、阿尔太斯家里、克里斯特恩家里，到处都一样！但是，到处都是受苦的人的性格所产生的印象。这里，这穷苦是凶恶的。一张胡桃木的卧床，没有帐帷，床的脚下铺着一条拍卖场买来的破地毡；窗户上面是走不透的壁炉的烟灰和雪茄的烟灰所熏黄的窗帘；壁炉上是佛罗林所送而还未进过当铺里的卡尔西尔灯；另外还有一个发黑的衣橱，一张堆满纸张的桌子，两三管散乱在上面的笔，除了前夜或是当日带来的书以外，没有其他的书；这就是一间缺乏有价值的物品的屋子的家具，这间屋子满堆着破东西，在一个墙角里是开花的破鞋和花边一样的老旧的袜子，在另一个墙角里是踏碎的雪茄头，脏污的手绢，分成两部的衬衫，印成第三板的领结。总之，这是文学的临时的扎营，其中堆满着消极的事物和最奇异的空虚，都是想象得到的。在散布着早晨所念的书籍的夜儿上发亮着福马德的红色打火机。壁炉上面闲游着一把剃刀、一双手枪和一匣子雪茄。一面雕板上，鲁先看见有钝剑交叉在面具的底下。三张椅子和两张靠椅就凑全了这条街最卑劣的旅馆的家具。这间又是污秽、又是悲凉的屋子宣告了一个没有休止而没有庄严的生活：人家在那里睡觉，在那里忙碌的工作，人家是被迫而住在那里的，人家总觉得有离开他的需要。这犬儒学派的紊乱和阿尔太斯的齐整端正的穷苦有多大的差别啊！……鲁先并不听从这包含在记忆之中的劝导，因为埃田给他开了一个玩笑来遮蔽他的罪过。

“这是我的陋室；我的大交际室是在崩比街，是我们的药商给佛罗林布置的，是我们今天晚上所要开幕的。”

埃田穿着一件黑裤子，一双擦得晶亮的长靴，一件一直扣到喉咙的礼服：他的衬衣无疑的是佛罗林所应当给他换下的，隐蔽在丝绒的硬领的里面，他刷了刷他的帽子，使他显得新颖的样子。

“我们走吧。”鲁先说。

“等一等，我还要等一位书商给我钱呢：我也许要赌钱哩；我一个子儿也没有；并且，我还得有一副手套。”

这时候，这两位新交的朋友就听见走廊里有一个人的脚步的声音。

“就是他。”陆士铎说，“您去瞧瞧，亲爱的，上帝有什么姿态来表现给诗人们看。在细看光荣的多里亚这位时髦的书商之前，您应当看一看奥古士丁堤岸的书商，旧书的商人，这位前任生菜商的诺曼人。——您来了，老鞑鞑！”陆士铎叫了起来。

“我在这里。”一个和破钟一般的干裂的声音。

“带了钱来吧？”

“带了钱来？书店里没有钱了。”一位进来用奇异的眼光察看鲁先的年青人回答说。

“先说，您还欠我五十佛郎。”陆士铎接着说，“再说，这里有两部《埃及旅行记》，人家说是非常好的书，有很多的插画，这好卖：人家用这个来报酬我所应当写的两篇文章。还有，马勒最著名的作家杜甘慈的两部最后的小说。还有，两部同样作风的一位新进作家柯刻·保罗的第二种著作。还有，两部《多尔的伊苏尔》，关于外省生活的好书。一共一百佛郎，不折不扣。所以您欠我一百佛郎，我的小巴尔柏。”

巴尔柏细心的观察这些书的书边和书皮。

“噢！他们都是很新的，”陆士铎叫着说，“《旅行记》还没有切过，柯刻、杜甘慈和那一本放在壁炉上的《象征发微》都是没有切过的，我要白给您这一本书；神话是太讨厌的，我把他送了出去，希望不至于看见从那里爬出成千的蠹虫。”

“那么，您要怎么写您的文章呢？”鲁先说。

巴尔柏深为惊愕的瞧了瞧鲁先，回头再看埃田，冷笑的说：

“我觉得这位先生没有当文人的不幸。”

“不，巴尔柏，不。先生是一位诗人，是一位可以打倒卡拿利、柏郎志和德拉维额的大诗人。他的前途很远大，除非自己不投在水里以外，他还要走到圣克鲁哩。”

“如果我可以给先生劝告的话，”巴尔柏说，“我就要劝他放下韵文来写散文。堤岸的书店已经不卖韵文了。”

巴尔柏穿着一件只有一个扣子扣住的破礼服，领很油，他的头上戴着帽子，脚上穿着一双鞋；他那半开的背心使人看见里面的一件结实的粗厚的布衬衣。他那串插有两颗贪婪的眼睛的圆脸孔并没有缺乏仁慈的气色；但是，他的眼色却表现出那些只怕惯于听人家向他要钱而的确有钱的人的空泛的不安的神色。他似乎是很圆滑的，因为他的精细很到家。当了人家的伙计之后，最近两年来，他就在堤岸上开了一间小小的书店，他就从那里到新闻记者、作家、印刷家的家里去买一些便宜的书来转售，每天可以赚他这么一二十佛郎。他很会经营，他可以嗅出每个人的需要，他可以侦测出好买卖，他可以在那些穷窘的作家身上取了百分之十五以至于百分之二十的折扣而买到书商的定期支票，第二天就跑到书商那里去用现钱交易的低廉的价格来购买人家所订购的好书，然后他就以他们的支票抵还他们而不用现款。他曾下过研究，他的经验也告诉他去小心的避免购买韵文和近代的小说。他喜欢做些小小的企业，花了一千佛郎的本钱去买些实用的书籍，能够自由的开发他，例如《儿童法兰西小史》、《簿记二十讲》、《女学生植物学》之类的书。他已经放过两三本好书，请过作家来到家里一二十回而没有决定购买他们的稿子。当人家骂他胆子小的时候，他就说从报端抄印的一本关于一场有名的诉讼的报告对他并没有损害，而且由于这关系也可以让他赚上两三千佛郎。

巴尔柏是一位胆小的书商，他是靠胡桃和面包生活的，他承诺很少的票据，他在货单上贪图小利、减少价目，自己背负着自己的书籍不知道到哪里去贩卖，但是他能够推销这些书而收到价钱。他是印刷家所害怕的，印刷家们不知道如何对付他：他以折扣的方式来付款而扣除他们的货单，因为他们有急需；然后，他就不再和上他的当的人交往，怕有什么圈套。

“好吧，我们是不是要继续我们的事情呢?”陆士铎说。

“呃！小先生，”巴尔柏情热的说，“我铺子里有六千本出售的。然而根据一位老书商的一句话，书并不是佛郎。书铺要倒霉了。”

“如果您到他的铺子去的话，亲爱的鲁先，”埃田说，“您可以在木柜上找些橡树木，是从宣告破产而拍卖的铺子买来的，您可以找到一根没有剪过烛花的蜡烛，这样一来可以很慢的消费。好容易用这个无名的微光来照耀，您可以看到空空如也的书柜。为着看守这个空柜子，就有一位穿蓝上衣的小伙计在吹指叫唤，用自己的脚打着脚后跟使他和暖，或是和马车夫在御座上一样的动臂生暖。请您瞧瞧吧！并不比我这里的书多。没有人猜得出他这生意是怎么干的。”

“这里是一张三个月为期的一百佛郎的支票，”巴尔柏说着，他忍不住微笑的从口袋里拿出一张税过印花的纸，“我可以带走您的书。您得注意，我不能够给您现款，售卖太不容易。我想您是需要我的，我一个苏也没有，我已经不得已为您开这张支票，因为我不喜欢签我的名字。”

“所以，您还要我的尊敬和我的感谢吗?”陆士铎说。

“虽然人家不是用情感来还账，但是我总要接受您的尊敬。”巴尔柏回答说。

“但是我需要手套，杂货铺的商人也要畏怯来拒绝您的支票，”陆士铎说，“拿着去吧，这里是一张非常精彩的刻画，在那边衣橱的第一个抽屉里，值得八十佛郎，那是在文字之前、文章之后的，因为我把他写得相当的滑稽。《拒绝阿尔达西尔斯的礼物的希波克拉特》应当加以讽刺。哼，这块美丽的木板很适合于拒绝接受巴黎王侯的过分的礼物的一切的医生。您还可以在刻画下面找到三十个左右的浪漫的乐谱。算了吧，都拿了去吧，给我四十佛郎好了。”

“四十佛郎!”书商就和恫吓了的母鸡一样的叫了一声，“最多二十佛郎，我还得赔钱。”巴尔柏加上一句说。

“二十佛郎在哪儿呢?”陆士铎说。

“好家伙，我不知道我到底有二十佛郎没有，”巴尔柏说着，一面在探索衣袋，“这里是二十佛郎。您把我剥光了，您有威力……”

“算了吧，我们走吧。”陆士铎说着，拿起鲁先的稿本，在线下用墨水画上一道。

“您还有别的东西吗?”巴尔柏问。

“没有，我的小施罗克。我要让您做一桩非常好的买卖（您要在那里损失一千厄古，然而却可以教您懂得来这样偷我的）。”埃田轻轻的对鲁先说。

“您的文章呢?”鲁先说着，驶车到王宫去。

“唔！您不知道这是怎么做成的。至于《埃及旅行记》，我打开这本书，这里那里的看了一些，不过没有切开我找到十一次法文上的错误。我要写一列格的批评，说作者学了刻在所谓埃及方尖石碑上面的无稽的语言，却不大认识自己的本国的语言，我要给他证明。我要说他不必对我们说自然历史和古物学，应当给我们讲到埃及的将来、文化的进步、把埃及和法兰西联结在一起的方法，因为当法兰西取而复失这埃及之后，法兰西还可以用道德的威望来结交他。那上面还可以由爱国的情绪而乱七八糟的混杂着作者对于马赛，近东和我们的商业的牢骚。”

“但是，如果他说了那些的话，您就怎样说呢?”

“那么，我就说他只有用政治的问题来打扰我们，他应当能够说到艺术，给我们描写这国家的海岸和陆上的风景。批评家就开始悲叹了。他说政治把我们溢去界外，他烦扰我们，人家可以到处找到政治。我要惋惜这些迷人的旅行记，因为人家在这里给我们解释航海的困难、海峡的艳丽、铁路沿线的美景和那些永远不旅行的人所需要知道的东西。表面上是赞美他，事实上却是冷嘲那个看见一只飞鸟、一条飞鱼、一颗桃子、高突的地理上的峰岩、看来的低处的水田就大加赞叹的旅行家。人家要责问这些完全说不通的科学的知识，好像一切深刻的、神秘的、不可了解的东西一样的惑人的科学知识。订报的人发笑了，这批评也就达到目的了。至于小说呢，佛罗林是世界上读得最多小说的女人，她可以给我分析，我就根据她的意见草草的写了下来。如果她有点不了解所谓作者的文句的时候，我就把这本书考虑一番，再向书店要一份，书店一定要给我送来，因为他很高兴人家给他写一篇好批评。”

“好家伙！但是这是批评，神圣的批评吗？”浸染了文社的理论的鲁先说。

“亲爱的，”陆士铎说，“批评是一把不能够用在薄布上的刷子，因为他可以整个的刷破了他。请您听我的！我们不要这样的干我们的活。您看见了这个记号吗？”他对鲁先说，一边指着《群芳集》的稿本。“我用一些墨水把您的绳线和纸张连在一起。如果多里亚念了您的稿本的话，他一定不能够正正确确的恢复这线的原位。所以，您的稿本就好像是贴上封条似的。这对于您所要学的经验并不是没有用处的。还有，您还得注意，您不能够单枪匹马没有后台老板而在这间书铺里得到成功，好像这些小青年走了十家书铺还找不到一间给他拿出椅子请他坐一样。”

鲁先已经感到这些详细的事实了。陆士铎付了马车钱，给他三个佛郎。鲁先大为惊讶，惊愕他那样的穷困却接着来了这样的阔绰。然后这两位朋友就走进木廊里去了，这里是所谓新书的书店称霸的地方。

这个时代，木廊是巴黎最奇怪的一个地方。我们应当描写这卑劣的劝业场，因为，他曾在巴黎生活中有过三十六年光景的大影响，年纪四十岁的人很少不会对这年青人所不相信的描写不还觉得有趣。在这冰冷、高大而宽阔的奥黎昂木廊里，一种没有花草的暖室之中有许多的木造小屋，或说得更清楚些，许多木造的小庐，屋顶相当的坏，面积很小，阴惨的阳光从朝院和朝园的十字窗透进来，这些十字窗很像乡下的酒店所有的污秽的窗口。所谓廊就是三排的小店组织而成的，小店差不多有十二尺的高度。坐落在中央一排的小店就组织成了两个廊子，他的空气给这些小店酿成一种臭味，他的顶盖让一些微弱的阳光透进永远脏污的玻璃窗。这些蜂房一般的小店却因为人群的来往而提高了价值，结果就是某些的狭窄小店，好容易有六尺的宽、八尺或是十尺的长，店税居然贵到一千厄古。由院中或园中透进阳光的小店是用小小的绿荫棚来保护的，也许要防止群众去接触、去损坏商店后面的石灰屑所筑的坏墙。所以，那里就有两三尺的地方，生长着许多科学上所不认识的奇怪的植物，再加上各种各类不是那样繁盛的工业。一张印有文字的纸张就包在一棵蔷薇的上面，结果就是用这不善管理而臭恶培植的园中的败花来给这美的词章加上香气。一切颜色的布带，一切颜色的广告都满布在树叶之中。时货的残废堵住了种植：您可以在绿丛上找到一个带结，您一定要觉得脑筋里弄错了，因为，在您所要羡赏的花朵上，您可以看见一个类似大利菊的绸钮子。在院子那一边，正如在园里那一边一样，这个怪宫的面目可以表现一切巴黎的污浊所能产生的最难看的东西：洗过的粉刷，重修的石灰墙，旧老的油漆，奇怪的告白。还有，巴黎的群众大大的玷污了这绿棚，无论是朝院的也好，或是朝园的也好。所以，在这两边，一个污秽而可以使人呕吐的边饰好像要防止雅洁的人来接近这木廊似的；但是，这些雅洁的人却并不在这些可怕的东西之前退缩，正如神话中的王子并不在恶魔放在他们和公主之间的龙虎等障碍物之前退缩一样。这些木廊的中间打通一条过道，正如现在一样，人们也和现在一样，都是从革命以前所起建，后来因为缺乏金钱而废弃的两道列成圆柱的回廊走进去的。通到法兰西剧院的石廊，那时候就形成了一个过道，高得不能测量，然而却盖得不大紧密，常常在里边下雨。人家管他叫做玻璃廊，用以分别木廊。并且，这些陋室的屋顶都是破损不堪的，奥黎昂家族甚至于还和一位著名的毛织物和布料的商人打过一次官司，因为这位商人于一天夜里损坏了相当数目的货品。商人胜了官司。一张涂柏油的双重的帆布，就算是一些地方的屋盖。齐维开始发富的那块玻璃廊的土地和木廊的土地都是巴黎的自然的土地，再加上行人的长短鞋靴所带来的非天然的土地。无论什么时候，脚都碰着干结的泥土的山岭和溪谷，人不断的扫除，不断的请求新来的客人得有一种好习惯在那里走路。

这一大堆的悲惨的泥土，这些由雨水和灰尘混合成垢的玻璃门窗，这些扁平而盖有破布的小庐，这刚开始动工的墙垣的污脏，这居留游荡歌民，定期市场的暂时的木造小屋，人们在巴黎用以围绕没有盖好的建筑物的临时的营造的一切东西的总合，这娇揉造作的姿态很可钦佩的凑合着在这满充声调和狂欢的厚颜的污秽的厂棚下举行的各种不同的商业。自从一七八九年的革命到一八三〇年的革命为止，这里曾经发生过极大的繁荣。二十年的光景，交易所就建立在这对面，宫殿的地面层里。所以，公共的舆论、名誉或是不名誉都是在这里造出来的，政治上和财政上的事故也是在这里酿成的。人家都是在交易所的前后的廊子里约会见面的。巴黎的银行家和大商人常常集中在王宫的院子里，一下雨的话，就都滚到这避雨的地方里来。这种建筑物的性质，不知道怎么样的发生在这一点上，使他变成了一个奇异的有声有色的地方。这里布满着笑声的爆发。在这一头的争吵，另一头的人绝不至于不知道是什么回事。这里只有书商、诗人、政治家、文士、时装商人和那些只有晚上出来的美丽的女郎。这里满充着新闻和书籍、新旧的光荣、议员的阴谋和书铺的扯谎。这里售卖给读者一些新出版的书籍，因为读者固执着非到这里来买不可。这里只要一个晚上就可以售出几千部古里埃·保罗—路易的某种著作，或是《一位公主的冒险》，这是奥黎昂家族对于路易十八的宪章所开的第一炮。当鲁先到这里来的时候，有的铺子有相当漂亮的门和玻璃窗；但是，这些铺子是属于朝向院里或是花园的那两排的。一直等到建筑家方登英的斧子砍破了这奇异的殖民地的时候为止，坐落在这两排廊子之中的铺子都是整个开门的，好像外省的定期市场中的铺子一样的用柱子扶着的，眼睛也可以浸没在这两排廊子之上，看穿货物或是加装玻璃的门户。因为在这里生不了火，商人们只能够用些手炉或脚炉，自己当火警，因为一不小心，在一刻钟之内就可以把这太阳晒干，已经被污卑所燃烧，满堆着臭气、棉纱、纸张，有的时候甚至于有过道风来换气的木板，烧得干干净净。时装铺子里满堆着莫名其妙的帽子，似乎是搁在那里陈列的，而不是售卖的，一切都是成百的挂在尾端变成毛菌的铁钩上，而给走廊装饰了千红万紫的旗帜。二十年的光景，游人都在问着这些满积灰尘的帽子到底要在哪些头上来完成他的功绩。大体是丑陋而放逸的女工都用奸刁的话语，学着中央市场的风俗和语言来勾引女人们。一位口齿非常伶俐、眼睛非常活泼的娇艳的女工坐在杌子上，对来往的行人窘辱说："买一顶好帽子吧，太太！——让我给您卖一些东西吧！"她们那丰富而动耳的字句是由声调的曲折、对于行人所加的眼色和批评而变化无穷的。书商和时装商人都是依靠十全的智慧来生活。在那些加上奢华名字的所谓玻璃廊之中，就有许多特殊的买卖。那里有在腹中说话的耍艺人，有一切种类的变把戏的幻术家，有人家什么也看不到或是把整个世界都让您看的戏法。这里第一次来了一个人，他在定期市场中赚到成千八百的佛郎。他有一块招牌，一个太阳在一块黑挂屏中转动，在这太阳的四周现出这些红字：“这里可以看见上帝所看不见的东西。价格：二苏。”请您看的人绝不许您一个人看，也不许您比两个人还多的来看。一进去，您就看见鼻碰鼻的一面大镜。忽然有一个声音（这声音曾经惊坏过柏林的霍夫曼），好像动了发条的机器一样的说：“先生，您可以在这里看见永生的上帝所看不见的东西，就是和您一模一样的人，上帝没有另外一个同样的上帝!”您就觉得非常的耻辱，而不敢对人承认您的受骗。在一切的门上都有类似的声音对您吹嘘世界的胜迹图，君士坦丁的风景、傀儡戏、下棋的自动机、嗅得出社会上最漂亮的女人的狗。能作腹中语的菲慈—查姆，当他死在孟马尔太，和诸艺学校的学生混在一块之前就曾在这里的波勒尔咖啡馆中红过一时。这里还有售卖叶子和花草的人，一位著名的裁缝，他那军装的刺绣在夜里发亮，就好像太阳一样。早晨一直到午后两点钟为止，木廊是寂然无声的、黯淡而荒凉的。商人们就在那里跟在自己家里一样的聊天。巴黎人所订的约会只在三点钟之后开始，因为这正是交易所开门的时刻。群众来了之后，贪嗜文学而莫名一文的年青人就在书店的陈列部中读着免费的书。看守展览的书的伙计们很慈善的让可怜的穷青年去翻阅。如果是史马拉、施连米尔・彼得、时博卡尔・约翰、约哥这一类作家所著的两百页十二开本的书籍的话，两次的阅读也就读完了。那个时代，阅书室的组织还没有存在，要念书就得买；所以小说的售量在现在看来简直有点像神话。这里有一种我也说不上来的对于穷困而有知识荒的年青人的施济。这种可怕的劝业场的诗景是在太阳西沉的时候起开始的。毗连的街道上有许多的妓女来来往往的走，可以在那散步而不必花捐税。一个妓女是从巴黎的一切的角落中跑来“干她的王宫”的。石制的走廊是属于那些付了税金而有特权在某个和某个穹窿之间或在公园中相对待的地方里陈列穿得和公主一般的女人的妓院；然而木廊都是淫污的公开的场所、地道的王宫，这是当时含有妓院意义的一个名词。一位女人可以来到这里，陪着她的追逐人出来，带他到她觉得适合的地方去。这些女人就这样的吸引一大群的人众晚上到木廊里来，人家都在那里步行，好像游行或是戴面具的跳舞一样。这种慢步可以让人家细察，然而却不妨碍任何的人。这些女人都穿着一种现在已经不再存在的衣裳；穿的方法是一直露到背部的中央为止，胸前也露到很低的地方为止；她们的奇怪的头饰是发明来吸诱人们的视线的：这一位梳着高栖瓦式的头，那一个梳着西班牙式的头；这一位的头发是卷得和鬈毛狗一样，那一位却梳得和包头带一样的平滑；她们那被白色袜子扎得紧紧的不知道怎样露出的大腿总是恰当的，这一切的污秽的诗章现在都不存在了。问答的放肆这和地点互相调和的公共的犬儒主义已经找不到了，不但在戴面具的跳舞中找不到，就是在现今的著名的跳舞会里也找不到。这是可怕的，又是快乐的。肩膀上和脖子上的光耀的肉块就在差不多总是黑暗的男人的衣服中发亮着，而显出最明显的对照。喧嚣的声音和散步的脚声形成了一种音乐，一直闻到花园的中央，好像杂有少女的笑音或是稀少的争论的吵声的继续的低音曲。像样子的人，最惹人注目的男人都在那里被面貌不安分的人用肘碰击着。这种奇怪的集会有一种我也说不出来的刺人的成分，就是最无感觉的人也受到他的激动。所以全巴黎的人都来到那里，一直到最后的时刻为止；他们都在建筑家建筑地窖时盖在地窖上面的木板之上散步着。当这下流的木块崩倒下来的时候，是有许多的广大而一致的叹息跟着来的。

几天之前，书商拉德无卡已经在分开这些走廊的过道的角落里，在多里亚书店的前面开起铺子。多里亚是现在被人忘记了的青年，他是勇敢的，他是开垦他的竞争者后来在那里发达的道路的人。多里亚的书铺坐落在朝向园中的一排之中，拉德无卡的书铺则是朝向院子的。多里亚的铺子分为两部，他有一个很大的书店，另外一部分就是他的办公室。第一次晚上来到这里的鲁先却被这个面目弄得茫然失措了，因为这是外省人或是青年人所无法抵抗的。他一会儿就失掉了他的领导人。

“如果您和那个孩子一样的漂亮的话，我就要找还您的钱。”一位野鸡指着鲁先对一位老头儿说。

鲁先变得和盲人的狗一样的害臊。他就在一种难于笔述的愚蠢和激动的状态之下跟着大伙走。被女人的视线所窘迫，被白皙的脸孔和眩惑他的大胆的女人的胸部所煽诱，他侥幸没有丢掉拿得紧紧的那部怕失去的稿本，他是洁净而天真的！

“好，先生！”他觉得一只手臂被人抓住，以为他的诗集曾引起什么作家的注意，就这样的叫了起来。

他认出是他的朋友陆士铎，陆士铎对他说：

“我就知道您一定最后会到这里来！”

诗人正在一间书店的门口，陆士铎请他走进去，这间书店满充着人，等着要和书业大王说话。印刷家、纸商和图案家都一大群的围住伙计，或是询问正在进行的事情，或是默默的思想着。

“注意，那就是菲诺，敝报的社长；他和一位有才干的年青人维尔奴·飞里先说话，这位年青人是一个小坏蛋，就和恶病一样。”

“原来你初演你的戏剧，老兄。”菲诺说着，和维尔奴一块儿走到陆士铎这边来，“我处置了厢位了。”

“你把他卖给布鲁拉尔吗?”

“那么，以后呢? 你得弄个位置。你要问多里亚什么呢? 啊! 我们应当设法捧柯刻·保罗，多里亚拿了二百部去，杜甘慈拒绝他一部小说。他说多里亚要培养一位同样性质的新作家。你应当把柯刻放在杜甘慈之上。”

“但是我和杜甘慈有一幕剧给快乐戏院。”陆士铎说。

“那么，你就对他说文章是我写的，你说你觉得我写得太残暴，你可以安慰他，他还得感谢你哩。”

“你可以到多里亚那儿给我打折扣预支一百佛郎吗?”埃田对菲诺说，“你知道，我们要一块儿吃宵夜，给佛罗林的新寓所举行开幕典礼哩。”

“啊! 是的，你请我们吃饭。”菲诺说着，显出努力回忆往事的神气。“好吧，卡布桑，”菲诺说着，拿了巴尔柏的票据，交给掌柜的，“请您替我交给这个人九十佛郎。——请您在票据背后签字吧，老兄!”

掌柜点数银钱，陆士铎拿了掌柜的笔，签了字。注目倾耳的鲁先没有漏掉这个谈话中的一个音缀。

“这还不算完，好朋友，”埃田接着说，“我不给你道谢了，我们是共同生活的。我应当给多里亚介绍这位先生，你应当安置他来听我们的话。”

“什么事呢?”菲诺问。

“一部诗集的事。”鲁先回答说。

“啊!”菲诺惊讶的说。

“先生好久没有和书店来往，”维尔奴瞧了鲁先一眼说，“他恐怕已经束紧他的稿本，放在家中最荒野的角落里。”

正在这个时候，一位漂亮的年青人，布郎德·爱弥儿进来了。他刚刚在《辩论报》开始写重要的文章。进来之后他就给菲诺和陆士铎伸过手，轻轻的给维尔奴行礼。

“夜里十二点请你到佛罗林家里来，和我们一块儿吃宵夜。”陆士铎对他说。

“我听话。”年青的人说，“但是，到底还有谁呢?”

“啊！还有佛罗林和药商马蹄发，”陆士铎说，“还有布吕埃尔，就是一开头就给佛罗林派一个角色的作家；短小的老头儿葛尔杜伯，和他的女婿卡莫苏；然后还有菲诺……”

“你的药商做的事情都合适吗?”

“他不会给我们药材吃。”鲁先说。

“先生倒很聪明，”布郎德瞧着鲁先说，“他也吃宵夜吗，陆士铎?”

“是的。”

“我们要痛快的笑他一阵。”

鲁先一直脸红到耳边。

“你老是跟他说话吗，多里亚?”布郎德敲着多里亚的办公室上面的玻璃门说。

“朋友，我就来找你。”

“好，”陆士铎对他所保护的人说，“这位差不多和您一样年纪的年青人是《辩论报》的人。他是批评大王之中的一个：人家很怕他，多里亚要来拍他的马屁，那时候我们就可以跟这雕板大王、印刷大王来讨论我们的事情了。不然的话，就是等到十一点，也不见得会轮到我们来说话。要见他的人一刻一刻的增多。”

鲁先和陆士铎于是就走近了布朗德、菲诺和维尔奴，就到店铺的尽头去凑成一群人。

“他做什么呢?”布朗德对站起来给他行礼的伙计头卡布桑说。

“他收买一家周报，想要用他来反对《明拿夫报》，因为这报纸太专门捧埃伊梅利了；用他来反对《保守报》，因为这报纸太盲目的浪漫。”

“他要出大价钱吗?”

“可是，和向来一样……太那个!”掌柜的说。

正在这个时候，一位年青人走进来了。他新近曾出过一部销售极快而大成功的小说，这部小说是为多里亚而再版的。这位带有艺术家性质而有特别古怪脾气的年青人颇引起鲁先的强烈的注意。

“拿坦来了。”陆士铎朝着外省诗人的耳朵说。

虽然年富力强的拿坦的姿态有一点野蛮的骄气，他却脱了帽，走近这些新闻记者，而且差不多非常谦虚的站在布郎德前面，其实他只看见过布郎德，并没有深刻的认识他。布郎德和菲诺的帽子还是戴在头上不脱的。

“先生，我很荣幸能够碰到碰巧相逢的机会……”

“他心里乱了，居然说了这句用重复语的话。”飞里先对陆士铎说。

“……来感谢您在《辩论报》上给我写了一篇这么好的评论。我的小说的成功，一半是您的功劳。”

“说哪里话来，说哪里话来，朋友，”布朗德说着，显出一种行仁不宣的神气，“您有才干，我不说假话，我很高兴能够认识您。”

“您的批评登出来之后，我已经没有阿谀权势的嫌疑了：我们现在可以没有猜忌的在一起。您可以赏我一个面子明天跟我一块儿吃晚饭吗？菲诺也得来。——陆士铎，你老兄，你不至于拒绝我吧?”拿坦说着，给埃田行了一个握手礼。“——啊！您走上坦途了，先生，”他对布郎德说，“您是继续杜索尔夫妇、费埃维夫妇、左夫瓦夫妇的！霍夫曼曾对他的学生、我的朋友维昂·克罗德说到您，他说他可以放心的死去，因为《辩论报》可以不朽了。

他应当给您很大的报酬，不是吗？”

“每列格一百佛郎，”布朗德回答说，“这价钱并不大，因为我得念许多书，念上一百本才找出一本值得批评的，像您的书一样。我很喜欢您的著作，说句真话。”

“这本书给他带去了一千五百佛郎。”陆士铎对鲁先说。

“但是您也参加政治的活动吗？”拿坦接着说。

“是的，这里那里的参加一点儿。”布朗德回答说。

在这里和胎芽一样渺小的鲁先，他曾赞叹过拿坦的书，他崇拜作者和崇拜上帝一样，他在他所不认识的批评家的懈怠之前不禁呆愣住了。

“我也有一天能够这样的自处吗？他难道得除掉他的尊严吗？”他心里想。“——戴上你的帽子吧，拿坦！你真是写了一部好书，可惜批评家只写过一篇评论。”

这些思想在他的血管里打滚了他的血液。他不时不时的看见许多胆小的年青人，许多勤紧的作家请求要和多里亚说话，但是一看见铺里满堆着人，他们就失望的走出来说：“我以后再来。”在一群政客的集团中间有两三个人在谈论国会的招集和一些政界上的事情。多里亚所要收买的周报有权利讨论政治。这个时代，纳过印花税的纸上的讲坛已经变成稀少的。一个报纸就和一座戏院一样的有权利被人追逐。《宪政报》的一位最有势力的股东是政客集团中的人物。陆士铎非常殷勤的尽了他的引导的责任。所以，从一句话一句话之中，多里亚就在鲁先的脑筋里渐渐的变成伟大的人物了。鲁先在这间铺子里看到政治和文学的联合。眼看着一位超等的诗人在新闻记者之前贱卖他的诗才来卑污艺术，这就好像一位女人在这下等的走廊里卖笑被卑污一样，外省的伟人就得到许多可怕的教训了。金钱！金钱是一个描写一切的谜的字眼。鲁先自己觉得是孤单的，没有人认识的，是被一条可怀疑的友谊的线索把他系在将来的成功和幸运上面的。他责难文社中那些和蔼而真实的朋友曾用错误的颜色来给他涂染世界的图像，曾阻止他拿一管笔投身到这战场里来。

“我说不定已经是布朗德了！”他心里这样的叫喊着。

那位刚在鲁森堡顶梢好像一只受伤的鹰鸟那样喊叫过的陆士铎，那位曾经让他看得那样伟大的陆士铎，这时候却只是渺小的了。在那里只有趋时的书商，这一切的人的生存的工具才是一位重要的人物。诗人手中拿着他的稿本，他觉得有种类似恐惧的战栗。在这个铺子里头，这些漆成云母石颜色的木柱之上，他看见许多半身像，有拜仑的，有歌德的，有多里亚希望得他一部书的卡拿利先生的。卡拿利到这间铺子里来的那一天，他就能够测量到书店抬举他的高度。鲁先不知不觉的失去了自己的价值，他的勇气弱化了，他预料到多里亚对于他的命运有多大的影响，他不耐烦的等待着这影响的出现。

“好，孩子们，”一位好像古代罗马总督而有一般肤浅的人认为仁慈的神气的小胖子说着，“我现在是这家可以收买而有两千订户的周报的唯一的主人了。”

“小丑！印花税局说是七百订户，这已经就不坏了。”布朗德说。

“最老实的说，有一千二百订户。我说两千，因为有纸商和印刷业者在那里。”他轻声加上一句。“我相信你更机敏。”他又高声的接着说。

“您要合股吗？”菲诺问。

“看情形，”多里亚说，“四万佛郎三分之一的股，你要吗？”

“行，只要您接受这些编辑，这位布德郎·爱弥儿，和维昂·克罗德、史克里布、勒苦勒克·提奥多尔、维尔奴·飞里先、查伊、儒伊、陆士铎……”

“为什么没有吕崩柏礼·鲁先呢？”外省的诗人大胆的打断菲诺的话说。

“还有拿坦。”菲诺结束的说。

“为什么没有街上的游人呢？”书商皱着眉头朝着《群芳集》的作者说，“——我跟谁说话呢？”他用无礼的态度瞧了鲁先一眼。

“等一等，多里亚，”陆士铎说，“是我给您带这位先生来的。”

鲁先看着这位可怕的书店大王的冷酷而不满的神气，不禁流出冷汁，把背上的衬衫都潮湿了。虽然菲诺客气的称这位书商“您”，他却以“你”来回答菲诺，他就干干脆脆的叫可怕的布郎德做“小子”，他却给拿坦庄严的伸出他的手，给拿坦表示亲热的样子。

“一件新的事情吗，小子？”多里亚叫着说。“但是你知道，我有一千二百种稿本！——是的，诸位先生，”他喊着，“人家给我送来一千二百种稿本，问问卡布桑去！我总得创办一个机关来管理这些稿本，还得设立一个审查部来审查他们；还得开会来投票到底是不是值得出版；还得有出席签和一位常务书记给我送报告书来。这就好像是法兰西研究院的分号，这些木廊的研究员们也要收到比研究院还要多的薪水。”

“这主意倒不坏。”布郎德说。

“这是一个坏主意，”多里亚接着说，“我的事情并不是给你们之中那些当不了资本家、鞋匠、连长、仆从、行政官、执达吏而当文学家的人来处置他们艰苦著成的书籍的！人家只能够出名之后才到这里来！先出名，出名之后，你们就可以找到许多的黄金。这是两年来我所找到的三位合适的伟人，我已经养过三个忘恩的人了！拿坦跟我说要我六千佛郎来给他的书再版，这本书已经花过我三千佛郎请人写书评，还没有给我剩下一千佛郎的利息。布郎德的两篇书评花了我一千佛郎和一顿五百佛郎的酒席。”

“但是先生，如果一切书商都和您一样的说法的话，人家怎么能够出版第一部著作呢?”鲁先问，当他知道布朗德在《辩论报》上所登的书评所得到的报酬的数目的时候，布朗德就在他的眼里大大的失去了他的身价了。

“这我可不管。”多里亚用杀人的眼光深深的刺着漂亮的鲁先，鲁先却用温和的眼睛来看他。“我，我并不是把出版书当作儿戏，我并不因为要赚到两千佛郎而把两千佛郎来冒险；我对于文学是有计算的：我印上四十种，每种一万册，正如朋古开和包杜安兄弟一样。我的力量和我所运动到的书评给我培植一桩生产十万厄古的事业，而不是生产两千佛郎的一部书。跟一个新的名字、新的作家和他的书做买卖是和出版可以大赚钱的《外国戏剧》、《胜利与征服》或是《大革命回忆录》一样费事的。我并不是在这里来当未来的光荣的跳板，而是来赚钱，来给名人送钱。我用十万佛郎买一部稿子要比用六百佛郎买一部无名作家的著作还要便宜!如果我不是一位麦生的话，我有权利叫文学感谢我：我已经提高稿子的价格的一倍。我跟您说这些理由，因为您是陆士铎的朋友，小子。”多里亚拍着鲁先的肩膀，用一种反动的亲热的姿态对诗人说，“如果我和一切要我给他们出版书的作家谈论的话，我的书铺就得关门大吉了，因为我得花时间来谈一些非常舒适的话，然而太大的损失了。我还不够富裕来让我听着每一个有自尊心的人的独语。这只能够在戏院的古典戏剧中看到。”

这可怕的多里亚的服装的奢侈，在外省的诗人的眼中支持着这万分合乎逻辑的演讲。

“这是什么，这!”他对陆士铎说。

“一部伟大的诗集。”

听了这句话，多里亚就用一个配得称为达尔马的动作转过来，对卡布桑说：

“卡布桑，我的朋友，从今天起给我算一算谁来这里给我提议稿子……你们听见没有，你们其他的人？”他朝着从书堆下面听见注视指甲和美手的主人的怒声而出来的三位伙计说，“无论什么人给我带稿本来，你们都得问一问到底是诗还是散文。如果是诗的话，马上就辞退他。诗虫会把书店吃光。”

“他说得好，多里亚。”新闻记者齐声叫了起来。

“这是真的，”书商叫了起来，拿着鲁先的稿本在他的铺子里大踏步的走，“诸位先生，你们不知道拜仑、拉马丁、雨果、德拉维额、卡拿利和柏郎志他们的成功所留下的遗毒。他们的光荣给我们引起了野蛮的侵略。我确信这时候在书铺里有一千册要我印行的诗集，都是无头无尾的说些断间的故事，模仿《船长》和《拉拉》的笔调。年青人在创造性的借口之下写了许多无法了解的诗句，许多白描的诗章，年青的学派，他们发明了德里尔诗体还自以为新鲜哩！这两年来，诗人简直是和金龟子一样的充斥。去年我曾因为他们损失了两万佛郎！不信，问问卡布桑去！世界上当然可以有不朽的诗人，我也颇认识几个还没有长胡髭的粉红新鲜的诗人，”他对鲁先说，“但是在书店里，年青的人，只有四位诗人：柏郎志、德拉维额·卡斯美尔、拉马丁、雨果；因为卡拿利，他是一位批评家所硬捧成的诗人。”

鲁先觉得没有勇气在这些有势力而善意大笑的人们前面振作精神、鼓起傲气。他知道他要被人家笑死，但是他真想跳上这书商的脖子上，去打乱他那盛气凌人的领结，去折断在他胸前发亮的金链，去夺取他的表，摔碎他。被凌辱的自尊心给他打开了复仇的门户，他恨死这位他所冷笑的书商了。

“诗章就好像太阳一样，他可以使永生的树林生长，他也可以长蚊子和小蝇。”布朗德说，“没有一种德性不是也包含有罪恶的。文学确曾养活过不少的书商。”

“还养活过新闻记者哩!”陆士铎说。

多里亚哈哈大笑的走了。

“这到底是什么?”他指着稿本说。

“一本可以使柏特拉尔克惭愧的十四行诗的集子。”陆士铎说。

“你怎么嘉许他?”多里亚问。

“和大家一样。”陆士铎说，他看见一切的嘴唇之上都有一个精致的微笑。

鲁先敢怒而不敢言，但是，他在他的戎装里流汗。

“好吧，我要念念他，”多里亚说着，做出一个可以指示这退步的整个范围的高傲的姿势，“如果您的十四行诗到达了十九世纪的最高峰的话，小子，我就让你当一位大诗人。”

“如果他也和面貌的美丽一样的有才气的话，您也不会有什么大冒险。”一位和《宪政报》编辑跟《明拿夫报》社长谈话的最有名望的议员说。

“将军，”多里亚说，“光荣就是一万两千佛郎的书评费和一千厄古的聚餐费，请你们去问问《孤独者》的作者好啦。如果孔斯坦·边查民先生愿意给这位年青的诗人写一篇评论的话，我也就可以成交这桩事了。”

听了“将军”这个词，听了人家叫孔斯坦·边查民这著名的人名之后，在外省的伟人眼中，这间书店简直就和奥林比亚一样的大小。

“陆士铎，我有话跟你说，”菲诺说，“不过我可以到戏院去找你。多里亚，我可以办这件事，但是得有条件。我们一块儿到你的办公室去商量去罢。”

“你来，小子!”多里亚说着，让菲诺走过他的面前，给十位等待的人做出一个忙人的姿势。

当鲁先拦住他的时候，他几乎就要失踪了。

“您留下我的稿本，儿时给我回话呢？”

“但是，我的小诗人，三四天后再来这儿吧，我们以后再瞧瞧看。”

陆士铎拉着鲁先去，他甚至于不让他有时间去给维尔奴、布郎德、拿坦、福瓦将军和刚出一本关于一百天政变的书的孔斯坦致敬。鲁先好容易瞥见这只棕色而细致的脑袋，这个长方形的脸孔，这双目光炯炯的眼睛，这只合适的嘴，总之，这个二十年来曾经当过史达埃尔夫人的波登金，曾经和拿破仑打仗又和布尔崩王朝捣乱的人，不过这个人总要胜利的死在地下。

“这样的书店！”当鲁先坐在两轮轻马车里陆士铎的身边的时候，他就这样的叫了起来。

“到全景剧院去，快点！给你三十苏。”埃田对车夫说。“——多里亚是一个坏蛋，他每年买了一百五十万至一百六十万佛郎的书，他简直是文学部大臣。”陆士铎回答说，他的自尊的情绪很合适的发痒起来，他在鲁先面前摆着老师的架子，“他的贪婪和巴尔柏一样大，也是对群众施发的。多里亚讲面子，他是客气的，不过是虚荣心大呀；至于他的才学呢，这是他身边的人所说的话所组成的；他的铺子是一个非常适宜来串门的地方。人们可以在那里跟时代的上等人物谈天。一个年青人可以从那里听到一个钟头比十载寒窗还要学得多的学问。人们在那里讨论文章，在那里拟酿题目，在那里结交有用的名人或是有势力的权贵。这个年头，要成功就非得有联络不可。一切都是偶然的，您可以看出这一点。最危险的就是一个人孤单的躲在一个角落里。”

“但是，这未免太欺负人了。”鲁先说。

“嘿！我们都跟多里亚开玩笑。”埃田回答说，“您还需要他呢，他可以在您腹上走过去；他需要《辩论报》呢，布郎德·爱弥尔就把他跟耍轮子一样的转。噢，如果您走进文学界，您还可以看到许多其他的事情哩！算了吧，我跟您说了些什么话呢？”

“是的，您说得对。”鲁先回答说，“我在这间铺子里所受到的苦痛，要比我依据您的计划所等待的更为残酷。”

“那么，为什么要去受苦呢？耗费我们的生命的就是每夜勤学而蹂躏脑筋的题目；这一切穿过思想的路程，用我们的心血所建立的碑铭，都变成了出版家的一桩好事业或是坏事业。书商们不是售卖您的稿本，就是不售卖他。这是他们的整个的问题。在他们看来，一本书代表一笔冒险的资本。书越好，售卖的机会就越小。一切高超的人都是在群众之上的，所以，他的成功需要相当的时间，让人来赏识他的著作。任何的书商都不愿意等待。今天的书必得明天就卖出去。在这种制度之下，书商们都拒绝那些需要高超的迟慢的赞赏的实在的著作。”

“阿尔太斯有道理。”鲁先叫了起来。

“您认识阿尔太斯吗？”陆士铎说，“我不知道有什么东西，比这些孤独的人和这位孩子一样的，以为他们能够把世界吸引到他们身上的想法更为危险。这些看重身后光荣的人过于相信我们最初觉得在自己身中有一种极大的力量所生的年青的幻想，结果反而障碍了这些幻想，不让他们在可以动作、适合于动作的年龄来劳动。我赞成默罕莫德的系统，他在呼唤山岳来接近他之后，就叫着说：‘如果你不来就我的话，我就跑去就你！’”

这种尖刻的机智，本质上使鲁先犹豫于文社所劝告的安贫的系统和陆士铎所告诉的斗争的理论之中。所以，这安古莲的诗人就保守着沉默，一直走到古寺路为止。

现在改建为一所店铺的全景剧院是坐落在古寺路、面对着查尔骆街的一间艳媚的剧院，两次的管理都失败了，没有留下任何的成功，虽然承继波提尔的戏子维额尔就在这里开始演戏，而五年之后变成这样著名的坤伶佛罗林也就在这里开始她的舞台生活。

全景剧院得和安比居剧院、快乐剧场、圣马丁门剧院跟芜德维尔的几个戏院竞争的；但是他却不能够抵抗他们的示威，因为他的特权有限度，而他也缺少好戏。戏子们都不愿意为一个生命尚成问题的戏院而和业已成名的戏院产生纠纷。然而，这剧院的管理却依赖于一出新戏，就是一位年青的作家布吕埃尔和几个出名的同工所合写的一出滑稽悲剧（布吕埃尔说是他一个人独编的）。这出剧是为佛罗林的打泡戏而编制的。佛罗林一向在快乐剧场扮演配角，一年来她曾在快乐剧场中扮演过一些小角色，而引起人众的注意，然而她得不到场方的聘请，结果全景剧院就把她从同行的手里抢了过来。另外的一位坤伶高萝丽，也应当在这里开始她的光荣。当这两位朋友到来的时候，鲁先就被报纸的力量的运用所愣住了。

“先生和我一块儿。”埃田对查票员说，查票员对他行了一个完全的鞠躬礼。

“你们恐怕不容易找到地方，”总查票员说，“除了经理的包厢外就没有其他的空位了。”

埃田和鲁先空费了相当的时间在走廊里踱来踱去，和招待员们办交涉。

“我们到厅里去吧，我们可以跟经理交涉，请我们坐他的包厢。并且，我可以把您介绍给这夜会的女主角，介绍给佛罗林。”

陆士铎做了个暗号，奏乐处的门守就拿了一把小小的钥匙，开了大墙上的一个看不见的门。鲁先跟在他的朋友后面，忽然从明亮的走廊走到一个黑暗的穴洞里，这是一切的戏院都用来交通大厅和台房的。然后，登上几个潮湿的阶梯之后，外省的诗人就走到台房，那里有奇异的景物在等待着他。背灯支架的狭小，舞台的崇高，点上洋灯的梯层，近看那样可怕的布景，加涂粉墨的戏子，他们那奇怪的粗布制成的衣服，穿着油垢上衣的侍仆，悬挂着的绳索，头上戴帽的管理员，坐着的配角，台后的挂幕，消防队，这些滑稽的、悲惨的、脏污的、可怕的、明艳的东西的总和一点儿不像鲁先在戏院的座位中所看到的样子，所以他的惊异是无边的。人家正演完一出名叫《柏尔特兰》的紧凑的悲剧，是模仿诺迪尔、拜仑、斯各脱等人所大加赞叹然而在巴黎却得不到成功的马杜林的一出悲剧编成的。

“如果您不要堕进土窖里，不要在头上受到一丛树木的打击，不要翻倒一座宫殿或是勾上一所茅屋的话，您就不要离开我的手臂。”埃田对鲁先说。“——佛罗林是不是在她的房间里，我的宝贝？”他对一位正在倾听男戏子而准备上场的坤伶说。

“是的，我的爱。谢谢您给我说许多好话。您和佛罗林参加我们的剧团都是一样的仁慈。”

“算了吧，不要弄掉你的效果，小姑娘。”陆士铎对她说，“快点，提高脚步！好好的给我说声：“请别动，不幸的人！”因为有两千佛郎的进款。”

发傻的鲁先看见这位坤伶装腔作态的叫着：“请别动，不幸的人！”她的举止是会恫吓他，使他发冷的。她已经不是原来的女人了。

“这就是所谓戏场。”陆士铎对他说。

“这就和木廊的商铺、文学界的报纸一样，是个真正的厨房。”他的新朋友回答他说。

拿坦出现了。

“您为谁而来到这里的？”陆士铎问他。

“我是给《新闻报》写小剧评而等着更好的机会的。”拿坦回答说。

“呃！请您今天晚上跟我们一块儿吃宵夜去，请您好好的看待佛罗林，必有酬谢。”陆士铎对他说。

“一切遵命。”拿坦回答说。

“您知道，她现在住在朋迪街。”

“这位跟你一块儿来的漂亮美男子到底是谁呀，小陆士铎?”坤伶从台上回到台房里，一边这样的说。

“啊！亲爱的，他是一位大诗人，一个一定会成名的人物。因为你们要一块儿吃宵夜，拿坦先生，让我给您介绍吕崩柏礼·鲁先先生。”

“您的姓名真好听，先生。”拉乌尔对鲁先说。

“鲁先！拿坦·拉乌尔先生。”埃田对他的新朋友说。

“真的，先生，两天前我曾念过您的书，但是我没有想到，当人家印出您的书、您的诗集的时候，您在新闻记者之前是这样谦卑的。”

“我等着您的第一部书。”拿坦回答着，发出一道巧妙的微笑。

“瞧瞧，极端派和自由党就这样的携手吗?”维尔奴看见这三个人的集合就叫了起来说。

“早上，我是以我的报纸的意见为意见的，”拿坦说，“但是晚上我就想我所要想的：在夜里，一切的编辑先生都是喝醉的。”

“埃田，”飞里先对陆士铎说，“菲诺跟我一块儿来，他正找你哩。并且……他来啦。”

“啊，这个！连一个位子都没有吗?”菲诺说。

“我们的心中总有您的一个位子。”坤伶对他说，给他献过最合适的微笑。

“瞧，我的小姑娘佛罗维尔，你的爱情病就算是好了。人家说你被一位俄罗斯的王子劫了去了。”

“现今的世界，人家还劫女人吗?”《请别动，不幸的人》的女主角佛罗维尔说。“我们在圣蒙德住了十天，我的王子给戏院的经理部赔了一笔款就算是清账了。经理要去祈祷上帝，”佛罗维尔接着说，“希望常常有许多的王子来，因为他们的赔偿可以给他增加没有开销的进款。”

“那么，你，小姑娘，”菲诺对一位听他们说话的乡下女人说，“你耳朵上的金刚钻耳环是从哪儿偷来的呢？你交上一位印度的王子没有?”

“没有，我只交上一位蜡油商，一位已经死去的英国人！谁不和佛罗林、高萝丽一样的希望些有家庭苦恼的百万富商：她们是幸福的!”

“你要误场啦，佛罗维尔，”陆士铎叫着说，“你那位朋友的蜡油爬上你的头啦。”

“如果你要成功的话，你就不必像一位地狱的女神一样的叫喊：‘他是得救了!’你就简简单单的进去，一直走到舞台的列灯前面，用胸中吐出的声音说句‘他是得救了’，就好像巴斯在《坦克礼德》中说声‘啊，天父’一样。——你去吧。”他加上一句，催促着她。

“没有时间啦，她得不到她的效果!”维尔奴说。

“她做些什么呢？全堂要断梁一般的鼓掌叫好。”陆士铎说。

“她跪在地下给他们显露她的胸脯，这是她的大富源。”蜡油商的坤伶寡妇说。

“经理让我们坐他的包厢，你可以到那里去找我去。”菲诺对埃田说。

于是，陆士铎就在后台引导着鲁先走过台房的迷楼、走廊和扶梯，一直到第四层楼的一间屋子为止，拿坦和维尔奴·飞里先也跟着他们来。

“今天好，今晚好，诸位先生，”佛罗林说。“——先生，”她转过来对一位坐在角落里的短小肥胖的男人说，“这些先生都是我的命运的审判官，我的前途都操在他们的掌握里，但是，我希望

“但是，这一位是我所不认识的。”佛罗林看着鲁先说。

他们明天早上都要醉倒在我们的桌下，如果陆士铎先生没有忘记的话……”

“怎么！您也请《辩论报》的布朗德，”埃田对她说，“真正的布朗德，他自己，总而言之，布朗德吗?”

“噢！小陆士铎，瞧，我得接吻你。”她说着，跳上抱住他的脖子。

看见这个举动，这位胖子马蹄发就装作严肃的神气。佛罗林年纪才十六岁，她是瘦小的。她那含苞未放的花朵一般的美丽，只能够使喜欢图画的图稿的艺术家爱慕。这位迷人的坤伶在她的面纹中有特殊的雅致，非常类似歌德的米昂。这位郎巴尔街的富有的药商马蹄发，曾经想过马路上的小坤伶不至于太浪费；但是，只在十一个月中，佛罗林已经给他花去六万佛郎了。这位老实而廉洁的商人好像泰尔姆天神一样的坐在六尺见方，糊有花纸，装有一面可以转侧的玻璃镜、一张沙发、两条椅子、一领地毡、一只火炉和许多衣橱的房子的一个角落里。鲁先觉得没有东西比这个更特别。一位女仆给坤伶穿上西班牙的服装。这是一出情节错杂的戏，佛罗林扮演一位伯爵夫人。

“这位妖物五年之后一定会变成巴黎最美丽的坤伶。”拿坦对飞里先说。

“啊，这个！我的爱，”佛罗林转过来对三位新闻记者说，“请你们明天赏我一个脸：先说，今晚我已经定好许多车，因为我要你们醉得和开荤的星期二一样的送回去。马蹄发有许多酒，啊！真正配得上路易十八的酒，而且他还借了普鲁士公使的厨子。”

“我们看着先生，可以期待许许多多的东西。”拿坦说。

“但是，他懂得他是款待巴黎最危险的人物。”佛罗林回答说。

马蹄发用一种不安的神色瞧了鲁先一眼，因为这位年青人的出色的美貌引起了他的妒忌。

“但是，这一位是我所不认识的。”佛罗林看着鲁先说，“你们之中到底是谁从佛罗兰斯带了这位柏尔维德尔的阿波罗来呢？先生和吉罗德的人物一样的温雅。”

“小姐，”陆士铎说，“先生是一位外省的诗人，我忘记了给您介绍。今天晚上您是这么漂亮的，我们甚至于不能够想到幼稚的规矩的世俗上面来……”

“他有钱吗？他怎么做起诗来了呢？”佛罗林问。

“穷得和约伯一样。”鲁先回答说。

“这却是我们其他的人所羡慕的。”坤伶说。

本戏的作者、一位穿礼服的短小而不结实的年青人布吕埃尔突然的走了进来，他有官吏、地主，又有钱庄经理的气度。

“我的小佛罗林，您都清楚怎么演吗？不要记错了。小心第二幕，又得火炽，又得细腻！请您好好的说‘我不爱您’，让我们信而为真。”

“您为什么扮演这些说有这样的句子的情节呢？”马蹄发对佛罗林说。

全堂的哄笑欢迎着药商的观察。

“这跟您有什么关系呢？”她对他说，“难道因为这句话不是对你说的吗，傻子？——噢！他是用他的愚笨来使我幸福的。”她看着作家们，加上这一句。“我发誓，如果这不会毁坏我的话，我也要用愚笨来报答他。”

“是的，但是您可以瞧着我说这句话，好像重演您的戏一样，这使我害怕。”药商回答说。

“好吧，我要瞧着我的小陆士铎。”她回答说。

铃声在走廊里震荡。

“你们都给我走开，让我温习，让我了解我的戏。”

鲁先和陆士铎是最后走开的。陆士铎吻着佛罗林的肩膀，鲁先听见坤伶说：

“今天晚上是不可能的。这位老畜生对他妻子说到乡下去。”

“您觉得她可爱吗？”埃田对鲁先说。

“但是，亲爱的，这位马蹄发……”鲁先叫了起来。

“呃！孩子，您还是一点儿也不认识巴黎的生活，”陆士铎回答说，“有许多的需要不能不忍受！这就好像您爱一位有夫之妇一样，没有别的。人家总替自己辩解。”

埃田和鲁先走进了地面层幕前的一个包厢里来，他们在那里找到了戏院的经理和菲诺。马蹄发坐在对面的包厢里，和保护高萝丽的一位绸缎商人、名叫卡莫苏的朋友坐在一起，还有一位老实的老头儿陪着他，就是他的岳父。这三位中产阶级擦了擦小千里镜的玻璃，瞧了瞧使他们不安的台下的行动。包厢里表现出初演时所有的怪异社会的形形色色：新闻记者和他们的情妇，受人供给的姘妇和他们的情侣，几位嗜好初次公演的老戏迷，喜欢这种情调的几个上流社会的人物。在第一个包厢里是总经理和他的家庭，他就是曾经给布吕埃尔安置一个财政机关的职务的，这位杂戏的作家也就因此而领到一笔干薪。自从吃晚饭的时候起，鲁先就一个一个的经历了许多的惊愕。两个月以来，这么样的穷困，这么样的空虚，在陆士铎屋子里这么样的可怕，在木廊里这么样的卑贱，这么样的傲慢的文学生活就用奇异的意义、特殊的面目，展开给他看。这种高和低、陷害和天良、超越和懈怠、出卖和享乐、伟大和奴役各方面的杂凑使他不禁愣住了，正如一个期待没有闻见过的戏景的人一样。

“您相信布吕埃尔的剧本可以让您赚钱吗？”菲诺对经理说。

“剧本是富于情节的，布吕埃尔很想在这里做成一位鲍马赤。马路上的观众并不喜欢这一类的戏剧，他们希望有感情。真正的精神在这里并不受人家的赏识。今天晚上一切都要依靠佛罗林和高萝丽，她们真温柔、真美丽。这两位女孩子的裙子很短，她们跳西班牙舞，她们能够激动群众。这演出就好像打牌似的。如果这些报纸给我写上几篇好批评，如果成功的话，我能够赚到十万厄古。”

“哎，我瞧，这一定会大成功的。”菲诺说。

“隔壁三间戏院都有把戏，他们总要喝倒彩；但是我已经想好方法来排除这些恶劣的阴谋。我另外给这些送来叫倒彩的人一些钱，他们要故意不正当的喝倒彩。这里有两位商人，他们因为要使高萝丽和佛罗林胜利，每个人都买了一百张戏票，送给那些可以把这阴谋驱出门外的人。受过两次钱，阴谋就会销声匿迹了，这种办法总会好好的处置观众。”

“两百张戏票！这两位真太阔了！”菲诺叫着说。

“是的，还有两位和佛罗林、高萝丽一样有人捧场的美坤伶的话，我的事业也就成功了。”

两个钟头以来，鲁先耳里所听到的一切都是被金钱所决定的。在戏院方面是这样的，在书店方面也是这样；在书店方面是这样的，在报馆方面也是这样；所谓艺术和光荣已经不是人家所讨论的问题了。这些“金银大天秤”的称量，重复的打在他的头上和心上，给他打破了这艺术和光荣。乐队演奏开场乐的时候，他不能够不在台下激动着的鼓掌和喝彩的声音之下想到他和大卫两个人观看艺术的伟大、天才的胜利、洁白的光荣时在大卫的印刷所里所尝到的平静而洁净的诗景。回想到文社中所过的夜会，诗人的眼中不禁淌下一滴泪珠。

“您怎么啦?”陆士铎·埃田对他说。

“我看见诗章堕在泥浆之中。”他说。

“呃！亲爱的，您还有幻想。”

“难道我们得在这里卑屈而乞怜于这些肥胖的马蹄发和卡莫

苏，正如这些坤伶屈服在新闻记者之前，我们屈服在书商之前一样吗?”

“小子，”埃田朝着他的耳朵，给他指着菲诺说，“您看见这位没有精神、没有天资，然而却非常的贪婪，不惜用任何的手段来夺取金钱的笨孩子吗?他在多里亚的书铺里给我拿了百分之四十，还装着大恩惠的神气哩。好，不知道有多少新进的天才作家还给他写信，只为一百佛郎而跪着恳求他哩。”

厌腻所引起的痉挛使鲁先的心紧缩起来，鲁先记起编辑室绿色毡上所写的：“菲诺，我的一百佛郎呢?”

“还不如死掉哩。”他说。

“还不如活着哩。”埃田立刻的回答。

正当开幕的时候，经理出去了，跑到台房里去，下了几道命令。

“亲爱的，”菲诺就对埃田说，“我得到多里亚的答复啦，我算是周报的三分之一的主人啦。我给他三万佛郎，条件是他答应我当总编辑兼社长。这是再好不过的。布郎德告诉我，政府正在拟议订立限制出版的法律，只保留已经存在的报纸。六个月之后，得有一百万的资本才能够经营一家新报纸。然而，我自己却只有一万佛郎就定下这契约。请你听我的。如果你能够使马蹄发用三万佛郎买我的一半股票，就是全报产的六分之一的话，我就可以让你当我的小报的总编辑，每月给你二百五十佛郎，你也就是把名字借给我了。我要永远能够管理编辑的事务，在那里保留我的一切利益，而不让人家看出我在那里有什么东西的神气。一切文章每列格都要给你一百苏的稿费；所以，你也就可以每天得到十五佛郎，因为你只须给人家三佛郎的稿费，甚至于可以揩不给稿费的文章的油。这算起来每月又可以得到四百五十佛郎。但是，我要保留攻击或防卫任何人物、任何事件的主权，让你去接受不妨碍我的政治活动的怨恨和友情。说不定我要变成内阁派或是极端派，我也不知道。但是，我要手中留下我和自由党的关系。我对你说这一切的底子，因为你是一位好孩子。说不定我要让你在报纸上管我所弄的《议院消息》，因为我没有法子保守他。所以，你可以利用佛罗林来干这小小的联络，告诉她用点力气来推动药商：我只有四十八小时让我打退堂鼓，如果我没有法子付这笔款的话。多里亚已经把另外的三分之一卖给他的印刷局和他的纸商，卖了三万佛郎。他自己的三分之一是免费的，而且还赚了一万佛郎，因为全部的报纸只要他五万佛郎。但是，一年之后，这报纸卖给宫廷要值得二十万佛郎，如果根据外面的谣言，宫廷真的要好意的熄灭新闻纸的攻击的话。”

“你运气真好。”陆士铎叫了起来。

“如果你渡过你那穷苦的日子（我知道你很穷），你就不会再说这句话了。但是，你知道这些年，我是穷得不可救药的：我是一位帽商的儿子，我的父亲还在高克街卖帽子。只有革命会使我发达，如果没有社会组织的推翻，我就必得有几百万。在这两者之中，我不知道革命是不是最容易的。如果我有你的朋友的贵族的姓氏的话，我一定会走红运。别说啦，经理来啦。再见吧，”菲诺说着，站了起来，“我到音乐厅去，说不定明天还要跟人家决斗哩；我用‘菲’的署名写了一篇攻击两位舞女的文章，她们有将军当她们的‘朋友’，我攻击音乐厅，轰炸音乐厅。”

“啊，这个？”经理说。

“是的，每一个人都用吝啬来对待我。”菲诺回答说，“这一位给我取消了我的包厢，那一位拒绝订我五十份的报。我已经给音乐厅下了一个最后的通牒：我现在要他们给我订一百份的报，每月给我四张包厢票。如果他们接受的话，我的报纸就有八百光给钱不拿报的订户和一千付钱拿报的订户了。我还有办法再弄到两百家订户：明年正月我们就有一千两百先给钱的订户了……”

“您要做到毁灭我们为止。”经理说。

“您确是不大妙，您，您才订十份报。我还给您在《宪政报》写上两篇好文章哩。”

“噢！我并不埋怨您。”经理叫了起来。

“明晚见，陆士铎。”菲诺接着说，“你得到法兰西剧院去，给我回答那地方有初次的公演；因为我不能够写文章，你可以占住我的报馆的包厢，我很看重你：你为我而被虐待，我很感谢你。维尔奴·飞里先要让我缓付一年的薪水，再给我二万佛郎来购买我的报纸的三分之一的所有权；但是我却宁可保守我的绝对的主权。再见。”

“他并不是无缘无故的白叫自己做菲诺，这个人。”鲁先对陆士铎说。

“噢！他是一个会自走其路的吊死鬼。”埃田回答他说，一点儿也不顾虑到底会不会被这位关上了厢门的能干人听见他的话。

“他吗？”经理说，“他要变成百万富翁，他要享到盛名，也许还可以有许多的朋友……”

“好家伙，”鲁先说，“简直是强盗！您就开始用这位甘美的女孩子来进行这种交涉吗？”他指着给他们送来秋波的佛罗林说。

“并且她一定会成功的。您还不知道这些亲爱的女孩子的忠实和细巧哩。”陆士铎回答说。

“当她们讲爱情的时候，她们抵消了她们的一切错处，她们就用她们的爱情来擦去她们的一切罪恶。”经理继续着说，“一位女戏子和她身边的人大不相同，她的爱情也和这不同有同样程度的美妙。”

“这就跟在泥泞中找到配得装饰最骄傲的冠冕的金刚钻一样。”陆士铎回答说。

“但是，”经理接着说，“高萝丽不专心。我们的朋友勾上了高萝丽，还没感觉到这个，他要使她失去一切的效果；她已经忘记了道白，瞧，她已经两次不听提戏者的提醒。先生，我请求您待在这个角落里好啦。”他对鲁先说，“如果高萝丽爱上您的话，我就要告诉她说您走了。”

“呃，不，”陆士铎叫了起来，“告诉她说先生要来吃宵夜，她可以随意要跟他做什么就做什么，那她就会和马尔斯小姐一样的扮演她的戏啦。”

经理走了。

“朋友，”鲁先对埃田说，“怎么，您就不在乎的叫这位佛罗林小姐去问这位药商要三万佛郎来购买菲诺刚用同样的价钱所买到的一半的东西吗？”

陆士铎不让鲁先有时间去完结他的推理。

“但是，您是什么地方的人呢，亲爱的孩子？这位药商并不是一个人，他只是爱情所贡献的保险箱。”

“然而您的良心呢？”

“亲爱的，良心是每个人拿来打击永远对他没有用处的邻人的一条棍子。啊，这个！您用良心来对付哪一个魔鬼呢？您在一天之内居然能够遇到我等待了两年的机会，然而您却要讨论用哪一种手段的问题吗？怎么，我觉得您是聪明人，您可以到达知识冒险家所应当有的思想的独立，您怎么能够堕在责骂自己用情欲吃了鸡子儿的女宗教家的泥水之中呢？……如果佛罗林成功了，我就变成总编辑，我每月可以赚得二百五十佛郎的固定收入，我就到大戏院里去，把这杂戏让给维尔奴，您可以继我的后任，插足在这些马路上的戏院里。那时候您可以每列格赚三佛郎，您每天可以写一列格，每月写三十列格，也就可以得到九十佛郎的稿费了；您可以有六十佛郎的书，卖给巴尔柏，并且可以每月问您的戏院要十张戏票，一共四十张戏票，您可以把他们卖给戏院的巴尔柏，得到四十佛郎，我可以给您找出这一个人。这样一来，我就可以看见您每月收入二百佛郎。只要能给菲诺效劳，您还可以在他的新周报里写上一篇一百佛郎的文章，如果您有超人的才干的话；因为那里写文章的人必得署名，不能够和小报一样的随便。于是，您每月就可以有一百厄古。亲爱的，世界上有这种和阿尔太斯一样的穷天才，每天在福利高都店里吃饭，还得十年才可以赚到一百厄古。您可以用您的笔每年赚到四千佛郎，还没有计算上从书店方面所得到的收入，如果您给书店写书的话。您知道，一位县长每年也只有一千佛郎的薪俸，而能够在他的县内享乐得什么似的。我不跟您说不花钱去看戏的快乐，因为这种快乐不久就会变成疲乏的；但是，您可以到四个戏院的台房里去鬼混。头一两个月，您应当狠心一点、聪明一点，然后，您就可以得到一大堆的请帖，和坤伶在一块儿胡闹的宴会，她们的情人的逢迎；除非口袋里没有三十苏，或城里没有饭吃的时候，您也不必到福利高都来吃饭。五点钟在鲁森堡公园里，您就不知道从何着手，您就快要变成能够支配法兰西的舆论的一百个有特权的人物之中的一个。三天之内，如果我们成功的话，您就能够用每日得到三佛郎的三十个印出来的字句来咒骂一个人的生活；您可以在您的戏院的坤伶身上征收一种欢乐的捐税；您可以使一出好戏没有人看，您也可以使全巴黎万人空巷的来看一出坏戏。如果多里亚拒绝您不给您印行《群芳集》，也不给你任何的稿费，您可以使他服服帖帖的来到您的家里，用两千佛郎来买他。只要能干，您可以在三个不同的报纸上写他三篇文章，死命的打击多里亚所要做的一个投机买卖，或是他所计算的一本书，您就可以看着他爬到您的屋顶楼来，和牡丹蔓一样的伏在那里。最后还有您的小说，那些这时候把您相当客气的摈出门外的书商们会结成一群在您的门口排队等着您，多格罗给你估价四百佛郎的稿子也会抬高到四千佛郎！这就是当新闻记者的好处。所以，我们才防止新来的人物接近我们；要进新闻界不但得有才能，同时还得有运气。然而，您却跟您的运气捣乱！……瞧瞧，如果今天我们不是在福利高都铺里遇见的话，您还得在仓库里等候三年之久，或者甚至于饥饿而死，好像阿尔太斯一样。当阿尔太斯成为马伊尔一样的学者、卢梭一样的大著作家的时候，我们却已经发财了，我们已经变成他的幸运和他的光荣的主人了。菲诺会当议员，会变成一家大报的业主；我们，我们也可以要变成什么：法兰西的世卿或是因债务而被押在圣柏拉志监狱的囚犯。”

“而且菲诺还要把他的报纸卖给出钱最多的大臣，正如他把他的赞美卖给巴斯提恩小姐，而诽谤维尔志尼小姐，证明巴斯提恩小姐的帽子比报纸最初所吹嘘的维尔志尼小姐的帽子好一样!”鲁先回想到他所亲眼看见的幕景，不禁叫了起来。

“你是一个傻子，亲爱的。”陆士铎用干脆的腔调回答说。“三年之前，菲诺用他的靴统走路，他在达巴尔饭馆吃十八苏一份的饭，给人家写十佛郎一份的广告，他的衣服盖在他的身体上，就好像贞洁圣母的怀胎那样的不可侵犯的秘密；现在，菲诺却自己一个人占有一家价值十万佛郎的报馆，有付钱不给报的订户，有真实的订户和他的舅父所拉的间接的捐款，他每年有两万佛郎的收入；他每天所吃的都是世界最奢侈的盛宴，一个月以来，他已经有一辆两轮的马车。最后，他明天就是一家周报的头脑！一个子儿不花就有六分之一的产权，每月有五百佛郎的薪水，还得加上一千佛郎的义务编辑费，是他应当付给他的同工的稿费。您是第一个，如果菲诺愿意给您每页五十佛郎的稿费的话，您也就太高兴来给他写上三篇不要钱的文章了。当您有了这个地位的时候，您就能够批判菲诺：人们只能够让同等的人来批判。如果您盲从地位上的仇恨，如果听了菲诺的一句话‘打’就打，听了他的一句话‘捧’就捧的话，您就不会有远大的前途。如果您跟什么人报仇的话，您就可以每天早上给我说一句话‘陆士铎，让我们杀死这个人吧’，每天在我们的报纸里插上一句来打击您的朋友或是您的仇敌。您还可以在周报上写一篇文章，重加刺杀您的牺牲者。总之，如果是一桩重大的事情的话，菲诺（您一定要变成他所需要的人），他一定要让您在一家有一万至一万两千订户的大报上，打上您的最后的一锤。”

“您就这样的相信佛罗林能够决定药商去干这个买卖吗？”眩晕了的鲁先说。

“我的确相信现在正好是休息停演的时候，我就要跟她说两句话去，这桩事今天夜里就得决定。一经指点，佛罗林就会跟我志同意合了。”

“那么，坐在那边的这位老实的商人，张开口在羡慕佛罗林的商人，就不会怀疑人家要取去他的三万佛郎吗？”

“又是一句傻话！您不是说人家要偷他的钱吗？”陆士铎叫了起来，“但是，亲爱的，如果大臣收买报馆，六个月之后这位药商说不定就要从他的三万佛郎中得到五万佛郎哩。并且，马蹄发并不是注意到报纸，而是佛罗林的利益。如果人家知道马蹄发和卡莫苏（因为他们要分担这桩事）是一家杂志的业主的话，一切的报纸都要给佛罗林和高萝丽写些欢迎的文章。佛罗林要变成著名的坤伶，她也许要跟别的戏院订立一万两千佛郎的合同。最后，马蹄发也可以每月省了一千佛郎给新闻记者送礼或请客。您还不知道人，也不知道事情哩。

“可怜的人！”鲁先说，“他还打算有一夜的逍遥哩。”

“并且，”陆士铎接着说，“他还要被一千句的道理弄得焦头烂额，一直等到答应佛罗林说要从菲诺手里买来六分之一的产权为止。至于我呢，第二天我就是总编辑，我每月可以赚到一千佛郎。我从此也不会再穷苦了!”佛罗林的情人叫着说。

陆士铎走出去了，让鲁先手足失措的愣住。陷进思想的深坑里，飞浮在真实的世界上，在木廊看见书店的诡计和光荣的阴谋之后，在戏院的台房里散步之后，诗人已经看到了良心的反面，巴黎生活的把戏，一切东西的机构。他敬爱戏中的佛罗林，他羡慕陆士铎的幸福。已经有好几次了，他居然忘记了马蹄发的存在。他停留在这种状态中有相当的短促的时间，大约五分钟吧，然而这五分钟却是无限的悠久。剧烈的思想燃烧着他的灵魂，正如他的感觉被这些带有淫荡而浮起胭脂的眼睛、带有晶亮的胸脯、穿着带有放浪的皱纹和短裙的肉感的丽裳、露着穿有绿边的红袜而可以使全台惊讶的大腿的女人所包围一样。两个腐败的女人在两条平行的线上走着，就好像在洪水里要互相结连的两道水脉一样；她们吞没了曲肱而靠在包厢的一个角落里、臂膀放在椅背的红色的丝绒上、垂着手、眼睛死盯住幕上的诗人，这诗人容易于接近这渗有闪电和云彩的生活的欢乐，正如他容易和花炮一样的在勤紧黯淡而单调的深夜之后发出亮光。忽然的，一只眼睛所发出来的爱火，流盼到鲁先的无意的眼睛上，穿过戏台上的垂幕。从麻木中醒来的诗人，认得这是使他发烧的高萝丽的眼睛，他低下了头看着回到对面包厢来的卡莫苏。这位戏迷是一位肥大的布尔顿尼街的绸缎商人，商事法庭的审判员，四个孩子的父亲，结过二次婚，富有八万佛郎的年金，然而却有五十六岁的年纪；头上的灰发像是戴着一顶帽子，他的神气是伪善的，是一位忍受商业的千辛万苦而享受余年、不愿意缺少任何的快乐就离开世界的人的神气。这鲜牛油色的额头，这修道院式的面颊非常的丰满，似乎不足以包含一个最高的开放的欣喜：卡莫苏是个没有带妻室的人，他想要拼命的给高萝丽叫好，好好地捧她一捧。高萝丽是这位中产阶级的富翁所有的一切虚荣的结合，他在她家里就如同古代的王公一样的扬武扬威。这个时候，他自己相信坤伶的成功有他一半的功劳，他的相信的程度正如他为她而花钱的程度一样。这种举动却被一位矮小的老头儿，头发扑粉，眼睛活泼，然而却非常庄严的卡莫苏的岳父制裁着。鲁先的矛盾又复活了，他回忆到一年以来曾为巴尔吉顿夫人所有的纯洁的狂热的爱情。诗人的爱情立刻就展开了他那白色的翅膀，成千的回忆就用他们的蓝色的水平线来围绕安古莲的伟人，使他重新堕进梦幻之中。幕揭开了，高萝丽和佛罗林都上了场。

“我的亲爱的，他想你就像想土耳其的皇帝一样。”当高萝丽背诵道白的时候，佛罗林轻声的说。

鲁先不能不笑了，他瞧了瞧高萝丽。这位巴黎最动人、最柔美的一个坤伶，这位柏冷夫人和佛勒里埃小姐的敌手而和她们有同样的命运的女人，她是一种有意诱惑男子的女子。高萝丽有典型的犹太的面形，有棕色的象牙色调的蛋形的长脸孔，有一个类似石榴的红嘴，有杯缘一般精细的颔部。在黑玉色小野李一般的眼睑和弯曲的睫毛之下，人家可以猜出一个瘦弱的眼色，在那里刚好闪灼着沙漠的热气。她那双被棕榄色圆圈围绕的眼睛上，盖有弓形的浓厚的眉毛。她的额头包有两条乌木色的头巾，发出漆一般的光泽，在这额头之上存有一个思想的华宫，可以使人相信她的天才。但是和许多的坤伶一样，虽然她有台房的笑谑，她却没有精神，虽然她有化妆室的经验，她却没有教养，她只有官感上的智巧和喜欢讲爱情的女人的温存。并且，当她用那肥圆而平滑的手臂，用那弯曲得和月牙一般的手指，用那美色的肩膀，用那值得赞美诗唱赞的胸脯，用那活动的弯曲的颈项，用那极乎漂亮的穿着红色丝袜的大腿来眩惑一个视线的时候，人们还能够顾到什么道德的问题吗？这些真正的东方诗章的美丽，因为我们戏院里所有的西班牙的装束而更为明显。高萝丽使全场的人快乐，一切的眼睛都紧围着那适当的包裹在丝裙之中的纤腰，都摸抚着那在裙上留下淫荡的绞纹的安达鲁斯的臀部。曾经有一刹那，当鲁先看见这位妖物特别为他一个人演戏的时候，他居然介意到卡莫苏，就和天堂的顽童忧虑苹果的皮衣一样，他就把情欲的爱情放在纯洁的爱情之上，肉体的欢乐放在欲望的欢乐之上，淫秽的恶魔也就给他吹出了残酷的思想。

“我一点儿也不知道酒肉和物质的欢乐之中所有的爱情。”他对自己说，“我的生活太过于偏重思想，我没有知道现实的生活。要描写一切景物的文人应当什么都知道。这是我的第一次华宴，这是我第一次和奇异的世界共同的狂饮，为什么我不尝一尝大公贵臣们前一世纪在不洁的生活上所享受的珍异的甘美的味道呢？这不过是把他们搬运到真正爱情的美丽的地方，我们不是得学会妓女和戏子的爱情所有的欢乐、完美、转移、手段和精细吗？总之，这不就是肉感的诗章吗？两个月以前，我总以为这些女人是不可侵犯的青龙所保卫的神明；现在这里却有一个比那位使我羡慕陆士铎的佛罗林还要美丽的女人：最有钱的王公都用最大的宝库来向这些女人购买一夜的欢乐，我为什么不利用她的幻想来揩她的油呢？外交大员插足这些深渊的时候，他们并不顾虑昨天和明天。如果我装得比王子还要的拘泥的话，我就是傻子，尤其因为我还没有爱上什么人。”

鲁先不再想到卡莫苏了。他给陆士铎表示他对这种最为可恶的瓜分的最深刻的厌腻，之后，他就堕进这个沟中，在欲望的海中游泳，被肉感的伪善主义所牵引了。

“高萝丽喜欢您简直喜欢得发疯啦。”陆士铎走进来，对他说，“您那配得上希腊最著名的石刻的美貌，真是在台房里闯了一回闻所未闻的大祸。您真幸福，亲爱的。虽然高萝丽只有十八岁，但是因为她的美丽，几天之后，她就可以每年赚到六万佛郎。她还很乖。三年前她的母亲把她卖了六万佛郎，至此为止，她只受到悲哀，而在追求财富。她没有办法才跑进戏院里来，因为她怕她的第一个获得者马尔赛；跳出苦海之后（因为我们的花花公子的领袖解放了她），她就找到了这位她所不喜欢的卡莫苏，然而卡莫苏却好像是她的父亲一样的对待她，她忍受着他，让他爱她。她已经拒绝了最高代价的拟议，安居在卡莫苏的翼下，因为他并不使她苦楚。所以，您是她的第一个爱情。噢！她一看见您，就在心里受到一个手枪一般的打击，佛罗林已经跑到她的房里盘问她，她在那里流泪，因为您对她太冷淡。这个剧本怕要不时行啦。高萝丽忘记了她所扮演的，她算是跟卡莫苏所给她预备的角技戏院的合同告别了！”

“嘿，可怜的女孩子！”鲁先说着，他的一切的骄傲都被这一段话摸抚着，他觉得他的心被自尊的情绪鼓得膨胀起来了。“亲爱的，在这一夜里，我所碰到的事情比我最初十八年的生命中所碰到的还多哩。”

于是，鲁先就叙述他和巴尔吉顿夫人的恋爱和他对于查特利男爵所有的仇恨。

“瞧，报纸刚刚好缺乏一个攻击的对象，我们来打他去。这位男爵是帝国的一个男嬖，他是内阁派，这就行啦，我常常看见他到音乐厅去。我看见过您的贵妇人，她常常在埃斯巴尔夫人的包厢里。这位男爵逢迎您以前的情妇，她是一块乌贼骨。等着吧，菲诺刚刚给我送一封快信来，说是报纸缺乏一个抄本，这是我们的编辑小滑头麦尔冷干的勾当，人家把他的空白行不算账。菲诺没有办法，只好草率的写上一篇攻击音乐厅的文章。好吧，亲爱的，请您写一篇关于这个剧本的文章，请您听，想想这问题。我呢，我要到经理办公室去想三列格的文章来攻击您的仇人和您那瞧不起人的美妇，让他们明天出不了头……”

“原来报纸就在这里编成的，这样编成的吗?”鲁先说。

“总是这样的，”陆止铎回答说，“我进报馆十个月了，报纸总是夜里八点钟还缺乏抄本。”

根据活字印刷业的行语，所谓抄本（copie）就是指预备排印的稿子而言，无疑的，这是因为谨慎的作者把原稿的抄本送来的缘故。也许这是从拉丁文的copia（丰满的意思）翻译过来的一句讽刺话，因为抄本总是缺乏的……

“最大的计划就是要预先出版几期，但是这计划永远也不会实现。”陆士铎接着说，“现在十点钟了，一行也还没有。我得告诉维尔奴和拿坦去，叫他们好好的结束这一期。给我们写二十篇短文来讽刺议员，讽刺司法大臣克鲁秋埃，讽刺内阁阁员。必要的话，无妨讽刺我们的朋友。在这种情形之下，人家可以屠杀他自己的父亲，人家就如同拿劫来的厄古来当炮用而希望求得生存的贼船一样。请您写得调皮一点儿，您就可以在菲诺脑中走上一大步：他会用计算来酬谢您。这是当铺以外的最好的、最实惠的酬谢!”

“原来新闻记者都是些什么人!”鲁先叫着说，“怎么，得坐在桌上，得发挥一些精力吗?”

“完全跟点洋灯一样，一直等到没有油的时候为止。”

陆士铎开了包厢的门，经理和布吕埃尔走进来了。

“先生，”剧本的作者对鲁先说，“让我代表您对高萝丽说您吃完宵夜要跟她一块儿出去走走，不然的话，我的剧本就会不时行了。这可怜的女孩子已经不知道说什么、做什么动作；应当笑的时候，她却要哭；应当哭的时候，她却要笑哩。人家已经嘘嘘起来了。您还能够救救这出戏。这而且并不是一种不幸，而是一种快乐在等候着您。”

“先生，我不习惯于有许多的情敌。”鲁先回答说。

“千万不要对她重复这句话，”经理瞧了作者一眼，叫了起来说，“高萝丽是一位可以把卡莫苏从窗口扔出去而自杀的女人。这位堂皇的‘金藕’的业主，他每月给高萝丽两千佛郎，给她付清一切裁缝费、一切捧场的开销。”

“您的允许不能给我任何的保证，还是请您自己救救自己的剧本吧。”鲁先严厉的说。

“但是请您不要有拒绝这位动人的少女的神气。”布吕埃尔恳求他说。

“算了吧，我得写一篇关于您的剧本的评论，我得跟您那年青的女主角微笑，得啦！”诗人叫了起来。

作者给高萝丽送去一个暗号，就失踪了，高萝丽从这个时刻起就演得非常的精彩。代替扮演西班牙老法官而第一次表现他有装扮老生的天才的维额尔，在雷一般的掌声之中对众宣告：

“诸位先生，我们能够荣幸在你们面前献技的这个剧本是拉乌尔和古尔西两位先生的作品。”

“瞧，拿坦也是作者！”陆士铎说，“怪不得他也来了。”

“高萝丽，高萝丽！”汹动的台下高叫着。

从那两位商人的包厢里，发出一道雷一般的声响说：

“还有佛罗林。”

“佛罗林和高萝丽！”于是就有几个声音重复的说。

幕又揭开了，维额尔又和两位坤伶重新出现了，马蹄发和卡莫苏每一个人都献上一个花环；高萝丽收了她自己的一个，而把他送给鲁先。在鲁先看来，戏院里所过的两个钟头真是一场梦。虽然台房是可怕的，然而却开始他那迷人的工作。这位尚未失去天真的诗人，却在那里吸到杂乱放逸的空气了。这些满堆着机器，满熏着灯烟的脏秽的走廊里，好像有瘟疫在吞没他的灵魂。那里

“我们就一块儿去吃宵夜!”高萝丽对鲁先说。

的生活既不是神圣的，也不是实在的。人们在那里窃笑一切严肃的事物，不可能的事情却似乎是真实的。这好像给鲁先一个麻醉剂，高萝丽终于能够把他沉溺在一个快乐的醉乡里。烛台上的灯火熄灭了，场中除女招待以外已经没有别的人了。这些女招待只在抛掷小凳、关闭厢门中做出奇特的声响。好像是一条蜡烛一般的吹灭了的台前列灯发出奇异的臭气。幕是揭开了，一盏灯笼从屋顶掉了下来。消防队开始和伙计们一块儿巡视。接着仙景一般的戏幕、满充着美人的包厢、迷人的光彩、布景和新服装的魔力而来的是寒冷、恐惧黑暗和空虚。这太丑陋了。鲁先堕在难以形容的惊愕中。

“好，您来不来，小孩子?”陆士铎从舞台上面说，“从厢里跳到这边来吧。”

鲁先一跃就跳到舞台上面来。他好容易认识了卸了妆的佛罗林和高萝丽，她们都包裹在她们的一口钟和平时的丝棉长大衣里，头上戴着有黑纱的帽子，好像回到幼虫状态的蝴蝶一样。

“可以赏我一个面子，给我伸过手臂吗?”高萝丽颤栗的对他说。

“欢迎之至。”鲁先说着，他觉得坤伶的心房朝着他的心房跳动，好像捉到手的小鸟的心悸一样。

紧靠着诗人的坤伶，就有用柔情来擦主人的腿的母猫一样的情欲。

“我们就一块儿去吃宵夜了!”高萝丽对鲁先说。

四个人都走出去了，他们看见在朝向古寺沟沿的演员所走的门外有两辆马车。高萝丽请鲁先登上已经有卡莫苏和他的岳父老头儿葛尔杜在内的一辆马车。她也给布吕埃尔让一个座位。经理和佛罗林、马蹄发、陆士铎一块儿走。

“这些马车真不好!”高萝丽说。

“为什么您没有一辆华丽的马车呢？”布吕埃尔立刻回答说。

“为什么吗？”她幽默的叫了起来，“我不愿意在葛尔杜先生面前说这个道理；无疑的，他是教养他的女婿的人。您想信这位短小苍老的葛尔杜先生每月只给佛罗兰丁五百佛郎，刚刚够付她的房租、饲家畜的食料和木屐吗？老罗慈古德侯爵有六十万佛郎的年收，他已经说过两个月了，说要给我一辆轿式马车。然而我是一位艺术家，并不是一位妓女。”

“后天，您一定有一辆车，小姐。”卡莫苏温和的说，“但是，您从来就没有问过我这个。”

“这还得问吗？当人家爱上一个女人的时候，人家怎么能够让她在泥泞土中行走，冒着断腿的危险呢？只有木石的骑士才喜欢看见袍子下面的泥土哩。”

说这些刺激卡莫苏的酸话的时候，高萝丽找到了鲁先的腿，把他夹在自己的两个腿中，她拿了他的手，紧紧的握着。然后，她就沉默了，似乎是集中在补偿这些可怜的女人的过去的悲惨和她们的不幸的无穷的乐趣中。这些乐趣可以在这些女人的灵魂中发展出其他的女人所不知道的诗章。侥幸得很，这些剧烈的逆意是其他的女人所缺乏的。

“您结果和马尔斯小姐表演得一样的精彩。”布吕埃尔对高萝丽说。

“是的，”卡莫苏说，“最初的时候，小姐似乎有一些窘迫的样子；但是自从第二幕中间起，她就非常的感性。您的成功一半是她的力量。”

“我也是使她成功的一半的力量。”布吕埃尔说。

“您是用主教的法衣来争斗的。”她说着，声调变化了。

坤伶利用一刻的黑暗，把鲁先的手带到她的嘴唇上，吻着他，用她的眼泪润湿他。鲁先感动得一直透到他的骨髓里面去。情热的妓女的谦卑包含有可以上奏天使的伟大的意义。

“先生要写一篇文章，”布吕埃尔对鲁先说，“他能够给我们的亲爱的高萝丽写一段动人的话。”

“噢，请您尽这个小小的义务吧，”卡莫苏简直是用跪在鲁先面前哀求的腔调说，“您可以知道我是随时听从您的一个仆人。”

“但是，请您让先生自由独立吧，”热狂的坤伶叫着说，“他可以写他所要写的。卡莫苏爸爸，请您给我买车，不必给我买些赞词啦。”

“您可以非常便宜的得到赞词，”鲁先客客气气的回答，“我从来没有在报纸上写过文章，我不大懂得报馆的风气，您要变成我的处女的笔调的对象……”

“这太恶作剧了。”布吕埃尔说。

“我们到了朋迪街了。”短小的葛尔杜伯说，高萝丽的下车，使他先落地。

“如果我是你的处女作的对象的话，你也要变成我的心的初恋的对象了。”高萝丽一个人和鲁先留在车里的那一刻，她很快速的说了这句话。

高萝丽跑到佛罗林的卧室里去会齐佛罗林，去领取她送到这里来的梳妆匣。鲁先并不知道这两位想要享受人生的富商在坤伶或他们的情妇家里所排场的奢侈。虽然没有他的朋友卡莫苏那样的有钱，马蹄发所做的事情已经很悭吝，但是鲁先却惊异的看着一间非常艺术化的饭厅，铺着绿色呢而钉有金色头的钉子的地毡，照耀着美丽的灯光，满放着鲜花；他又看见一间客厅，壁上铺着黄色而饰有棕色花纹的绸子，光焕着时髦的家具，一盏多米尔的大灯，一张波斯式花纹的地毡。挂钟—多支的烛台—壁炉，一切都很富有味道。马蹄发是让一位年青的建筑师古冷多来给他完成这设计的，这位建筑师给他盖了一所房子，并且因为知道这个寓所的用途，他是特别小心来建筑的。所以，无论如何总还是商人的马蹄发就特别小心的注意到任何的东西，好像不断的在他面前总有许多的账目似的。他看着这些伟大的账目，好像是从宝石箱里不小心跳出来的宝珠似的。

“这是我不得不为佛罗兰丁而做的！”这是可以从葛尔杜老伯的眼睛中念读出来的思想。

鲁先忽然懂得陆士铎所居住的屋子的杂乱的状态并不会使这被爱的新闻记者发愁。陆士铎·埃田是这些欢乐宴会的秘密的国王，他享受一切的美丽的事物。所以，他就洋洋得意的用主人的资格，在壁炉的前面，跟庆贺布吕埃尔的经理攀谈起来了。

“抄本！抄本！”菲诺叫着走了进来，“报馆箱里一篇文章也没有。排印工人正在排我的文章，马上就要排完了。”

“我们刚到，”埃田说，“我们可以在佛罗林的化妆室里找到一张桌子和火炉。如果马蹄发先生愿意给我们预备一些纸和墨水的话，我们可以在佛罗林和高萝丽穿衣服的时候，草草的写上报纸的文章。”

葛尔杜、卡莫苏和马蹄发出去了，忙着寻找笔、刀子和这两位文人所需要的一切的东西。正在这时候，这时代的一位最美丽的跳舞女杜莉椰急促的从客厅里走来。

“亲爱的孩子，”她对菲诺说，“人家答应你订一百份报，这对于经理方面是一个子儿也不花费的，人家已经把这笔开销开在唱歌、音乐队和舞曲的账上了。你的报纸太好了，没有人怨你。你可以得到你的包厢。还有，这里是第一季的价钱，”她说着，给他献出两张银行的支票，“所以，请你不要找我了！”

“我想不出办法来！”菲诺叫着说，“我没有这一期的第一篇文章，因为我得取消那一篇谩骂的丑劣的评论……”

“多美丽的动作！我的神圣的莱斯，”布朗德叫了起来，他和他所带领的拿坦、维尔奴和维昂·克罗德一块儿跟着舞女来，“你可以留步跟我们一块儿吃宵夜，我的爱，不然，我就要打碎你，和打碎一只蝴蝶一样。以你的舞女的资格，你不能够在这里激起任何天才的竞争。至于美丽，你们都太聪明，你们不至引起群众的妒忌。”

“我的天哪！朋友，布吕埃尔、拿坦、布朗德、请你们救救我吧，”菲诺叫了起来，“我需要五列格的文章。”

“我可以写两列格，批评这个剧。”鲁先说。

“我的题目可以供给一列格。”陆士铎说。

“好吧，拿坦、维尔奴、布吕埃尔，你们给我在后面写些笑话。好布郎德一定可以答应给我写第一版的两小列格。我跑到印刷所去。幸亏你是坐车来的，杜莉椰。”

“对呀，但是公爵和一位德国的公使都在底下哩。”她说。

“让我们也请公爵和公使。”拿坦说。

“一位德国人，德国人喝酒喝得凶，他听话，我们可以大胆告诉他，因为他会给他的朝廷写去。”布朗德叫了起来。

“我们之中哪一位相当严肃，能够下去跟他说话呢？”菲诺说，“哎，布吕埃尔，你是官僚派的人物，你就领导公爵和公使，再给杜莉椰伸出手臂。好家伙，杜莉椰今天晚上真漂亮！”

“我们要凑成十三个了！”马蹄发脸色发白的说。

“不，十四个！”佛罗兰丁走进来，叫着说， “maye laurde Querdôte（我要监督葛尔杜爵士先生）。”

“并且，还有维昂·克维德陪着布朗德来哩。”陆士铎说。

“我已经灌他酒了。”布朗德说着，一边拿来一只墨水池。“啊，这个！你们其他的人应当鼓起精神，喝我们所要喝的五十六瓶葡萄酒。”他对拿坦和维尔奴说，“你们特别得刺激布吕埃尔，他是一位杂戏的作家，他能够说几句刻薄话，你们得逗着他说出调皮话。”

鲁先要在这些值得注意的人物面前显出他的才能，他就在这种欲望的催促之下，在佛罗林的化妆室的圆桌上，在马蹄发所点的红烛的微光下，写了他的第一篇评论：

**全景剧院**

情节复杂的三幕剧《法官的困难》初次公演——佛罗林小姐初显身手——高萝丽小姐——维额尔。

人家进去，人家出来，人家谈论，人家散步，人家在追寻什么东西，然而什么也没有找着，一切都在喧噪。法官丢掉了他的女儿而重新找到了他的帽子；但是这帽子是不合适的，这应当是一位盗贼的帽子。盗贼在哪儿呢？人家进去，人家出来，人家谈论，人家散步，人家在寻找最美丽的女人。法官终于找到了一位男子，然而却找不到他的女儿，而他的女儿却找不到一位男子。这可以满足官员，然而却不能满足群众。平静又恢复了，法官要拷问这位男子。这位老法官坐在法官的大椅上，整理他的法衣的衣袖。西班牙是唯一可以看到穿有大袖法衣的法官的国度，是唯一可以看到在法官的颈上有这种领饰的国度，这领饰在巴黎的戏院上只有他的一半的功用。扮演这位小步急行的老法官的就是维额尔，波提尔的继承人维额尔，这位善于扮演老年人的年青的演员，这位能够装出最年老的姿态的戏子。在这斑秃的额头之上，在这颤抖的声音之中，在这齐郎特式的躯体所发出的颤栗的动作之内，简直比真正的老年人还像老年人。这位年青的演员是这样的老态龙钟，他使人害怕，人家只怕他的老态会和疫症一样的传染。这是如何可尊敬的一位法官啊！这是如何动人的使人不安的微笑啊！这是何等装腔作势的傻样子啊！这是何等愚笨的庄严啊！这是何等富有法官意味的犹疑啊！这个人是这样的清楚知道一切都可以变成假的和真的啊！他是这样的适合于成为一位立宪国王的大臣啊！对于法官的每一个问话，这位不知名的盗贼都反问他；维额尔回答着，好像法官在用回答来反问的当中明白了一切的情形似的。这一幕超卓的喜剧，这一幕带有莫利哀气味的戏剧使全场的观众都快乐了。幕上的剧中人都出场了，但是，我却不能够告诉您哪一点是清楚的、哪一点是黯淡的。法官的女儿在那里，由一位真正的安达鲁斯人来扮演，她的眼睛是西班牙的眼睛，她的脸色是西班牙的脸色，她的腰身是西班牙的腰身，她的步伐是西班牙的步伐，她是一位彻头彻尾的西班牙女人，拳头放在吊袜里，爱情放在心坎上，十字章挂在胸前的缎带的尾端上。场终的时候，有人问我这一出戏怎么样，我对他说："她穿着绿边的红袜，一只那么样伟大的脚包在漆鞋里，她有一个安达鲁斯女人的最美丽的大腿！"啊！这位法官的女儿，她使人们的爱慕浮出嘴上，她给您生出许多的可怕的欲求，人们真想跳到舞台上给她献出金屋和心坎，或是三万年金和一管笔。这位安达鲁斯女人是巴黎最美丽的坤伶。高萝丽（因为我们应当称呼她的真名）可以当一位公爵夫人或娇艳女工。我们不知道她还有什么方式可以使人更加快乐。她可以要变成哪一种人就变成哪一种人，她是生而具有一切能力的，这不是对马路上的女戏子所能说的最好的批评吗？

第二场来了巴黎的西班牙女人，她的脸孔正和雕花的美石一样，她的眼睛好像刺客的眼睛。我也轮着来询问她是从哪儿来的，人家回答我说她是从台房里出来的，她的名字是佛罗林小姐。但是，我发誓，我一点儿也不相信，因为她的动作太火炽了，她的爱情太狂热了。这位法官女儿的情敌是一位穿阿尔马维发大衣的贵族的妻子。阿尔马维发有布料可以给一百个马路上的贵族制造大衣。如果佛罗林没有绿边红袜，也没有漆鞋的话，她却有一条长披肩，一条使她装得非常酷似贵妇人的面帕！她特别可以使人看出一个母老虎可以变成一只母猫。我明白这里有妒嫉的惨剧，用这两位西班牙女郎互相攻击的刺人的话来看。然后，当一切事情都安排好了的时候，法官的愚笨又把一切激起了。持炬火的人、富人、仆人、随从、贵族、法官、少女、妇人，一切的人又都开始寻求、走来、走去、转弯。主要的剧情就重新结构着，我也就让他重新结构，因为这两位女人，嫉妒的佛罗林和幸福的高萝丽，又重新把我扎捆在她们的华丽丝裙的折痕里，又把她们的纤足装在我的眼睛里。

我居然能够看到第三场而没有做出什么不幸的事情，而没有需要警察官来干涉，也没有使全场喧哗，于是，我就相信公德和宗教道德的力量，虽然众议院的议员常常讨论，常常说法兰西没有道德。我居然懂得这是爱上两位女人而不被爱的一个男子，或是被爱而不爱她们的一个男人，不爱法官或是法官所不爱的一个男子的问题；然而这位男子却的确是一位爱上什么人的贵族，爱上自己或是上帝，因为他当和尚去了。如果您要知道更清楚的话，请您到全景剧院去。这已经够得让您预先知道您应当第一次到那里去欣赏这些胜利的绿边红袜，这宜人的细脚，这透出阳光的眼睛，这装扮安达鲁斯女人的巴黎的女郎的细致，这装扮巴黎女郎的安达鲁斯女人的精密；第二次到那里去享受这出可以用老头儿的形式笑死人而用狂爱的贵族形式让人痛哭的戏剧。这幕戏在两方面都很成功。据闻作者是和我们的一位大诗人合著这出戏的，他是以每只手中都有一个爱恋的女人来致力他的成功的：所以，他并不是没有使激动的台下观众乐死。这两位少女的大腿似乎比作者还有精神。不过，当这位情敌走了的时候，人们却听到极有意思的对话，这证明这出剧本的超卓。作者的名字是在轰动全场的掌声之中宣布出来的；但是，他有站立在大蜡台下面，当着火山喷发一般的行动之前的习惯，他并不发抖：作者就是古尔西先生。至于两位女演员呢，她们跳过著名的赛维尔的波勒洛舞，赛维尔前时曾在主教会议派的神父之前得到宠爱，而且曾经得过检查的允许，虽然这跳舞的姿态是淫荡的。这种波勒洛舞就够得吸引那些只知道浪费余年于爱情的老年人，我发出慈悲的心肠对他们劝告，应当拿特别透明的小千里镜来。

当鲁先写了这篇可以用新鲜而创造的体裁来给新闻界开一个新纪元的文章的时候，陆士铎也写了一篇，题目是《前任嬖人》，这文章是这样开始的：

帝国时代的嬖人总是一个身材细长，保守缄默，穿着一件胸衣而挂有十字勋章的人。他的名字有点类似波特利；为着要符合现今的潮流起见，这位帝国时代的男爵就自己赐予了自己一个“爵士”的衔头，他是波特利爵士。如果革命的话，就只好除去这衔头而恢复为波特利了。正如他的名字一样，这个人也是两头蛇的，当他当了这位贞洁不许我说出名字的人的妹妹的光荣，有用而温和的尾巴之后，他却到圣日耳曼镇上去逢迎去了。如果波特利否认他给皇帝公主当过差的话，他还在唱颂他的亲密的女恩人的浪漫哩……

文章是用许多相当愚笨的人型组织而成的，这是这时代的人所做的把戏，因为这种作风自此之后是由《菲加罗报》来奇异的改善的。陆士铎在查特利男爵所逢迎的巴尔古顿夫人和乌贼骨之中想象出一个平行的滑稽的人，可以使人快乐，然而却不必认识在这两者之中给哪一个开玩笑。他把查特利来比一只鹭鸶。鹭鸶的爱情不能够吞没这个乌贼骨，当他把这乌贼骨放下的时候，这乌贼骨却打成三个碎片了，使人不能不哈哈的大笑起来。正如人们所知道的，这个玩笑是分作好几篇文章来写的，在圣日耳曼镇上引起了极大的传诵，而且是使政府对于出版界订下约束规律的一千零一个原因之中的一个。一个钟头之后，布郎德、陆士铎、鲁先又回到客厅里来，客人、公爵、公使、四位妇女、三个商人、戏院经理和菲诺都在那里谈天。一位带着纸帽的学徒，已经来给报馆催稿子来了。

“如果我不给他们带些东西去的话，工人们都要跑了。”他说。

“拿着去吧，这是十个佛郎，叫他们等等。”菲诺回答说。

“如果我给他们这些钱的话，先生，他们就喝酒去了，哪里管得报纸。”

“这孩子的好意真感动我。”菲诺说。

正在公使预言这位顽童的前途的时候，三位作家进来了。布郎德念着一篇反对浪漫派的非常有精神的文章。陆士铎的文章使人发笑。勒多利公爵提议说，为着不要太引起圣日耳曼镇上王公贵族的愤怒起见，无妨在文章里滑进几句间接称赞埃斯巴尔夫人的话。

“您呢，请您给我们念一念您所写的吧。”菲诺对鲁先说。

当鲁先恐惧而颤抖的念完之后，客厅中就回答着鼓掌的声音，两位女伶吻着新进的作家，三位商人拉着他来阻止，布吕埃尔牵着他的手，眼睛里挂上一点泪珠，最后，经理就请他吃饭。

“这里已经没有孩子了，”布郎德说，“因为沙都勃里昂先生会用‘超等的儿童’这个字眼来称赞雨果，我就只好简简单单的对您说您是一个有精神、有心田、有作风的人。”

“先生是报馆的人了。”菲诺说着，一面感谢埃田，给他投去开发者的精致的眼光。

“你们写了哪几句话？”陆士铎对布郎德和布吕埃尔说。

“这是布吕埃尔所写的。”拿坦说。

看见某子爵如何的关心民瘼，德摩斯登子爵昨天就说：——他们也许要让我平平安安的。

一位贵妇对一位责骂巴斯桂尔先生的演讲是德卡兹系统的继承的极端派说：——是的，但是他的腿肚却非常像帝王的腿肚。

“如果是这样开始的话，我也不再问你们了；一切都很好。”菲诺说。“快快给他们带这个去，”他对学徒说，“报纸有点勉强凑成，但是这是最精彩的一期。”他转过身来对一群作家说。这些作家已经用一种阴险的态度来看鲁先。

“这孩子颇有才气。”布郎德说。

“他的文章很不坏。”维昂·克罗德说。

“咱们上桌吧。”马蹄发说。

公爵给佛罗林伸出手臂，高萝丽拉了鲁先的，这舞女的一边是布郎德，另外一边是德国公使。

“我不知道为什么您要攻击巴尔吉顿夫人和查特利男爵，人家说男爵刚刚被任为查兰特州长和内阁员外郎哩。”

“巴尔吉顿夫人曾把鲁先和一个穷鬼一样的摈弃了。”陆士铎说。

“一个这样美丽的年青人!”公使说。

用新的银制食具，用施维尔的瓷器，用大马色布制成的桌布来享受宵夜是非常丰富的。宵夜是齐微烹调的，酒是一位圣柏尔拿尔堤的名商，卡莫苏、马蹄发和葛尔杜的朋友选好的。第一次看到巴黎的奢华，鲁先就一步一步的惊愕着，以布郎德所说的有精神、有心田、有作风的人的资格隐瞒着他的惊讶。

穿过客厅的时候，高萝丽曾经对佛罗林的耳朵上说：

“好好的给我灌醉卡莫苏，让他非留在你家里昏沉大睡不可。”

“那么，你就要干这位新闻记者吗?”佛罗林用这些女人所特用的字眼来回答说。

“不，亲爱的，我爱他!”高萝丽立刻的回答，肩膀做出一个美妙的轻轻的动作。

这些话就由第五个大罪给带到鲁先的耳朵里来。高萝丽穿得非常的美丽，她的服装很智慧的表现出她所特有的美丽，因为一切的女人都有她所特有的好处。她的袍子，和佛罗林的袍子一样，是由一种没有见过的甘美的面料制成的，这面料就是轻绸。这面料就是属于卡莫苏的，这位以金兰公司的经理资格来在巴黎给里昂的工厂保卫的神明。所以爱情和服装，这位女人的脂粉和香料就提高了高萝丽的诱惑力。人们所等待而没有错过的快乐就在年青人的身上施展着他那庞大的诱惑力。在他们的眼中，这保证到底是引人到恶劣的地方的倾向呢，到底是长久的忠实的秘密呢?纯洁而诚实的爱情，初恋加在刺激这些可怜虫的空幻的癫狂之上，还有鲁先的奇美所引起的钦佩；这一切就给高萝丽的心注入精神。

“就是丑陋和病弱我也要爱你!”她坐在桌边的时候，朝着鲁先的耳朵说。

在诗人听来，这是何等有力的一句话！卡莫苏失踪了，鲁先看着高萝丽而看不见卡莫苏了。被外省的单调生活所烦扰，被巴黎的地狱所引诱，被穷困所懈怠，被不得已而保守的贞节所困窘，被古龙尼街修道院式的生活和他那没有结果的工作所疲惫，这样一个要享受一切的人，有一切感觉的人，难道可以从这华丽的宴会中隐退出去吗？鲁先是一边脚踏着高萝丽的床，一边脚踏在报馆的诱饵的，在这报馆之前，他曾经奔跑而没有到达过。在桑提尔街空巡哨了一阵之后，他却找到全报馆的人都坐在这桌子旁边，新鲜而快乐的喝酒，他这个好孩子。他刚刚在明天就可以刺激两颗心坎的一篇文章里报复了他的一切苦痛，他就要在这两颗心中灌注人家所给他充满的癫狂和苦痛，然而是落空的。看着陆士铎，他不禁心里说："这是一位朋友！"然而却没有疑虑过陆士铎已经怕他是一个危险的竞争者。鲁先显示他的一切的精神，这是他的错误：一篇奇文大大的给他服务。布郎德要使侵吞陆士铎的妒忌心平衡，他就对菲诺说，当他有这种力量的时候，应当用才干来克服他。这是说明陆士铎的行径的一张断案，陆士铎决定要继续当鲁先的朋友，和菲诺相得，因而能够保持这位危险的新进人物，在需要的情形下去开发他。这是很快定下的决意，可以由这两个人耳朵对耳朵所说的两句话看得明明白白。

"他有才干。"

"他将来一定要变成不好对付的。"

"噢！"

"好！"

"我和法兰西的新闻记者一起吃饭总是有点害怕。"德国外交官用一种平静而庄严的好意瞧着布郎德说，他已经在孟高尔纳伯爵夫人家中见过布郎德。"勃鲁哈有一句话，是你们所应当实现的。"

"什么话？"

"当一八一四年，勃鲁哈和沙肯一同到孟马尔太山顶来的时候，请你们原谅我，给你们提到这个在你们看来是致命的日子，诸位先生，沙肯这位残忍的人就说：‘我们把巴黎烧掉吧！’勃鲁哈指着他的脚下，在赛纳河谷中所伸展的那热烈而烟雾迷蒙的大瘤，回答说：‘除此之外，法兰西是无法灭亡的。’我祈求上帝在我们国里没有这些报纸。”公使歇了一会儿接着说，“我还在害怕这戴着纸帽子的小先生，他在十年之内都保守着一个老外交家所说的话。所以，今天晚上，我觉得是和一群让我荣幸能够摸触利爪的狮豹在一起吃饭的。”

“我们可以给全欧洲证明说，是阁下今天晚上吐出一条猛蛇，阁下没有把蛇毒传播给杜莉椰小姐，我们的最美丽的舞女，而在那上面评论人类的第一个女人爱薇、《圣经》、第一和最后的罪恶，”布郎德说，“这是很清楚的。但是您不必害怕，您是我们的客人。”

“这太过火了。”菲诺说。

“我们要印些讨论人心和身体里边所找到的一切的毒蛇而讲到外交界的科学的论文。”陆士铎说。

“我们可以在这一瓶灌有酒精的樱桃里找到一两条毒蛇来。”维尔奴说。

“您最后会连自己都相信他的。”维昂对外交家说。

“诸位先生，不要唤醒你们那睡着的利爪。”勒多利公爵叫了起来说。

“报纸的影响、报纸的势力只是一个开端，”菲诺说，“新闻学还在幼稚的时代，他还要长大。十年之后，一切都得服从舆论。思想可以使一切光荣，他……”

“他也可以使一切萎靡。”布郎德插着打断菲诺的话说。

“这是一句话。”维昂·克罗德说。

“他可以做成国王。”陆士铎说。

“他可以推翻君主。”外交家说。

“所以，如果报纸不存在的话，”布朗德说，“最好不要发明他，然而，报纸已经有其存在了，我们都因为他而生活着哩。”

“你们还要因为他而死去了哩。”外交家说，“你们没有看见群众的抬头，假定是你们给他们提拔的，不是使个人的伟大变得困难吗？给下层阶级的心中种下推理的种子，以为可以收到革命的成果，在这种做法中，你们不是要自己变成第一批的牺牲者吗？当巴黎有暴动的时候，人家所毁坏的到底是什么呢？”

“是些路灯。”拿坦说，“但是，如果我们害怕的话，我们就未免太卑低了，我们只能变成狂乱的。”

“你们是太聪明的民族，你们不许你们的无论哪一个政府发展。”公使说，“没有这个的话，你们尽可以开始用你们的笔杆来征服你们的刀剑所不能保守的欧洲。”

“报纸是一种毒物。人们可以利用这毒物，但是政府却要打倒他。一个斗争一定要跟着来。谁要倒下去呢？这就是问题了。”

“政府！”布朗德说，“我死也要这么叫。在法兰西，聪明比一切都有力量，报纸除了一切才士的聪明之外，还有达尔杜夫的假仁假义。”

“布朗德，布朗德，”菲诺说，“你说得太远了！这里还有订户哩。”

“你是这些毒库的一个业主，你应当有点骇怕；但是我，我要跟你的一切店铺开玩笑，虽然我是靠他生活的！”

“布朗德说得对。”维昂·克罗德说，“报纸不是一个司铎，而变成了政党的工具，从工具又变成了商业，而且和一切的商业一样，他既没有信仰，也没有法律。正如布朗德所说的一样，一切的报馆都是一种店铺，人们在那里售卖群众所要的言论。如果有一间报馆是伛偻所办的话，他一定要一天到晚的证明伛偻的美丽、他们的善良和他们的必要。报纸已经不是为指导舆论而设的，而是为逢迎舆论而有的。所以，一切的报纸都会在一定的时间之内变成懈怠的、伪善的、不健全的、撒谎的、杀人的；他们要杀害思想，杀害制度和人物，而且要因此而繁荣。他们可以有一切有理性的人的益处：做坏事而没有人来负罪责。我们，我维昂，你陆士铎，你布郎德，你菲诺，我们要做成阿里斯多德、柏拉图、卡顿、布鲁达尔克人；我们大家都要做成贞洁的人，我们可以用水洗去手中的一切的污秽。在他研究约章的时候，拿破仑曾经给这种有道德或无道德的现象默出一段理由，可以让你们喜欢的，这句高贵的话是：'集合的罪恶没有人负责。'报纸可以允许最残酷的行为，没有人相信自己是玷污了的。"

"但是，国家政权要规定一些制裁的法律，"布吕埃尔说，"而且已经在准备着哩。"

"呸！"拿坦说，"法律能够怎样反对一切溶解剂中最容易渗透的法兰西精神呢?"

"思想只能够用思想来调和。"维昂接着说，"恐怖和专制只能够闭塞法兰西的天才，法兰西的语言非常适合于隐语和双重的意义。抑制的法律越多，精神就越焕发，正如没有汽闸的汽机一样。所以，国王总是做好事，如果报纸反对他的话，这些事就是大臣所做的，反之则不然。如果报纸发明一种污秽的诽谤的话，人家就是已经对他说过的。发过怨言的人，他就会因为请求广大的自由而得到赦免。如果他是押到法院去的话，他就埋怨人家没有来请求他改善；但是，如果请求他的话，他就会带笑的拒绝，他是把他的罪恶看成小事的。最后，当他的牺牲者胜利的时候，他就讥笑他。如果他受了罚，如果他有太多的罚款去付的话，他就会告诉您这控告的人是自由的敌人、国家的败类、光明的仇敌。他就说某某先生是一个盗贼，给您解释他如何是王国的最忠实的子民。所以，他的罪恶，这是些小事！侵犯他的人，这是妖怪！在一定的时间，他还能够使那些每天念报的人，相信他所要他们相信的。然后，一切他所不喜欢的就是不爱国的，而且他是永远不会是错误的。他可以利用宗教来反对宗教，利用宪章来反对国王；当官吏对他冷淡的时候，他就可以讥笑官吏；当官吏随从一般的情绪的时候，他就可以称颂官吏。为着求得订户起见，他可以虚构最动人的寓言，他就可以做些和博伯慈一样的趣剧。报纸要让他那什么都相信的父亲去闻出笑话的盐味，而不是使民众感觉兴趣。这些故事也许是一个戏子把他的儿子的尸灰放在骨灰壶里来真正的哭吊，也许是一位情妇为她的朋友而牺牲一切。”

“总之，这是左右逢源的民族。”布朗德打断维昂的话插着叫起来。

“虚伪而不仁慈的民族。”维昂接着说，“他要从他的怀中驱出他的才士，正如雅典人驱逐他们的阿里斯多德一样。我们可以看见最初由名人指导的报纸，后来就落在最平庸而有橡树胶那样弹性的忍耐和懈怠的政府手中，这政府缺少才士；或是落在有钱买笔的杂货商人手里。我们已经看到这一类的事情！但是，十年之后，第一个从中学毕业出来的顽童，就会相信自己是一位伟人，而爬在报纸上来侮辱他的前辈，要把他们连身带脚的拉走，来夺占他们的地位。拿破仑禁止报纸说话是有道理的。我可以打赌说在报纸所捧场的政府之下，反对派的报纸，将要用今日被国王拒绝任何的东西而反对国王的报纸所说的同样的理由、同样的文章来打仗的。人们越对新闻记者让步，报纸也就越求越苛。发了的新闻记者也就要被贪婪而穷苦的新闻记者所代替了。毛病是无法治疗的，他越变越凶险，越变越无耻，而且罪恶越大了，人家也就越容忍他，一直等到新闻界大战混乱的日子为止，正如巴比仑的情形一样。我们知道（我们也正是如此），在忘恩背义方面，报纸会比国王走得更远，在投机和计算方面，他会比最污秽的商业走得更远，报纸要吞噬我们的智慧而每天早晨的售卖脑汁；但是我们大家都要在那里写作，好像这些开发水银矿的人知道要死在矿里一样。那里就是这样的，在高萝丽的旁边，有一位年青的人……他名叫什么呢？鲁先，他很美丽，他是诗人，说得最恰当的，他是一位聪明人；他要进到这些发表坏思想的叫做报馆里面来，他要在那里投进他那最美丽的思想，他要在那里枯干他的思泉；他要在那里腐化他的灵魂，他要在那里做下匿名的懈怠，在思想的战场中代替军事战争的战略、打劫、烧毁、转向等等。正如其他成千的人一样，当他为某些股东花费了他的天才的时候，这些狠毒的商人就要他口渴的时候因饥而死、饥饿的时候因渴而亡。”

“谢谢！”菲诺说。

“但是，天哪，”维昂·克罗德说，“我知道这个，然而我却关在这监狱里，一个新来的徒刑囚人也使我觉得快乐。布郎德和我，我们比拿我们的才干来投机的某某先生还有学问、还有才艺，然而我们总等着让他们来开发。我们在智慧之下还有一颗良心，我们缺少开恳者的残暴的性质。我们是怠惰的，我们是欣赏家、默想家、判断家；人家要吞饮我们的脑汁，人家要责骂我们的无行！”

“我相们你们可以变成更坏的。”佛罗林叫了起来。

“佛罗林说得对，”布郎德说，“我们应当把公共的疾病，让这些政治家的走方郎中医治去。正如查尔勒所说的：‘向收获的葡萄上面吐痰吗？绝不干！’”

“你们知道为什么维昂要这样说动我吗？”陆士铎指着鲁先说，“柏梨岗街胖女人之中的一个，要跟一位中学校的学生说：‘我的小心肝，你年纪太轻，不要来这儿……’”

这句机智的话弄得大家哈哈大笑起来，同时也使高萝丽快乐。

商人们在喝酒、吃菜、倾听着。

“哪一个国家可以碰到像这里一样的这么多的良善和这么多的罪恶！”公使对勒多利公爵说，“——诸位先生，你们是不会毁灭自己的浪子。”

所以，由于这偶然的祝福，鲁先听到了一切关于他所要堕入的深谷的情形。阿尔太斯曾把这位诗人安放在高贵的工作的道上，给他唤起可以消灭障碍的情绪。陆士铎因为自私的思想，就想法子来使鲁先离开他，就用话来描摹新闻界和文学界的实在的情形。鲁先并不愿意相信这么多的隐蔽的腐败；但是他总听见新闻记者们谑笑他们的罪恶，他看见他们的工作的情形，剖切他们的供给者而预言将来。他并不因为看了勃鲁哈说得那么确切的巴黎的腐败的中心而觉得厌恶，反之，他却沉醉的享受这个活泼的夜会。这些藏在罪恶所嵌成的甲胄之内，冷酷的分析所制成的头盔之下的奇人们，他觉得他们比文社里沉重而严肃的人物高明。他又品尝富丽生活的最初的甘美，他是在奢华的蛊惑之下，迷人的馔盛的权力之下；他的偏情的本能又复活了，他第一次喝到好酒，他认识美厨所造的佳肴；他见到一位公使、一个公爵和他的舞女，渗杂在新闻记者之中，崇拜他们的残忍的威力；他感到有一种可怕的欲望，要来统治这些大王所组成的世界，他觉得有一种可以征服他们的力量。最后，他刚用几句话就把她说得心花怒放的高萝丽，他已经借宴会的烛火，在菜肴的烟气和醉醺的云雾之间，细细的察视了她。他觉得她是绝色，爱情把她变成这样美丽的！这位少女而且是巴黎最好看、最美丽的坤伶。文社这高贵的智慧的天国，在这个这样完全的诱惑之下是应当失败的。作家们所特有的虚荣心，刚刚被认识的人在鲁先的身上吹嘘过，被他的将来的竞争者称颂过。他的文章的成功和他对于高萝丽的征服是两个可以使比他更年青的头回顾的胜利。在谈论的时候，大家都是大

当卡莫苏脑子昏昏沉沉的时候，只这一宴就已搅得和十五年的情人一样的高萝丽和鲁先溜掉了。

嚼大喝一顿的。坐在卡莫苏旁边的陆士铎，就在卡莫苏的酒杯里斟过两三次樱桃酒，没有一个人注意到这个，他刺激他的自尊心，逼着他喝酒。这动作非常圆滑的进行，这个商人一点儿也没有看到，他自以为和新闻记者们同样的狡猾。酸辣的嘲笑就在糖果和美酒巡递的时候开始了。非常聪明的外交家，当他听见这些狡猾的新闻记者大说傻话，演出许多滑稽剧而要狂饮之后，就给公爵和他的舞女做出一个暗号，这三个人就都溜走了。当卡莫苏脑子昏昏沉沉的时候，只这一宴就已搅得和十五年的情人一样的高萝丽和鲁先从扶梯上逃走，跑进一辆马车里，因为卡莫苏醉在桌下，马蹄发以为他已经离开大家和坤伶一块儿出去了；他就让他的客人抽烟、喝酒、狂笑、辩论，跟着佛罗林去睡觉去。曙光惊动了战士们，特别是大酒量的布郎德，因为他是唯一能说话的人，他就用透红的手指给睡着的人们提议给清晨举杯祝贺。

鲁先没有巴黎的狂饮的习惯，他走下楼的时候还是很有理性的，但是大气决定了他那丑陋的酒醉。高萝丽和她的女仆就不得不扶着诗人，到王多姆街这位坤伶所住的美屋的第二层楼上面去。在扶梯的中间，鲁先几乎觉得受不了，不大雅观的病下来了。

“快快的，毕礼尼斯，”高萝丽叫着说，“茶！泡点茶!”

“没有什么，只是受了风，”鲁先说，“并且我从来没有喝过这么多的酒。”

“可怜的孩子！他和羔羊一样的洁净。”肥胖的诺曼地女人毕礼尼斯说，她的丑和高萝丽的美是同样的程度。

鲁先就在不知不觉中被人安卧在高萝丽的床上。在毕礼尼斯的帮忙下，这位坤伶是用母亲对小孩所有的细心和爱情来解脱她的诗人的衣服。诗人总是说：

“没有什么，只是受了风。谢谢，妈妈。”

“他就这么样的叫妈妈!”高萝丽叫了起来，吻着鲁先的头发。

“爱上这样一个天使多么快乐啊，小姐！您从哪儿把他钓来的？我不相信世界上能够存在有一个和您一样好看的男人。”毕礼尼斯说。

鲁先只是想睡觉，他不知道自己在什么地方，也看不见什么东西，高萝丽让他喝了好几杯茶，然后，她就让他睡觉去了。

“看门老太婆和其他的人，没有一个看见我们吧？”高萝丽说。

“没有，我等着您。”

“维克多尔不知道什么吧？”

“往往如此！”毕礼尼斯说。

十个钟头之后，中午的时候，鲁先在高萝丽的眼睛之下醒来了，她在瞧他睡觉哩！他懂得这个，他，这个诗人。坤伶还穿着她那污玷满目而要珍藏的美服。鲁先感激这真心爱情的忠诚和柔媚，这爱情需要他的酬报。他瞧着高萝丽。高萝丽立刻脱了衣服，好像一只水蛇一样的睡在鲁先身边。下午五点钟，诗人笼罩在神圣的逸情之下睡着，他瞥见坤伶的屋子，一个可爱的奢华的创造，整个都是白色和绯红的，一个美妙而珍奇的世界，是在鲁先所看见过的佛罗林的屋子之上的。高萝丽站立着。为着扮演她的安达鲁斯女人，她七点钟必得到戏院里去。她还欣赏着快乐甜睡的她的诗人，她沉醉了，不能够享受这个结合肉体和心灵而使其一起奋发的高贵的爱情。这种爱情的神圣化可以允许在这世界上有肉体和心灵两方面的结合，然而在天上却只能有一方面，这是她的赦免。并且，鲁先的超人的美丽，哪一个人不是把他拿来原宥呢？跪在这张床前，自喜能够得到为爱情而爱情的爱情，坤伶觉得自己神圣化了。这种快乐却被毕礼尼斯破坏了。

“卡莫苏来了，他知道您在这里。”她叫着说。

鲁先起来了，天生的仁慈的心肠使他想着不要烦扰高萝丽。毕礼尼斯揭开帘幕。鲁先走进一间甘美的装饰室，毕礼尼斯和她的女主人非常快捷的把鲁先的衣服拿到那里来。当商人出现的时候，诗人的长靴正好打刺高萝丽的视线：毕礼尼斯偷偷的擦了这长靴之后曾把他放在火前去烤干。女仆和女主人都忘记了这可以作为证物的靴子。毕礼尼斯和她的女主人交换一个不安的眼色之后，就走出去了。高萝丽沉埋在她的长椅里，她又请卡莫苏坐在对面的船形椅中。崇拜高萝丽的这位好汉子，看见了这一双长靴，不敢抬头来看他的情妇。

"我要不要因为这双靴子而妄加发怒，离开高萝丽呢？这样的话，就是为着小事而发怒。到处都有长靴哩。这双靴子最好应当放在鞋铺的陈列橱里，或是穿在闲游马路的男人腿上。但是，这里没有男人的腿，这明明证明了她的不忠实。对的，我是五十岁的人了，我应当和爱神一样的盲目。"

这个怯弱的独语是不可赦免的。这一双长靴并不是现在所用的半节靴，有的疏忽的人甚至于可以看不见的半节靴。这是当时的时髦所命令人家穿的一双整个的长靴，非常的漂亮，带有流苏，在贴身的裤上可以发出永远的明亮的光泽，可以和镜子一样的反照出一切的物影。所以，这双靴子就挖破了老实的绸缎商人的眼睛，我们甚至于可以说这双靴子也挖破了他的心。

"您怎么啦？"高萝丽问他。

"没有什么！"他说。

"按铃吧。"高萝丽笑着卡莫苏的懈怠说。"——毕礼尼斯，"诺曼地大姑娘来了的时候，高萝丽对她说，"给我预备些小钩，让我还可以穿一穿这双破靴。您今晚千万不要忘记把这双靴子给我带到我的包厢里去。"

"怎么？您的靴？"卡莫苏说，他又吸着比较轻松的空气。

"呃！您怎么想呢？"她用一种骄傲的神气问。"大傻瓜，您不是以为？……噢，他一定以为是那个！"她对毕礼尼斯说。"——

我在《一件东西》剧中要扮演一个男子，我从来没有穿过男人的服装。戏院的鞋铺给我带了这双靴子来，让我试试走路，等着我那双量过尺寸的靴子来；他给我穿上，这可苦坏我了，我就把他脱了，然而我还得再穿穿。”

“如果不合脚的话，您就不要再穿了。”常常受过靴子的苦的卡莫苏说。

“小姐会弄得更好，”毕礼尼斯说，“她不会学刚才那样苦了自己；她都哭了，先生！如果我是一位男子的话，我所爱的女子我绝不能够让她哭！如果她穿着薄的摩洛哥皮制的靴子的话，她一定会弄得更好的。但是戏院的办事人太不懂事了！先生，您应当去给她要一双软皮靴来……”

“好的，好的，”商人说，“——您起来吧？”他对高萝丽说。

“等一会儿就起来。我六点才回来的，我到外边找您，您让我看您的马车看了七个钟头。这就是您的看顾！见了酒就忘记了我！我应当自己看顾自己，我现在每天晚上都得演戏，因为《法官》能赚钱。我不愿意让这年青人的文章不符事实！”

“他真漂亮，这位孩子。”卡莫苏说。

“您觉得他漂亮吗？我不喜欢这一类的男人，他们太像女人了；而且他们不懂得像你们这些商界的老傻瓜一样的爱恋。您这样的不放心！”

“先生和太太一起吃饭吗？”毕礼尼斯问。

“不，我的嘴太涩。”

“您昨天真胡闹？啊！卡莫苏伯伯，先说，我就不喜欢喝酒的人……”

“您应当给这位年青人送一个礼物去。”商人说。

“啊！对的，我宁可送他钱，不愿意学佛罗林那样的办法。算了吧，人家所爱的坏种，请您走吧，不然的话，就请给我一辆车，让我不至于误时刻。”

“明天您就有车坐着到冈卡尔岩饭馆去和您的经理一块儿吃饭去。星期日人家不演新戏。”

“来，我要吃饭去。”高萝丽说着，带了卡莫苏去。

一个钟头之后，鲁先就被毕礼尼斯放出来了，毕礼尼斯是高萝丽的童年的游伴，她的精细、她的聪明，正和她的肥大同样的程度。

“留在这儿吧。高萝丽还要一个人回来，如果卡莫苏给您捣麻烦的话，她甚至于要离开他。”毕礼尼斯对鲁先说，“但是，您在她心中像可爱的孩子，您太像天使了，您不会毁坏她。她对我说过，她已经决定无论如何要挺着在那里，要离开这天堂一般的金屋，到您的屋顶楼去居住去。噢！妒忌羡慕的人不是对她说过您是一个子儿也没有，住在拉丁区吗？我要跟您去，您瞧，我要跟您铺床叠被去。但是，我刚才是安慰可怜的姑娘。先生，您太聪明，不会做这些傻事！不是吗？啊！您要看得清楚另外的胖子只占住一个死尸，您却占住这亲爱的、被爱的、人家让给灵魂的神明。如果您知道当我叫我的高萝丽重复她的扮演的时候，她是如何的可爱！孩子的爱！什么！她的确配得叫上帝给她送一个天使来，她对于生活是厌腻的。她跟她的母亲住在一起太不幸了，她的母亲打着她，把她卖掉了！是的，先生，一位母亲，她的亲生的女儿！如果我有女儿的话，我一定要待她和待我的小高萝丽一样，我把自己当做她的女儿似的。这是我所看见的她的第一个好日子，这是她第一次受人鼓掌喝彩的日子。看了您所写的，好像人家已经增多，来给她的第二天的演出喝彩叫好了。您睡的时候，布鲁拉尔来跟她一块儿工作过。”

“谁，布鲁拉尔？”鲁先问，他相信已经听过这个名字。

“喝彩捧场的头领。他来跟她商量好应当在她特别小心表演的什么地方给她喝彩。虽然佛罗林自称为她的朋友，说不定她要给她做下一个恶作剧，整个的拿到自己身上来。整条的马路都为着您的文章而传诵着。这是为王子的爱情而安排的一张多么美丽的床啊!”她说着，给床上铺下一块有花边的床单。

她点了蜡烛。在烛光之下，昏迷了的鲁先自以为事实上是在仙宫里。卡莫苏选择了金兰公司的最好的布料来给高萝丽制造帐幕和窗帘。诗人是在宫殿里所有的一般的地毡上走路。紫檀木的家具在他们的雕刻的花纹里留住了在那里眩目的颤抖的光线。白色云母石的火炉照耀着最珍贵的光点。床毡是由一个用貂皮围绕的天鹅组成的。黑色丝绒的拖鞋里边套着深红色的里子，在那里说着快乐的话，等着《群芳集》的诗人的来临。一个精巧的油灯挂在铺丝的天花板上。到处都有巧妙的园丁所选择的花朵，好看的白灌木花，没有香味的山茶花。到处都生活着天真的影像。我们怎么能够想象到这里有一位坤伶和戏院的风尚呢？毕礼尼斯注意到鲁先的惊赏。

“这好看吗?”她用阿谀的腔调对他说。“在这里谈恋爱不是比您那仓库一般的屋子里谈恋爱更好吗？小心一点儿。”她接着说，给鲁先带来摆有许多从她的女主人饭食中偷出来的佳肴的一张独脚椅，使厨夫想不到有一位情人的来临。

鲁先吃得非常的好，毕礼尼斯用雕刻的银器和每个价值一路易的印花的盘子来伺候他。这奢侈动了他的灵魂，就好像街中露出肉体和白皙臂膀的少女动了一个中学生一样。

“他真幸福，这位卡莫苏!”他叫了起来。

“幸福吗?”毕礼尼斯接着说，“啊！他给不少的钱，希望能够做到您的地步，希望能够用他的灰色的老发来交换您的棕色的年青的头发。”

她款待鲁先，给他喝特别为英国富人而制的上好的保尔都酒，让他再去睡着等待高萝丽，给他拿出一笔暂时应用的小款，鲁先实际上也真想在这张他所崇拜的床上睡觉。在诗人的眼睛里看出他的欲望的毕礼尼斯就为她的女主人而感到快乐了。十点半的时候，鲁先就在一道富有情爱的眼色之下醒来了。高萝丽在那里穿着最动人的夜衣。鲁先已经睡过了，他现在只沉醉于爱情。毕礼尼斯退出了，她问着：

“明天几点钟呢？”

“十一点，你把我们的早饭带到床上来吃。两点钟之前我不接见任何的人。”

第二天两点钟，这位坤伶和她的情人都穿好了衣服，互相见面，好像这位诗人是来拜访受他保护的女人似的。高萝丽给鲁先洗澡、梳头、装饰、穿衣服；她派人为他到高刘店里去寻找一打好衬衣、一打领结、一打手帕、十二双装在柏木匣里的手套。当她听见车声到达她的门口的时候，她赶紧和鲁先一同跑到窗口去。两个人都看见卡莫苏从一辆华丽的轿式马车上走了下来。

“我不相信人家会怨恨一个人和奢华。”她说。

“我太穷了，我不能够赞同您毁灭自己。”鲁先说着，觉得自己蒙了侮辱。

“可怜的小猫，”她把鲁先按住自己的胸口说，“你真的爱我吗？——我请先生来，”她指着鲁先对卡莫苏说，“请他今日早上来看我，因为我想我们可以到苍细莉茜去散步，去试试我们的马车。”

“你们自己去吧，”卡莫苏悲惨的说，“我不跟你们一块儿吃饭；今天是我妻子的纪念日，我忘记了。”

“可怜的莫苏，你真是自找麻烦！”她说着，跳上去抱住商人的颈项。

她想到要一个人和鲁先单独去试车，和他单独到树林去，她快乐得沉醉了；在她走上快乐的阶梯时，她却装作喜欢卡莫苏的样子，给他做出成千的媚态。

“我每天都想给您送一辆马车!”可怜的人说。

“我们走吧，先生，现在两点钟啦。”坤伶对鲁先说，她看见鲁先有羞愧的样子，就用一个可敬的姿势来安慰他。

高萝丽拉着鲁先从楼梯上滚了下去，鲁先听见这位商人好像海豹一样的在他们后面膝行着，没有能够跟上他们。诗人快乐得发狂了，幸福使高萝丽变得高超的，她给一切羡慕的眼睛献出最有味道、最为漂亮的服装。苍细莉茜的巴黎人都欣慕这两位情人。在布仑树林的一条小径中，他们的轿式马车碰到了埃斯巴尔夫人和巴尔吉顿夫人的四轮轻车，她们都用惊愕的神气来瞧鲁先，然而，鲁先却给这两位压迫他的光荣的女人投去一道诗人的轻蔑的眼色，开始应用他的权力。当他和这两位女人用一道眼色来交换她们放在他心中来磨灭他的报复的思想的时候，这正是他的生活中最甜蜜，而且说不定是决定他的命运的时刻。鲁先又被骄傲的愤怒所占据了：他希望再在社会上出现，在那里做下最光荣的报复，一切新近埋在文社的朋友的脚下的社会上的卑贱都转回到他的灵魂上面来了。他就懂得陆士铎为他而写的攻击的文章的作用了：陆士铎刚刚给他的感情效过劳，然而文社，这集合的谨慎的顾问却来压服他的感情而劝他为麻烦的德性和无用的工作而努力。工作！这不是贪婪享福的人的死亡吗？所以文人们是多么容易堕在逸乐中，落在可爱的女人、坤伶的奢华的生活和轻浮的女人的手中呀！鲁先觉得有一种不可抵抗的羡欲，去继续这两天所有的发疯似的生活。

冈卡尔岩饭馆的宴席非常的珍奇。鲁先找到佛罗林的客人，除去公使、公爵和他的舞女，除去卡莫苏，另加上两位著名的戏子、麦尔冷·埃克多尔和他的情妇。这位女人让人家叫她做发尔

·诺贝尔夫人，她是当时巴黎的特殊社会所有的妇女，现今人家合礼所称的“窈窕少妇”之中最美丽而最漂亮的一位。四十八小时以来，生活在天堂里的鲁先知道了他的文章的成功。眼看到自己被人家所祝贺、所慕羡，诗人就找到了他的平稳的态度：他的精神焕发着，他是几个月来在文学界和艺术界中大出风头的吕崩柏礼·鲁先。巧于猜测才士而能够和吞食儿童的恶魔一样的嗅知的菲诺就闻到一块鲜肉，他就阿谀鲁先，想要诱惑他进到他所指挥的新闻记者的队伍里来。鲁先懂得他的逢迎。高萝丽看到这位吃精神的魔王的作用，她要让鲁先防备他。

“不要投身，小心肝，”她对她的诗人说，“等着，他们要开发你，我们今天晚上可以谈这个。”

“嘿!”鲁先回答她说，“我觉得我相当的有力，变成和他们一样的坏、一样的精明。”

并没有因为空白而和麦尔冷不洽的菲诺，就把麦尔冷介绍给鲁先，又把鲁先介绍给麦尔冷。高萝丽和发尔·诺贝尔夫人亲善起来，用许多的妩媚和亲热来互相逢迎。发尔·诺贝尔夫人请鲁先和高萝丽吃饭。席间所有的新闻记者之中最危险的人物麦尔冷·埃克多尔是一位枯干而短小的人物，他的嘴唇紧闭着，含蓄着不可测量的野心、无边的妒忌，喜欢在他身边所有的一切的罪恶，喜欢从他所挑拨的分派获到渔利，有许多的精神，很少的意力，然而却用趋炎附势、只求金钱的本能来代替他的意志。鲁先和大家都互相不大喜欢。这原因不难解释。麦尔冷不幸有一个高亢的声调，鲁先却有一个低声的思想。吃饭后点心的时候，最动人的友谊好像把这些谁也想比谁高明的人物联结在一起。鲁先这新来的人，他是他们的撒娇的对象。大家都开心谈天。只有麦尔冷·埃克多尔一个人不发笑。鲁先问他所以保守缄默的理由。

“但是，我看着您带着许多的幻想，走进这文学家和新闻记者的世界里来。您相信朋友。我们都是朋友，也都是仇敌，视情形如何而定。我们大家先用武器互相打击，这武器应当只让我们去打其他的人。您不久就可以看出，您不能够用善意的情感得到什么东西。如果您是好人的话，您应当变个坏人。您应当用计算来变成一个喜欢与人寻衅的人。如果没有人对您说过这至高的规则的话，我要告诉您，而并没有把您当作一个平庸的知己看待。为着被爱起见，不要在没有使她小哭之前就离开您的情妇；为着在文学界寻找财宝起见，您应当常常伤害人家，甚至于您自己的朋友，您应当使那些有自尊心的人痛哭：一切的人就都要逢迎您了。”

麦尔冷·埃克多尔很高兴的从鲁先的神色里，看到他的话是和拳头打进心坎一样的打进这位新进人物的身中。大家赌钱。鲁先输了他所有的一切的钱。高萝丽把他带走了，爱情的甜蜜使他忘记了赌博所有的可怕的情绪，后来，他也就变成赌博的一个牺牲者了。第二天，当他从她家里出来，回到拉丁区的时候，他在他的钱包里找到他所赌输了的钱。这种发现最初使他觉得忧愁，他真想再回到她的家里，还她这个使他惭愧的礼物；但是他已经走到哈尔布街了，他也就继续走向克龙尼旅馆的路。走路的时候，他整个的想到高萝丽的爱护，他从这里看到这一类的女人渗杂在她们的爱情之中的母爱。在她们身中，爱情包含有一切的情绪。想来想去，鲁先最后就找到接受的理由，而对自己说：

“我爱她，我们将来要用夫妇的资格生活在一起，我也永远不离开她！”

除非是木石的人以外，谁不懂得那时候当鲁先爬上他的旅馆那泥泞而发臭的扶梯，打开那铄铄作响的门锁，再看见房子里的污脏的地板和可怜的壁炉，厌恶房中的穷相时所有的感觉呢？他在他的桌子上发现了他的小说稿和阿尔太斯·但尼尔的这一封信：

我们的朋友们差不多都满意您的大作，亲爱的诗人。他们说您能够用更大的自信心把他贡献在您的朋友和您的敌人之前。我们念过了您那篇关于全景剧院的动人的文章，您应当可以引起文学界的妒羡，正如引起我们的遗憾一样。

但尼尔

“遗憾！他这是什么意思呢？”鲁先叫了起来，他被这封信的客气的语调惊愕了。

所以，他就是这文社之外的人吗？在他吃过台房里的爱薇所给他寄来的甘美的果品之后，他越觉得四风街朋友们的高卓和他们的友谊的真实。他沉埋在他的默想里一些时候，想着这间房子里的现在和在高萝丽房子里的将来。蔽在来回起落的可怕的败俗的犹豫中，他坐着，从事研讨他的朋友们送回他的著作的情景。他是如何的惊讶啊！一章一章的，这些尚未成名的伟人们所有的能干而忠实的刀笔把他文思的贫乏变成丰富的。一段充实、紧凑、简洁、动人的对话代替了他所写的会谈。和这段富有时代精神的论说相比较，他就懂得他所写的会谈，只是一些无关紧要的赘言。他所柔弱描写的人物，却加以有力的表现，加以润色；一切都牵连到人类生活的现象，这一定是毕安仓从生理学的观察所看到而用细腻的笔调加以表达的，使这些人物活了起来。他的文学的描写就变成本格的、活泼的。他所写的女人是不健全的，穿得很不好看，但是他却重新找到一位穿白衫子，束腰带，戴绯红色肩带的少女，一位可爱的女郎。黑夜惊愕了他，满眼的泪珠，屈服在这伟大之前，感觉到这功课的价值，钦佩那些比他四年的苦学、比较和研究还要教他更多关于文学和艺术的知识的修改。不良草稿的修正，抓到痒处的主要的描写，不是光光的理论和观察所能做到的。

“真是好朋友！真是好心肠！我真幸福！”他紧抱着稿本，叫了起来。

被诗人的本性和易于变迁的性格的自然的冲动所牵引，他就跑到但尼尔那里去。走上扶梯的时候，他自己觉得自己并没有这些任何东西都不能够阻挠光荣的路的人物那样的尊贵。一个声音对他说，如果但尼尔爱上高萝丽的话，但尼尔一定不会让卡莫苏来分享。他也认识文社的人对于新闻记者的讨厌，他也已经懂得一些所谓新闻记者的生活。他找到他的朋友们，只是麦罗刚出门，大家脸上都显出不愉快的颜色。

“你们怎么啦，朋友们？”鲁先说。

“我们刚刚听到一个可怕的悲剧：我们这时代的最有精神的人物，我们之中最被人爱敬的朋友，两年之中曾当过我们的领袖……”

“蓝巴尔·路易。”鲁先说。

“他犯了止动病，没有希望了。”毕安仓说。

“他要死去，身体没有知觉，头脑留在天上。”克里斯特恩·米赤尔严肃的加上一句话。

“他要和活着一样的死去。”阿尔太斯说。

“和火一样投进他那宽阔的脑海之中的爱情把他烧死了。”吉罗·黎昂说。

“是的，”布里都·约瑟说，“把他激发到我们看不见的那一点上面去。”

“我们应当叹息了。”李达尔·福尔庄斯说。

“他也许会好的。”鲁先叫了起来。

“根据麦罗告诉我们的，医治是不可能的了。”毕安仓回答说，“他的脑袋是堆满各种现象的舞台，是医药所无法奏效的。”

“不过原动力还存在着。”阿尔太斯说。

“是的，”毕安仓说，“他不过是麻木不能转动而已，我们可以把他弄成一个无知觉的人。”

“不能够给恶魔献出这个头脑，来换他的！我，我可以贡献我的头脑！”克里斯特恩·米赤尔说。

“那样，欧罗巴的联邦要变成什么样子的呢？”阿尔太斯说。

“啊！真的！”克里斯特恩·米赤尔接着说，“附属于一个个人之前，人们是先属于全人类的。”

“我满心带着感谢你们的情绪来到这里的，”鲁先说，“你们把我的铜币变成金路易了。”

“感谢！您把我们当做什么人呢？”毕安仓说。

“这是我们的快乐。”福尔庄斯接着说。

“好，您就算是新闻记者了吗？”吉罗·黎昂对他说，“您下海的消息刚刚传到拉丁区来。”

“还没有。”鲁先回答说。

“啊！那更好，”克里斯特恩·米赤尔说。

“我跟你们说得很清楚了，”阿尔太斯接着说，“鲁先是一个知道纯洁良心的价值的人。夜里倾头侧耳来听自己说：‘我没有批判别人的工作，我没有使任何人苦痛；我那和拳头一样的精神没有打击过任何天真无罪的灵魂；我的讽刺没有杀死过任何的幸福，甚至没有扰乱过快乐的愚笨，没有不正当的疲劳过天才；我轻蔑过那些讽刺小诗的容易的胜利；总之，我没有对我的良心撒过谎！’这难道不是一个强有力的临终圣礼吗？”

“但是，”鲁先说，“我相信人家可以保守这种性格而在报馆里工作。如果我只有这个方法来维持生活的话，我就要到那里去。”

“噢！噢！噢！”福尔庄斯说，每一句感叹都是提高着声调，“我们投降了。”

“他将来要当新闻记者。”吉罗·黎昂惨痛的说，“——啊！鲁先，如果您要跟我们在一起而当新闻记者的话，我们要出刊一种报纸：在这报纸上，真理和公理不会被凌辱；在这报纸上，我们要宣传于人类有益的道理，也许……”

“您就连一个订户也找不到。”鲁先立刻诡谲的回答，打断了黎昂的话。

“他们只要有五百订户，也就等于五十万订户了。”克里斯特恩·米赤尔回答说。

“你们得有相当的资本。”鲁先接着说。

“不，”阿尔太斯说，“只要忠心和努力。”

“人家要说是一间香水铺。”克里斯特恩·米赤尔叫了起来，用一个滑稽的姿态来闻闻鲁先的头。“人家看见你坐在一辆特别光亮而由公子哥儿一般的马匹拉着的马车，和一位王子的情妇，高萝丽，在一起。”

“那么，”鲁先说，“这也有罪恶吗？”

“你说这个好像确有这个似的。”毕安仓叫着说。

“我希望鲁先有一位柏阿特里克斯，”阿尔太斯说，“一位能够支持他的生命的高贵的女人……”

“但是，但尼尔，爱情不是到处一样的吗？”诗人说。

“啊！”这位共和党人说，“在这一方面，我却是君主党。我不能够爱上一位被戏子当众吻着她的面颊的女人，一位在台房里到处叫‘你’的女人，一位低头向台下对观众微笑的女人，一位掀开裙子跳舞的女人，一位穿着男人的衣服而来指示我要一个人单独去看的样子的女人。或是，如果我爱上了这样一位女人的话，我就要她离开舞台，用我的爱情来洗净她。”

“如果她不能够离开舞台呢？”

“我就要为悲哀、为妒忌、为成千的苦痛而死去。人们不能够像拔牙一样的从心中拔去爱情。”

鲁先变成沉闷的、深思的。

“如果他们知道我忍受卡莫苏的压制的话，他们一定要轻蔑我。”他对自己说。

“瞧，”野蛮的共和党人用一个可怕的友情对他说，“你能够成为一个伟大的作家，你绝不应当只当一个小丑。”

他拿了他的帽子，走了。

“克里斯特恩·米赤尔真够狠。”诗人说。

“狠而能救人的，就好像牙医的拔牙钳一样。”毕安仓说，“米赤尔看到你的前途，说不定这时候，他还在街中为你痛哭流涕哩。”

阿尔太斯是温和而慰人的，他想方法来拯救鲁先。一个钟头之后，诗人离开了文社，受着良心的苛责，良心对他呼叫“你要当新闻记者”，正如女巫对马克柏哈呼叫“你要当国王”一样。在街中，他看见忍耐的阿尔太斯的十字窗所发出的一道微弱的光线，他带着悲惨的心和不安的灵魂回到自己的家里。一种预觉告诉他，这是第一次他被真正的朋友们的心紧束着。从巴黎大学广场走到克龙尼街的时候，他看见高萝丽的华丽的马车。为着来看一会儿她的诗人，为着来简简单单的给他说一声晚安，这位坤伶就冲出了古寺大马路的界限到巴黎大学的界中来。鲁先看见他的情妇一见他的屋顶楼就号啕大哭，她要和她的情人一样的穷苦，一边哭，一边整理他的衬衫、他的手套、他的领结、他的手帕，把他们安放在旅馆的丑陋的衣橱里。这种悲痛是这样真切的、这样伟大的，可以表达无限的爱情，让被人责备有坤伶的鲁先把高萝丽看作一位等待披上苦衣的圣女。为着来到这里，她就用了一个借口，说要告诉他的朋友：卡莫苏的一班人，高萝丽和鲁先，要给马蹄发的一班人，佛罗林和陆士铎，还请吃宵夜，说要来问鲁先到底有没有什么请帖要发的；鲁先回答说他要和陆士铎商议一下。一会儿之后，坤伶就走了，瞒着鲁先，没有告诉他卡莫苏就在下面等待她。第二天，八点钟之后，鲁先到埃田家里去，他没有找到埃田，就跑到佛罗林家里来。新闻记者和坤伶把他们的朋友接到精美的卧室里来，在那里他们就如同夫妇一般的居住着，这三位朋友也就在那里吃了一顿非常丰富的早餐。

“但是，小孩子，”当他们坐上饭桌听见鲁先告诉他们高萝丽预备请吃宵夜的时候，陆士铎对鲁先说，“我劝你和我一块儿看维尔奴·飞里先去，我劝你请请他，尽量的联络他。飞里先说不定会介绍你到他所编辑的一家政治的报馆里去，你可以在这里清清闲闲的给这报纸的上头写些大文章。这家报纸和我们的一样，也是属于自由党的，你也就要变成一位自由党人，这是出风头的政党；并且，如果你愿意加入内阁派那一边的话，你也可以比让人骇怕你更有利的进党。麦尔冷和他的发尔·诺贝尔夫人常常有王公大臣、有年青的公子哥儿、有百万富翁到他们家里去串门，他们不是请过你和高萝丽去吃饭吗?”

“对的，”鲁先回答说，“并且你和佛罗林也在被请之列哩。”

鲁先和陆士铎在星期五的微醉和星期日的饭食中已经走到用“你”来互相称呼的地步了。

“好，我们可以在报馆碰到麦尔冷，他是紧跟菲诺的孩子；你应当好好的看顾他，请他和他的情妇一块儿来吃你的宵夜：也许不久他就对你有点用处，因为怀恨的人需要一切的人，你也会给他效劳，希望能够有你的笔杆来适应他的需要。”

“您的开端给人家相当的注意，您不至于有什么障碍，”佛罗林对鲁先说，“您应当赶快利用这个机会，不然的话，人家就会马上忘记了您。”

“事业，”陆士铎接着说，“大事业是成就了！菲诺这位不学无术的人是多里亚的周报的社长和总编辑，他不花一文钱就占有这周报的六分之一的产业，他每月有六百佛郎的薪水。自今天早上起，亲爱的，我就是我们的小报的总编辑了。一切的事情都像我前一个晚上所预测的实现了：佛罗林真高明，她要超过达利兰王子。”

“我们是用人们的快乐来抑制他们的，”佛罗林说，“外交家只能够利用自尊心来拉拢他们；外交家看见他们的礼貌行止，我们却看他们做些傻事，所以我们比外交家还要强。”

“总之，”陆士铎说，“马蹄发只说过一句将要在他的药商生活中发表出来的格言，他说：‘在我的商业里出不了大事业！’”

“我怀疑是佛罗林轻声教他说这句话的。”鲁先叫了起来。

“所以，我的爱，”陆士铎接着说，“你是一帆风顺的。”

“您是生来戴高帽子的，”佛罗林说。“我们看见过多少年青的人，在巴黎等了好几年，还不能够在报纸上发表一篇文章！您的情形要和布朗德·爱弥尔的情形一样。六个月之内，我要看您‘趾高气扬’。”她用这句术语加上一句话，给他投去一道讥刺的微笑。

“我不是在巴黎三年，”陆士铎说，“而只从昨天起，菲诺才给我每月三百佛郎的固定薪水，让我当总编辑，给我每列格一百苏的稿费，又给我在他的周报写文章，每页给我一百佛郎的稿费吗？”

“哎，您什么都不说吗？”佛罗林瞧着鲁先，叫了起来。

“我们以后再看吧。”鲁先说。

“亲爱的，”陆士铎带着被刺的神气回答说，“我都给你安排好一切，就好像你是我的亲兄弟一样；但是我不能够代表菲诺答复你。菲诺要被六十个滑稽的人所包围，这些滑稽的人两天之内要给他提出许多便宜的条件。我已经替你答应了；如果你愿意的话，你还可以对他说一声不干。你不怀疑你的幸福，”这位新闻记者歇了一会儿，又接着说，“你要进一个在不同的报章共同攻击他们的仇人，而在那里互相利用的党派。”

“我们先去看维尔奴·飞里先去吧。”鲁先说着，他急于要和这些可怕的鸷鸟联合。

陆士铎叫人去找一辆两轮轻马车来，这两位朋友就到孟达尔街去，维尔奴就住在这条街的一间带廊的房子里；他占住这间房子的第三层楼的一个寓所。鲁先惊愕的发现，这位酸酷骄傲的自大的批评家是在一间最粗俗的饭厅里，这饭厅铺有小纸砖，上面在一定的空隙中生有藓苔，在一些黄金的挂屏中留有硝酸雕刻术的雕刻。坐在桌边的是一位特别丑陋的女人，这绝不能是不合法的配偶，还有两位年纪极小的儿童，蹲在高脚围栏的椅子上，这种椅子可以支持这些怪人。当飞里先被他们的来临所惊愕的时候，他正好穿一件用妻子的印度衣的遗留所制成的屋内便衣，他的神气相当的不高兴。

“你吃了早饭吗，陆士铎？”他说着，给鲁先搬过一张椅子来。

“我们是从佛罗林家里出来的，”埃田说，“我们已经在那儿吃过早饭。”

鲁先不断的观察维尔奴夫人，维尔奴夫人很像一位肥胖的女厨，她相当的白皙，但是太平凡了。她在有钩的夜帽上围着一条颈巾，这夜帽因为她那深凹的两颊而除去边缘。她那没有腰带而用一个钮子羁在领上的屋内便衣，一大条折纹一大条折纹的垂了下来，这样难看的把她包住，使人无法不把她来比一块界石。她有一个没有希望的健康，她的两颊差不多是紫色的，她的手指是半圆形的。这位女人忽然给鲁先解释，维尔奴在社会中所有的别扭的态度。婚姻不满意，没有力量抛弃妻子和儿子，然而却有相当的诗人的风采来忍受这家庭的苦痛，这位戏子不放过任何人的任何的成功，他对一切的人都不满意，同时他总觉得对于自己也不满意。鲁先懂得使这个富于妒忌心的脸孔发冷的酸辣的神色，他懂得这位新闻记者在谈话之中的迅速的回答的苛酷，总和刺刀一样尖锐和锋利的语句的刻毒。

“我们到书房去吧，”飞里先站了起来说，“你们的来意当然是文学的问题了。”

“也可以说是对的，也可以说是不对的。”陆士铎回答他说，“老兄，这是吃一顿宵夜的问题。”

“我来请您，”鲁先说，“我是代表高萝丽的……”

听了这个名字，维尔奴夫人就仰起头来。

“一个星期后请您吃宵夜去。”鲁先继续着说，“您可以在她家里找到您在佛罗林家所见到的客人，再加上发尔·诺贝尔夫人、麦尔冷和其他的几个人。我们要赌钱。”

“但是，朋友，那一天我得到马湖都夫人家里去。”妻子说。

“呃！这有什么要紧呢?”维尔奴说。

“如果我们不去的话，她一定要见怪的，而且你很方便，可以找到她来预支书店的银票。”

“亲爱的，这就是一位不懂得半夜开始宴会的宵夜并不妨碍人家去出席十一点钟就闭幕的夜会的女人！我就在她身边工作。”他加上一句说。

“您太富于幻想了!”鲁先回答说，他只于这一句话中变成了维尔奴的死仇。

“好吧，”陆士铎接着说，“你来；但是，这还不算是完了事。吕崩柏礼先生已经是我们的同党了，所以，请你在你的报纸上提拔他；把他当作一位能够写高超文字的孩子来介绍，使他每月至少可以登两篇文章。”

“好的，如果他愿意做我们的党员，愿意攻击我们的仇敌，正如我们愿意攻击他的仇敌一样，又愿意保卫我们的朋友的话，我今天晚上就要在音乐厅谈到他。”维尔奴回答说。

“好吧，明天见，小子。”陆士铎说着，用最强烈的友谊的符号握着维尔奴的手。“你的书几时出版呢?”

“这可得看多里亚了，”家长说，“我已经脱稿了。”

“你满意吗?”

“也可以说是满意，也可以说是不满意……”

“我们要促其成功。”陆士铎说着，站了起来，给他的同志的妻子行了礼。

这突然的告退是两位孩子的吵闹所逼出来的，他们争吵着，互相用汤匙打架，互相用汤泼在对方的脸上。

“孩子，”埃田对鲁先说，“你刚刚看见一个不自觉而给文学许多烦扰的妇人。这位维尔奴并不给我们宽恕他的妻子。我们应当给他除脱她，这当然是为群众的利益了。我们避免洪水一般多量的苛刻的文字和短篇的讽刺诗来反对一切的成功、一切的幸运。跟这样一位女人和这两个可怕的顽童在一起会变成什么样子呢?你看见过毕卡尔的剧本《幸运的房子》所谓的李古丹；好吧，正如李古丹一样，维尔奴并不打架，但是他要使别人打架；他可以挖去自己的一只眼睛因而使他的最好的朋友挖去两只眼睛；您可以看出他把脚放在一切的尸体之上，对一切的不幸冷笑，攻击王子、公爵，侯爵、贵族，因为他是平民；因为他的妻子而攻击没有娶过妻子的名人，总要谈到道德，而为家庭的乐趣和公民的责任辩护。总之，这位这样讲道德的批评家却对任何人都是不温和的，甚至于对小孩子们也是如此。他就在孟达尔街中，生活在一位能够当《富翁变乡绅》中所说的高官的妻子和两个跟蛀虫一样难看的小维尔奴之中；他要跟圣日耳曼镇开玩笑，他从来就没有走到那里去过，他可以使公爵夫人和他的妻子一样的谈吐。这原来是一位要跟在耶稣会会徒后面高喊，侮辱朝廷，说他要恢复封建制度、恢复长房继承法的一个人！他要宣传来建立为平等而奋斗的十字军，然而却不相信自己和任何人平等。如果他是一位儿童，如果他到社会中去，如果他有带十字勋章的保王党诗人的行为的话，他一定是一位乐天主义者。新闻界在成千的方面都是相似的。这是由小怨恨所发出来的大弩箭。现在你还想结婚吗？维尔奴已经没有心肠了，怨恨侵占了他整个的身体。所以，他是一位特等的新闻记者，有两只扯毁一切的手的老虎，好像他的笔有疯狂似的。”

“他是拜金主义者。”鲁先说，“他有才能吗？”

“他聪明，他是一个‘文章专家’。维尔奴带有许多的文章，总写着许多的文章，也只会写文章。最坚毅的工作也不能够把他的散文接上一本书。飞里先不能够组织一本有系统的著作，不能够安排材料，不能够调调和和的把各不相同的人物结联在一个开始、成熟而走向一个主要的结局的布局里边；他有许多意见，但是他不认识事实；他的主角都是哲学上的或是自由主义派的乌托邦中的人物；总之，他的作风有一种有意追求的创造性，如果批评家给他打上一针的话，他那膨胀的语句就要立刻破缩下来。所以他极乎骇怕报纸，正如一切需要伪诈的赞词把自己挺在水上的人一样。”

“你简直作了一篇好文章！”鲁先叫了起来。

“这些话，我的孩子，我们应当说，然而却千万不要把他们写出来。”

“你是总编辑。”鲁先说。

“你要我把你停在哪儿呢？”陆士铎问他。

“停在高萝丽家里。”

“啊！我们都是有爱情的人。”陆士铎说，“真是大错特错了！

你应当学我对待佛罗林的方法来对待高萝丽，一位管理家务的女人，然而却有在山上的自由！”

“你要使信徒堕入地狱。”鲁先笑着对他说。

“人们用不着使魔鬼堕入地狱。”陆士铎说。

他的新交的轻柔而焕发的声调，他对待人生的态度，他那渗杂着巴黎的诡谲的似是而非的道理，就在不知不觉之中影响在鲁先的身上。理论上，这位诗人认识这些思想的危险，但他觉得他的应用是有利益的。走到古寺大马路的时候，两位朋友约好四五点钟之间在报馆的办公处相会，麦尔冷无疑的要到那里去。事实上，鲁先是被妓女式的真正的爱情的欲望抓住了，这些妓女可以抓住灵魂的最柔软的地方，用想象不到的温柔在一切的欲望之前退让，而促进他们所得以吸取力量的温软的态度。他已经渴望着巴黎的欢乐，他爱好这位坤伶在她家里所给他预备的舒服的、奢华的生活。他发现高萝丽和卡莫苏都快乐得沉醉了。角技戏院提议要为复活节定下一个出演合同，条件说得清清楚楚的，超过高萝丽所希望的。

“这一次的胜利是您的功劳。”卡莫苏说。

“噢！真的，没有他的话，《法官》就要不流行了，”高萝丽叫了起来，“没有文章来捧场，连我也还得有六年的工夫生活在这马路上哩。”

她就在卡莫苏面前跳上抱住鲁先的颈项。坤伶的真情吐露在他的速度上有我也说不出的温柔，在他的诱惑上有我也说不出的甜蜜：她恋爱了！正如一切有大苦痛的人一样，卡莫苏低下他的眼睛，看着地上，他在鲁先的长靴的缝道上认出了著名的鞋店在黑亮的靴统上所用的深黄色的色线。这条线的原来的颜色，曾经使他在高萝丽的壁炉前面不可解释的发现一双靴子时特别注意的独语过。他曾在这双靴子那白色而柔软的里皮上，念到这时代的

高萝丽就跳上去紧紧的抱着诗人，又转过头来看看这位绸缎商人——卡莫苏。

著名鞋店的地址：米曹迪尔街，革伊鞋庄。

“先生，”他对鲁先说，“您的靴真好啊！”

“他真美。”高萝丽回答说。

“我很想到您的鞋店去要一双。”

“噢！”高萝丽说，“得到布尔顿尼街去询问供给者的地址！您要穿年青人的长靴吗？您要变成漂亮的美少年了。请您翻着穿您的靴吧，这才适合一位成年人，一位有妻子、有儿女、有情妇的人哩。”

“总之，如果先生愿意拔脱一只靴子，他就算是给我效一个值得注意的大劳了。”固执的卡莫苏说。

“没有鞋钩子，我不能够再把他穿上。”鲁先涨红着脸说。

“毕礼尼斯可以找鞋钩去，这里不会有太多的鞋钩子。”商人用非常轻侮的神气说。

“卡莫苏伯伯，”高萝丽说着，给他投去一道满充着酷苛的轻蔑的印象的眼光，“请您对您的卑劣大胆一点儿！算了吧，请您说出您的整个思想吧。您觉得先生的靴子很像我的靴子吗？——我不让您脱您的靴子。”她对鲁先说。“——是的，卡莫苏先生，是的，这双靴子完完全全是那天叉着手放在我的炉前的那一双，而且躲在我的梳妆室里的先生正在等着穿着他哩，先生是在这里过夜的。这是您所想的，不是吗？请您想这个吧，我要您这样想。这是纯粹的事实。我骗您。然后呢？这让我高兴，让我高兴！”

她一点儿没有愤怒的坐着，用世界上最放任的神气看着卡莫苏和鲁先，他们却不敢互相对视。

“我只相信您所要我相信的。”卡莫苏说，“不要说笑话了，我错了。”

“或者我是一时溺爱先生的一位放荡而无耻的女人，或是我是第一次感到女人们所追求的真正的爱情的一位可怜的女人。在这两种情形之下，都得离开我，或是就把我当作这个样子来看待。”她说着，装出一个女王的姿态，简直把这商人压碎了。

“真的吗?”卡莫苏说，他从鲁先的举止里看出高萝丽并没有发笑，他恳求鲁先说一句谎话。

“我爱小姐。”鲁先说。

听了这句用感动的声调说出的话，高萝丽就跳上把诗人的颈项紧紧的抱住她的手臂中，又转过头来看着这位绸缎商人，给他指示她和鲁先所结成的可钦佩的一对情侣。

“可怜的莫苏，请你拿回你所送给我的一切吧，我不要你的任何东西，我发疯的爱慕这位孩子，这并不是因为他有才气，是因为他的美丽。我宁可要和他度着穷苦的生活，而不要你的百万家财。”

卡莫苏堕在一张靠椅中，两手抱着头，保守着沉默。

“您要我们走吗?”她用想象不到的凶猛对他说。

鲁先看到自己负上一位女人、一位坤伶、一个家庭的重担，不禁背上发冷。

“留在这里吧，留下一切的东西，高萝丽，”商人用灵魂所发出的柔弱而悲痛的声音说，“我不愿意拿回任何的东西。这里有六万佛郎的动产，但是我不能够有把我的高萝丽丢在穷苦里的思想。然而，不久你就要堕落在穷苦里。不论先生的才能如何的大，他都不能够维持你的生活。这是等待着我们一切老年人的结果！高萝丽，让我有权利有的时候来看看你：我能够帮忙你。并且，我承认，没有你我是不能生活的。”

在他自以为是最快乐的时候却整个的夺去了他的幸福，这位可怜人的温存大大的感动了鲁先，然而却没有感动高萝丽。

“来，可怜的莫苏，你要来就来，”她说，“我不骗你，这是更爱你的表现。”

卡莫苏显得很满意没有被人从他的人间天堂中驱逐出去。无疑的，他应当在这里受苦，但是他却希望将来能够在这里，因为巴黎生活的偶然的变动和围绕鲁先的诱惑而能够恢复他的一切的权利。这位狡猾的老商人认为这位美丽的青年迟早总要不忠实，而为着侦探他起见，使他脱离高萝丽的希望起见，他愿意继续做他们的朋友。这真情的懈怠使鲁先大为恐惧。卡莫苏请大家在王宫的维利饭馆吃饭，他们也接受这邀请。

“真幸运！”当卡莫苏走了的时候，高萝丽叫了起来，“不必再到拉丁区的屋顶楼去住了，你可以住在这里，我们不要离开；为着保持外观起见，你可以借查罗街一间小寓所，苦苦的受罚摇船！”

她就用一种可以表现不可制驭的感情的兴致来跳她的西班牙舞。

“我多多的工作，每月可以赚到五百佛郎。”鲁先说。

“我在戏院里也有这么多的钱，还没有算到薪水。卡莫苏总要给我衣服穿，他爱我！每月一千五百佛郎，我们就可以和大富翁一样的生活着。”

“还有马，还有车夫，还有佣人吗？”毕礼尼斯说。

“那我就得欠债了。”高萝丽叫了起来。

她又和鲁先跳了一回快乐舞。

“此后就当接受菲诺的条件了。”鲁先叫着说。

“我们走吧，”高萝丽说，“我穿衣服去，再送你到你的报馆去；我再坐车到大马路上来等你。”

鲁先坐在一张沙发上，看着坤伶打扮，生出最严重的思考。他宁可让高萝丽自由而不愿意丢在这一类的婚姻的责任上；但是她这样的美丽、这样的好看、这样的合意，他就被这种游荡歌人的生活的优美的方面所吸引，而和幸运挑衅相斗了。毕礼尼斯受命看守鲁先的迁移和他的安居。然后，这位胜利的、美丽的、快乐的高萝丽就引着她的情人、她的诗人，穿过整个的巴黎，走到圣菲亚克街。鲁先灵敏的爬上扶梯，在报馆的办公处里摆出主人的架子。老有贴印花的纸单放在头上的老萌芦和年老的吉落都还是伪善的告诉他没有人来过。

“但是，编辑们应当在什么地方见见面，给报纸写点东西。”他说。

“也许，但是，我不管编辑的事。”皇家禁卫军的队长说，他又开始察证他的一帮人，发出他那永远的怪声！布隆！布隆！

正在这个时刻，凑巧的机会来了，我们应当说这凑巧的机会有幸福呢，还是没有幸福呢？菲诺跑来告诉吉落都他的假退位，请他从中看视他的利益。

“不要跟这位先生要外交手段了，他是报馆的人。”菲诺对他的舅父说，一边拿过鲁先的手，给他行了握手礼。

“啊！先生是报馆的人？”吉落都叫了起来，颇为他的外甥的态度所惊愕。“好吧，先生，你进来可太容易了。”

“我要给您安置好，让您不容易受埃田的欺负。”菲诺说着，用温和的神气看了看鲁先。“先生所写的文章都给他每列格三佛郎的稿费，给戏院所写的观剧记也得算在内。”

“你从来没有给任何人这样的条件。”吉落都说着，惊异的看着鲁先。

“他有马路的四个戏院，你得小心使他的包厢不至于让人家占了去，使他的戏票能够好好的交给他。——我劝您叫他们一直把东西送到您的家里去，”他转过头来对鲁先说，“——先生除了评论之外，还答应一年每月写十篇差不多两列格的《杂俎》，每月给五十佛郎的稿费。行吗？”

“行。”鲁先说，他已经在环境的强力压迫之下了。

“舅舅，”菲诺对会计说，“你去拟契约稿吧，我们下楼时就要签字哩。”

“先生是谁呢?”吉落都问着，站了起来，脱下黑丝的帽子。

“吕崩柏礼·鲁先先生，评论《法官》的那篇文章的作者。”菲诺说。

“年青人，”老军人拍着鲁先的额头，叫了起来说，“您简直在那里找到您的金矿了。我不是文人，但是我却念过您那篇文章，我真喜欢您这篇文章。跟我谈谈这个吧！这简直是一桩乐事。所以我说过：‘这可以给我们招来许多的订户！’并且订户的确已经来了不少了，我们已经卖了五十份。”

“我和陆士铎的契约是不是已经抄两份，正等着我们来签字呢?”菲诺对他的舅父说。

“是的。”吉落都说。

“我和先生的契约就填上昨天的日期吧，这么一来，陆士铎就得服从这些的约章了。”

菲诺拉过他的新任编辑的手臂，好像同志似的，颇为感动鲁先,他又拉鲁先到扶梯里，对他说：

“您的地位就算是安定了。我要亲身把您介绍给我的编辑们。然后，今天晚上，陆士铎就要带您到戏院去认识他们。您能够从陆士铎所要指导的我们的小报里每月赚到一百五十佛郎：所以，您得好好的和他生活在一起。这坏蛋已经要恨我把他跟您联在一起了，但是您有才能，我也不愿意您变成一位总编辑的偏私的箭靶，在我们之中，您可以为我的周刊每月给我带来两页的稿子，我给您二百佛郎的报酬。不要让任何人知道这回事，这些富有自尊心的人看到一位新来的人的幸运一定要跟我报仇。请您给这两页写四篇文章，两篇签您的名字，两篇用笔名，使人家不会觉得您有抢夺别人的饭碗的神气。您的地位是布朗德和维昂给您吹嘘出来的，他们觉得您有前途。所以，您不要严责别人。您特别不要太相信您的朋友。至于我们两个人呢，我们应当永远彼此相信。您给我效劳，工作也要给您效劳。您有四十佛郎的包厢和戏票可以出卖的，您又有六十佛郎的书可以拿来清账的。这和您的编辑所赚的钱合在一起算，您每月将有四百五十佛郎的收入。巧妙一点儿，您还可以另外在书铺里至少找到二百佛郎，书店要报酬您给他们所写的好评和广告。但是您是我的人，不是吗？我是相信您的。”

鲁先狂喜的握着菲诺的手。

“不要让人家看出我们有彼此谅解的神气。”菲诺朝着他的耳朵说着，推一推六层楼上长廊深处的一间屋顶房的门。

鲁先看见陆士铎、维尔奴·飞里先、麦尔泠·埃克多尔和两位他不认识的编辑，大家都聚在一张盖有绿毯的桌边，桌子放在一团融火的前面，有的坐在椅子上，有的坐在靠椅上，有的抽烟，有的发笑。桌上堆满着纸张，他在那里看到一个真正盛满墨水的墨水池，几杆相当坏的笔，然而却是编辑们所用的。这就告诉这位新来的新闻记者，报纸的编纂是在这里工作出来的。

“诸位先生，这一次的聚会目的，就是要庆祝亲爱的陆士铎代替我不得不离开的这个报纸的总编辑的地位。但是，虽然我的意见不得不改变，使我能够当这个杂志的总编辑（这杂志的前途你们是知道的），我的信心却是一样的，我也还是你们的朋友。我是整个属于你们的，正如你们属于我一样。环境是可变的，但是原理是固定的。原理是政治气压表的指针所行走在上面的基盘。”

一切的编辑都发出一声响亮的笑声。

“谁给您这些句子呢？”陆士铎问。

“布郎德。”菲诺回答说。

“刮风，下雨，大风涛，好天气，”麦尔泠说，“我们都要一块的跑走。”

“总之，”菲诺接着说，“我们不必在这些比喻中打滚：一切要给我带文章来的人都要再找到菲诺。这位先生，”他给大家介绍鲁先说，“这位先生是你们的同事。——我已经和他签订契约了，陆士铎。”

每一个人都给菲诺庆贺他的高升和他的新运。

“你现在站在我们和其他的人之间了，”一位不认识的编辑对鲁先说，“你变成查奴……”

“只要他不是查诺。”维尔奴说。

“你让我们攻击我们的黑兽吗？”

“你们要怎么样就怎么样！”菲诺说。

“啊！但是，”陆士铎说，“报纸不能够退让。查特利先生生气了，我们不能够在一星期之中就放松他。”

“到底发生什么事情了呢？”鲁先问。

“他来问攻击他的理由。”维尔奴说，“前任的帝国嬖人找到吉落都伯伯，这位世界上最镇静的人就告诉他，布里都·菲力是这篇文章的作者，菲力就问这位男爵到底要什么时候、要用什么武器来决斗。事情就停止在这儿。我们正忙着要在明天的报纸上给男爵道歉去。每一个句子都是一个拳头。”

“要紧紧的咬他，他一定要来找我，”菲诺说，“我就装着给他效劳来平静你们的样子；他一定要到部里去控告，我们也就可以从那里取到一些东西，一个代理教授的地位或是什么烟局的位置。我们真高兴他生了气。你们之中谁愿意给拿坦写一篇深刻的评论？”

“叫鲁先写好了。”陆士铎说，“埃克多尔和维尔奴，也可以在他们的报纸上面，各人写一篇文章……”

“再见，诸位先生，我们可以两个人在巴尔邦单独再见面。”

菲诺笑着说。

鲁先得到一些庆贺他进入这个可怕的记者团的祝词，陆士铎把他当做一位靠得住的人介绍给大家。

“鲁先要整批的请你们，诸位先生，到他的情妇，美丽的高萝丽家里，去吃宵夜去。”

“高萝丽要到角技戏院去公演。”鲁先对埃田说。

“好吧，诸位先生，我们要捧高萝丽，不是吗？在你们的报纸中，请你们都刊登几行，谈谈她的合同和她的才能。你们可以说些角技戏院的经理的技巧和他的能干；我们可以说他精明吗？”

“我们可以说他精明，”麦尔冷说，“福勒德里克和史克利有一个剧本。”

“噢，角技戏院的经理真是最有眼光、最聪明的投机者。”维尔奴说。

“啊，这个！你们不要写批评拿坦的文章，我们还没有商量好，你们将来会知道这原因。”陆士铎说，“我们应当给我们的新同志效一点儿劳。鲁先有两本书要把版权出卖，一本是十四行诗的集子，一本是一部小说。利用报纸上的小栏！他应当是三个月满期的大诗人了。我们可以利用他的《群芳集》来压倒浪漫派的短歌、长短句和默想。”

“如果这些十四行诗一文不值的话，这就太不成话了。”维尔奴说，“——您觉得您的十四行诗怎么样，鲁先？”

“哪，您觉得怎么样？”一位不认识的编辑说。

“诸位先生，说老实话，”陆士铎说，“这些十四行诗真是不错。”

“那么，我就满意了，”维尔奴说，“我要把他投在那些给我捣乱的讽刺的诗人的腿上。”

“如果多里亚今天晚上不要这本《群芳集》的话，我们就要给他一篇一篇的攻击拿坦的书。”

“那么，拿坦他要说什么呢?”鲁先叫了起来。

五位编辑都大笑起来了。

“他要高兴，”维尔奴说，“您可以看出我们是怎么处理事情的。”

“那么，先生是我们的人吗?”鲁先不认识的一位编辑说。

“是的，是的，福勒德里克，不要取笑。——你瞧，鲁先，”埃田对新进的人物说，“我们是怎么样的跟你办事，你千万不要临阵逃脱。我们大家都喜欢拿坦，然而我们却要攻击他。现在让我们来瓜分阿历山大的帝国吧。——福勒德里克，你要法兰西戏院和奥德恩戏院吗?”

“如果这些先生们同意的话。”福勒德里克说。

大家都点着头，但是鲁先却看见大家都发出妒忌的眼光。

“我保守音乐厅、意大利戏院和歌舞喜剧场。”维尔奴说。

“那么，埃克多尔就拿演唱短曲小剧的戏院吧。”陆士铎说。

“我呢，我难道就没有戏院吗?”另外一个鲁先不认识的编辑说。

“好吧，埃克多尔可以把杂玩场让给你，鲁先可以把圣马丁门戏院让给你。”埃田说，“——把圣马丁门戏院让给他吧，他对鲍柏莉·凡尼发了疯了。”他对鲁先说，“你可以换马戏场。我呢，我有博兵诺戏院、福囊布尔戏院和沙基夫人剧场……明天的报纸有什么稿子没有?”

“没有。”

“没有?”

“没有!”

“诸位先生，请你们给我的第一期特别卖力气。查特利男爵和他的乌贼骨经不了一星期。《孤独者》的作者已经很好的利用过了。”

“苏斯登—德摩斯登已经没有什么可笑的了，”维尔奴说，“大家都已经攻击过他了。”

“噢！我们得有新的牺牲品。”福勒德里克说。

“诸位先生，我们给右派的有德性的人物开玩笑怎么样呢？我们说卜拿尔先生脚部发臭怎么样呢？”陆士铎叫了起来说。

“我们开始描写一些内阁派演说家怎么样呢？”麦尔冷·埃克多尔说。

“你就这么办吧，小子，”陆士铎说，“你认识他们，他们是你一党的人，你可以满足一些内讧的仇恨。请你抓住柏额梅冷哈·西里埃，还有其他的人。文章可以多写几篇留着后来发表，我们的报纸也不至于发生困难。”

“让我们在相当严重的环境之下，来发明一些不受葬礼的故事怎么样呢？”埃克多尔说。

“我们不要跟那些印有满充‘谣啄’的《教士的报告》的宪政派大报纸相竞争。”维尔奴回答说。

“谣啄？”鲁先说。

“我们管一桩好像真实的样子，而在平淡无事的时候，特别发明来凑巴黎的热闹的事情叫做谣啄。”埃克多尔回答他说，“谣啄是佛兰克林的发现，佛兰克林发明过避雷针、谣啄和共和政体。这位新闻记者这样巧妙的用海外的谣啄来欺骗百科全书派的学者，结果在《印度哲学史》中，雷那尔就把他所说的两个谣啄当作实在的事实来讲。”

“我不知道这个，”维尔奴说，“这两个谣啄是什么呢？”

“关于英国人把一个女黑人当作妈妈来看待，希望利用她得到更多的钱之后，又把这位恩人卖掉的故事。还有是达到目的的怀孕少女的超等的辩论。当佛兰克林到巴黎来的时候，他在聂克尔的家里承认他的谣啄，使法兰西的哲学家们大为混乱。原来新的世界曾经两次败腐过旧的世界。”

“新闻纸把可真的事情都当作真的来看待，”陆士铎说，“我们是用这个做出发点的。”

“所谓刑法的审判就是这样进行的。”维尔奴说。

“好吧，晚上见，九点钟，在这儿。”麦尔冷说。

大家都站了起来，握手行礼，会场就在最动人的亲热的情绪之下闭幕了。

“你到底给菲诺干了些什么，能够使他跟你开张呢?”埃田对鲁先说，“你是他所联结的唯一的人。”

“我？什么也没有干过；是他跟我提出这些条件。”鲁先说。

“总之，你一定会和他有些商议，我也会因此而觉得高兴，我们两个人只能够因此而更加强。”

走到地面层的时候，埃田和鲁先碰到菲诺，菲诺拉着陆士铎一个人到可以从外边看见的编辑室去。

“请您签这张契约，不过请您让新的社长以为这事情是昨天办妥了的。”吉落都给鲁先呈出两张贴有印花的纸张，对他说。

在念读这契约的时候，鲁先听见在埃田和菲诺之间有一个相当剧烈的辩论，关于报馆的生息的问题。埃田在他方面，想要这些吉落都所征收的捐税。无疑的，在菲诺和陆士铎之间有一个和解，因为这两位朋友都完全同意的走了出来。

“八点在木廊见，多里亚书店里。”埃田对鲁先说。

一位年青的人自求要当编辑，他的神色是懦怯而不安的，正如不久以前的鲁先一样。鲁先暗地里很快乐的看着吉落都用当日妄加在他身上的戏谑来嘲弄这位新进的人物；他的利益使他完全了解应用这种手段的必要，这手段在初出茅庐的人物和被选的人所走进的屋顶房之中放下许多的障碍。

“已经没有那么多的钱可以给编辑员了。”他对吉落都说。

“如果你们人多的话，每个人的收入就减低了，”老军人回答他说，“所以！”

老军人就转动了他那包铅的手杖，满口布隆、布隆的出去了，他看见鲁先登上停在马路旁边的华丽的马车，不禁愣住了。

“你们现在是军人了，我们却变成普通的人民啦。”这位老兵士对他说。

“说句老实话，我觉得这些年青人是世界上最好的孩子。”鲁先对高萝丽说，“现在我是新闻记者了，我保证每月可以赚到六百佛郎，和牛马一样的工作；但是我把我两本书的版权出卖，我还要写其他的书，因为我的朋友要给我安排一个成功的步骤哩！所以，高萝丽，我要学你的话说：‘苦苦的摇船！’”

“你能成功，小心肝；但是你不要像你的美丽那样的好心，你要失败的。对人应当坏些，这是一个好方法。”

高萝丽和鲁先到布仑树林去散步，他们又在那里碰到埃斯巴尔侯爵夫人、巴尔吉顿夫人和查特利男爵。巴尔吉顿夫人用一种几乎可以变成行礼的动人的神气来看鲁先。卡莫苏定下一席世界上最珍贵的餐宴。高萝丽知道已经脱开了他，就特别在这绸缎商人面前显得动人的可爱，使他回想不出在这十四个月的结合中曾经看过她这样的温柔、这样的合意。

“哎，”他对自己说，“我们得再跟她在一起，无论如何！”

卡莫苏秘密的给高萝丽提议要在国债总账里给她记上一笔六千佛郎的年金，是他的妻子所不知道的，如果她愿意继续当他的情妇的话；他愿意闭着眼睛不管她和鲁先的爱情。

“出卖这样一位天使吗？但是你瞧他吧，可怜的丑夫，你再照一照自己的脸吧！”她指着鲁先对他说。卡莫苏已经把鲁先灌得昏迷微醉了。

卡莫苏等待着穷困把这位女人送还给他，正如穷困曾经把这位女人交给他一样。

“所以我只是你的朋友了。”他吻着她的额头说。

鲁先放下高萝丽和卡莫苏，到木廊去。他之投身于新闻界的神秘是如何的变换了他的精神啊！他毫无恐惧的渗杂在那些尽管在廊中飘荡的人群里头，他有点无礼的神气，因为他有一位情妇，他毫不拘束的走进多里亚的书铺，因为他是一位新闻记者。他看见那里有很多的人，他给布郎德、拿坦、菲诺和一切这一星期以来他所认识的文学界握手行礼；他自信是一位人物，自以为超过他的同道。使他提神的酒力大大的帮助了他，他是神采奕奕的，显得会和狼群相呼号的神气。然而，鲁先却没有收到他所预料的赞许，无论是不言而喻的也好，或是说出来的也好；他从这个社会里看到第一个妒忌的动作，这多半不是好奇，而是不安心来知道这位后来居上的人物要占什么地位，要在瓜分报馆利润的当中吞些什么东西。只有菲诺和陆士铎对他微笑，因为前者要把他当作金矿来开发，后者相信对他有指挥的权利。已经采取总编辑的步法的陆士铎，狠命的扣打着多里亚的办公室的铺地石板。

“等一会儿，朋友。”书商在绿色的帘幕上抬出头来，认得他，就这样的回答说。

这所谓一会儿就经历了一个钟头，之后，鲁先就和他的朋友走进内厅里来了。

“好吧，您想到我这位朋友的事情吗？”新任总编辑说。

“当然啦。”多里亚说着，和帝王一般的斜躺在他的靠椅中。“我翻了翻诗集，我叫一位有诗味的人去念，叫一位好审查员去念，因为我不敢说我是懂诗的。我，朋友，我购买已经成功的光荣，正如英国人购买爱情一样。——您是一位大诗人，正如您是一位漂亮的孩子一样，小孩子。”多里亚说，“我发誓说，我并不是拿书商的资格来说，请您注意！您的十四行诗真是太好了，人家并不在那里觉到有什么造作的痕迹，当人家有灵感、有兴致的时候，这是自然的现象。还有，您懂得押韵，这是新派诗的一个特点。您的《群芳集》是一部好书，但不是一笔好生意，我只能够关心我的大事业。凭良心说，我不愿意要您的十四行诗，我无法推销他，我所赚的钱还不够开销促其成功的花费哩。并且，您也不再写诗了，您的书是一本隔离的书。您年纪轻，您是青年人！您所给我带来的是，读书人出了中学时所写的最初的诗词的千篇一律的集子，这些人对于这些诗最初没有不是宝贝的，然而后来却都觉得可笑。您的朋友陆士铎应当也有一首藏在一双旧半节袜里的诗。——你不是有你所相信的一首诗吗?”多里亚说着，给埃田射去一道狡猾的、精细的眼光。

“呃！我怎么能够写散文呢?”陆士铎说。

“好，您看他，他从来就没有跟我谈过这个。但是我们的朋友懂得书店和买卖。”多里亚接着说。“在我方面，”他阿谀着鲁先说，“问题并不在乎知道您到底是不是一位大诗人；您太可钦佩；但是，如果我着眼书店的生意的话，替您出版书就是一桩错事了。第一，我的股东和出资本的人们现在就要断绝我的生活；我去年一年给他们丢了两万佛郎，这已经够得叫他们不听任何的诗句，他们而且都是我的主人。不过问题并不在此。我假定您是一位大诗人，您能多产吗？您能够定期的写出您的十四行诗吗？您能够写十册吗？您能够做出一番事业吗？好吧，不，您可以变成一个优美的散文作家；您太有才气，您不应当虚费在诗文的助词之中，您可以每年在报纸里赚到三万佛郎，您不能把他拿来和您的半句诗、您的诗节、其他诗调所不容易生产的三千佛郎来交换！”

“您知道，多里亚，先生是报馆的人了。”陆士铎说。

“是的。”多里亚回答说，“我读过他那篇文章；并且我之所以拒绝他的《群芳集》，也正是为着他的利益着想的。是的。先生，在六个月之内，我要请您写评论的文章，给您比买您那不容易售卖的诗稿还要多的钱。”

“那么，光荣呢？”鲁先叫了起来。

多里亚和陆士铎都哈哈的笑了起来。

“哪！”陆士铎说，“这都是些幻想。”

“光荣，”多里亚回答说，“这是十年的苦工和书店的十万佛郎的得失。一年之内，如果您找到给您印行诗集的疯子的话，您就可以在听到他们的结果时来敬重我所说的话。”

“那边就是稿本吗？”鲁先冷淡的说。

“在这儿，朋友。”多里亚回答说，他对鲁先的态度已经是特别的温和了。

鲁先取了这一卷纸，连看也没有看到底线绳是在什么状态之下，因为多里亚很像曾经念过《群芳集》的神气。他和陆士铎一块儿出去，没有显得不知所措，也没有显得不满的神色。多里亚在书店里陪着这两位朋友，跟他们谈些他自己的报纸和陆士铎的报纸的问题。鲁先不知不觉的玩弄着他的《群芳集》的稿子。

“你相信多里亚念过或请人家念过你的十四行诗吗？”埃田朝着耳朵对他说。

“是的。”鲁先说。

“你瞧这封条吧。”

鲁先看见墨迹和绳线是在完全结合的状态之下。

“你觉得哪一首十四行诗最使您注意？”鲁先对书商说，因为愤怒而脸色发白。

“他们都是值得注意的，朋友，”多里亚回答说，“但是，那一首咏菊的诗最为美雅，他是用细密的思想来结尾的。我猜想您的散文应当可以从这里得到成功。所以，我就当场把您介绍给菲诺。

请您跟我们写些评论的文章吧，我们可以好好的报酬您。您瞧，想到光荣，这是很美的，但是您不要忘记了实利，你应当拿一切将要呈现在您面前的东西。先发财再去写您的诗吧。”

诗人突然的走了出去，到木廊里去，免得当场爆发，他很生气。

“好吧，孩子，”跟他来的陆士铎说，“请你冷静一点儿，人家什么样子你就什么样子接受他，有法子。你要报复吗?”

“不惜任何的代价。”诗人说。

“这是多里亚才给我送来的一本拿坦的书；再版明天就要出来了，你再念一念这本书，赶快写一篇文章去破坏他。维尔奴·飞里先忍受不了拿坦，他相信拿坦的成功会损害他自己的著作的将来的成功。这些小气鬼的一个奇癖，就是以为在光天化日之下不能够有两个成功的地位。所以，他一定要把你的文章登在他所工作的大报上。”

“但是，人家有什么话可以拿来攻击这本书呢？这的确是一本好书。”鲁先叫着说。

“啊，这个！亲爱的，你得学你的职业。”陆士铎笑着说，“纵使这本书是一部杰作，在你的笔下，也就会变成一本愚笨的和幼稚的著作、一本危险的和不道德的书了。”

“但是，怎么会这样呢?”

“你可以使美丽变成错误。”

“我不能够有这种转换的力量。”

“亲爱的，一个新闻记者就是一个走江湖的人，你应当习惯这种不大方便的环境。你瞧，我是好孩子，我！这是在类似的竞争中所用的方法。请你注意，我的小孩子！你可以开始觉得他是好书，你能够好玩的写着你所想写的。读者们要互相的说：‘这篇评论没有妒忌的情调，他一定没有私见。’从此之后，读者就要把你的评论看作有良心。在你得到读者的信仰之后，你就会抱歉，觉得必须责骂这一类书把法兰西的文学拉进里边的系统。你可以说：‘法兰西不是统治着全世界的智慧吗？一直到现在为止，法兰西的作家曾用作风的力量，他给思想所产生的创造的形式来把全欧罗巴维持在分析和哲学的究察的路上。’在这篇评论里，你可以给中产阶级说些福尔泰尔、卢梭、迪德罗、孟德斯鸠、步风的赞颂。你可以解释说法兰西的语言是如何的无情，你可以证明说法兰西的语言是铺在思想上面的文饰。你可以发表一些格言，例如‘在法兰西，一个伟大的作家总是一个伟人，他是被语言支持着去随时思想的；这和其他的国家不同’，等等。你可以用一位德国的讽刺道德论者拉伯拿，用布吕埃尔来作比较，来说明你的主语。没有任何的东西能够和谈论一位不知名的外国作家一样的使一位批评家出名。康德是古桑的叩门砖。到达这个地界之后，你就可以放出一句话来概括，来给没有知识的人解释前一世纪我们的天才的系统，称他们的文学为理想化的文学。用这句话当武器，你就可以把一切已故的著名的人放在现在还活着的作家的头上。然后你就解释说在我们这时代产生了一种新的文学，在这文学里，人家乱用对话的体裁（这是最容易的文学体裁），乱用避免思想的白描。你可以用福尔泰尔、迪德罗、斯太因和勒沙慈所写的那样结实、那样直截了当的小说，来和现代只求意象、斯各脱所过分戏剧化的小说来对比。在这种类中，只给发明家留有地位。你可以说：‘斯各脱的小说只是一个种类，不是一个系统。’你可以攻击这种释义过于冗长、使思想变成饱经患难的不幸的种类，这是可以接近一切人的种类，这是每一个人都可以不花本钱而变成作家的种类，最后，你可以叫这个种类做：幻想化的文学。你就可以把这辩论应用在拿坦身上，说明他是一位模仿者，只有表面上的才能。十八世纪的紧凑的、伟大的作风是他的书中所没有的，你可以证明说，作者在这本书中是用事态来代替情绪。运动并不是生命，图像并不是思想！放出这些格言来，群众就要重复说他。不论这本书怎么样的好，你就会觉得他是不幸的、危险的，他给群众开了光荣宝殿的门，你可以使人家在远处看出一大队小作家在模仿这个容易的体裁。这里你就可以痛哭太息趣味的退化，你也可以轻轻的滑出埃田、汝伊、迪苏、高斯、杜发尔、查伊、孔斯坦·边查民、爱昂、巴乌尔—罗尔米安、维尔曼，这些拿破仑派自由党的杰出人才的赞颂，维尔奴的报纸就是在他们的保护之下。你可以指示这个光荣的持战队是如何的反抗浪漫派的侵略，是如何的赞同思想和作风，而反对幻象和虚谈，是如何的继续福尔泰尔的学派，而反对英吉利和德意志的学派，就好像十七位左派的演说家，为着国家的前途而攻击右派的极端论者一样。在这些受一般总是反对左派的法国人所敬仰的名字的保护之下，你可以粉碎拿坦，因为拿坦的书虽然有超越的美丽，却在法国给一个没有思想的文学一个中产阶级的权利。然后，你的题目就不是拿坦和他的书了，你懂得吗？你的题目就是法兰西的光荣的问题了。老实而勇敢的文笔的责任就是要热烈的反对外来的输入品。这里，你可以逢迎订户。据你的意见，法兰西是一个精细的干妈，使他惊异并不容易。如果为着你所不愿意提的理由，书商曾巧取一个成功的话，真正的群众不久就会判断他们的五百幼稚的先锋队所犯下的错误。你可以说在书商侥幸卖完这本书的第一版之后，他未免太大胆来刊行第二版了；你也可以抱歉说，这位这样能干的书商居然没有懂得多少本国人的本能。这就是你的群众。请你把这些推理好好的给我研成细末，再给我加些油醋，多里亚看见这评论就会和丢在炉里煎炒似的。然而，你不要忘记在结尾的时候装出一种神气说：如果拿坦离开这条路的话，他可以给现代的文学界产生许多美丽的著作；你是把他当作这种人来埋怨他的错误的。”

鲁先呆呆的听着陆士铎说话：听完这位新闻记者的谈论之后，他就揭开了挂在眼前的贝壳，发现他所没有想象到的文学界的实况。

“可是，你所跟我说的都是有道理的，都是公正的。”他叫了起来。

“没有这个，你能够突击拿坦的书吗?”陆士铎说。“小孩子，这是人家用来破坏别人的著作的第一个批评的方式。这是批评的最高峰。但是还有很多其他的方式哩！你的经验可以告诉你这些。如果你被人压迫非去批评一位你不喜欢的作者不可的话（有的时候，报主、一家报馆的总编辑会压迫你的），你就可以展开我们所谓的深刻的批评的消极的说法。人家在文章的前面放下人家要你批评的书名；人家开始说些可以拿来批评希腊罗马的作家的一般的原则，然后就在结尾上说：‘这些原则可以应用到某某先生的书上，这本书就是我们的第二篇文章所要评论的对象。’然而这第二篇文章却永远也没有登载出来。所以，人们就这样的把这本书塞在两个许诺之中。这里，你不是写一篇文章来反对拿坦，而是写一篇文章来攻击多里亚；所以必须用锤击。在一本好书上，锤击一点儿也不会损害他；但是在一本坏书中，他却可以一直打到心坎里去：在第一个情形之中，他只能伤害书商；在第二个情形之中，他就给群众做出好事。这种文学批评的方式，可以同样应用在政治批评之上。”

埃田的残忍的教训，在鲁先的幻想中，给他开了许多的格子，鲁先大大的了解了这个职业的把戏。

“我们到报馆去吧，”陆士铎说，“我们可以在那里找到我们的朋友，我们可以商议一个攻击拿坦的速度战，这而且可以使他们发笑，你等着瞧吧。”

来到圣菲亚克街，他们一块儿登上编印报纸的屋顶楼，鲁先看见他的同事那样快乐的赞同他破坏拿坦的书，又是惊愕，又是喜乐。麦尔冷·埃克多尔取出一张方块纸，写了他要登在他的报纸上的这几行：

人家通告拿坦的书即将再版了。我们本来想对这本书默不发言，但是这表面上的成功却使我们不得不发表一篇评论，多半是批评新兴的文学，而不是完全批评这本书的。

在为第二天的报纸而写的笑话的头一段里，陆士铎写了这一句：

书商多里亚再版拿坦的书。所以他并不懂得王宫的格言：没有重复吗？不幸的勇气是光荣的啊！

埃田的话，好像给鲁先点上火一样，向多里亚报仇的欲望就在鲁先身上取了良心和灵感地位而代之。躲在高萝丽家里不出门，在那里的壁炉旁边工作，受毕礼尼斯的伺候，空闲的时候受到关心而沉默的高萝丽的妩媚，这样的经过了三天之后，鲁先就写好了一篇批评，差不多有三列格的光景。在这篇文章里，他把自己抬得惊人的高。他跑到报馆去，已经晚上九点钟了，他找到这些编辑，给他们念了他所写的。大家都严肃的听着他。飞里先不发一语，他取了稿子，从楼梯上滚了下去。

“他拿去干什么呢？”鲁先叫着说。

“他把你的文章带到印刷所去！”麦尔冷·埃克多尔说，“这是一篇杰作，不能改一字，不能加一行。”

“只要给你指示一条路就行了！”陆士铎说。

“我要看看明天拿坦读这篇文章时的脸色。”一个脸上显出满意样子的编辑说。

“所以，得跟你交朋友。”麦尔冷·埃克多尔说。

“这篇写得还不坏吧?”鲁先热烈的问。

“布郎德和维昂一定要说不好哩。”陆士铎说。

“这里是一篇我给你们写的小文章，”鲁先接着说，“如果这篇文章成功的话，我还可以写一大批类似的文章。”

“请您给我们念念吧。”陆士铎说。

鲁先就给他们念了使这报纸大发财的一篇文章，在这两列格的文字里，他描写巴黎生活的微妙的地方，一个脸孔，一个典型，一个通常的事情，或是一些特殊的东西。这标题为《巴黎的过客》的标本，是用新奇的创造的笔调写成的：在那里，思想是文字的刺激所生的结局；在那里，副词和形容词的响声唤醒了人们的注意。这篇文章和他所写的那篇关于拿坦的严重而深刻的文章对比是大不相同的，就好像《波斯通信》和《法律的精神》那样的差别。

“你是天生的新闻记者，”陆士铎对他说，“这明天就可以登载出来，你就尽量的写吧。”

“啊，这个!”麦尔冷说，“多里亚对我们在他书店里所放的两颗炮弹大为生气。我刚从他那里来；他大骂大诅，他对菲诺大发雷霆，菲诺对他说已经把报馆卖给你了。我，我把他拉开，我在耳边对他说：‘你吃了《群芳集》的大亏！您碰到一位才士，然而您却在我们打开手臂欢迎他的时候让他在路上闲荡!’”

“多里亚看了我们刚才所听的文章，一定会骇怕的。”陆士铎对鲁先说，“孩子，你知道报纸是什么东西了吗?但是，你的报复算是走通了！查特利男爵今天早上来打听你的地址；今天早上有一篇攻击他的痛快的文章，这位前任的嬖人，他的脑袋已经变弱了，他很忧愁。你没有念过这份报吗？文章太谑了。瞧：《被乌贼所流泪送殡的鹭鸶》。巴尔吉顿夫人在社会中一定要被人家叫做‘乌贼骨’了，查特利也只好叫做‘鹭鸶男爵’了。”

鲁先取过报来，念了这一篇维尔奴所写的小小的杰作，他也不禁哈哈大笑起来了。

“他们要投降啦。”麦尔冷·埃克多尔说。

鲁先快乐的加上一些笑话，帮忙写一些结束报纸的句子，大家谈着，抽着烟，叙述当日的冒险，同伴所作的笑话，或是他们的性格所表现的新的琐事。这种万分笑谑、万分伶俐、万分恶意的谈天，使鲁先认识文学界的风气和文学界的人物。

“大家编报的时候，”陆士铎说，“我要跟你一块儿出去走一个圈儿，给你介绍你可以自由出入的戏院的检票员和管理台房的人；然后，我们可以到全景剧院去找佛罗林和高萝丽去，在那里我们可以在她们的包厢里跟她们打哈哈去。”

于是，两个人就手拉手的从一间戏院走到另外一间戏院的兜着。在这些戏院里，鲁先被人拥戴为编辑先生，他受到经理的庆贺，受到坤伶们的瞟视。一切的坤伶都知道，他的一篇文章可以让高萝丽和角技剧场订立每年包银一万两千佛郎的合同，让佛罗林和全景戏院订立包银八千佛郎的合同的重要性。这小小的欢呼使鲁先在自己的眼中变成伟大的人物，使鲁先知道自己的力量的度数。十一点钟的时候，两位朋友就到全景剧院来，在那里，鲁先装出一种优美的、自如的神气。拿坦也在那里，他给鲁先伸过他的手，鲁先拉着拿坦的手，给他行了握手礼。

“啊，这个！我的主人们！”他瞧着鲁先和陆士铎说，“你们难道要把我埋在地下吗？”

“明天瞧吧，亲爱的，你可以看见鲁先如何的抓着你！老实说，你要满意的。当批评是这样严格的时候，这本书是会得到好处的。”

鲁先羞愧得脸上发红。

“苛不苛呢?”拿坦问。

“很严重。”陆士铎说。

“没有什么大坏处吧?”拿坦接着说，“麦尔冷·埃克多尔在芜德维尔戏院的游散处告诉我人家刺打了我。”

“让他说好啦，您无妨等着。”鲁先叫了起来，他跟高萝丽躲到她的包厢里来。高萝丽由台上退了下来，穿着她那合意的衣服。

第二天，当鲁先和高萝丽一块儿吃早饭的时候，他听见一个两轮轻马车来，这马车在孤寂的街中所发出的声音宣告他是一辆华丽的车辆，这马车的马有这样睿敏的步伐、这样停止的姿态，表明他是一匹纯种的马。鲁先从窗口上看见是多里亚的伟壮的英吉利马，又看见多里亚在下车之前对他的车夫发出命令。

“是这位书商。”鲁先嚷着对他的情妇说。

“请您叫他等一等。”高萝丽马上对毕礼尼斯说。

鲁先笑这位少女的平衡，她是这样可钦佩的把他的利益当作自己的利益来看待的，她又回来用真情的流露吻他：她有精神。这位无礼的书商的急躁，这位江湖术士的大王所忍受的低头，是和这几乎完全被忘记的环境有关系的，因为书业的生意十五年来曾大大的改变过。自一八一六年至一八二七年这一时期，最初只为阅报而设的阅书室就从事于使人纳费阅读新书的事业，这时代因为定期出版物的税法的加重就发明了广告的办法，而书店也除了在报纸的副刊上或本版内插载些文章以外没有其他的出版方法了。一直到一八二二年的时候，法兰西报纸的篇幅还是这样小张的，那时候所谓的大报好容易才比现在的小报篇幅略为大一丁点儿。为着反抗新闻记者的苛虐起见，多里亚和拉德无卡是第一个人来发明获得全巴黎的注目的招贴，他们在招贴上面用了奇异的字体，怪状的设色、插画，后来又有石印使招贴在眼睛上看来简直是一首诗，常常骗去嗜好者的钱包。招贴变成这样珍异的东西，甚至于有奇癖的所谓收藏家也有一个居然收集了一份全套的巴黎招贴。这种方法，最初不过是放在店铺的玻璃柜里和马路上的陈列所中，后来却伸展到全法兰西的境内，这种招贴后来却被报纸上的广告所摈弃了。不过，这些招贴，当广告和著作被人忘记的时候，还能够刺击人们的眼睛，他总还生存着，尤其当人们发现可以把他画在墙上之后。一切关心财政的人所容易接近的广告都在报纸的第四版上占有一个地盘，财政家和投机者都觉得这地盘是丰沃的田地。广告的产生是受印花税、邮费、保证金的严格的影响。这种严格的限制是维勒尔时代所发明的，那时候，维勒尔居然能够使一些报纸通俗化，而使其倒闭。这种严格的限制却相反的造成一种特权，使新报的创办差不多不可能。所以在一八二一年，报纸对于思想和书业都操有生杀的大权。在《巴黎消息》中插入几行广告需要花费很多的金钱。于是，阴谋就在编辑室里一天一天的增加，一直等到晚上印刷所上版的时候，经理处才决定要放弃哪一篇文章，结果最有势力的书铺就自己花钱请某一位文人给他们起稿这些小文章，应当用最少的字数装入最多的意思。这些微贱的新闻记者只能够等文章发表之后才可以领到报酬，他们往往夜里留在印刷所里，看着印行所收到的大文章，天晓得这是怎么来的！或是印行后来称为“商品广告”的几行文字。现在，文学界和出版界的风俗已经变得太多了，很多的人甚至于要把当时的大努力、引诱卑鄙的行为、不正当的阴谋看作童话，然而，当时的书商、作家，为光荣而牺牲的殉难者，和一切被罚去干这不朽的工作的人众，却都觉得有获取这“商品广告”的必要。宴饮、阿谀、礼物，一切都拿来用在新闻记者的身边。下面的一段小故事可以比一切的断言都更能够解释批评和书业的关系：

一位作风高雅而快要变成大人物的人，那时候是年青的、漂亮的，一家大报的编辑；他就变成一个大书店的爱人。一个星期日，豪富的书商在田野间给各报纸的主要编辑设置宴会。书店的女主人当时是年青而美丽的，她带了著名的作家到她的花园里来。伙计头是一位冷酷的德国人，他是严肃而有步骤的。他只想到事业。一位副刊的编辑拉着他的手臂，和他谈论一件他要请教他的事情。这谈话把他们引到花园外面来，他们走到了树林。在荆棘丛生的森林深处，这位德国人看见有什么东西很像他的女主人；他取出他的小千里镜来看，给年青的编辑做了一件暗号，叫他不要作声，叫他走，自己也就蹑手蹑足的退了回来。

“您看见了什么？”作家问他。

“差不多什么也没有看见，”他回答说，“我们的大文章成了。明天我们至少可以在《辩论报》上登载三列格的文章。”

还有一个事实可以解释这些文章的力量：

沙都勃里昂先生有一本书说到最后的一位司徒阿尔，这本书在书店里堆着，没有人买。一位年青人在《辩论报》上所发表的一篇文章，就够得使这本书在一星期之内售完了。在人们要读一本书就非得购买不可，而不能够租阅的时候，人们可以很快的售出一万份的自由派的著作，是一切反对派的报纸所吹嘘的；但是，比利时的伪版那时候还没有存在。鲁先的朋友们所预备的攻击和鲁先自己的文章可以停止拿坦的书的销路；拿坦不过面子有点不好看而已，他一个子儿也不至于损失，因为他已经收到报酬了；但是多里亚，可以损失三万佛郎。所谓新书的买卖实在可以概括在这个商业的定理内：二十捆一令的白纸值得十五佛郎，印了之后，可以值得一百苏或是一百厄古，视成功的情形如何而定。那时候，一篇文章的褒贬往往可以解决这财政上的问题。有五百个

多里亚拿出三张一千佛郎的钞票献给鲁先。

二十捆一令的纸出售的多里亚，所以就跑到鲁先这里来投降了。这位书商由苏丹变成了奴隶。呻吟、吵闹而和毕礼尼斯谈判了一些时候之后，他居然得到和鲁先谈话的允许。这位骄傲的书商采取了到内宫去的臣子的微笑的神气，不过掺杂有矜夸和仁慈的态度罢了。

“别打扰你们啦，我的爱!”他说，“这两只雏鸠真可爱啊！你们就让我觉得是两只鸽子一样！小姐，谁说这位少女一般的男子是一只有两个可以扯破您的名望，就好像您太晚脱开浴衣就会扯破这浴衣一样的铁爪老虎呢?”然后，他就哈哈的大笑起来，没有说完他的笑话。

“我的小兄弟。”他继续着说，坐在鲁先的身边。“——小姐，我是多里亚。”他打断自己的话说。

这位书商认为有放开用他的名字来当武器吓人的必要，因为他觉得高萝丽并不十分的欢迎他。

“先生，您吃过早饭了吗？您要跟我们一块儿吃吗?”坤伶说。

“可不是嘛！我们在桌子上可以谈得更投机。”多里亚回答说，“并且，接受吃您的早饭，我也就有权利回请您和我的朋友鲁先一块儿来吃饭了，因为我们现在非得交成朋友不可，正如手和手套一样。”

“毕礼尼斯！蛋牡、柠檬、新鲜的牛油、香槟酒。”高萝丽说。

“您是太聪明的人，您不会不知道我的来意。”多里亚瞧着鲁先说。

“您来买我的十四行诗稿吗?”

“正对。”多里亚回答说，“总之，我们彼此放下武器吧。”

他从口袋里取出他的钱包，拿出三张一千佛郎的钞票，把他们放在一只盘子上，好像臣子一样的献给鲁先，对他说：

“先生满意了吗?”

“是的。”诗人说。看见这意外的一笔钱，他觉得是得到一个无名的洪福。

鲁先忍住他的快乐，但是他有歌唱和跳跃的意欲，他相信“奇异的灯光”，他相信魔术，总之，他相信自己的天才。

“所以《群芳集》是属于我的了。”书商说，“但是您永远不会再攻击我的任何出版物吧?”

“《群芳集》是属于您的了，但是我不能够和您订立关于我的文笔的契约，因为这文笔是属于我的朋友们的，正如他们的文笔是属于我的一样。”

“但是，无论如何，您是我的一位著作家了。我的一切著作家都是我的朋友。所以，您不要毁坏我的事业，没有把预先告诉我，让我能够预先想法子之前，别攻击我。”

“赞同。”

“祝您光荣。”多里亚举起酒杯说。

“我看得清楚您是念过《群芳集》的。”鲁先说。

多里亚并没有狼狈失措。

“小兄弟，买了《群芳集》而还不知道其为什么东西，这是一位书商所能做到的最美的恭维。六个月之内，您就要变成一位大诗人；您有许多的文章，人家骇怕您，我是毫无办法来售卖您的书的。今天，我是四天以前的同样的商人。我并没有改变，倒是您改变了：上一星期，您的十四行诗在我看来只是一些菜叶纸；现在，您的地位却把他变成爱国歌了。”

“好吧。”鲁先说，有一位美丽的情妇的快乐，对于他的成功的确信，这两桩事使这个人变成一位喜欢嘲笑的无礼的人。“如果您没有念过我的十四行诗的话，我相信您一定念过我的评论。”

“是的，朋友，不是这样的话，我会这么快来吗？不幸得很，这篇评论太好了。啊！您有一个无量的天才，我的小兄弟。相信我吧，请您利用这个风波吧。”他用仁慈的态度说，但是仁慈却在话里隐藏有深刻的无礼。“但是，您收到这份报没有？您念过这篇评论没有？”

“还没有。”鲁先说，“不过，这是我第一次发表一篇大散文的；但是，埃克多尔一定把他送到查尔罗街我的家里去。”

“拿去念吧！”多里亚模仿着曼里奥斯中的达尔马说。

鲁先拿了报纸，高萝丽又把报纸从他手中夺过去。

“您的笔墨所写的作品的优先权是属于我的，您知道清楚。”她笑着说。

多里亚出奇的逢迎和卑屈，他怕鲁先，所以他就请他和高萝丽一块儿去出席周末他给记者团所预备的盛宴。他带了《群芳集》的稿本去，对他的诗人说，请他高兴时到木廊去签订契约，他随时等待他。他总用高贵的态度来对付肤浅的人众，来装作文学保护人的样子，不是书商的俗态，他就把这三千佛郎留下，没有向鲁先要收据，他做下一个疏忽的姿势，拒绝鲁先给他写收条，就吻了高萝丽的手，走出去了。

“好吧，我的爱，如果你还住在你那克龙尼街的穴洞里，去抄袭你从圣志尼维埃夫图书馆里借来的小书的话，你能够看到这许多破纸吗？”高萝丽对鲁先说，鲁先曾说过他的生活史。“瞧，你的四风街的小朋友们，使我相信他们是容易受骗的大傻瓜！”

他的文社的兄弟是容易受骗的傻瓜。鲁先笑着听她这句断语。他念过他那篇刊印出来的文章，他刚刚尝过作家们所有的不可磨灭的快乐，这种抚摸精神带来的第一次的自尊的快乐。念了再念他的文章，他越觉得他的重要和他的范围。刊印之于稿本，正如台上的表演之于女人一样，他显出了美丽，又显出了缺点。他能够杀害，正如他能够使人生活一样：错处就和美丽的思想一样的出现在眼前。昏迷了的鲁先再也不想到拿坦了，拿坦是他的踏脚板，他浸浮在快乐之中，眼看着自己变成了富翁。在一个不久以前还在安古莲走下博浏的堡垒，回到湖姆，在波斯特尔的小屋子里，每年全家费用一千二百佛郎的孩子看来，多里亚所带来的数目实在是一个大银矿。一个还很清楚的回忆，虽然可以被巴黎的享乐生活所熄灭，却重新把他带到桑林场去。他回想到他那美丽而高贵的姐姐爱薇、他的大卫和他的穷母亲，他马上派毕礼尼斯去换一张钞票，就在这个时刻给家里写了一封信。然后，就派毕礼尼斯到邮站去，只怕晚了一些时候，就不能够拿出他要给他母亲寄去的五百佛郎。在他和高萝丽看来，这种偿还都好像是一个善良的举动。坤伶吻着鲁先，她觉得他是标准的儿子和模范的弟弟，她给鲁先献出一大堆的妩媚，因为这一类的事情会使诚恳的女人们高兴。

“这一星期我们每天都有一顿酒席吃，”她对他说，“我们要过一个小小的疯人节，你工作得太辛苦了。”

这位要享受一切的女人都要羡妒她的一位美男子的艳福的女郎，高萝丽，她就把他带到斯多布去，她觉得鲁先穿得不够漂亮。从那里，这两位情人就到布仑树林去，再回来去出席发尔·诺贝尔夫人的宴会。在这宴会里，鲁先碰到拉斯迪额、毕克西乌、吕博尔、菲诺、仑郎德、维昂、儒僧庄男爵、保德诺尔、布里都·菲力、大音乐家冈地，一切的艺术家、投机者，那些要用热烈的情绪来反对艰苦的工作的人们，然而大家都是十分欢迎鲁先的。有自信心的鲁先就施展着他的精神，好像并不是拿他的精神来做买卖似的，大家也就称他作“健全的人”，这是当年同志之间所加的时髦的赞词。

“噢！我们得看一看他肚子里有些什么东西。”卡伊亚尔·泰奥多尔对一位受王朝所保护的诗人说，这诗人想创办一家小小的保王党报纸，就是后来叫作《醒报》的。

宴会之后，两位新闻记者都陪着他们的情妇到音乐厅去，麦尔冷在那里有一个包厢，大家都到这包厢里来。鲁先又在几个月以前摔了一大跤的地方显示他的胜利了。他到游散场去，给麦尔冷和布郎德伸过手臂，看看不久以前曾经欺罔他的对面的花花公子。他把查特利简直就踏在脚下！马尔赛、王地尼斯、马拿维尔，这时代的狮子就和他交换了几个傲慢的眼色。当然，他就是当日坐在埃斯巴尔夫人包厢中的美丽的、漂亮的鲁先，拉斯迪额还到过那包厢里来给他做过一次长时间的询问哩。没有什么疑问，然而侯爵夫人和巴尔吉顿夫人却拿出小千里镜来瞟视高萝丽。鲁先是不是激起巴尔吉顿夫人的内心的遗憾呢？这个思想占住了诗人的脑筋；看见了这位安古莲的高林那，他的心就起了一个报仇的欲望，好像那一天他曾在苍细莉茜洗雪这位女人和她的表姐的轻蔑一样。

“您是不是从外省带着符咒来的？”几天之后，十一点钟的光景，布郎德走了进来对鲁先说，鲁先还没有起床。“——他的美貌，”他吻着高萝丽的额头，指着鲁先对她说，“到处出乱子，从地窖一直扰乱到屋顶楼，自高处一直打搅到低处。——我是奉命来征召您的，亲爱的，”他握着诗人的手说，“昨天在意大利戏院里，孟哥尔尼伯爵夫人要我介绍您到她的家里去。您不会拒绝一位娇媚年青的女人吧？您并且可以在她家里碰到上流社会的生力军。”

“如果鲁先讲意思的话，”高萝丽说，“他一定不会到伯爵夫人家里去。他有什么需要到上流社会去结他的领带呢？他要在那里找到麻烦。”

“您要把他当作您的私人特许执照吗？”布郎德说，“您对上等的女人有点妒忌吗？”

“是的，”高萝丽叫了起来，“她们比我们坏。”

“你怎么知道呢，我的小猫?”布朗德说。

“她们的丈夫告诉我的。”她回答说，“您忘记了我曾经和马尔赛交好过六个月。”

“孩子，”布朗德说，“您相信我坚持要介绍一位您的这样美的男子到孟哥尔尼夫人家里去吗？如果您不去的话，就算是我没有说过一样。不过，我相信，这不完全是女人的问题，更重要的是使鲁先能够和他的报纸的护心镜、一位可怜的恶魔讲和、求赦。查特利男爵太傻了，他把这些文章看得非常的严重。埃斯巴尔夫人、巴尔吉顿夫人和孟哥尔尼夫人客厅的人物都对‘鹭鸶’很有兴趣，我答应给罗尔和柏特拉尔克和解，给巴尔吉顿夫人和鲁先讲和。”

“啊!”鲁先叫了起来，他的血管收到新鲜的血液，他觉到满意的报复所生的狂喜。“所以，我的脚算是踏在他们的腹上了！您使我崇拜我的文笔，钦佩我的朋友，敬仰出版界的定命的威力。我还没有给乌贼骨和鹭鸶写过文章哩。我要去，小兄弟，”他搂住布朗德的腰说，“是的，我要去，但是，得等到这一对狗男女觉到这一件这么轻微的东西的重量的时候!”

他拿着他用来写过那篇关于拿坦的文章的笔，把他举了起来。

“明天，我要给他们在报端上放出两列格的炮。然后，我们再瞧吧。您放心，高萝丽：这不是爱情的问题，这是报复，我要报复到底。”

“这才算是一位男子汉!”布朗德说。“鲁先，如果你知道在巴黎的衰朽的社会里，如何不常见到同样的爆发，你就可以满意你自己了。你要变成一个骄傲的恶人，”他用一句比较更有力量的语气说，“你是走进引你到权力的道路之上来了。”

“他总能够走到。”高萝丽说。

“但是，在这六星期之内他确是走了不少的路了。”

“并且，当他只能够让一具尸体的厚度把他和权杖隔开的时候，他能够用高萝丽的尸体来做他的踏脚板。”

“你们好像在黄金时代一般的互相爱慕。”布朗德说。“——我庆贺你的大文章，”他接着对鲁先说，“你的文章满充着新鲜的意思。你已经是一位主人了。”

陆士铎和麦尔冷、维尔奴一块儿来看鲁先。大家都恭维他，说他是他们的注意的对象。飞里先给鲁先带一百佛郎来，报酬他的文章。报馆觉得必须报酬这篇写得这么好的文章，因而能够拉拢作者。看见这一班新闻记者的来临，高萝丽就派人到最近的饭馆蓝日晷去要早餐来；毕礼尼斯回来告诉她一切都预备好了的时候，她就请他们一起都到她那美丽的饭厅去。去吃完一半的饭，当香槟酒激荡他们的脑袋的时候，这几位朋友来询问鲁先的原因就被揭破出来了。

“你不要做拿坦的仇敌吧?”陆士铎说，“拿坦是一位新闻记者，他有朋友，他会给你的第一部书的出版开一个大大的玩笑。你不是有一部《查尔九世的弓手》要出卖吗？我们早上看见拿坦，他很忧愁的样子；但是，你可以给他写一篇文章，给他的面子打上几针赞词。”

“怎么，在我写过反对他的一篇文章之后，你们要我这样吗?”鲁先问。

布朗德·爱弥尔、麦尔冷·埃克多尔、陆士铎·埃田、维尔奴·飞里先，大家都哈哈大笑的打断了鲁先的话。

“你请他后天来这里吃宵夜吗?”布朗德对他说。

“你的文章，”陆士铎对他说，“并没有签名。飞里先不像你那样的缺乏经验，他并没有忘记在你的文章下面签上一个‘查’字，此后，你也就可以在他的报纸上签这个名，他的报纸是纯粹左派的。我们都是反对派。飞里先很圆道，他并不强勉你的将来的意见。埃克多尔的‘铺子’是中央右派的报纸，你可以在那里签一个‘鲁’字。当人家攻击的时候，人家往往不签名，但是在写赞美的文章时，人家却好好的签字。”

“我并不忧虑签名的问题。”鲁先说，“但是，我看不到有什么赞同这本书的话可说。”

“你所想的就和你所写的一样吗?”埃克多尔对鲁先说。

“是的。”

“啊！小兄弟，”布朗德说，“我相信你的力量还不止于此！不，说句老实话，看了你的额头，我看你是和那些大人物一样的万能，他们都是生来可以从两方面来观察东西的。小兄弟，在文学里，每一个思想都有他的反面、他的地位，没有一个人能够指定的说哪一边是反面的。在思想里头，一切都是两边的。观念是两条线的。查奴是批评的神话，同时也是天才的符号。只有上帝是三角形的，莫利哀和高尔乃尔之所以高明，不就是能够跟阿尔西斯特说一声‘是’，而对菲冷特、奥克达夫、西拿说一声‘不是’吗?卢梭在他的《新爱丽丝》里曾经写过一封赞成决斗的信，他又另外写一封反对决斗的信，你敢决定他的真正的意见是什么吗?我们之中，哪一个人敢在克拉里斯和罗夫拉斯之间、埃克多尔和阿赤尔之间给他们决定是非呢?哪一位是荷马的英雄呢?李查尔桑的意向到底是什么呢?批评应当默察著作的一切方面。总之，我们是大介绍家。”

“您就坚持您所写的意见吗?”维尔奴用嘲笑的神气说。“但是，我们是买卖文字的商人，我们是靠我们的买卖来生活的。当您要写一篇大著作的时候，您就可以在那里投进您的思想、您的灵魂，您就可以归附于他、防卫他；但是，这些文章是今天念了明天就被忘记了的，在我眼里，他们也只值得人家所给的报酬的价值。如果您把这些傻事看得那样重要的话，您就可以给十字架做个记号，请圣神来给您写一个广告!”

一切的人都很惊异的看着鲁先的疑惑，想法子扯破他的袍子，借口说要给他换上新闻记者的雄壮的长袍。

“您知道拿坦念了你的文章之后，是用什么话来安慰自己吗?”陆士铎说。

“我怎么能够知道呢?”

“拿坦叫着说：‘小文章今日写明日丢，大著作永远留传!’这个人两天之后要来吃宵夜，他一定要在你的脚前叩头，吻着你的脚踝，对你说你是一个伟人。”

“这不太滑稽了吗?”鲁先说。

“滑稽!”布郎德说，“这是必要的。”

“诸位朋友，我很愿意写，”有点为难的鲁先说，“但是怎么写呢?”

“好吧，”陆士铎说，“给麦尔冷的报纸写三个列格反驳你自己的文章。玩弄拿坦的愤怒之后，我们刚刚对他说过，他不久得感谢我们，因为我们要有一个紧凑的笔战，一星期之内就可以使他的书售光。现在他是把你看作一个侦探、一个流氓、一个恶人的!后天你就要变成一个伟人、一个有脑筋的人、一个布鲁达尔克了!拿坦要把你当作他的最好的朋友来接吻。多里亚来过，你已经有了三张一千佛郎的钞票，这把戏算是结束了。现在，你得尊重拿坦，你需要他的友谊。我们的目的只是欺骗书商。我们只好杀害追迫我们的敌人。如果是一位不经我们的提拔而出了名，一位不舒服的才士，一个必得消除的人物的话，我们就不能够用这样的方法来回报他。但是，拿坦是我们的一位朋友。布郎德曾经叫他在《晶报》里来攻击，因而能够使他在《辩论报》里来回答自己，来寻开心。所以，他的书的第一版也就因此而售完了!”

“诸位朋友，说句老实话，我实在不能够对这本书写上两句赞美的话……"

"你还可以赚一百佛郎，"麦尔冷说，"拿坦已经给你带十路易来了，还没有算上你能够在菲诺的杂志上所写的文章，这文章可以由多里亚给你一百佛郎，菲诺的杂志再给你一百佛郎的报酬：总计是二十路易!"

"但是说些什么呢?"鲁先问。

"这是你可以引用的句子，孩子，"布朗德熟思着说，"你可以说：'一切的好书都有人羡妒，正如一切的果子都有果虫一样。这羡妒曾用方法来咬碎这部书。为着吹毛求疵起见，批评家就不得不去发明有关于这部书的理论，不得不去分别所谓两种不同的文学：发挥思想的文学和表现幻想的文学。'小兄弟，你就可以从那里说到文学的最后的艺术就是把思想描印在幻想之中。你可以尽力量来证明幻想是一切诗章的基础，你可以埋怨我们的语言，如何的不便于产生多量的诗章，你可以谈到外国人如何的责骂我们，说我们的作风是实证主义，你可以称赞卡拿利和拿坦如何的给法兰西尽了一个大义务，因为他们把我们的语言从散文之中解脱出来。你可以反驳你前次的辩论，说我们比十八世纪进步。请你发明这个进步（这是可以欺骗中产阶级的可钦佩的名词）！我们的新兴文学是用图像的方法来写作的，在那里一切的种类，喜剧和悲剧，风景的白描和人格的表出、对话等等，都是汇集在一起而用一个有趣味的主要的情节来做光亮的结钮，把他们嵌联起来的。需要情绪、作风和幻想的小说是近代的一个最大的发明。他是承继喜剧而来的，喜剧在近代的风俗里已经不是他的老章法所能做到的了。这种小说把事实和幻想都包含在他的发明之内。这发明可以激动布吕埃尔的精神和他那直截了当的道德，可以激动莫利哀所了解的性格，可以激动莎士比亚的器官和情感的最精细的色调的图画，他是我们的先进所给我们留下的宝库。所以，小说是比十八世纪的冷酷而带数学意味的辩论和干燥的分析高明的。你可以和说格言一般的说：‘小说是一篇有趣的纪战诗。’你可以引用高林那，你可以让施塔尔夫人做你的后盾：‘十八世纪提出一切的问题，十九世纪负责下结论：所以，他得用实在的情形下结论，然而，这所谓实在的情形，却必须是活着的、走动的实情；总之，他要注意感情，这福尔泰尔所不认识的成分。用迪拉德来反对福尔泰尔。至于卢梭呢？他不过只是诽谤推理和系统罢了。儒莉和蔻勒尔只是些空论家，她们既没有肉也没有骨。’你可以分解这个论点，说我们的新兴的创造的文学应当归功于和平和布尔崩王朝，因为你是在一家中央右派的报纸上写文章。你无妨给建立系统的人开开玩笑。最后，你可以用一个美丽的动作叫着说：‘在我们的同文的文章里有很多的错误，很多的撒谎！为什么呢？因为要轻蔑一部好书，因为要欺骗群众，因为要走到这结论上说：在售卖的一部书卖不出去。噢，奇耻大辱！’，你可以说出这‘奇耻大辱！’这个老实的发誓可以使读者兴奋。最后，你可以宣布批评的落伍！结论：‘世界上只有一种文学，就是有趣味的的书籍的文学。拿坦走进了一条新的路，他了解他的时代，他适应他的需要。这时代的需要是悲剧。悲剧是政治模仿演戏的时代的一个愿望。’你可以说：‘我们不是在二十年中有了四出悲剧吗？革命、巨头政治、帝国和复辟吗？’从那里，你可以滚出你的赞词，而这部书的第二版也就会售卖一空了。同样的，本星期六，你可以在你的杂志里写上一页文章，你可以签上一个完整的名字：吕崩柏礼。在这最后的一篇文章里，你可以说：‘好书的特性就是能够引起广大的辩论。这一星期，某一报纸曾对拿坦的书说过什么话，另一家报纸就给他回答过什么话。’你就可以批评署名为‘查’和‘鲁’的两篇批评，你可以给我还礼说到我，讲到我在《辩论报》上所写的第一篇文章，最后，你可以结论说拿坦的著作是这时代的最好的一部书。这就好像等于一句话也没有说似的，因为人家对于一切的书都是这么说的。除了享到在某些地方写上一些真话的快乐之外，你这一星期又可以赚到四百佛郎。通达道理的人要说‘查’有道理，或说‘鲁’有道理，或说‘吕崩柏礼’有道理，或是三个人都有道理！人类的一个大发明，神话，曾把真理安放在一个水井的深处，不是得有许多的水桶来捞他吗？你一个人就给群众打了三桶的水。就是这么回事，孩子，干吧！”

鲁先昏头昏脑的，布朗德吻着他的两颊，对他说：

“我要到我的‘铺子’里去。”

大家都到大家的“铺子”里去。在这些强有力的人看来，报馆只是一种店铺。大家晚上都得在木廊见面，鲁先得到那里去签订契约。佛罗林和陆士铎、鲁先和高萝丽、布朗德和菲诺到王宫去吃饭，因为布吕埃尔在那里招待全景剧院的经理。

“他们说得有道理！”当他一个人和高萝丽在一起的时候，鲁先叫着说，“男子汉应当是强者手中的工具。三篇文章得到四百佛郎的报酬！多格罗好不容易才给我出四百佛郎来购买我两年的工作才写成的一部书。”

“写你的批评吧，”高萝丽说，“玩你的去吧！我不是今天晚上扮演安达鲁斯女郎，明天装作一位游荡的歌女，再过一天又打扮一位男人吗？你就学我好啦，给他们造作一些面貌来赚他们的钱，快乐的过着我们的生活吧。”

溺惑在这些似是而非的论调中的鲁先，就把他的精神骑在这神马和巴兰的母驴所生的驴子的背上。他一边在木廊里散步，一边在思想的田野里奔驰，发现布朗德的理论的许多的新鲜的美丽。他和快乐的人一样的吃饭，他在多里亚店里签了一个契约，把《群芳集》的版权整个的让给他，没有看到任何不方便的地方。然后，他就到报馆去走了一圈，在那里快快的草了两列格的文章，又回到王多姆街里来。第二天早上，他觉得前夜的思想都在他的脑中发芽，好像那些还没有多用机能的满有气力的人所有的情形一样。鲁先觉得很高兴来思考这篇新的文章，他很费力的想着他。在他的笔下，他碰到矛盾所产生的美丽。他是聪明而戏谑的，他甚至于对文学中的情绪、思想和幻想都产生出许多新颖的考虑。巧妙而精细的，为着称赞拿坦，他又找到他在商场的阅书室内读书时所有的最初的印象。从残忍的、酸辣的批评家起，从滑稽的讪笑者起，他却在最后的几句话中变成了诗人，这些语句都是非常庄严的平衡着，好像盛着香捧到祭坛去的香炉一样。

“一百佛郎，高萝丽!”他指着当她穿衣服的时候他所写好的八张纸对她说。

一时的兴致，他用轻佻的笔调，写了他答应布郎德的那篇攻击查特利和巴尔吉顿夫人的文章。这一早晨，他品尝到新闻记者所有的最剧烈的秘密的快乐，就是磨砺讽刺诗，修饰他那刀鞘刺在牺牲者心中的寒冷的刀锋，给读者们雕刻刀炳。群众钦佩这种笑里藏刀的聪明的工作，他们并不懂得其中的恶念，他们不知道因为报仇而变坏的笑话的钢锋，是在被巧妙的搜索而受伤的自尊心中支吾其词。这个可怕的快乐是黯淡而孤单的，是无形中品尝到的，好像和一个不出场而被笔杆杀死在远处的人决斗似的，好像新闻记者有阿拉伯故事所说的那些有符咒的卫士随意而生的幻想的力量似的。讽刺诗是怨恨的精神的表现，这怨恨是一切人类的恶劣感情的遗传，好像爱情是一切善良的品性的集结。所以，在报仇之中，没有一个人不是很聪明的，这正因为没有一个在恋爱的人不是贡献许多的快乐。在法兰西，不论这种精神是如何的容易、如何的粗俗，他总受人欢迎。鲁先的文章是报纸的狡猾和恶劣的最高峰；他一直刺到两颗心坎的深处，严重的伤害巴尔吉顿夫人（他的前任的罗尔）和查特利男爵（他的情敌）。

“好吧，咱们到树林去散步去，马已经预备好了，他们正在用前蹄打着地下哩，”高萝丽对他说，“不要自杀啦。”

“咱们把评论拿坦的文章带到埃克多尔那里去。真的，报纸就好像阿赤尔的长予一样，他可以疗治他所刺下的创伤。”鲁先说着，一边在修改一些句子。

两位情人出去了，他们给这不久以前还否认鲁先、现在却开始关心他的巴黎显示他们的华丽。当人家懂得这座城市的庞大而不容易在这城中成为什么东西的时候，让巴黎关心他，这的确给鲁先产生了许多沉醉鲁先的醉人的快乐。

“孩子，”坤伶说，“到你的裁缝店去催促你的衣服，或是去试试看，如果方便的话。假如你到这些美丽的贵夫人家里去的话，我要你压倒这怪物马尔赛，这小拉斯迪额，诸位阿儒达兵多，诸位特懒伊·马克西姆，诸位王地尼斯，总之，一切漂亮的人。你得想你的情妇是高萝丽！但是，不要给我留些感触，是不是?”

两天之后，鲁先和高萝丽的请客的前夜，安比居戏院公演一出新戏，是鲁先所得写述评的。吃完饭之后，鲁先和高萝丽从王多姆街步行到全景剧院，他们经过了土耳其咖啡馆所在的那一带古寺大马路，这一带是当时的良好散步的地点。鲁先听见人家在吹嘘他的幸福和他的情妇的美丽。有人说高萝丽是巴黎最美丽的女人，另外的人就说鲁先刚好配得上她。诗人只觉到自己在自己社会圈里的地位。这生活就是他的生活。好容易他才瞥见文社。受他崇拜两个月的这些伟大人物，他不禁要自问他们的思想、他们的清高是不是有点幼稚。

高萝丽毫无忌惮的说了出来的容易受愚的话，已经在鲁先的精神中生长，已经产生出他的果子来了。他把高萝丽安置在她的包厢里，就到台房去逍遥，他在那里和苏丹一样的走来走去，一切的坤伶都在那里用热烈的眼光和阿谀的语言逢迎他。

“我得到安比居戏院去干我的活去。”他说。

安比居戏院全场满座。鲁先找不到座位。鲁先跑到台房里去，大大不满意的埋怨说人家没有给他座位。还不认识他的管理员对他说，人家已经给报馆送去两个包厢，叫他站着看戏。

“我要依据我所听见的话来谈论这出戏。”鲁先生气的说。

“你不太傻吗?”扮演剧中情妇的女人对管理员说，“这是高萝丽的情人呀!”

管理员马上转过脸来对鲁先说：

“先生，我跟经理说去。”

所以，极小的细节都给鲁先证明报纸的力量如何的广大，报纸会如何的妩媚他的骄傲。经理来，带他到坐在幕前的包厢里的勒多利公爵和杜莉椰处去，请求他们让鲁先和他们坐在一起。公爵认得是鲁先，就赞同了。

“您让两个人忧愁。”这位年青的人说，跟他谈到查特利男爵和巴尔吉顿夫人。

“明天又要变成怎么样的呢?”鲁先说，“一直到现在为止，我的朋友们只是用跳绳者的态度来攻击他们；但是今天夜里，我却发了火红的子弹。明天，您就要看出我们为什么跟波特利开玩笑。文章的题目是：《从一八一一年的波特利谈到一八二一年的波特利》。在这篇文章里，查特利代表那些否认恩人而求结合布尔崩王朝的人的典型的人物。让人家感觉我能做到的一切之后，我再到孟哥尔尼夫人家里去。”

鲁先和年青的公爵有一个非常动人的谈话；他很妒忌的给这高贵的公爵证明埃斯巴尔夫人和巴尔吉顿夫人如何在轻蔑他之中上了一个大当。但是，当这位勒多利公爵恶意的叫他做查尔登的时候，他就勉强的听着，想方法来建立他有姓为吕崩柏礼的权利。

“您应当进保王党。”公爵对他说，“您已经显示过您的才气啦，现在您得做一个智慧的人。唯一可以得到国王允许您换用您母亲的姓氏的命令的，就是问他让您在别宫里给他当差事，来补偿他。自由党人永远不会使您当伯爵！您瞧，复辟终于会和出版界讲道理，出版界是唯一值得恐惧的势力，人家已经等得过分了，出版界一定会被禁止。请您利用这最后的自由的时刻，把您变成一位可怕的人物。几年之后，姓名和衔头在法兰西一定要比才能还要值钱。您可以有一切的东西：才气、贵族的衔头和美貌，您能够要做到什么地步就做到什么地步。所以，您此刻只好为着更有利的售卖您的保王主义而当自由党。"

公爵请求鲁先接受当日和他一块儿在佛罗林家里吃宵夜的公使所要给他送来的夜宴的请帖。鲁先一时被绅士的思考诱惑了，他迷迷糊糊的看见面前开有许多权贵客厅的门，他相信永远不会像几个月以前那样的被人从那里驱逐出来。他佩服思想的权力。所以，报纸和智慧是现社会的工具。鲁先懂得陆士铎也许已经懊悔给他开了殿门，他已经觉得有安置一些不易穿过的障碍，来防止那些从外省来到巴黎的野心家的必要了。一位诗人也许要和他投在埃田怀中一样的找他来，他简直不敢问自己到底是要如何的迎接这位诗人。年青的公爵看出鲁先身上有许多深思的痕迹，他一点儿也没有错误的找到这沉思的原因：他在这位没有固定的意志，然而却有欲望的野心家身上发现整个的政治的水平，正如新闻记者们好像魔鬼对耶稣一般的在圣殿的高处已经给他指示文学界和他的富源一样。鲁先并不知道，那些被报纸中伤的人们这时候正在预备一个杀害他的阴谋，是勒多利先生所预闻的。年青的公爵曾以鲁先的才气来恫吓埃斯巴尔夫人的社会。他奉了巴尔吉顿夫人的命令，来试探这位新闻记者的深浅，他希望能够在安比居剧院遇到他。无论是社会也好，或是新闻记者也好，他们都不是深刻的，他们不相信有什么阴谋的叛逆。他们之中的任何人都没有一定的计划，他们的权谋都是当日的，总是在那里，完全预备好，等着利用一切的机会，去侦伺感情给他送来一个人的时刻。在佛罗林家里吃宵夜的时候，年青的公爵已经认识了鲁先的性格，刚才他又用鲁先的虚荣心来擒获他，想在鲁先的身上来尝试他的外交手段。

戏剧终了的时候，鲁先跑到圣菲亚克街去写关于这出戏的文章。计算的结果，他的文章是酸辣的、咬人的；他用尝试权力的态度来寻开心。这出歌剧比全景剧院的戏还要好；但是，他要知道到底他能够不能够像一般所说的一样毁灭一出好戏，使一出坏戏成功。第二天，他和高萝丽一块儿吃早饭，告诉她如何在报纸上酷评安比居剧院之后，他就翻开报纸。念完他对巴尔吉顿夫人和查特利所写的文章之后，鲁先并不是不大惊愕的读着被人于一夜之间洗刷得这样干净的那篇关于安比居戏院的述评。这篇修改过的文章，虽然还保留有他的一切的聪明的分析，然而却引出一个相当有利的结论。这出戏应当能够使戏院的钱柜充满。他的愤怒是难于形容的；他自己提议要给陆士铎说两句话。他相信自己是陆士铎所必需的，他自己认为不应当让陆士铎统治他，和一个孩子一般的开发他。为着确定他的权力起见，他就给多里亚和菲诺的杂志写了一篇文章，概括而平衡的叙述一切关于拿坦的书所有的意见。然后，盛怒之下，他就草草的给他的小报纸写了他的《杂俎》。年青的新闻记者们在初期的兴奋之中，都是用爱情来孵化文章的，都是这样不小心的放开他们的一切的花朵。全景剧院的经理第一次公演一出小歌剧，因而能够让佛罗林和高萝丽去举行她们的夜会。人们应当在吃宵夜之前赌博。陆士铎来寻找鲁先预先为这个剧本所写的文章，因而不会不放心这一期的编排，他看过这出戏的预演。鲁先让他念一念有关报纸幸运的几篇关于巴黎风光的小品文之中的一篇，埃田吻着鲁先的两个眼睛，说他是报纸的神明。

“那么，你为什么拿我开心，换了我的文章的精神呢？”鲁先说，他所以写这篇漂亮的文章不过要为他的苦情加强力量而已。

“我？”陆士铎叫了起来。

“那么，是谁改了我的文章呢？”

“亲爱的，”埃田笑着回答说，“你还不懂得事情的实况。安比居订了我们二十份报，其中只有九份需要送报去，经理一份，乐队队长一份，管理员一份，他们的情妇各一份，三位戏院的其他股东各一份。马路上的戏院都这样的给报馆付了八百佛郎。给菲诺所送的包厢票也值得同样的价钱，还没有算到戏子和作者的订报哩。所以，这怪事算是从马路上弄到了八千佛郎。至于小戏院呢，你可以用大戏院来判断。你懂得吗？我们是大慈大悲的。”

“我懂得为什么我不能够自由写我所想写的了……”

“呃！如果你能够在那里找到你的饭碗，这又有什么要紧呢？”陆士铎叫了起来。“并且，小兄弟，你有什么苦处要攻击戏院呢？你总有什么道理才要攻击昨天的戏院。为攻击而攻击，我们会给报馆惹祸。如果报纸都是依据公理而攻击的话，他就连一个钱也产生不出来。经理对不起你吧？”

“他没有给我保留位子。”

“好。”陆士铎说，“我要把你的文章拿给经理看，我要告诉他是我把这篇文章的口气改软了，你会觉得这比登出来还有用。明天你问他要票去，他会给你每月签上四十张的白票，我可以带你去看一个人，你可以跟他商量卖这些票，他可以用百分之五十的票价买你所有的票。人家做戏票的买卖，就和做书籍的买卖一样。你可以看到另外一个巴尔柏，一个捧场的头领，他住在这里不远，我们有时间，你来。”

“但是，亲爱的，菲诺干了一个污秽的勾当，他在思想界里征收许多间接税。迟早……”

“啊，这个！你这话是从哪里来的呢？”陆士铎叫了起来。“你以为菲诺是什么人呢？在他的假仁假义之下，在他那杜尔卡礼的神气之下，在他的无知愚笨之下，他却有祖传的帽商的精明。你没有看见在他的笼子里，报馆的办公处里，有一位帝国的老兵，菲诺的舅舅吗？这位舅舅不但是一位老实人，而且是一个糊涂虫。他担当了一切关于金钱上的交易的臭名。在巴黎，如果一个野心家有一位甘心挺恶名的人在他的身边，他一定是很富有的。政界和新闻界一样，也有许多的事情不能够用领袖来出头。如果菲诺变成一位政界的人物的话，他的舅舅一定会变成他的秘书，替他管理衙门里对于大事情所征收的捐税的账目。第一眼看过去，吉落都确实是一位糊涂虫，但是却刚刚有一位不可理解的代父的精细。他在巡哨着，防卫我们，使我们不至于被人吵闹，被新来的人物或前来索求的人物所厌烦。我不相信其他的报馆能够找出同等的人物。”

“他的把戏演得真不坏，”鲁先说，“我曾当场看见他表演过。”

埃田和鲁先走到古寺镇大街的中间，这位总编辑就在那里停留在一间外表非常好看的房子的前面。

“布鲁拉尔先生在家吗？”他问门房。

“怎么，先生？”鲁先说，“捧场的头目也得叫他做‘先生’吗？”

“亲爱的，布鲁拉尔有两万佛郎的息金，马路上的戏剧的作者都在他的掌爪之中，他们在他的家里都有流水账，好像在银行里所有的一样。作者所有的戏票和其他的优待票都是在他家里出售的。布鲁拉尔代售这货品。你无妨做一做统计，如果没有算错的话，这统计是很有用的。每个戏院五十张夜戏优待票，你算一算就知道每天可以有二百五十张的戏票，如果平均值得四十苏的话，布鲁拉尔每天得给作者们付出一百二十五佛郎，冒险去赚同样数目的钱。所以，光光作者的戏票每月就可以给他弄到差不多四千佛郎，每年总计四万八千佛郎。假定有二万佛郎的损失，因为他不能够把这些戏票都卖完。”

“为什么呢?”

“啊！到戏院办公处来买票的人比买优待票的人多，因为优待票没有保留的座位。戏院还留有出租座位的权利。有的时候，天气好，戏却不好。所以，布鲁拉尔每年也许要从这一项买卖赚到三万佛郎。此外，他还有捧场的生意哩。佛罗林和高萝丽就是给他进贡的人；如果她们不给他津贴的话，她们出场进场的时候都一点儿也得不到人家的鼓掌喝彩。”

陆士铎轻声的说了这一段解释，一边登上扶梯。

“巴黎是个独一无二的奇怪的国度。”鲁先说着，他觉得在任何的角落里都蹲有趣味。

一位纤丽的女仆引着两位新闻记者到布鲁拉尔先生的房里来。坐在一张大长圆形办公桌之前的办公椅上的这位买卖戏票的商人看见了陆士铎就站了起来。包着一件灰色柔毛布的礼服的布鲁拉尔穿着一条有脚的裤子和一双红色的拖鞋，完全和医生或律师一个样子。鲁先看他是一个发财的下流社会：平庸的脸孔，灰色的精细的眼睛，捧场人的一双手，雨落在瓦上一样的由狂饮而染成的皮肤的颜色，斑白的头发，相当闭塞的声音。

“您当然是为佛罗林小姐而来的，先生当然是为高萝丽小姐而来的啰?”他说。“我认识您很清楚。别着急，先生，”他对鲁先说，“我买到角技戏院的雇客了，我会看顾您的情妇，我要告诉她人家所要跟她取笑的地方。”

“这是不能拒绝的，亲爱的布鲁拉尔。”陆士铎说，“但是，我们是来讨论一切马路上的戏院所给报馆的戏票：我是报纸的总编辑，先生是每个戏院的特派记者。”

“啊！是的，菲诺卖了他的报馆了。我知道这回事。他身体好，菲诺。我请他周末吃饭。如果你们给我面子也来的话，你们可以带你们的妻子来，那里可以举行一个结婚典礼和结婚宴会。我们还有杜布伊·阿德尔、杜甘慈、柏迪—麦利·福礼德里克，我的情妇米奥小姐；我们可以大笑一场，大喝一阵！”

“杜甘慈一定很为难，他打了一场败官司。”

“我借给他一万佛郎，《卡拉》的成功可以还我这笔债：所以我提拔他！杜甘慈是一个聪明人，他有办法……”

鲁先听到这个人欣赏作者的才能，自以为是在做梦似的。

“高萝丽胜利了。”布鲁拉尔用能干的法官的神气对他说，“如果她是位好孩子的话，我会秘密的支撑她，我会打倒她在角技戏院开演时人家所给她做下的阴谋。听吧：为着她，我可以找到许多在廊里穿得漂亮好看的男人，他们可以发笑，可以做出一些声音，让人家鼓掌喝彩。这是让一个女子出名的妙计。我很喜欢她，高萝丽，您应当很满意她，她有情感。啊！我能够使任何的人收幕滚蛋……”

“可是，让我们规定戏票的事情吧，”陆士铎说。

“好吧，我每月月初到先生家里去取票。先生是您的朋友，我会和对待您一般的对待他。您有五个戏院，人家可以给您三十张戏票：这就好像每月给您七十五佛郎一样。也许您要先借钱，是不是？”戏票商人说着，回到他的办公桌去，拉开了他那满堆着厄古的抽屉。

“不，不，”陆士铎说，“我们要留下这些钱，等着没有钱的日子用……”

“先生，”布鲁拉尔接着对鲁先说，“这几天我要跟高萝丽一块儿工作去，我们彼此很相得。”

鲁先并不是没有惊异的看着布鲁拉尔的办公室。他在那里看见一个书架子，一些雕刻，一副合适的家具。走过客厅的时候，他也注意到同样不太卑劣、不太奢侈的家具。他觉得饭厅是陈设最好的一间，他拿这间包厢来说笑话。

“可是，布鲁拉尔是一位懂得烹调的人。”陆士铎说，“戏剧里所常说的他的饭食，是和他的钱库相调和的。”

“我有一些好酒。”布鲁拉尔谦虚的说。“我们走吧，给我点灯的人来了。”他叫了起来，听见在楼梯上有喉哑的声音和特别的脚步的声音。

出去的时候，鲁先看见有一大队发臭的捧场人和卖票人在他的面前排队着，一切的人都戴有鸭舌帽，穿着旧裤子、褴褛的礼服，他们的相貌是不安分的，脸色是带蓝的、带绿的、满脸泞泥，发育不完全，长胡髭，猛恶而谄媚的眼睛。这些都是生活而繁殖在巴黎马路上的可怕的居民。他们早晨售卖项链或黄金的首饰，只卖到二十五苏，他们晚上在灯光下鼓掌喝彩，他们躲到一切发生在巴黎的肮脏的、必然的事情里面。

“这就是罗马人！”陆士铎笑着说，“这就是坤伶和剧作家的光荣。靠近看清楚，这也并不比我们的光荣美。”

“在巴黎，对什么东西发生幻想是不容易的。”鲁先在回家的路上说，“到处都是捐税，人家出卖一切，人家制造一切，甚至于制造成功。”

鲁先的客人是多里亚、全景剧院的经理、马蹄发和佛罗林、卡莫苏、陆士铎、菲诺、拿坦、麦尔冷·埃克多尔和发尔·诺贝尔夫人、维尔奴·飞里先、布郎德、维昂、布里都·菲力、小马利、吉落都、葛尔杜和佛罗兰丁、毕克西乌等。他也请了他的文社的朋友。舞女杜莉椰（据说，她对布吕埃尔并不残忍）也出席，只是没有她的公爵，还有拿坦、麦尔冷、维昂和维尔奴的报馆的业主。客人凑成一个三十人数的聚会，高萝丽的客厅不能够再容纳更多的人。八点钟左右，在灯光的普照之下，家具、帘幕，这寓所的繁华就产出一个宴会的气象，可以使巴黎的奢华变成梦中的景况。鲁先看见自己是这些地方的主人，不断努力的发出许多不可名状的幸福的动作、满足的骄傲的举止、希望的活动。他并没有对自己解释过这一棍到底是如何打下的，到底是谁打下的。佛罗林和高萝丽穿着最珍异的、最艺术化的坤伶的服装，她们对外省的诗人微笑着，好像两位天使负责来给他打开梦宫的门户似的。鲁先几乎是在梦里。几个月之中，他的生活是这样突然的变迁了，他是这样突然的从极端的穷苦走到极端的富饶，使他不能不于偶然间感到不安，正如那些梦里知道自己在睡觉的人一样。然而，看了这美满的实在，他的眼睛不由得表达出一种自信的心情，这就是妒忌的人所说的“夜郎自大”。他自己也改变了。每天的快乐，他的颜色也变成苍白了，他的视线染有羸弱的迟慢的神色；总之，用埃斯巴尔夫人的话来说，他有“被爱的神色”。他的美丽更加增强了。他对于权力所生的信仰刺进了爱情和经验所光照的体格。他面对面的默视着这文学的世界和上流的社会，相信自己能够用统治者的资格闲游其间。他是一位只能够受穷苦的重压而思索的诗人，在他看来，“现在”是无忧无虑的。成功和风一样的吹胀了他的短艇的帆幕，他有一切实现计划的工具：一间充实的房子，一位全巴黎所羡慕的情妇，一辆华丽的马车，还有文具箱里所有的不可数计的物品。他的灵魂、他的心地、他的精神也同样的变形了：在这完美的结果之前，他已经不再想到讨论什么手段的问题了。这房子的安排，在习惯巴黎生活的经济学家看来，实在很可怀疑，让我们来指示这维持坤伶和诗人的物质生活的基础，并不是毫无用处的，不管他是如何的脆弱。卡莫苏并没有订立过什么合同，然而他却跟供给高萝丽货物的商人约定，叫他们让她至少挂账三个月。马匹呀，仆人呀，一切的东西都好像魔术一般的来到这两位忙于享乐的孩子面前，他们也的确是快乐的享受着。高萝丽把鲁先一手拉走，叫他预先惊异饭厅的布景。这饭厅装饰有华丽的食具，有装插四十支蜡烛的大烛台，摆设着王室所吃的珍异的点心和楚维所烹调的佳肴。鲁先吻着高萝丽的额头，紧紧把她抱在心口。

“我就来，孩子，”他对她说，“我一定要用爱情和忠心来补偿你。”

“唔!”她说，“你满意吗?”

“我觉得太不过意了。”

“哎，你这一个微笑就可以还清一切的债。”她回答说，用蛇一般的动作把嘴唇移到鲁先的嘴唇上。

他们看见佛罗林、陆士铎、马蹄发和卡莫苏正在搬动赌博的桌子。鲁先的朋友一定会来，因为他们都已经自称是鲁先的朋友。大家从九点赌到十二点。幸亏鲁先自己还不知道任何的赌博。陆士铎输了一千佛郎，他向鲁先借钱，鲁先知道没有法子推诿，因为问他借钱的是他的朋友。十点钟左右，米赤尔、福尔庄斯和约瑟来了。鲁先来跟他们在一个角落里谈天，他觉得他们的脸孔相当的冷淡、相当的严厉，如果不说是拘束的话。阿尔太斯没有能够来，他要完成他的书。吉罗·黎昂忙于出版新刊杂志的创刊号。文社派这三位艺术家来，因为他们在这狂饮过食的宴会中要比其他的人更为不易昏迷。

“哎，孩子们，”鲁先说，吐露出一个在人之上的小腔调，“你们可以看得出来这位小丑居然也会变成一个大政治家。”

“我并不要求其他的，我只要求被骗。”米赤尔说。

“你和高萝丽生活在一起，等着更好的结果吗?”福尔庄斯说。

“是的。”鲁先用一种故意装作天真的神气接着说，“高萝丽有一个崇拜她的可怜的商人，她把他扔在门外。我比你的哥哥菲力还要幸福，因为他不知道如何统治小马利。”他说着，瞧了布里都·约瑟一眼。

“总之，”福尔庄斯说，“现在你是一个和别人一样的人了，你可以走你的路。”

“一位无论在什么环境都要为你们保留同样性格的人。”鲁先回答说。

米赤尔和福尔庄斯互相看了一眼，彼此交换一个讽讥的微笑。鲁先看见这微笑，这使鲁先懂得这句话的无稽。

“高萝丽真是太美丽了，”布里都·约瑟叫着说，“多灿烂的一个可以入画的人像啊！”

“并且有好心肠。”鲁先回答说，“我可以发誓说，她真和天使一般；可是，你可以画她的人像；如果愿意的话，你可以拿她当你的模特儿，去画你那个让老太婆领到元老面前的威尼斯女人。”

“一切讲爱情的女人都和天使一样。”克里斯特恩·米赤尔说。

正在这时刻，拿坦·拉乌尔快步的走向鲁先这边来，带着激奋的友情，拿住鲁先的手，握着行礼。

“我的好朋友，您不但是一位伟人，而且有好心肠，这在现今的世界，比天才还要难得。”他说，“您忠心于您的朋友。总之，我的生死都是属于您的，我永远不会忘记您这一星期所给我赐予的恩德。”

鲁先看见自己这样的受到一位正要出名的人物的谄媚，他不禁非常的快乐，他就用一种居高的态度来下视文社的三位朋友。拿坦所以进来，因为麦尔冷告诉他正在校对一篇关于他的书籍的好评，说是这篇评论第二天就要在他的报纸上发表。

“我写那篇攻击您的文章，”鲁先朝着拿坦的耳边回答说，“这是有条件的，我要人家答应由我自己来回答，才写那篇文章。我是您的朋友。”

他又回来找他的三位文社朋友，他很高兴有机会让他证明福尔庄斯所窃笑的那句话并不是瞎说。

“请把阿尔太斯的书带来，我可以给他尽点义务。这是唯一让我停留在报馆里的理由。”

“你在那里自由吗?”米赤尔说。

“一个人成为人家所不可缺少的人，他就有和我同样的自由。”鲁先用一种假装的谦虚回答说。

夜里十二点左右，客人都上桌了，大家开始狼吞虎咽的吃喝了。这一次在鲁先的宴会里所有的谈话，比上一次在马蹄发的宴会里所有的谈话更为自由，因为没有一个人疑惑到这三位文社的代表和这些新闻界的代表有情感上的不同。这些年青人对于赞成和反对所表现的态度把他们变坏了，他们吵闹着，大家都用那时代新闻界所发明的最可怕的法宝互相攻击。维昂·克罗特要给批评保留一种尊严的性格，他站了起来，反对小报揭人隐私的倾向，他说：作家们将来一定会走到轻视自己的地步。陆士铎、麦尔冷和菲诺公开的保卫那时代新闻界行语所谓的‘愚弄’的系统，认为这是拿来标明天才的帮助，好像用椎子打记号一样。

“能够抵抗这试验的人都是真正的坚强的人。”陆士铎说。

“并且，”麦尔冷叫着说，“伟人们凯旋的时候，他们的周围应当有一个侮骂的音乐，正如围绕得胜的罗马人所有的一样。”

“呃!”鲁先说，“一切受人嘲笑的人都要相信他们的胜利!”

“人家不会说这个在看顾你吗?”菲诺叫着说。

“并且我们的十四行诗!”克里斯特恩·米赤尔说，“在我们看来，这些十四行诗不是和柏特拉尔克的胜利有同样的价值吗?”

“奴儿（罗尔）已经是些东西。”多里亚说。他的双关语引起全场的叫好。

“Faciamus experimentum in anima vili。”鲁先笑着回答说。

“那些没有经过报纸的评伦的人是不幸的啊！那些只由报纸用冠冕戴在初期作品上的人是不幸的啊！这些人应当被人家和圣人一样的驱逐到他们的穴洞里去，没有人会再加以一丁点儿的注意。”维尔奴说。

“人家要和苍上尼慈对痴情注视他妻子的庄理侯爵所说的一样对他说：‘去吧，好好先生，人家已经给了你了。’”布郎德说。

“在法兰西，成功是杀人的。”菲诺说，“我们在这里太富有妒忌心了，我们会忘记，会叫人家忘记别人的胜利。”

“事实上，这是把生活交给文学界的一种矛盾的东西。”维昂·克罗特说。

“正如自然界的两种互相格斗的原则所生的结果一样，”福尔庄斯叫了起来，“一个人战胜另外一个人，这就是死亡。”

“正如政界的情形一样。”克里斯特恩·米赤尔说。

“我们刚刚证明过这一点。”陆士铎说，“多里亚这一星期可以卖出两千份拿坦的书。为什么呢？被攻击的书一定会被人好好的防卫。”

“像这样的一篇文章，”麦尔冷说着，拿起第二天的报纸的校稿，“怎么能够不使这本书售卖一版呢？”

“请您给我念念这篇文章，”多里亚说，“我到处都是书商的本色，甚至于在吃宵夜的时候。”

麦尔冷念着鲁先这篇出奇制胜的文章，全场鼓掌叫好。

“如果没有第一篇的话，能够写出这篇文章吗？”陆士铎问。

多里亚从口袋里取出第三篇文章的校稿，念着。菲诺聚精会神的听他念这篇为第二期杂志而写的文章，他又用总编辑的资格，对他格外的同情。

“诸位先生，”他说，“如果包胥埃生在我们这时代的话，他也不能够写出跟这不一样的文章。”

“我很相信这句话，”麦尔冷说，“包胥埃生在今天的话，他一定是新闻记者。”

“庆祝包胥埃二世！”维昂·克罗特说着，举杯向鲁先嘲弄的行一个敬礼。

“庆祝我的哥伦布·克里斯铎夫！”鲁先回答着，给多里亚献爵。

“好！”拿坦叫了起来。

“是个绰号吗？”麦尔冷恶意的问，同时瞧了菲诺和鲁先一眼。

“如果您这样继续下去的话，”多里亚说，“我们也就没有办法跟您跑了，这些先生们，”他加上这一句，指着马蹄发和卡莫苏说，“再也不会了解您了。拿破仑说过，戏谑和棉花一样，纺得太细的话，他就断了。”

“诸位先生，”陆士铎说，“我们亲眼看到一个严重的、不可想象的、闻所未闻的，然而却是非常奇怪的事实。你们不佩服我们的朋友这么快从一位外省人变成一位新闻记者吗？”

“他是天生的新闻记者。”多里亚说。

“孩子们，”菲诺就说，他站了起来，手中拿着一瓶香槟酒，“我们曾经尽量的保护、尽量的鼓励我们的新进走上他的事业的初步的路程，他在这路上是超过我们的希望的。两个月之中，他已经写了我们所认识的几篇好文章：我提议给他正式举行新闻记者的洗礼。”

“给他一个玫瑰花冠，表明他的双重的胜利。”毕克西乌说，瞧了高罗丽一眼。

高萝丽给毕礼尼斯做出一个暗号，毕礼尼斯就在坤伶的纸匣里找些旧的人造花。这肥胖的女仆带来一些花朵，一个花冠马上就编出来了，那些最有醉意的客人还拿这些花朵来装饰自己哩。

菲诺大牧师就在鲁先的金栗色头上倒上几滴香槟酒，用庄谐皆备的态度，发出他的誓言：

“我用印花税、保证金和罚款的名义给你施洗礼，正式叫你做新闻记者。但望你的文章是容易生产的!”

“而且所得的报酬不会让人家扣除空白!”麦尔冷说。

这时候，鲁先看见克里斯特恩·米赤尔、布里都·约瑟和李达尔·福尔庄斯的忧愁的脸孔，他们都拿起帽子，在一阵咒诅的狂呼中走了出去。

“这些是特殊的基督徒!”麦尔冷说。

“福尔庄斯是一位好孩子，”陆士铎接着说，“但是他们却用道德把他毁坏了。”

“谁?”维昂·克罗德问。

“那些聚会在四风街的一个带有哲学和宗教意味的乐院，在那里忧虑人类的一般感觉的严肃的年青人……”布朗德回答说。

“噢！噢！噢!”

“……他们去那里研究到底人类是不是回转到本来的状态，”布朗德继续说，“或是人类到底是不是在进步之中。他们非常为难的在直线和曲线之中，认为《圣经》的三角形毫无意义，而且似乎还给他们生出我也说不出的什么先知，说是赞成螺线形的。”

“人们的联合往往会发明更危险的傻事。”鲁先叫了起来，他有意给文社辩护。

“你是当闲谈来说这些理论的，”维尔奴·飞里先说，“但是，有的时候这些话会变成枪击和断头台。”

“他们现在只在寻找香槟酒所生的神授的思想，裤叉里的人类的感觉和使世界生存的小动物，”毕克西乌说，“他们拾了堕落的大人物，如维哥、圣西门、傅利叶等的余唾。我很怕他们转过头来对付我的可怜的布里都·约瑟。”

“他们就是使我的同学、我的同乡毕安仓冷酷攻击我的原因……”陆士铎说。

“他们在那里教导体育和矫正精神病的方法吗？”麦尔冷说。

“这也可能，”菲诺说，“因为毕安仓大发他的妄言。”

“嘿！”陆士铎说，“无论如何，他总会变成一个大医生。”

“他们的明显的领袖，”拿坦说，“不是那个要把我们都吞下去的年青人阿尔太斯吗？”

“这是一位天才！”鲁先叫了起来。

“我宁可要一杯塞勒斯酒。”维昂·克罗德冷笑的说。

这时候，每个人都对他的邻坐解释自己的性格。当聪明狡猾的人要自己解释，要打开自己的心的时候，他们一定是大醉了。一个钟头之后，一切的客人，这些变成世界上最好的朋友的客人们都自认为伟人、有势力、有前途的人。鲁先是家中的主人，他还保留一些明白的心思：他听着打击他而完成腐化他的诡辩。

“孩子们，”菲诺说，“自由党是被迫而复振他的笔战了，因为这时候实在没有什么话可以攻击政府的，你们可以懂得反对派是如何的困难。你们之中谁愿意起草一篇稿子，要求恢复长房承继的制度，使人家高喊反对王朝的秘密的计划呢？这篇稿子可以得到丰富的报酬。”

“我，”麦尔冷·埃克多尔说，“这正是我的意见。”

“你的党一定要说你给他招祸，”菲诺辩答说，“飞里先，你负责写这篇稿子吧，多里亚要印他，我们可以保守秘密。”

“你给我多少报酬？”维尔奴说。

“六百佛郎！你可以签名为‘高……公爵’。”

“行！”维尔奴说。

“您就这样的制造谣诼，一直造到政治上面去吗？”陆士铎接着说。

“这就是把沙保的事情搬到思想的范围来，”菲诺接着说，“人家把意向归罪给政府，鼓动舆论反对他。”

“我总要非常奇怪的看着政府把思想指导权放弃给我们这些坏蛋。”维昂·克罗德说。

“如果部里做下傻事走上决斗场的话，”菲诺接着说，“人家可以打鼓引他来，如果他发怒的话，人家可以激动这问题，使他损失民众的爱戴。报纸永远不会有所损失，然而政府却总可以损失一切。”

“法兰西一定会被毁灭到不许报纸存在的日子为止。”维昂·克罗德接着说。“我们是随时进步的，”他对菲诺说，“你们已经变成耶稣会会徒，只是没有他们的信心、他们的固定的思想、他们的纪律、他们的团结而已。”

大家都回到赌桌上去。平明的曙光不久就使蜡烛苍白无光。

“你的四风街的朋友们是悲愁的，好像是被宣判死刑的人一样。”高萝丽对他的情人说。

“他们是审判官。”诗人回答说。

“审判官比这有趣味。”高萝丽说。

鲁先看见一个月的光景他的时间都花在吃宵夜、吃大宴、过夜会，而被一道不可征服的流水牵引到快乐和轻松的工作的旋涡里。他不再计算了。在生活的复杂的情况中所有的计算，这是有坚强意志的人的力量，绝不是诗人、轻佻的人或外表聪明的人所能冒充的。正如大部分的新闻记者一样，鲁先是过一天算一天的，赚多少钱就花多少钱，一点儿也没有注意到巴黎生活的周期的困难会特别的压迫这些流荡子。他的服装和他的气派，和最阔绰的花花公子争艳。正如一切过于相信的人一样，高萝丽喜欢装饰她的偶像，她倾家荡产的给她的诗人购买他第一次在杜伊勒利花园所羡慕的最奢华最漂亮的服装。鲁先那时候有许多华丽的手杖，一只媚人的小千里镜，金刚钻的纽扣，早晨所围的领巾所有的环子，大指环，相当多量的出奇的背心，可以使他显出服装的颜色。他立刻变成一位公子哥儿了。当他应约出席德国外交家的宴会的时候，他的变形已经给年青的客人激起一种嫉羡的情绪。这些年青人而且是时装的代表，例如马尔赛、王地尼斯、阿儒达·兵多、特懒伊·马克西姆、拉斯迪额、莫夫利额士公爵、保德诺尔、曼拿维尔等等。上流社会的男子是女人一般的彼此互相嫉妒。孟哥尔尼伯爵夫人和埃斯巴尔侯爵夫人（酒席就是为她们而设的）有鲁先坐在她们的中间，她们都给他献出一大堆的谄媚。

“您为什么离开了上流的社会呢？”侯爵夫人问他，“上流社会等着欢迎您、庆祝您。我要跟您吵一个架！您应当来看我，我还等着您来哩。前几天，我看见您在音乐厅里，您也不来看我，也不来给我行礼致敬。”

“您的表妹，太太，她这样肯切的通知我，叫我告假……”

“您不认识女人的心理，”埃斯巴尔夫人打断鲁先的话，接着说，“您伤了我所认识的最洁净的心田、最高贵的灵魂。您不知道路易丝所要给您做的一切事情，您不知道她的计划是如何的细腻。噢！她总算是成功了。”她看见鲁先的沉默的否认，就这样的说。“她的丈夫现在已经因为消化不良而死去了，他本来就应当死，这不是迟早都要让她自由吗？您相信她要当查尔登夫人吗？吕崩柏礼伯爵夫人的衔头值得获取。您瞧，特别是结婚，爱情是一个必得和其他的虚荣相调和的虚荣。我爱您都爱得发疯了，意思就是说爱到可以和您结婚的程度，让我叫做查尔登夫人，这在我未免太悲惨了。请您了解这句话！现在，您已经看见巴黎生活的困难了，您知道要达到目的需要多少的拐弯；哎，您得承认，为一个没有幸运的无名小卒，路易丝呼吸着一个差不多不可能的宠幸，所以，她得关顾一切的方面。您太聪明了。但是，当我们恋爱的时候，我们却比最聪明的男子还要聪明。我的表妹要利用这位可笑的查特利……我感谢您给我许多的快乐，您攻击他的几篇文章简直使我大大的发笑！”她打断自己的话，这样说。

鲁先只知道思想。他只学到新闻界的欺卖和无信，而没有知道社会上的；所以，他虽然聪明，但却必须受到一次教训。

“怎么，太太，”诗人说，大大的唤醒了他的好奇心，“您怎么不保护您的鹭鸶呢？”

“但是在社会上，人们不得不对最残忍的仇敌以礼相待，不得不装作和厌烦的人相嬉戏的样子，而且常常在表面上好像牺牲朋友，因而能够更好的为他效劳。您还是这样的生疏吗？您这位想写文章的人，您怎么能够不知道这些社会上的诈伪呢？如果我的表妹表面上要把您牺牲给鹭鸶的话，这不就是因为要为您而利用这个势力吗？因为他现在是部里非常看重的人，所以，我们曾经告诉他说，到某一点为止，您的攻击对他是有用处的，可以使你们两个人有和解的一天。人家已经用您的啰唆来补偿查特利了。吕博尔已经对大臣们说过：‘当新闻纸转锋嘲笑查特利的时候，他们就让内阁休息。’”

“布郎德先生使我希望能够在我家里看到您。”当侯爵夫人让鲁先考虑的时候，孟哥尔尼伯爵夫人就说，“您可以在这里遇到几位艺术家、几位作家和一位非常仰慕您的女人，笃慈小姐，她是我们女性之中一个稀罕的才女，您一定要到她家里去。笃慈小姐，或是莫宾·葛美尔，如果您愿意这样称呼她的话，有一个巴黎最出色的客厅，她是非常的富有；人家告诉她说您不但聪明，而且也一样的美貌，她羡慕死了，她要看看您。”

鲁先只能够给她致谢，给布郎德投去一道羡嫉的眼色。在这位有地位而有伯爵夫人衔头的孟哥尔尼夫人和高萝丽之间有一个不同，这跟高萝丽和街中的女子之间的不同有同样的程度。这位年青漂亮而聪明的伯爵夫人有一种北欧女子所特有的白皙的美丽；她的母亲是史尔贝洛夫公主：所以在宴席之前，这位公使就给她大为施献最尊敬的注意。那时候，侯爵夫人正好骄傲的咂取一只鸡翅膀。

“可怜的路易丝，”她对鲁先说，“她对您多有感情啊！我知道她所梦想的您的美丽的前途：她忍受许多的东西，但是您却把她的信都退回给她，这是多么轻蔑她啊！我们原谅您的残忍。您还得相信我们而来伤害我们，但是不理不睬！……不理不睬就和壁炉中的冰块一样，他可以熄灭一切。哎，您得承认，您的错误使您损失许多的宝库。为什么要绝交呢？纵使您被人轻蔑，您难道不是得去开发您的财富，恢复您的名望吗？路易丝想到这一切。”

“为什么一点儿也没有告诉我呢？”鲁先回答说。

“呃！我的天哪，是我劝她不要把她的机密告诉您。您瞧，在我们之中，眼看着您对上流社会这样不习惯，我怕您：我只怕您缺乏经验，我怕您那昏头昏脑的热情会破坏她的计算和我们的计划。请您承认，今天看见您的苏茜，您就会同意我。您们不再合在一起，这是我所做下的唯一的错处。但是，在一千个人之中，您能够找到一个尽一切的智慧去结成这样要求一致和谐的奇怪的禀性的人吗？我没有想到您是这样的特别。您这么快的改变，您这样容易的学会巴黎的风度，一个月之前，我甚至于在布仑树林里都认不得您啦。”

鲁先用一种难于表达的快乐来倾听这位贵妇人的谈论。她在她那谄媚的话语里有一种这样知心、这样活泼、这样天真的神气，她好像非常深情的喜欢他，使他以为这个宴会有点儿类似他在全景剧院第一个夜会的情景所生的奇迹。自从这快乐的一夜起，一切社会上的人士都对他微笑，他的青春有一种符咒的力量。于是，他就试探侯爵夫人，自己拿定主意，不要让人家惊异。

“太太，那么，现在变成这样迷谬的计划到底是些什么呢？”

“路易丝要从国王处得到一个允许您取用吕崩柏礼姓氏和衔头的命令。她要把查尔登埋在地下。这第一个计划的成功当时是非常容易的，现在却因为您的意见而变成不可能的了，这成功实在是您的幸运。您一定会认为这些意见是外表的、琐碎的，但是我们知道一些人生，我们认识一个伯爵衔头戴在一位漂亮的可爱的年青人头上是如何的结实。请您在这里，在几位英吉利的百万富翁或是贵族的承继人面前宣告一声‘查尔登先生’或是‘吕崩柏礼伯爵先生’，您就可以看出两个不同的活动。就是欠人家的钱，伯爵也可以找到许多向他用情的心田，他那发亮的美貌就好像是珍贵架上的一颗金刚钻。查尔登先生却没有人注意。这些意见并不是我们所发明的，他们到处统治着，甚至于中产阶级。现在您已经和幸运背道而驰。请您看看这位漂亮的年青人，他是王地尼斯·菲力士子爵，他是国王的两位私人秘书之中的一个。国王也喜欢有才干的年青人，这位子爵，当他自外省来的时候，他也并没有比您更多的行李，然而您却比他聪明一千倍；但是您是世家子弟吗？您有一个贵族的姓氏吗？您认识吕博尔，他的姓很像您的姓，他姓查尔丹，但是就是一百万他也不肯卖掉他的分租地，将来他就是吕博尔伯爵，他的孙子说不定会变成一位王公大臣哩。如果您还继续现在所走的错路，您就会失败。您看，布朗德·爱弥尔先生就比您聪明！他在一家拥护政府的报馆里做事，他是现今的权贵所看重的人，他可以毫无危险的和自由党鬼混，他想得好。所以，他迟早发迹。但是，他知道选择意见和他的保护人。您的邻坐、这位漂亮的女人是一位特瓦维尔家的小姐，特瓦维尔家出有两位法兰西的世卿和两个议员，因为她的门风，她就嫁给一位非常有钱的富翁。她的交游广阔，他将来一定会得势，她可以为这小小的布朗德·爱弥尔先生而震动政界。一位高萝丽能够给您做些什么呢？几年之后，您就要负上一身的债，厌烦您的欢乐，您就会失败。您乱用您的爱情，您错排您的人生。这就是那一天您在音乐厅里所喜欢攻击的女人所告诉我的话。当您妄用您的才能、妄用您的青春的时候，她却并不关心她自己，而是关心您。

“啊！太太，您所说的话都是真的吗？”鲁先叫了起来。

“您看出撒谎有什么好处呢？”侯爵夫人说，给鲁先投去一道骄傲的、冷淡的眼光，使他重新堕进空虚的感觉里。

被禁止的鲁先不再继续谈话了，被冒犯的侯爵夫人不再跟他说话了。他受到刺激，但是他认为自己有失礼的地方，也就想方法来补救。他转过脸来，跟孟哥尔尼夫人谈论布郎德，称颂这位年青作家的功绩。伯爵夫人非常欢迎他，在埃斯巴尔夫人的暗示之下，她就请他到她最近的夜会里来，问他是不是喜欢到那里去看看巴尔吉顿夫人，巴尔吉顿夫人正在孝期，然而她还要来：这不是一个大夜会，不过是平常的小聚会而已，大家可以和朋友在一起一样的随便。

“侯爵夫人认为一切的错处都是我做下的，”鲁先说，“对我有好意的不是她的表妹吗？”

“请您不要攻击她了，这攻击并且还给她所嘲笑的一个人招个大祸，你们不久也就可以和解了。人家告诉我，您以为您被她戏弄，我，我却很悲哀的看见她被您摈弃。她为您而和您一块儿离开外省，这不是真的吗？”

鲁先笑着看伯爵夫人，不敢回答。

“您怎么能够不相信为您牺牲的女人呢？并且，像她这样的美丽、这样的聪明，她也总得让人家爱。巴尔吉顿夫人多半是爱您的才能，不是爱您这个人。请您相信我的话，女人们先爱才能，再爱美貌。”她说着，偷偷的瞟了布郎德一眼。

鲁先在公使的公馆里认出上流社会和他近来所来往的特殊社会的分别。这两个社会没有任何相同的地方，没有任何的接触。这是圣日耳曼镇中最富丽的寓所。房间的高度和布置，客厅的老旧的镀金，装饰的辉煌，附属家具的富裕，这一切在他看来都是奇异的、新鲜的，但是近来偶然学到的对于奢华的习惯，却使鲁先没有装出惊愕的颜色。他的举止态度并不是自信的、自傲的，正如他并不是恳勤的、拘泥的一样。诗人有优美的态度，使那些对他没有任何敌气的人（例如因为他突然进入这上流社会，因为他的成功、因为他的美貌而引起嫉妒的年青人）都是喜欢他的。离席的时候，他给埃斯巴尔夫人伸过手臂，埃斯巴尔夫人也接受了他的。看见埃斯巴尔夫人谄媚鲁先，拉斯迪额就来跟他叙起乡谊，说到第一次在发尔·诺贝尔夫人家里遇到他的情形。这位年青的贵族似乎很有意来结交他的本省的伟人，他请鲁先哪一天早上到他家里去吃饭，答应给鲁先介绍一些时髦的青年。鲁先接受这提议。

“亲爱的布郎德也要来。”拉斯迪额说。

公使来参加郎格罗尔侯爵、勒多利公爵、马尔赛、孟特里物将军、拉斯迪额和鲁先这些人所结成的一群。

“好极啦。”他用德国式的仁慈对鲁先说，在这仁慈之下藏有可怕的精细。“您跟埃斯巴尔夫人和解啦，她很喜欢您，我们都知道，”他说着，给全场的人巡视一周，“让她高兴太不容易。”

“是的，可是她崇拜聪明，”拉斯迪额说，“而我的伟大的同乡刚刚好在卖弄聪明。”

“他不久就要认识他所做下的坏买卖，”布郎德强烈的说，“他要到我们这一边来，他不久就要变成我们的一派。”

这句话之后，跟着就是环绕鲁先身边的欢呼。严肃的人们就用专制的腔调放出几句深刻的话语，年青的人讽刺自由党。

“我确信他一定在左右派中压过宝，”布郎德说，“但是，现在他要选择了。”

鲁先想起他和陆士铎在鲁森堡公园的一幕，不禁失声笑了起来。

“他有一位向导者，陆士铎·埃田。”布郎德继续着说，“这位陆士铎是一家小报的斗士，一列格的文章，在他看来就是等于一百苏，他的政治思想是相信拿破仑的复兴，更可笑的，他还承认左派议员有爱国心。用吕崩柏礼的资格，鲁先的倾向应当是贵族的思想；用新闻记者的资格，他应当拥护现今的政权，不然的话，他就永远取不得吕崩柏礼的姓氏，也不能够当秘书长。”

外交家发给鲁先一张纸牌，叫鲁先玩魏斯特，当鲁先承认不会打牌的时候，他引起了极大的惊异。

“朋友，”拉斯迪额朝着他的耳边说，“来我家里吃饭的那一天，请您早一点儿来，我可以教您玩魏斯特牌。您给我们的高贵的安古莲城泄气了，我要重复达利兰的一句话，对您说，如果您不会玩这种牌的话，您就是预备一个非常不幸的老年时代。

人家宣告吕博尔的来临，吕博尔是给内阁干秘密工作的一位员外郎。他到处跑走，是一位精明的、有野心的人物。他给鲁先致敬，他已经在发尔·诺贝尔夫人家里遇过鲁先，他的致敬给鲁先表示一个可以欺骗他的外貌上的友谊。在那里找到年青的新闻记者，这位到处结交政治人物的四面八方的青年，就懂得鲁先会在上流社会中得到他在文学界所得到的同样的成功。他看出这位诗人有野心，就用卫护、友情和异趣来包围鲁先，装作认识很清楚的样子，而用他的诺言来欺骗鲁先。当吕博尔发现一位竞争者的时候，他的原则就是要认识清楚他所要破坏的人。鲁先就这样的受到大家的欢迎。他懂得他应当感谢勒多利公爵、公使、埃斯巴尔夫人，孟哥尔尼夫人的。离开之前，他就和这些女人之中的

在孟哥尔尼夫人家里，鲁先觉得自己是夜会中的英雄。

每一个谈了一会儿天，给她们施展他的整个的精神。

“多夜郎自大啊!”当鲁先离开侯爵夫人的时候，吕博尔对她说。

“在他没有成熟之前他一定会先自毁的，”马尔赛笑着对侯爵夫人说，“您一定有些可以使他转头的秘密的理由。”

鲁先在空地的马车的深处找到高萝丽，她来等候他。他很受高萝丽的感动，就给她叙述这一个夜会的一切。在极度的惊愕之下，坤伶却赞同已经在鲁先脑中疾驰的新的思想，促他参加内阁派。

“和自由党在一起，你不过可以得到几次打击的胜利而已，自由党在计划阴谋，他们杀死柏利公爵。但是他们能够推翻政府吗?绝不！由于他们，你什么也得不到；然而在另一方面，你却可以变成吕崩柏礼伯爵。你可以建下一点儿功勋，被命为法兰西的世卿，娶一位有钱的女人。你得参加极端保王派。并且，这是好做法。”她加上这一句表达她的最高的理由的话。“那一位请我吃饭的发尔·诺贝尔夫人曾对我说过，卡伊亚尔·泰奥多尔一定要创办一家保王党的报纸，名叫《醒报》，目的要报复您的报纸和《镜报》的嘲笑。这样一来，维勒尔先生和他的一派到不了一年就会到部里去当差。你得想方法利用这个变动，在他们还没有发迹的时候联络他们。但是，你千万不要告诉埃田和其他的朋友，因为他们说不定会给你开个大玩笑。”

一星期之后，鲁先到孟哥尔尼夫人家里去，他在那里重新看见到他曾狂爱过、曾用笑谑刺痛过的女人，他不禁非常强烈的激动。路易丝也一样的变形了！她又重新变成从前的贵妇，只是没有在外省居住罢了。在她的挂孝上有一个温存和诛求，可以宣告她是一位快乐的寡妇。鲁先相信在这谄媚里有什么玩意儿，他并没有看错，但是，他已经和吃儿童的魔鬼一样的尝过新鲜的肉味，所以在整个夜会的时间里，他总在这个美丽的、多情的、肉感的高萝丽和这位干燥的、高傲的、残忍的路易丝之间犹豫。他不能够定下决心，为这贵妇而牺牲坤伶。看到鲁先这样的精神焕发，这样美丽的贵妇，钟情于他的巴尔吉顿夫人就在整个夜会中等候着这牺牲。她为求得这牺牲而费尽力量，费尽阴险的话语，费尽妩媚的面色，而在一种不可挽回的报复的欲望之下走出了客厅。

“好吧，亲爱的鲁先，”她用满充着巴黎式的温柔和高贵的好心肠对他说，“您应当是我的骄傲，然而您却拿我当您的第一个牺牲者。当我想到这报复留有爱情的余丝，我就宽赦了您，我的孩子。”

巴尔吉顿夫人说了这句带有高贵神气的话之后，又回复了她的地位。相信自己没有丝毫错过的鲁先，现在却觉得自己的错误了。他已经不记得那一封可怕的绝交的信，也忘记了绝交的动机。上流社会的女人有特殊的才能，她们可以在嘲笑自己的错误中减轻这错误的程度。她们能够用一个微笑、一个使人惊异的问题来洗刷一切。她们不记得任何的往事，她们辩护一切；她们惊愕，她们诘问，她们解释，她们铺张，她们争吵，结果就洗净了她们的错误，好像用小小的肥皂洗净斑点一样：您明知她们的漆黑，然而顷刻之间她们就可以变成洁白而无罪的。至于您呢，您却很高兴的觉得自己没有犯过一个不可救药的罪恶。顷刻之间，鲁先和路易丝已经恢复他们彼此所有的幻想，他们都用友爱的语言来谈话。但是，鲁先已经沉醉于满足了的虚荣，已经沉醉于使他生活舒适的高萝丽，他不知道如何回答路易丝的猜疑叹息所发出的问题：“您幸福吗?”一个忧怨的反面的回答也许会造成他的幸运。他相信替高萝丽辩护是很聪明的；他说他是为自己而被爱的，还说了一切痴情的人的愚傻。巴尔吉顿夫人咬着嘴唇。一切都说过了。埃斯巴尔夫人就和孟哥尔尼夫人一同到她的表妹身边来。鲁先觉得自己是夜会中的英雄：他被这三位女人妩媚，被她们阿谀，被她们庆贺，她们都用一种无穷的法术来诱诈他。所以，他在这上等社会中的成功并不在新闻界中的成功之下。在莫宾·葛美尔的笔名下非常出名的笃慈小姐（埃斯巴尔夫人和巴尔吉顿夫人所给鲁先介绍的笃慈小姐）请他一个星期三去吃饭，而且对这样名副其实的美貌似乎有所动于心。笃慈小姐用这样快乐的、天真的态度和这样肤浅的、嗔怒的友谊来表达她的钦佩，这种友谊是一切没有彻底认识巴黎生活的人所认为真实的；享受的习惯，享受的继续，都把巴黎的生活变成这样贪婪于新鲜的花样。

“如果，我也和她使我喜欢一样的使她快乐的话，”鲁先对拉斯迪额和马尔赛说，“我们就可以缩短我们的故事……”

“你们彼此都知道得太清楚怎么写，如果要写的话。”拉斯迪额回答说，“作家们能够有一天的彼此相爱吗？总有一个时刻，他们会彼此说些刺激的小话。”

“您不会做一场坏梦。”马尔赛对他说，“真的，这位动人的女人已经三十岁了，但是她却有差不多八万佛郎的息金。她非常喜欢逞私意，她的美丽的性质应当可以持久。高萝丽是一位小傻子，亲爱的，她好意使您出名，但是一位好看的美少年不应当没有情妇；然而，如果您不在世界上做出一番事业的话，坤伶终究会毁坏您。哎，亲爱的，请您取冈地的地位而代之，冈地要跟莫宾·葛美尔一块儿唱歌。无论什么时候，诗总占着音乐的上风。”

当鲁先听到笃慈小姐和冈地的时候，他的希望就跑得无影无踪了。

“冈地唱得太好了。”他对吕博尔说。

鲁先又到巴尔吉顿夫人身边来，巴尔吉顿夫人给他带到埃斯巴尔夫人所在的客厅里来。

“好吧，您不愿意关照他吗？”巴尔吉顿夫人对她的表姐说。

“但望查尔登先生好好的让他的保护者照顾他。”侯爵夫人用一种又是无礼又是温和的神气说，“如果他要得到国王的命令，允许他改换父族的姓氏，采用母族的姓氏的话，他不是至少得进我们的党派吗？”

“不到两个月，我可以安排一切。”鲁先说。

“好吧，”侯爵夫人说，“我要看我的父亲和我的叔叔去，他们都在国王身边当差，他们可以跟司法大臣谈谈您的问题。”

这位外交家和两位女人已经猜中鲁先身中的痒处。这位醉心于贵族繁华的诗人，他看见走进这客厅的人都有镶着衔头的响亮的姓氏，就觉得人家叫他做查尔登未免可耻。好几天，看见人的时候，这苦痛都到处的重复着。并且，当他隔夜很适合的和他的华丽的马车跟高萝丽的仆人一块儿到上流社会去之后，他觉得回返本行的事务上未免太讨人厌。他学马，希望能够在埃斯巴尔夫人、笃慈小姐和孟哥尔尼伯爵夫人的车口疾驰，这是他到巴黎来时所羡慕的特权。菲诺高兴能够给他的主要的编辑找到一个自由到音乐厅去的优待。鲁先在那里费了不少的夜晚，但是，自此之后，他就属于这时代的漂亮人物的特殊的社会了。如果这位诗人给拉斯迪额和他的朋友还请一顿丰满的宴席的话，他却做下一个大错误，就是在高萝丽家里请客：因为他是太年青，太诗人，太相信人家，他不知道行为的某种色彩——一位坤伶是超等的女人，然而却没有受过什么教育，她能够教导他生活的方式吗？这位外省的人物用最明显的方式，来给这些对他有恶意的年青人证明坤伶和他之间所有的兴味的相投，是一切的年青人所秘密妒忌的，是每个人所加以耻辱的。当天晚上嘲笑他们最剧烈的是拉斯迪额，虽然拉斯迪额也用同样的方法在上流社会中鬼混，不过在表面上装得好看而已，虽然他能够应付诽谤。鲁先马上学会了魏斯特。这种赌博也变成了他的心爱的游戏。为着避免一切的竞争起见，高萝丽不但没有反对鲁先，反而用只顾眼前快乐，可以牺牲一切（甚至于牺牲前途）的盲目的情绪来鼓励他。真正的爱情有许多和孩子气相同的性质：不考虑、不谨慎，浪费、狂笑和啼哭。

这个时代存在有一个有名的年青人的社会，由一般贫富的游手好闲的年青人组成的，这社会名叫“生活者”，因为他们事实上都用想象不到的无忧无虑的态度来过大吃大喝的生活，特别是大喝。他们都是挥金如土，玩弄人生，不是疯癫，而是激烈的人，他们不在任何的困难之前退缩，而使他们的恶行光荣，不过这恶行也有相当的范围罢了：他们的懈怠盖有最大的创造的精神，我们不能够不宽恕他们的胡为乱做。任何的事实都不能够这样明显的表现出复辟所责骂的年青人的堕落。不知道如何应用他们的力量的年青人，不但把他们的力量应用在新闻界中，应用在政治的阴谋内，应用在文学和艺术里，而且把他们浪费在最奇异的轨外行为上，因为年青的法兰西有许多丰富而茂盛的力量。美丽的青春是勤紧的，他要求权力和快乐；他是艺术的，他要求实藏；他是闲荡的，他要激动情感；无论如何，他要一个地位，而政治的实况却不允许他有这地位。“生活者”差不多都是一些有特别机能的人；有一部分的“生活者”在这种毁人的生活中失去他们的机能，另一部分却在生活中挣扎着。这些“生活者”之中最著名的、最聪明的一个就是拉斯迪额，他终于在马尔赛的指导之下，发挥出一个非常严肃的事业，特别表现他的才能。这些年青人所做下的戏谑变成这样的出名，结果他们就给短剧供给了许多的材料。由布朗德的介绍而进入这浪子团的鲁先，就在那里、毕克西乌的身边大出风头，毕克西乌是当时一个最恶劣而最不疲倦的笑谑者。整个的冬天，鲁先的生活是参杂有新闻记者的容易的工作的长期的醉狂；他继续写他的小文章，不时不时的努力生产一些非常有思想的评论。但是研究却是例外的，诗人只在不得已的、必要的时候才专心研究；饭局呀、宴会呀、快乐的约会呀、上流社会的夜会呀、赌博呀，这一切就占去了他大部分的时间，而高萝丽又侵吞了剩余的时刻。鲁先自己辩护说要待诸来日。并且他还看见所谓他的朋友们也都和他一般的行径，大家都给书局做广告，得到丰富的报酬，给偶然的事发加以揣测，出几篇必要的文章而得到奖金，都同样的大吃大喝，很少顾虑到将来。用同等的地位进入新闻界和文学界之后，鲁先看出要在那里高升极不容易：每一个人都愿意把他当作平等的员工来看待，谁也不愿意把他看得比别人强。他就不知不觉的放弃了他所希望的文学的光荣，而相信政界的幸运，认为比较容易获得。

“奸计所激起的反感还没有才能所激起的反虑多，他那一声不响的狡猾的手段是谁也没有注意到的，”有一天查特利对鲁先说，鲁先已经跟他和解了，“并且奸计比才能高明：他可以无中生有，然而才能的源流却大半只给人类做些祸害。”

在这种生活里，明天总是在狂饮过食中接着前夜的脚踵而来的，而且从来没有做过任何预先答应的工作，鲁先就这样的追随他的主要的思想：他很殷勤的在这社会中鬼混，他谄媚巴尔吉顿夫人、埃斯巴尔侯爵夫人、孟哥尔尼伯爵夫人，从来没有忘记到笃慈小姐的夜会去。去的时候总是在一个快乐的约会之前，作家们或是书商们所邀请的宴会之后，他都是为着吃宵夜（打东道的结果）而离开客厅；巴黎的会谈和赌钱吸去了放荡生活所给他留下的有限的思想和力量。鲁先再也没有那样敏悟的精神、那样冷静的脑袋来观察他的四周，来施展暴发户随时应用的卓绝的智谋了；他不能够认准什么时候巴尔吉顿夫人要回到他的身边，什么时候她要受伤而离开他，什么时候要给他温柔，什么时候要重新的责罚他。查特利看到情敌所有的机会，而变成了鲁先的朋友，因而能够使他永远生活在他的放荡中，失去了他的精力。拉斯迪额妒忌他的同乡，又觉得和男爵联合比鲁先可靠有用，他就袒护查特利。所以，在安古莲的柏特拉尔克和罗尔的会面之后的几天，拉斯迪额就给诗人和前任的帝国嬖人在冈卡尔岩饭馆里的一顿丰富的宵夜中和解了。早晨回家中午起床的鲁先没有法子抵抗存在家里而总是随时等他的爱情。所以，因为不断的懒惰而弱化的意志的弹力就变成毫无所有的了。这懒惰使他瞥见真实的地位不愿意用力下一个坚强的决心。所以，不久，他也就不能够应付最有力的穷困的压迫了。非常快乐看着鲁先的闲游之后，鼓励他在她所开创的情热和这必要的联结的时间之中浪费之后，温柔而多情的高萝丽就鼓起勇气劝告情人不要忘记工作，她还好几次逼着对他说他这一月所赚的钱太少。情人和情妇用惊人的态度负债。《群芳集》的稿费所剩下的一千五百佛郎，鲁先所赚到的最初五百佛郎早已花光了。三个月之中，他的文章并不给他生产比一千佛郎更多的稿费，然而他却相信已经过分的努力工作过。但是鲁先已经采取了“生活者”对于负债所有的可笑的法理。二十五岁的年青人负债是有意思的；二十五岁之后再负债，那就没有人宽恕了。我们应当注意：一部分有真正诗人风度的意志是弱的，只知幻想的人根本上缺乏道德的感觉，其实道德的感觉是一切的观察所需要的成分。诗人们多半喜欢接受印象，而不到别人身上去研究情绪的作用。所以，鲁先并不注意到有的“生活者”是毁灭了的，他也并没有看见这些所谓朋友们的前途，有的有财产的继承，有的有确实的希望，有的有人家所公认的才能，有的对于他们的命运有大胆的信仰而蓄意推翻法律。鲁先信托布郎德，他就在这深刻的信条中相信自己有前途。布郎德说：“一切的事情都可以安排好。——任何的东西都不能够打搅什么也没有的人。——我们至多也不过是损失我们所寻找的幸运！——同流合污，结果会到达某个地方。——一个在社会上有机会插足的人，只要他愿意，就可以得到幸运！”

这充满欢乐的冬季是卡伊亚尔·泰奥多尔和麦尔冷·埃克多尔用来收集资本创办《醒报》的必要的时间，《醒报》的创刊号只于一八二二年三月出版。这事情是在发尔·诺贝尔夫人家里进行的。这位漂亮而聪明的妓女曾经指着她的寓所说：“这里有《一千零一夜》的账目！”她对银行界、王公大臣、保王派的文人和一切到她客厅里来办理只能够在她家里办理的事务的人有相当的影响。预定的《醒报》总编辑麦尔冷·埃克多尔必得有鲁先做他的右臂，那时候鲁先已经变成他的知友了，人家又答应他编辑一个内阁派的报纸的副刊。鲁先阵线的转移，就在他的生活的欢乐中酿成。这孩子，隐瞒着这变节，他还以为自己是一位大政治家哩，他还计算到内阁派的阔绰，靠他来清理账目，来消除高萝丽的秘密的烦恼。伸伶总是笑容满面的，她隐瞒着她的穷困；但是，比较大胆的毕礼尼斯却告诉鲁先这情形。正如一切的诗人一样，这位尚未成功的伟人一时不禁生出怜悯之心，他答应要工作，但是他却忘记了他的诺言，把这暂时的忧虑沉埋在他的放荡生活里。高萝丽看见情人愁眉不展的那一天，她就怒斥毕礼尼斯，而对他的诗人说一切都要平静无事。

埃斯巴尔夫人和巴尔吉顿夫人等着鲁先的回头，而请查特利（据她们这样说）向部里大臣请求鲁先所希望的改姓的命令。鲁先答应要在他的《群芳集》上叙明是呈献给埃斯巴尔夫人的，她似乎非常高兴这捧场，因为当作家们变成权力的时候，这种献词是很稀罕的。鲁先晚上到多里亚书店去询问印书的情形，这位书商却用超等的理由解释这部书所以迟迟未印的原因。多里亚正在忙于某种工作，把他的时间整个的占去了，他要出版卡拿利的一部新书，是他不能不印的，拉马丁的《默思》的第二集正在印刷之中，两部重要的诗集不能够同时相碰；并且，作者还得钦佩书商的能干哩。然而，鲁先的需要很迫切，他不得不跑到菲诺那边去，菲诺给他预支一些稿费。夜里吃宵夜，当这位新闻记者兼诗人对他的朋友“生活者”们解释他的景况的时候，他们就用嘲笑所冻结的香槟酒把他的疑虑沉埋在波涛之中。欠债！没有一位大人物不欠债！债务代表满足了的需要、诛求的罪恶。一个人只能够在需要的铁手的压迫之下发迹。

“在大人物看来，当铺有大恩！”布朗德对他叫着说。

“要一切，这就是欠一切的债。”毕克西乌说。

“不，欠一切的债，这就是有了一切！”吕博尔回答说。

这些“生活者”知道给这位孩子证明他的欠债是他将来可以拿来刺激驾在幸运车上的马匹的金针。还有，老是负债四百万的凯撒，每月从父亲手里收到一个金杜卡币的福礼德利克二世，他们总是用著名的腐败的大人物来做比喻，总是讲到这些人物的罪恶，没有讲到他们的勇气和观念的全力！最后，高萝丽的马车、她的马匹和她的动产都被一些债权人没收了，因为欠了四千佛郎的总数。当鲁先重新跑到陆士铎那里再去问陆士铎已经答应借给他的一千佛郎的钞票时，陆士铎就给他看了佛罗林家里所有的和高萝丽同样情景的贴有印花标的账单；但是，多情的陆士铎却给他提议做些必要的步骤来出售他的《查礼九世的弓手》。

“佛罗林怎么也会弄到这个地步呢？”鲁先问。

“马蹄发怕了，”陆士铎说，“我们丢了他，但是，如果佛罗林愿意的话，他一定会因为她的不忠实而损失极大的代价！我以后再告诉你这事情的经过吧。”

鲁先从陆士铎家里空手而回之后的第三天，两位情人就在美丽的卧室的壁炉边，悲惨的吃着他们的早饭；毕礼尼斯就在壁炉的盘子里给他们煮鸡子，因为厨子、马夫和其他的仆人都走了。再去设置被没收的动产是不可能的。家里已经没有任何的金器和银器，也没有任何有实价的东西了，一切都由当铺的当票来代表，这些当票订成了一本非常有意义的八折形的小书。毕礼尼斯保留两份食具。小报给鲁先和高萝丽尽了一个极大的义务，他给他们支撑制衣铺、时装商店和裁缝，他们都战栗的不敢不满意一个能够诽谤他们的铺子的新闻记者。正在吃早饭的时候，陆士铎进来了，嘴里叫着说：

“万岁！《查礼九世的弓手》万岁！我弄到一百佛郎了，孩子们，咱们分分吧！”

他给高萝丽递过五十佛郎，派毕礼尼斯去买一份丰富的早餐。

“昨天，麦尔冷和我，我们大家和几个书商在一起吃饭，我们预备了婉转的言辞，想法子售卖你的小说。你和多里亚有过买卖；但是，多里亚为人吝啬，他只愿意至多给你四千佛郎印两千部。然而你所要的却是六千佛郎。我们给你吹嘘，说是比斯各脱还要伟大两倍。噢！你在肚子里有许多无可比拟的小说！你不是只写一本书，而是干一番事业，你没有忘记你的责任，你在书夹里有许多的原稿：《大公主》或《路易十四治下之法兰西》；——《高迪恩一世》或《路易十五的初年》；——《王后与主教》或《投石党叛乱下之巴黎》；——《甘西尼的儿子》或《李慈刘的一个阴谋》！……这些小说要在封面上预告。我们管这一种示威叫作：用开玩笑来达到成功。人家可以在封面上使人一眼就看到这些书，一直要使他们变成名著为止，于是，这没有写出的著作是比已经写出的著作还会使人出名。‘在印刷中’，这是文学界的抵押品！哎，让我们笑笑吧！这是些香槟酒。鲁先，你知道我们这些人的眼睛睁得和你的茶托一般大……你还有你的茶托吗？”

“我们的茶托都让人家没收去了。”高萝丽说。

“我懂得，我要再弄他回来。”陆士铎说，“书商们会相信你的一切稿子，只要他们看见过一本。在书局方面，人家向你要稿子看，人家都假冒说要念他，我们就让书商们傲慢去吧：他们从来没有念过书；不然的话，他们也不能够出版这么多的书。埃克多尔和我，我们已经让他们觉得只要给五千佛郎你就可以让他们印两版，三千部。请你给我你的《弓手》吧，后天我们要在书商家里吃饭，我们要打进他们！”

“他们是谁呢？”鲁先说。

“两个合股的老板，两个好孩子，在事情上相当的圆滑，他们的名字是方坦和卡发利。一个是维达尔和波尔仓的书店的前任伙计头，另外一个是奥古士丁堤岸最能干的游人，这两个合股老板的会社一年前才合作建立的。出刊一些从英文翻译过来的小说而赔了一些本钱之后，这两位果敢的商人就想在本国的小说方面开辟一条路。外边的风声说这两位书商只拿别人的本钱来冒险，但是，我想，知道这钱从哪儿来，这对你是毫不相干的。”

第三天，两位新闻记者就被请到赛尔班街去吃饭，这条街位于鲁先以前所居住的区内，陆士铎也就在这区的哈尔布街保留有他的房子。鲁先到这里来会齐他的朋友，他看见陆士铎的房子是在那一次他被介绍到文学界的晚上所看见的同样的情形之下，不过他已经不再惊愕罢了；他的经验使他习惯于新闻记者的变迁的生活，他能忍受一切。外省的大人物接到稿费，赌博，失去不止一篇文章的稿酬，同时也失去写文章的兴致。他就依据从哈尔布街走下王宫时陆士铎所教他的创造的办法，写了一列格多的文章。堕在依靠巴尔柏和布鲁拉尔的景况中，他就跟他们交上书籍和戏票的买卖。总之，他并不在任何的称颂之前退缩，他也同样的不在任何的攻击之前让步；这时候，他而且还感觉到一种愉快，就是要在转过背来朝向自由党而加入极端保王党之前尽量的利用陆士铎。他自己提议要攻击自由党，因为他认为他对自由党越加研究越觉得不对。在他方面，陆士铎也在鲁先的责骂之下，从方坦和卡发利手中收到五百银佛郎，说是他所应得的中间费，因为他曾经给这两位寻找法兰西的斯各脱的书商找到了这个未来的斯各脱。

方坦和卡发利的书铺是一种没有任何资本的书店，那时候有很多这一类的书店，只要纸铺和印刷局能够让书铺在动了七八下所谓《印行》的时候继续写账，这种书铺总是要存在的。那时候正如现在一样，书稿是用六个月、九个月或一年的期票向作者收买的，付钱的方式是基于售书的情形，因为书的售卖也是在书商间彼此用更长期的期票来付款。这些书商也用同样的方法给纸铺印刷所付款，这印刷所就这样的在一年之中，一个现钱也拿不到的包揽了由十至十二部书所组成的整个的书店。假定有两三本书的成功，好买卖的生息可以拿来补偿坏买卖的损失，就这样一本书嵌接一本书的维持着。如果这工程整个的靠不住，或是，如果不凑巧，他们碰到一些要等到真正的读者尝出味道才好卖的好书的话，如果他们的期票的预支发生困难的话，如果他们遇到破产的话，他们就静悄悄的没有任何的顾虑的倒账了，因为这倒账早就准备好。所以，任何的情形对他们都有利。他们利用别人的资本来做他们的投机生意，并不用自己的资本。方坦和卡发利就是这种情形，卡发利发挥他的能干，方坦参加这个工业。社会上的交际费很有利的促进这个职业，因为这交际费有好几千佛郎，都是他们的情妇好不容易给他们积蓄下的，再加上他们所得到的相当的薪水，他们很小心的把这些交际费应用在邀请新闻记者和作家的宴席上、看戏上，因为据他们说，事务的进行都是在戏院里。这两位骗子都变成非常能干的；但是方坦比卡发利还要狡猾。卡发利到处旅行，方坦留在巴黎料理事务。这种组合使这两位书商总有点对立的情形。

这两位书商的组合占据了赛尔班特街的一间房子的地面层，

公司的办公处是在改为栈房的大客厅的末端。他们已经印过许多小说，例如《北方的塔楼》、《柏拿勒斯商人》、《西布尔克大殿的泉水》、《德开里》，在法国不大时行的英国作家高尔特的小说。斯各脱的成功唤醒书店对于英国产品的注意，结果这些书商们、这些地道的诺曼地人，就忙着想方法来征服英吉利；他们到处寻找斯各脱，正如后来人家在沙石地区里寻找黑琥珀、在沼泽地区里寻找沥清，而在铁路的计划中得到利益一样。巴黎商场的一桩傻事就是要在成功已经成为相反的时候来找同样的成功。特别在巴黎，成功是杀害成功的。所以，在《古俄禁卫兵》或《百年前之俄罗斯》这个题目之下，方坦和卡发利就大胆的插上这几个大字："以斯各脱的作风写成的。"方坦和卡发利渴望一个成功：一本好书可以使他们的小包货物畅销，他们而且也颇希望能够在报纸中有评论的文字，当日的销路的一个大条件，因为一本书的销路很少是以他的价值为标准的，书的出版往往依靠和他的功绩极无关系的原因。方坦和卡发利看出鲁先是一个新闻记者，认为他的书的第一版的售卖可以便利他们的月尾的结账。这两位新闻记者在这两位合股书商的办公处找到他们，契约预备好了，票据签字好了。这种敏捷的手续使鲁先大为惊叹。方坦是一位消瘦的人，他有一副凶恶的体格：蒙古人的神气，短小的额头，扁平的鼻子，紧闭的嘴，两只活泼的小黑眼睛，忧愁的的面廓，酸辣的脸色，破钟一般的声音；总之，一位成熟的骗子的一切的外表，但是他可以用一种甜蜜的语言来补偿这些缺点，他可以用语言来到达他的目的。卡发利是一个圆胖的孩子，人家要把他看作一位邮车的驭夫，不会把他看作一位书商，他的头发略带金栗色，他的脸孔是激动的，颈部是肥厚的，一位出勤伙计的永久的语调。

"我们不会有什么讨论的，"方坦对鲁先和陆士铎说，"我念过这本书，这本书非常有文学味道，很合适，我都已经把稿子交给印刷局去了。契约是根据大家所同意的条件写成的，我们绝没有跳出我们所商议的范围。我们的期票是六个月的、九个月的、一年的，您可以很容易的预支，我们可以赔还您的预支的折扣。我们保留有改换书名的权利：我们不大喜欢《查尔九世的弓手》，这书名不足以引起读者的好奇心，名叫查尔的国王很多，而且在中世纪的时候，弓手也太多，啊！如果您说《拿破仑的兵士》！但是《查尔九世的弓手》！……卡发利就非讲一门法兰西的历史的功课不能够到外省去卖掉一份。”

“如果您认识和我们有生意来往的人！”卡发利叫了起来。

“《新教徒的屠杀》比较好一点.”方坦接着说。

“《梅迪西斯·加太琳》或是《查尔九世治下的法兰西》，”卡发利说，“似乎更像斯各脱的书名。”

“总之，等到书印好了之后，我们再决定吧，”方坦接着说。

“随您们的便好啦，”鲁先说，“只是得合我的意。”

契约读过了，签过了，互相的交换了。鲁先把票据放在口袋里，心中有一种无可比拟的满足。然后，四个人都上楼到方坦的房里，吃了一顿最通俗的饭：一些蛎牡，一些炙牛肉，一些香槟酒烩腰花，一些勃丽的干酪；但是配着这些菜的却有些美酒，是卡发利所拿来的，因为他认识一位出勤的酒商。上桌的时候，承印这部小说的印刷家出现了，他带来最初两张的校稿，使鲁先大大的惊愕。

“我们要赶快的印出来，”方坦对鲁先说，“我们对您的书抱有极大的希望，我们太需要一个成功啦。”

中午开始的午饭一直到下午五点钟才结束。

“哪儿去找钱呢？”鲁先对陆士铎说。

“我们去看巴尔柏吧。”埃田回答说。

两位朋友有点发烧、有点醉意的走下奥古士丁堤岸来。

“高萝丽很奇怪佛罗林这一次的损失，佛罗林一直到昨天才跟高萝丽说到这桩事，她把不幸归罪于你，她似乎很辛酸，因为她要离开你。”鲁先对陆士铎说。

“这也是真的。”陆士铎说，他已经不再隐瞒，打开心给鲁先看。“朋友，因为你是我的朋友，你，鲁先，你曾借给我一千佛郎而只向我问过一次。不要再赌博了。如果我不赌博的话，我一定很幸福。我欠了上帝的债，又欠了魔鬼的债。现在这一刻钟，我的箱箧旁边正有商事法庭的保管人在看守哩；最后，当我走到王宫去的时候，我不得不重绕危险的海岬。”

在《生活者》的语言中，在巴黎重绕海岬，意思就是绕一个圈儿，或是避免在一个债权人面前走过，或是避免走过可以碰见债权人的地方。不敢毫不关心的走过一切街道的鲁先也认识这个动作，不过不知道他的名字罢了。

“那么，你短了很多呀?”

“简直是惨剧!”陆士铎接着说，“一千个厄古才可以救我。我想管束自己，不再赌博，为着还债起见，我也做过一些‘唱达子’(chantage)。”

“什么叫‘唱达子?’”鲁先说，他不认识这个词的意义。

“‘唱达子’就是吓诈，这是英国报纸所发明的一个办法，最近才传到法兰西来。吓诈的人是些占有可以处置报纸的地位的人。一个报馆的社长，一个总编辑，从来没有被人看作浸染有吓诈的手段。人家有许多的吉落都，许多的布里都·菲力。这些刺客找一个人来，这个人为着某种理由不愿意人家关心他。很多的人良心上都觉得曾做过一些相当新颖的小罪。在巴黎，有许多可疑的幸运，都是由相当合法的道路得到的，然而这些幸运往往是由罪恶的行径得到的，而且给人家传诵了许多有趣的故事。比方说，福赤宪兵队包围并没有参与制造英国假钞票的警察局的侦探，逮捕了大臣所保护的秘密的印刷家；还有葛拉提昂王子的金刚钻的故事、莫布雷伊事件、邦布勒顿的承继等等。吓诈者找到某张纸据，一个重要的文献，他请求一个有钱的人给他一个约会去看他。如果惹祸的人不给他一些钱的话，吓诈者就让他看随时要损害他的名誉、随时要揭破他的秘密的报纸。有钱的人就怕了，就给他钱了。这把戏也就算是完结了。您可以对某个危险的行为加以注意，这危险的行为就会随着您的一批文章而消亡：然而人家可以派遣一个吓诈者来找您，给您提议买回您的文章。人家曾派过许多的吓诈者来找一些大臣，这些大臣就约定报纸来攻击他们的行为，不攻击他们的人格，或是让人家攻击他们的人格，而请求宽恕他们的情妇。你所认识的这位漂亮的内阁员外郎吕博尔，他就不停的忙于跟这些新闻记者进行这一类的交涉。这位坏蛋之所以能够在政府里得到一个重要的地位，就是因为他有各方面的关系。他既是出版界的委托人，又是大臣的外交使节，他用计掩护人家的自尊心；他甚至于把这买卖伸展到政治事情上，他可以使报纸对某种没有公开的竞争而给自由银行界的贪婪的资本家一部分利益的公债或某种让步保守缄默。你也跟多里亚做过一些吓诈，他给你一千厄古，防止你诽谤拿坦。十八世纪，当吓诈尚在襁褓的时候，他是用谤书的方法来进行的，这谤书的禁毁是由宠臣和王公们用钱来买嘱的。吓诈的发明家是阿礼丹，一个非常伟大的意大利的人物，他控制国王，就好像我们现在的报纸控制戏子一样。”

“你用什么诈术攻击马蹄发，使他给你一千厄古呢?”

“我使六个报纸攻击佛罗林，佛罗林就跟马蹄发埋怨去。马蹄发请求布鲁拉尔去发现这攻击的原因。布鲁拉尔被菲诺所玩弄。我也就是因为菲诺的利益而吓诈。菲诺就跟乐商说，是你因为高萝丽的利益而破坏佛罗林的。吉落都就来秘密告诉马蹄发说：如果他愿意把他在菲诺的杂志中所有的六分之一的产权卖给菲诺一万佛郎的话，一切的问题都平静了。菲诺给我一千厄古，算是成功的报酬。马蹄发就要解决这问题，他很高兴从他所花费的三万佛郎中居然能够拿回一万，这三万佛郎在他看来似乎是白丢了的，因为几天以前，佛萝林曾经告诉过他菲诺的杂志不成了。没有红利分配，反而新招股本。在倒闭之前，全景剧院的经理需要交涉一些通融券；为着要马蹄发代售这些票券起见，他就告诉他菲诺所要的把戏。马蹄发毕竟是商人，他就一气离开了佛罗林，保留了他的六分之一，看着我们现在到这里来。菲诺和我，我们都呻吟着、叹息着。我们不幸攻击了一个不顾情妇的人，一个没有心田、没有灵魂的可怜虫。不幸得很，马蹄发所做的买卖并不是报纸所能够判断其是非的，他的利益无法打击。人家不能够和批评帽子、时装、戏剧或艺术界的事情一样的批评一位药商。可可、胡椒、颜料、染料木、鸦片烟都是不能够减低价值的。佛罗林走到绝境了，全景剧院明天就要关门，她不知道要怎么办。”

“戏院关闭之后，高萝丽就要到角技戏院去开演几天，她可以帮佛罗林的忙。”鲁先说。

“绝不！”陆士铎说，“高萝丽并不聪明，但是她也并不太傻，她不会帮助一位竞争者！我们的事情就这样可怕的败坏了！但是，菲诺非常急躁，他要翻本他的六分之一的……”

“为什么呢？”

“事情是太美的，亲爱的朋友。报纸大有卖上三十万佛郎的希望。菲诺就可以有三分之一，再加上股东所答应他的中间费，可以和吕博尔分一分。所以，我要去给他提议一个吓诈的办法。”

“但是吓诈，这是要钱或是要命的勾当吗？”

“比这个好得多，”陆士铎说，“这是要钱或是要名誉的勾当。前天因为有人不答应让一家小报的业主挂账，这小报就说一位京城的权贵所有的金刚钻、打簧表很奇怪的落在一位禁卫军的手中，他又说这个故事值得录入《一千零一夜》。这位权贵马上就请总编辑去吃饭。这总编辑一定赚了一些东西，但是现代的历史却没有丢表的逸史了。每次，当你看见报纸热烈攻击有势力的人的时候，你得知道底下一定被拒绝给钱，一定有人家所不愿意尽的义务。这种关于私人生活的吓诈是富有的英国人所最怕的，这是大部分英国报纸的秘密的收入，英国的报纸比我们的报纸还要腐败得多哩。我们是孩子！在英吉利，人家用五六千佛郎买了一封惹祸的信，希望再把他转卖出去。”

“你到底找到什么方法来打击马蹄发呢？”鲁先说。

“亲爱的，”陆士铎接着说，“这位卑贱的香料商人曾经给佛罗林写过几封最奇怪的信：他的字迹，他的作风，他的思想，整个是一本完成的滑稽剧。马蹄发很怕他的老婆；不必说出他的名字，不必让他埋怨，我们可以把他打到他的家乡去，他还以为在家乡最安稳哩。你可以想想：当他看见一篇名叫《一位药商的爱情》的通俗小说的第一段时，当他原原本本的预先知道在某报编辑手中有几封他曾在他哪里说到小爱神，他曾在哪里把 jamais 写成 gamet，他曾在哪里说过佛罗林要帮助他走过生活的沙漠（这句话颇能使人以为佛罗林是一只骆驼）的时候，他要如何的气愤。总之，这些滑稽信可以引人发笑两星期。人家可以让他怕要给他的妻子送去一封匿名的信，让他妻子知道这笑话。佛罗林愿意让人家拿她出来追迫马蹄发吗？她还有一些原则，这就是说：她还有一些希望。说不定她要为自己而保留这些信，说不定她也要沾光。她是狡猾的，她是我的学生。但是，当她知道商事法庭的警察并不是开玩笑的时候，当菲诺给她送一个适意的礼物或是给她希望成立合同的时候，她一定会把信给我的，我也就可以把这些信跟菲诺换钱去。菲诺一定会把这些信转交给他的舅舅，吉落都也就可以使药商屈服了。”

这种机密使鲁先醒悟。最初，他想他所有的朋友都是太危险的；然后，他想不应当和他们闹别扭，因为，如果埃斯巴尔夫人、巴尔吉顿夫人和查特利失约的话，他就有应用他们的可怕的势力的必要。埃田和鲁先于是就走到堤岸上面巴尔柏的铺子前面来了。

“巴尔柏，”陆士铎对书商说，“我们有五千佛郎，是方坦和卡发利的期票，有六个月、九个月、一年的；您愿意给我们预支他们的期票吗？”

“一千厄古卖给我我就要。”巴尔柏用不可动摇的沉静说。

“一千厄古！”鲁先叫了起来。

“你到什么地方也找不到这价钱。”书商接着说，“这两位先生到不了三个月就要破产；但是，我知道在他们铺子里有不好卖的好书，他们等不了，我可以用现钱买这些好书，就用他们的期票付给他们钱：用这办法我要在货品中减除两千佛郎。”

“你愿意损失两千佛郎吗？”埃田对鲁先说。

“不！”鲁先叫了起来，他早被这第一件事惘吓了。

“你错了。”埃田回答说。

“你不能够到任何地方去交涉换他们的期票。”巴尔柏说，“先生的书是方坦和卡发利所打的最后一张牌，他们把已印的书押在印刷所里，才能够印这本书，成功也不过可以救救他们六个月的时间，他们迟早会倒账！这些人喝酒所花的钱比卖书的钱还要多！在我方面，他们的票据正代表一桩事体，你可以看出我所给你的价值，要比那些只问票上的签名的价值的预支者所给你的高。预支者的生意就是要知道三个签名之中，每个破产的时候是不是都值得百分之三十。先说，您只有两个签名，而每个签名还值不了百分之十。”

两位朋友互相顾视，他们都惊愕的听着这位学究几句话就把预支的精神分析得清清楚楚。

“不必多说话，巴尔柏，”陆士铎说，“我们可以到哪一家预支者的铺子去?”

“您知道圣米赤尔堤岸的沙布瓦松伯给方坦清理过上次的月尾账。如果您拒绝我的条件的话，您可以到他那儿去看看；但是您一定要再回到我这里来，那时候我却只能够给您两千五百佛郎了。”

埃田和鲁先到圣米赤尔堤岸一间带廊的房子去。这里就是这位沙布瓦松所住的地方。沙布瓦松是书商的一个预支者。他们在第三层楼一个新奇布置的寓所里找到他。这位下等的钱庄老板却是一位百万富翁，而且喜欢希腊的作风。房子突出部的剜形装饰就是希腊的建筑。沿着墙上饰有希腊式的深红布，好像大卫的图画的背景一样。一个非常纯粹的形状的床是帝国时代的旧产物，那时候的制造品都是这种味道的。靠椅、桌子、灯、烛台、极乎微末的附属家具，无疑的都是慢慢从家具铺里选择好的，吐出一种古色古香的、细雅的、漂亮的空气。这种神话一般的轻快的系统和预支者的习尚刚刚好相反。我们应当注意最有奇癖的人，大半都从事于银钱的买卖。这些人在某种情形看来，都是思想上的放逸的人物。他们能够占有一切，因此他们都是腐败的，他们就用极大的努力，想要跳出惰性。知道研究他们的人，总可以找出他们所容易接近的一个奇癖、心中的一角。沙布瓦松似乎是避居在古董的堡垒中，正如住在难攻的营里一样。

“他一定是名副其实的。”埃田笑着对鲁先说。

沙布瓦松是一个头发粉白，穿绿色礼服，榧子色背心，饰有一条黑色短裤，接上杂色短袜和在脚下作响的皮鞋的短小身材的人。他接过期票，细加察视，就沉闷的递还给鲁先。

“方坦和卡发利两位先生都是可爱的孩子，非常智慧的年青人，但是我没有钱。”他温和的说。

“我的朋友在预支的条件方面是好讲的。”埃田回答说。

“无论有什么好条件，我都不要这期票。”短小身材的人说，他的话语就好像断头刀切过人头一样的在陆士铎的提议上滑了过去。

两位朋友退出来了，沙布瓦松送他们走。当他们穿过前厅的时候，鲁先看见在这位预支者（他以前也是一个书商）所买的一堆书中有一本建筑家杜西尔苏所著的关于法兰西的王家宫殿和著名的别宫的书在这位小说家的眼前发亮。这本书里面有画得正确的建筑物的图像。

“您能让我这本书吗?”鲁先说。

“能。”沙布瓦松说，他又从预支者变成书商了。

“什么价钱?”

“五十佛郎。”

“这太贵啦，但是我需要这本书，我只能够用您所不要的期票来付钱。”

“您有一张五百佛郎的六个月的期票，我可以要这一张。”沙布瓦松说，他一定短了方坦和卡发利同样数目的一笔细账。

两位朋友又回到希腊房里来了，沙布瓦松在那里计算一个百分之六的利息的小笔账和百分之六的中间费，这中间费让他扣除了三十佛郎，再算上五十佛郎的书钱，就从满堆厄古的抽屉里取出四百二十佛郎。

“啊，这个！沙布瓦松先生，期票好就一起好，坏就一起坏，您怎么不给我们预支其他的期票呢?”

“我并不是预支，我是给您找钱。”这位好好先生说。

当埃田和鲁先走到多里亚铺子的时候，他们还在笑沙布瓦松，没有懂得他的意思。他们在多里亚铺里问卡布桑给他们指示一个预支者。两位朋友于是就马上雇了一辆两轮轻马车到波瓦桑尼尔马路去，带了一封卡布桑的介绍信。卡布桑给他们信的时候，同时又告诉他们一个最奇怪的“特点”，根据他所说的话。

“如果萨满农不要您的期票的话，”卡布桑说，“谁也不会给您预支。”

萨满农是地面楼的书商，第二层楼的服装商人，第三层楼的春宫画片售卖人，此外还是一个兼营当业的老板。任何霍夫曼的小说所描写的人物，任何斯各脱所叙述的凶恶的守财奴，都不能够比拟这位巴黎的生活和社会的本性所制造出来的人物，如果萨满农居然是一个人的话。看见这位干燥的老头儿，鲁先简直不能够收回他的恐惧的姿势。萨满农的骨头可以刺进硝过而镀有许多绿色黄色的斑点，好像近看的迪田或是维罗尼斯·保罗的油画一般的皮革。萨满农的一只眼睛是停滞的、冰冷的，另外一只眼睛则是活泼的、发亮的。这位吝啬人好像是用这只死眼睛来做预支的买卖，而用另外一只活眼睛来做售卖淫画的勾当。他戴一副扁平的假发，假发的颜色是黑中带红的，底下竖着白色的头发；他那黄色的额头有一种逼人的态度；他的双颊被颚骨的隆起四四方方的陷进去；他那还很洁白的牙齿，衔在嘴唇的上面，就好像打呵欠的马所有的牙齿一样。两只不同的眼睛的对照，这个嘴部的皱纹使他产生出一种相当凶猛的神气。尖硬的胡髭应当可以和针一样的刺人。褴褛到火绒程度的一件小礼服，被胡髭的摩擦而褪色的一条可以让人看出他那和火鸡一般的皱脖子的黑领结，这宣告他并没有多大的愿望，要用服装来抵消他那凶恶的体态。两位新闻记者看见这个人坐在一张污脏的柜台上，忙于把拍卖场中买来的书背加贴标记。在他们互相交换一道眼色来询问这个人物的存在所引起的成千的问题之后，鲁先和埃田就跟他行了礼，交给他卡布桑的介绍信和方坦，卡发利的期票。正当他读信的时候，在这间黑暗的书店里进来了一个非常智慧的人物，穿着一件小礼

鲁先和埃田去见萨满农，交给他看那预支的期票。

服，这件小礼服好像是在锌版里裁缝成的一样，因为成千的奇怪的金属的混合使他变成硬化的。

“我需要我的礼服，我的黑裤子，我的绸背心。”他对萨满农说，给他呈出一张记有号数的纸片。

萨满农按了叫铃的铜键，跟着就走下了一位好像是诺曼地产的女人，因为她的肌肉非常的鲜艳。

“给先生他的礼服吧，”他说着，一边给作家伸出手来，“跟您一块儿工作是很快乐的；但是您的一位朋友却给我带来一个乱骗我的年青人!”

“人家骗了他!”这位艺术家对两位新闻记者说，一面用一种非常滑稽的姿势给他们指着萨满农。

这位大个子就好像病癞的人到当铺去取回过节时所穿的礼服一样的给了三十苏，预支者的黄瘦的裂手就拿着这三十苏，把他扔进他的钱柜里。

“你做什么怪买卖呢?”陆士铎对这个抽鸦片烟的大个子艺术家说，这位艺术家是停留在快乐的迷宫里的，他既不愿意，也不能够创造任何的东西。

“这个人比当铺还要拿更多的钱来借给那些有东西抵押的人，他还有更大的仁慈心，让您要穿衣服的时候赎回去。”他回答说。“今天晚上，我要和我的情妇一块儿到客礼家里去吃饭。在我方面，找到三十苏比找到两百佛郎容易，所以，我就来找我的衣服。六个月以来，这衣服已经给这位仁慈的高利贷带去了一百佛郎。萨满农已经一本书一本书的吞没了我的藏书。”

“并且是一苏一苏的吞没下去。”陆士铎笑着说。

“我给您一千五百佛郎。”萨满农对鲁先说。

鲁先跳了一下，好像这个预支者在他的心坎上埋进一把火红的铁刷子一样。萨满农留神的看着期票，细细的察看日期。

“我还得看方坦去，他应当用书做抵押。”商人说。“您值不了什么，”他对鲁先说，“您和高萝丽同居，您的家具被人家没收了。”

陆士铎看着鲁先，鲁先拿回期票，从铺里一跃跳到马路上，口里说着：

“这是魔鬼吗？”

诗人默默的看着这间小铺子一会儿。这是一间一切过路的人都应当在前面窃笑的铺子，因为他太可怜了，因为标记过的小书箱太卑劣而污脏了。他一面又问自己说：

“他在这里到底做些什么买卖呢？”

一会儿之后，高大的陌生人（这是十年后帮助圣西门派那伟大而没有基础的事业的一个人）就穿得非常整齐的出来，对两位新闻记者微笑，又跟他们一儿走向全景剧院通巷去，到那里去擦皮鞋，来完成他的服饰。

“当人家看见萨满农到一个书商、一个纸商或是一个印刷者家里去的时候，他们总是没有便宜的，”艺术家对两位著作家说，“萨满农就好像是一位测量棺材的扛尸者一样。”

“你不想预支你的期票了？”埃田对鲁先说。

“萨满农拒绝了，谁也不接受，”陌生的人说，“因为他是 Ultima ratio（最后的辩论）！他是吉哥尼、巴尔马、维尔布鲁斯特、高布西克他们所雕刻的丑类之中的一个，或是其他在巴黎泅泳的毒蛇，是一切寻求幸运或是破坏幸运的人迟早都要碰到的。”

“如果你不愿意用百分之五十的交换率预支你的期票的话，你就得拿他们去换厄古。”

“这怎么讲呢？”

“拿这些期票给高萝丽去，她可以把他们拿到卡莫苏那里去。——你谋反了，”被鲁先的一跳停止了话头的陆士铎又接着说，“真孩子气！你能够兼顾你的前途和这一类的傻事吗？”

“我总要带这钱给高萝丽。”鲁先说。

“又是一桩傻事！”陆士铎叫了起来，“这四百佛郎平不了那里的吵闹，那里得有四千佛郎才够。咱们留一点儿钱，赌输了，拿来买酒喝，我要赌钱。”

“这计策真不坏。”高大的陌生人说。

他们离佛拉斯卡迪只有四步之遥，这些话特别有吸引力。两位朋友就打发马车走了，一同登楼去赌钱。最初，他们赢了三千佛郎，后来又回到五百佛郎，再赢了三千七百佛郎；然后，他们又落到一百苏，回到两千佛郎，用了这两千佛郎来冒险，注在偶数上，希望一下子赢双倍；五次都没有见过偶数，他们也就把整数注在那里；然而出来的还是奇数。鲁先和陆士铎就在花了两个钟头的兴奋的感情之后，从这间著名的赌场的楼梯上滚了下来。他们留有一百佛郎。赌场的楼下有两个圆柱，这两个圆柱的外面支持有一个铜皮的小廊，人们就用爱慕或失望的眼睛来默视这小廊。走到了这小廊的石阶上，当陆士铎看见鲁先的发火的眼光时，他就说：

“我们只留五十佛郎来吃好啦。”

两位新闻记者登上了楼。一个钟头之内，他们赢到一千厄古；他们把这一千厄古注在红点上，红点已经出过五次，他们相信上次的损失的偶然的机会。然而黑点出来了。这时候已经六点钟。

“我们只留二十五佛郎来吃好啦。”鲁先说。

这新的企图没有经过多少的时间，六次的下注就把这二十五佛郎输光了。鲁先发疯的拿出最后的二十五佛郎注在他的年龄的数目字上，他赢了。任何的语言都不能够描写当他拿着耙子去扫回庄家所丢给他的一个一个厄古时他的手是如何的颤抖。他给陆士铎六个路易，对他说：

“到维利去！”

陆士铎懂得鲁先的意思，就去定了饭。一个人留在赌场中的鲁先，就把他的三十路易移到红点上，又赢了。被一种赌徒们有的时候听得到的秘密的声音所鼓励，他又把整数注在红点上，又赢了；于是，他的肚子就发烧得火热！不顾秘密声音的劝阻，他又把他的一百二十路易注在黑点上，输了。于是，他就感觉到赌徒们无法再冒险而离开做些容易消灭的梦景的热宫时所有的奋激的情绪之后接着而来的一种优美的感觉了。他到维利去会合陆士铎，在那里，正如拉方登所说的一样，他就在菜肴中蹴踏自己，把忧悲沉埋在美酒之内。九点钟的时候，他已经这样的微醉，甚至于不知道为什么王多姆街的女门房把他送到月牙街来。

“高萝丽小姐已经搬出这个寓所了，她住在一间房子里，这房子的地址就写在这张纸上。”

鲁先醉得太过分了，他不能够对什么东西发生惊愕，他又登上了带他来这里的马车上，让人家给他引到月牙街，一边对自己说了许多这月牙的名字所能引起的双关语。在这一天的早晨，全景剧院宣告破产了。被吓的坤伶忙着售卖她的动产，在债权人的同意之下，把他们卖给葛尔杜伯，葛尔杜伯为着不要变换这寓所的用途起见，就在那里安置佛罗兰丁。高萝丽付清一切的账，她使业主满意。当她进行这种她所谓“破财”的动作的时候，毕礼尼斯就在月牙街一所房子的第五层楼的一个有三间房子的寓所里，布置着自拍卖场中买来的那些不可缺少的家具。这房子离角技剧院只有几步路。高萝丽在那里等候着鲁先，她在这患难之中，毫无污行的救出她的爱情，和一个装有一千二百佛郎的钱包。鲁先就在醉里告诉高萝丽和毕礼尼斯他的不幸。

“你干得好，我的天使。”坤伶对他说，把他紧紧的抱在手臂之中。“毕礼尼斯可以和布鲁拉尔好好的商量换掉你的期票。”

第二天早晨，鲁先在高萝丽所给他慷慨施予的欢乐中醒来了。坤伶表现她的双倍的爱情、她的双倍的温柔，好像要用心中所有的最丰富的宝库来补偿她的新家庭的穷乏。她是特别美丽的，她的头发从一条弯曲的头巾下面露了出来，她这白色而新鲜的发丝，她那含笑的眼睛，她那愉悦的话语，就好像从窗口透进来浸染这可爱的穷困的太阳的光辉一样。还很端正的房子铺有水绿色带红边的纸张，房中饰有两面大镜，一面在壁炉上，一面在衣橱上。毕礼尼斯违反高萝丽的命令，用自己的钱从拍卖场中买来一张旧地毡，这地毡就盖住了地上那赤裸而冰冷的石板。两位情人的衣服就放在一个带镜的大柜和一个衣橱里。桃木的家具是用蓝棉布装饰的。毕礼尼斯曾从这惨剧中救出一架挂钟和两个瓷花瓶，四副银制的食具和六个小茶匙。卧室之前的饭厅很像一个薪俸一千二百佛郎的雇员的饭厅。厨房就在梯头的对面。毕礼尼斯睡在上面的屋顶楼中。房租并没有超过一百厄古。这个可怕的房子有一个假的通车的门。门房就住在用一个插有十字栏杆的封闭的扉门里面，他就是从这十字栏杆中来看守十七位房客的。这个蜜蜂筒名叫“生产的房子”，是法律代言人所居住的房子的样式。鲁先看见一个办公室，一张靠椅，一些墨水，几管笔，一些纸。毕礼尼斯希望高萝丽在角技剧院开演，她快乐；坤伶看到自己的扮演跟一本用蓝色彩结扎成的小册子，她也快乐；这两位女性的快乐就驱散了醉里醒来的诗人的不安和忧愁。

“只要社会上的人不知道这一次的倒霉，我们总可以跳出苦海。”他说，“总之，我们有四千五百佛郎在我们的面前！我要想法子在保王党报纸里开辟我的新地位。明天，我们要给《醒报》开幕；我现在知道什么叫做新闻界了，我要干！”

高萝丽只在这些话里看到爱情，她就吻着说这些话的嘴唇。这时候，毕礼尼斯已经把桌子搬在壁炉的旁边，给他们伺候一顿平常的饭食，几个熟鸡子、几块牛肉扒和一些奶油咖啡。有人在敲门。三位诚恳的朋友，阿尔太斯、吉罗·黎昂和克里斯特恩·米赤尔出现在鲁先的惊愕的眼前，鲁先大受感动，就请他们一块儿吃饭。

“不。”阿尔太斯说，“我们的来意不但是安慰，而且有更重要的事情，因为我们知道一切，我们从王多姆街来。您知道我的意见，鲁先。在任何其他的情景之下，我一定很喜欢您采取我的政治信仰；但是因为您已经在自由党报纸上写文章而得到您的地位，您绝不能够变成一位极端派，而不至于侮辱您的品格、污玷您的生存。我们是用朋友的情谊（不论这友谊如何的弱化了）来哀求您，不要这样污害您自己。您攻击过浪漫派、右派和政府，现在您不能够防卫政府、右派和浪漫派。”

“使我持己的理由是从最高的思想引出来的，目的可以解释一切。”鲁先说。

“也许您还不懂得我们的地位。”吉罗·黎昂对他说。“政府、内廷、布尔崩王族、绝对君权派，如果您愿意用一句概括的话来包括的话，就是反对宪政制的系统，这系统在讨论如何抑制革命的意见上分为很多的派别，但是他们至少都同意禁止出版的自由。《醒报》、《霹雳报》、《白旗报》的创办，都是为着回答自由党报纸的诽谤，侮辱和嘲笑，我不赞成自由党，因为这对我们的司铎的大误解正是叫我们创刊一个正直严肃的报纸的原因，这报纸的影响不久的将来一定会被人家尊敬而觉得到，一定是有力而正直的。”他插进一句注解说，“好，这保王党和内阁派的大炮是报复的第一个尝试，要用一矢还一矢、一伤报一伤的办法来回答自由党。您相信结果要怎么样呢，鲁先？大部分的订户是左派一边的。报纸就和打仗一样，胜利总在人多的那一方面！您要变成民众所认为丑恶的、欺骗的仇敌；然而其他的人却要变成祖国的卫士、可敬的人士、殉国者，虽然说不定他们比您还要伪善、还要无信。这方法可以使报纸的恶行合法化、专一化，因而也就增高了报纸的有害的影响。侮辱和人格都要变成他的公权，这公权是为订户的利益而采用的，就变成相互的利用而加以判断的事物的力量。当罪恶整个暴露出来的时候，柏利公爵被刺时所通行而在国会开幕时所取消的限制的法律、禁止的律则和检查也就要重新的恢复。您知道法兰西的民众要从这辩论中得到什么结果吗？他们会允许自由党报纸的婉转的言辞，他们会相信布尔崩王朝要攻击革命所得到的物质上的结果，他们有一天总会起来驱逐布尔崩王朝。您不但要玷污您的生命，并且还有列入失败的一党的一天。您的年纪还太青，您进入报界的时间还太短，您还不大认识报纸的秘密的机关、报纸的诡计；您已经在那里引起太多的妒忌，您不能够抵抗自由派报纸对您所加的一般的怨恨；您一定会被各党的怒气所牵连，这些党争还在最高的狂热中，不过自从一八一五年和一八一六年的残暴的战争之后，他们的狂热已经跑进思想、国会的舌争和报纸的笔战中罢了。”

“诸位朋友”鲁先说，“我不是昏头昏脑的人，我并不是你们所看出的那种诗人。不论会发生什么事情，我总可以得到自由党的胜利永远也不能够给我的好处。你们胜利的时候，我也就达到我的目的了。”

“我们要给您斩断……您的头发。”克里斯特恩·米赤尔笑着说。

“那时候我一定是有孩子的人，”鲁先回答说，“斩断我的头，就等于什么也没有斩断。”

三位朋友不懂得鲁先的意思。鲁先和上流社会的关系已经在他身上发展出一种贵族的傲气和虚荣。诗人看出（这而且是有道理的），在他的美貌、在他的姓氏和吕崩柏礼伯爵的衔头所支持的精神中有一个无穷的幸运。埃斯巴尔夫人、巴尔吉顿夫人和孟哥尔尼夫人就好像小孩子拉金龟子一般的挑动他。鲁先只在一个一定的团体中飞翔。三天之前，在笃慈小姐的客厅里，人家都说："他是我们的一派，他想得好！"这句话真的使他沉醉了；同时，他自勒农古尔公爵、拿发莲公爵、葛兰地刘公爵、拉斯迪额公爵、布郎德公爵、莫夫利额士公爵夫人、德斯格里昂伯爵、吕博尔和其他最有势力、最有恩宠的保王党处所得到的庆贺也使他沉醉了。

"咱们走吧，话已经说完了。"阿尔太斯辩解说，"在你方面，保守你的纯洁和你自己的名望要比其他一切的东西都难。我认识你，当你看见自己甚至于都要受到你所忠心效劳的人的轻蔑的时候，你一定会受到许多的苦痛。"

三位朋友向鲁先说了声再见，并没有跟他友谊的握手致敬。鲁先有几分钟的沉思和忧愁。

"呃！让这些傻子去吧！"高萝丽跳上鲁先的膝上，给他的脖子投过美丽的鲜艳的手臂，一边对他这样说，"他们把生活看得那样的严重，然而生活却只是一个嬉戏。并且，你可以变成品崩柏礼伯爵。如果必要的话，我可以给铨叙局去献媚。我知道用什么方法去抓住这位浪子吕博尔，他可以叫国王给你降圣旨。我不是跟你说过，如果你得再走上一个阶层去擒获你的掠夺物的话，你就可以找到高萝丽的尸首来当这阶层吗？"

第二天，鲁先让人家把他的名字列在《醒报》同人的名单上。这名字在内阁所谨慎分发的十万张广告中发表出来，就好像一个征服一样。鲁先到距离佛拉斯卡迪没有几步的罗伯尔饭馆来出席九个钟头的凯旋宴，参加这宴会的有保王党报馆的杰出人才：马尔丹维尔、奥志、德斯丹和一群现在还活着的作家们。那时候，这些人正在"干君主政治和宗教"，根据一句专用的话语来说。

"我们去给自由党一些教训去！"麦尔泠·埃克多尔说。

“诸位先生，”拿坦回答说，他所以列在这旗帜之下，因为他认为，受当局的赞同要比受政府的反对有利于他的舞台计划的发展，“如果我们要跟他们战争，我们就得严重的战争；我们不要放空枪！我们应当攻击一切古典派和自由党的作者，不必分别他们的年龄、他们的性别，让我们用嘲笑来杀害他们吧，不要宽恕他们。”

“我们应当顾虑名誉，我们切不可让书商的书籍、礼物和金钱收买去。我们应当给新闻界来个复辟。”

“好！”马尔丹维尔说，“Justum et tenacem propositi virum！我们应当毫不留情的讥刺。我要和吉尔一世一样的对付拉发叶特！”

“我，”鲁先说，“我负责对付《宪政报》的英雄们，梅尔西埃外委，《儒伊先生全集》，左派的著名的演说家！”

全体编辑投票通过进行一个决死战的议案。这议案是早晨一点钟通过的。这些编辑把他们的论调、他们的思想都沉埋在一个发焰的五味酒中。

“我们已经献身给一个君主政治和宗教的短裤党了。”最著名的浪漫派文人之中的一个在门限上说。

这句有历史价值的话就被一位出席宴会的书商传了出去，第二天就发表在《镜报》上面，但是人家却都认为是鲁先传出来的。这脱党的行为引起自由党各报的可怕的骚动，鲁先就变成了他们的攻击的对象而受到了最残忍的诽谤了。人家传说他的十四行诗的倒霉，人家告诉群众多里亚宁可损失一千厄古也不给他刊印这诗集，人家给他加上一个绰号，说是“没有十四行诗的诗人”！

一天早上，就在鲁先所出身发迹的那个报纸上，鲁先读到了完全为他而写的下面的几行，因为群众不懂得这个嘲笑：

如果多里亚坚决不肯出版法兰西的未来的柏特拉尔克的十四行诗的话，我们就要用一般的敌人的资格来行动了，我们要在我们的报纸上开辟一栏来登载这些诗，这些诗一定是刺人的，我们可以由作者的一位朋友所告诉我们的这一首中来判断他。

于是，在这条短短的通告下，鲁先就读到了使他满流热泪的这首十四行诗：

一棵微贱而游目的树秧
一个清晨忽然生在花室之中；
然而，相信吧，茂盛的花丛
总有一天可以表现出他的贵族的来源：

人们这样的含忍他！但是他却报德以怨，
不久他就对光艳的姐妹们加以欺蒙，
她们终于愤怒他这破坏者的尊容，
就毫不留情的要来证明他的降生的实况。

后来他繁盛了。但是一个卑贱的走江湖
绝不会被人非难，因为这整个的花圃
都在侮辱、非难、嘲笑这俗不可耐的花蒂。

终于，主人走过了，折了他而不宽恩；
夜里在他的墓上也只有一只秃驴来哀啼，
因为他真的只是一位庸劣的查尔登！

维尔奴对人家说到鲁先的赌狂，他又预先指明说：《弓手》是一本违反爱国情绪的著作，因为作者袒护天主教的刽子手，反对加尔维尼教徒的牺牲者。一星期之内，这争端就变成激烈化的了。鲁先打算依靠他的朋友陆士铎，因为陆士铎还短他一千佛郎，而和他也有一些秘密的默契；但是陆士铎却变成鲁先的死仇。原因是这样的：三个月以来，拿坦爱上了佛罗林，然而却不知道如何从陆士铎手里夺下这美人，因为陆士铎在佛罗林看来简直是神明。当这位坤伶没有订立合同而觉到悲惨失望的时候，鲁先的同事拿坦就来拜访高萝丽，求她告诉佛罗林请她扮演他所著的一出戏，说是他能够和角技剧院替这位没有戏院表演的坤伶设法订立合同。富有野心的佛罗林毫不犹豫的接受了。她有时间来观察陆士铎。拿坦是一位有野心的文人和政客，他是一位有同样毅力和需要的人，然而陆士铎的恶劣行为却毁坏了自己的意志。这位希望能够重新得到光荣而出现的坤伶，就把药商的信扎拿给拿坦，拿坦也就使马蹄发用菲诺所渴望的六分之一的报馆产权赎回这些信扎。佛罗林于是就在奥特维尔街中，住在一间壮丽的房子里，她拿拿坦做好的新闻界和戏剧界的保护者。陆士铎对于这桩事受到一个过于悲惨的打击，他甚至于在朋友们特为安慰他而延邀的席上，在席终的时候哭了起来。在这狂饮饱食的宴会中，客人们知道是拿坦所干的把戏。有的作家，例如菲诺和维尔奴，知道佛罗林对于这位剧作家对她的感情；但是一切的人都认为参与这计划的鲁先未免太不够朋友。护党的精神、要忠心于新朋友的欲望，就使这位新进的保王党人变成一个不可宽恕的人物了。

“拿坦的行为是被爱情所驱使的；然而这位外省的伟人，正如布郎德所说的，他却因为计算而让步了！”毕克西乌叫了起来。

所以，这位鲁先，这位冒牌的贵族，这位要吞噬每一个人的小丑的倾覆，就随着全体一致的通过和深刻的考究而决定了。怀恨鲁先的维尔奴就自己负起责任，不容放过鲁先。为着推却不给陆士铎他所答应的一千厄古起见，菲诺也责骂鲁先，说是他把这对付马蹄发的秘密告诉了拿坦，使他赚不到五万佛郎。在佛罗林的劝告之下，拿坦就把他的小小的六分之一的产权卖给菲诺，卖了一万五千佛郎，希望能够得到菲诺的支援。丢掉一千厄古的陆士铎，绝不宽恕鲁先使他损失这么大的利益。当金钱的问题渗杂在内的时候，自尊心的创伤是无法医治的。任何的语言、任何的图画都不能够描写作家们的自尊心受伤的时候所有的疯狂，也不能够描绘他们被暗箭刺害、被嘲笑中伤的时候所有的一鼓气。那些经不起这打击来激动他的一鼓气和他的反抗的文人就马上失败了。那些在整个忘记侮辱的批评之后才来写论说的冷静的人，他们才能够开展真正的文学的勇气。所以，最初看来是弱者的人，才是真正的强者；但是他们的反抗也只有一个时间。愤懑的鲁先就在最初的两星期内，雨后春笋一般的发表了一大批的文章，登在保王党的各报上；他和麦尔冷·埃克多尔分负评论的责任。每天在《醒报》的战场上，他就在马尔丹维尔的支撑之下尽力的开火。马尔丹维尔是唯一没有复杂的思虑而服务他的人，他是唯一暗中联合的两派新闻记者在酒后的嘲笑中，在木廊的多里亚书店内，戏院的台房里，放在他们所签立的密约之中的唯一的人物。当鲁先到芜德维尔戏院的游散场去的时候，人家已经不再把他当作朋友看待了，只有本党的人给他拉拉手；然而拿坦、麦尔冷·埃克多尔、卡伊亚尔·泰奥多尔却和菲诺、陆士铎、维尔奴跟其他同样绰号为“好孩子”的几个新闻记者们称兄道弟。这时代，芜德维尔戏院的游散场是文学诽谤的首府，是一切的党派、政客、官僚所光降的化妆室。当议长在某个议会中谴责一位同僚在戏院里摆荡他的长制服的襞褶之后，他却和这位被谴责的人长制服比长制服的在芜德维尔戏院的游散场中摆荡着。陆士铎终于在那里和拿坦握手了。菲诺差不多每晚必到。鲁先空闲的时候，他就到这里来研究他的敌人的气质，这位不幸的孩子总发现他们是不容易和解的、冷淡的。

当时政党的精神所产生的仇恨，要比现在的政党仇恨更为严厉。现在，到了最后，一切的仇恨都由一个太大的弹性和缓了。现在，一位批评家在破坏一个人的书之后又和他拉起手来。被牺牲的人在嘲笑的笞杖的苦痛之下还得接吻给他打击的人。不然的话，人家就要说这个文人不大方、乖僻、傲气冲天、不可接触、悻恨、怀怨。现在，当一位作者在背上受到欺诈的拳击的时候，当他躲避无耻的虚伪给他排布的陷阱，除灭最恶劣的手段的时候，他还听见他的凶手对他祝愿平安，对他表示敬意，甚至于表示友好。当人们的德性都转变成罪恶，正如将罪恶建在德性之中的时候，一切的事情都是可以解释的、可以宽赦的。交情变成了自由的最神圣的一种。意见最不相同的领袖们可以用弄钝的话语和文雅的辞锋谈话。当时，依照我们所能记忆的，一部分的保王党文人和自由党文人都有勇气到同一戏院中去碰面。人家可以听见最怨恨的挑唆。视线就好像手枪一样的沉重，最轻的针刺可以产生最剧烈的争吵。当几位特别是两党的攻击的箭耙的人物进来的时候，听见邻座在咒骂，谁能不惊讶呢？那时候只有两个党派，保王党和自由党、浪漫派和古典派，然而大家所有的却是两个形式之下的同一的仇恨，就是可以使人了解革命时代的国约会议派的断头台的仇恨。自开端的时候起，鲁先是这样狂热的一位自由党和福尔泰尔派，现在却变成一位狂妄的保王党和浪漫派了。因此，他就处在当时自由党所加在他们最厌恨的一个人马尔丹维尔（就是唯一护卫，唯一喜欢鲁先的人）头上的许多嫌怨之下了。鲁先和马尔丹维尔的关系反而损害了他。各党派对于自己的前哨最无恩情，他们毫不介意的放弃他们所丢掉的孩子。特别在政治方面，想要成功的人必得跟大阵人马走。小报的一个基本的坏原则，就是把鲁先和马尔丹维尔配合在一起。自由党的原理就是把他们投在互相拥抱的手臂里。这种友谊无论是真是假，就是飞里先盛气凌人的写来骂他们文章的原因，飞里先忧愁鲁先的成功，他和诗人的旧日朋友一样，也相信鲁先不久会升格改姓。所谓这位诗人的卖友行为就到处的传诵着，而且加有许多严重的油醋。于是，鲁先就被人家叫做小犹大，马尔丹维尔就被人家叫做大犹大。因为无论是对的也好，是不对的也好，人家总责骂马尔丹维尔，说他曾把柏克桥献给外国的军队。鲁先冷笑的回答吕博尔说，至于他，他的确曾把桥献给驴群。虽然鲁先的奢侈是建筑在别人的遗产上，然而这却激动他的朋友们，他们不宽恕鲁先的马车（因为在他们看来，这马车总是在转动着的），也不赦宥他在王多姆街的华丽。他们都本能的觉得这位年青而漂亮的少年，这位聪明而被他们腐化的孩子会成就到任何的地步；所以，为着推倒他起见，他们就不惜用一切的手段。

高萝丽要在角技戏院开幕公演的前几天，鲁先和麦尔冷手拉手的来到芜德维尔戏院的游散场中。麦尔冷责骂他的朋友在佛罗林的事情中帮助了拿坦。

“结果您做了陆士铎和拿坦的死仇了。我给您许多的劝告，您一点儿也没有利用。您写了赞词，又报了恩德，然而人家却要对您的善行加以残忍的责罚。佛罗林和高萝丽绝对不会相安无事的生活在一起、生活在同一的舞台之上，她们谁也想胜过谁。您只有我们的报纸来卫护高萝丽；然而拿坦除了写剧本的职业所给他的优点之外，在戏剧的问题方面还可以随意处分自由党的报纸，而且他在新闻界方面比您还要老资格。”

这些话回应了鲁先心中的秘密的恐惧。他在拿坦身上和卡伊亚尔身上都找不到他们所应当有的坦白；但是他不能够埋怨，因为他是新近刚转变了的！卡伊亚尔压迫鲁先，对他说新进党的人都得拿出他们的薪水，一直等到党里认为他是有用的时候为止。诗人在保王党和内阁派之中碰到了他所没有想到的妒忌，这妒忌就好像是在瓜分一块饼的时候，把那些人弄得和夺食的狗一般的妒忌一样；于是，他们就对他发出同样的责骂、同样的态度、同样的行为。作家们都在政权的旁边，耍了成千的恶意的把戏，互相破坏；他们互相责难是畏缩；而且为着铲除一个竞争者起见，他们不惜发明了最无信的奸计。自由党并没有任何的内讧，因为他们是远离政权和君主的恩宠的。瞥见这不可清理的野心的乱网，鲁先没有相当的勇气来持起快刀，斩此乱麻，而且也没有忍耐来整理；他不能够做当时的阿勒丹、当时的鲍马赤、当时的福礼郎，他只有唯一的欲求支持他：得到改姓的上谕，他认为这种改姓可以使他结成一个美满的姻缘。所以，他的幸运只是依靠他的美貌所促成的偶然的机会。对他表示过许多信托的陆士铎知道他的秘密，这位新闻记者懂得在什么地方给安古莲的诗人一个致命伤。所以，正在麦尔冷带他到芜德维尔戏院去的那一天，埃田就给鲁先设下一个可怕的陷阱，是这孩子所得堕落而灭亡的。

“我们的美鲁先来了。”菲诺拉着吕博尔说，他就和吕博尔在鲁先面前说话，用虚假的友谊的阿谀拉着鲁先的一只手。“我就没有看见过和他一样快的幸运，”菲诺轮流的看着鲁先和内阁员外郎说，“在巴黎，幸运有两种：一种是物质的幸运，谁也能够采集的金钱；一种是精神的幸运，关系、地位，一部分无论有多少钱也到达不了的某种社会的阶梯，而我的朋友……”

“我们的朋友。”吕博尔说着，对鲁先投去一道妩媚的眼色。

“我们的朋友，”菲诺一边说，一边拿鲁先的手放在他的手中，轻轻的拍着，“他在这一方面算是做了一个光荣的幸运。真的，鲁先比妒嫉他的人都有更多的手段、更多的才干、更多的智慧，何况他还有一个迷人的美貌哩。他的老朋友都不原谅他的成功，他们说他有福气。”

“这种福气绝不是傻子和庸人所能有的。”吕博尔说。“呃！我们可以管拿破仑的命运叫作福气吗？在拿破仑面前有二十个大将，指挥征略意大利的军队，正如这时候有一百个年青人想要到笃慈小姐家里去一样，社会上的人已经把她看作您的夫人，亲爱的！”吕博尔拍着鲁先的肩膀说，“啊！您是大受宠爱的人了。埃斯巴尔夫人、巴尔吉顿夫人、孟哥尔尼夫人都为您发了疯了。您今天晚上不是要到飞尔米安尼夫人的夜会里去，明天要出席葛兰地刘公爵夫人的聚会吗？”

“是的。”鲁先说。

“让我跟您介绍一位年青的银行家，迪叶先生，他是一位值得您认识的人，他知道怎么样发财，而且是在很短的时间之内。”

鲁先和迪叶互相行礼致敬，攀谈起来，银行家就约请鲁先去吃饭。菲诺和吕博尔是两位同样深刻的人，他们互相认识得相当的清楚，总可以保持友谊的关系。他们留下鲁先、麦尔冷、迪叶和拿坦一块儿谈天，两个人自己就走到点缀芜德维尔戏院游散场的一张沙发椅那边去。

“啊，这个！亲爱的朋友，”菲诺对吕博尔说，“请您告诉我实在的情形吧！鲁先是不是有严格的保护人呢？因为他已经变成我的一切编辑的攻击的对象了；在赞助他们的阴谋之前，我要问问您，到底不让他们胡干来帮助他是不是更好些。”

这里，内阁员外郎和菲诺就非常细心的沉默了一会儿，互相瞅了一眼。

“亲爱的，”吕博尔说，“您怎么会想象埃斯巴尔夫人、查特利和想法子使男爵受命查兰特州州长，封为伯爵，因而能够胜利的回到安古莲去的巴尔吉顿夫人会宽恕鲁先的攻击呢？他们把他拉进保王党，目的是要毁掉他。现在，大家都在寻求动机来拒绝人家所答应这位孩子的；您找出，您就可以给这两位女人尽一个极大的义务了，总有一天，她们会想到您的恩德。我知道这两位贵妇人的秘密，她们怀恨这位小小的好好先生的程度实在使我惊讶。这位鲁先可以不断的攻击一直等到女人们喜欢实行的条件为止，这样，他就可以避开最残忍的敌人巴尔吉顿夫人，您懂得吗？他又漂亮又年青，他可以把他的怀恨浸在爱情的洪水里，他也就可以变成吕崩柏礼伯爵，乌贼骨也可以给他在宫殿里找到一两个领干薪的差事！他可以变成路易十八的漂亮的御前诵读官，他可以当什么地方的图书馆馆长，使国王欢笑的内阁员外郎、国王娱乐费的会计。但是他就差了他的打击。也许就是因为这个，人家才不宽恕他。他不给人家提出条件，反而接受人家的条件。正在鲁先要得到上谕的那一天，查特利男爵曾走了一个重要的步骤。是高萝丽把这孩子丢了。如果他没有这坤伶做情妇的话，他还可以重新使乌贼骨要他，他还可以得到她。”

“所以，我们可以打倒他啦。”菲诺说。

“用什么方法呢？”吕博尔淡淡的问，他要在埃斯巴尔夫人面前自负他这一次的功劳。

“他有一个契约，非得在陆士铎的小报里工作不可；当他一个钱也没有的时候，我们可以使他写好文章。如果司法大臣喜欢一篇开心的文章而知道是鲁先所写的话，他一定会觉得鲁先是一个不配得享受王恩的人。为着使这位外省伟人头脑发昏起见，我们已经准备好拆高萝丽台的办法；他将要看着他的情妇被人喝倒彩、演不得戏。一旦上谕无期的延搁的话，我们就可以给我们的牺牲品所有的贵族的假冒开个大大的玩笑，我们可以说到他的母亲是伺候产妇的看护，说到他的父亲是一位药师。鲁先只有外表的勇敢，他会跌倒，我们要把他翻倒在他所来的地方。拿坦已经叫佛罗林让马蹄发所有的六分之一的产权卖给我了，我已经买到纸商所有的部分，现在只有我一个人和多里亚是业主了，你我两个人，我们能够互相了解，把这报馆让给朝廷。我只是在恢复我的六分之一的条件之下来保护佛罗林和拿坦的，他们已经把这个卖给我了，我应当给他们尽点心；但是，在这之前，我要认识鲁先的机会……”

“您真不愧是菲诺，”吕博尔笑着说，“干您的去吧！我真喜欢您这样的人……”

“好吧，您能够给佛罗林订立一个确定的合同吗？”菲诺对员外郎说。

“能够；但是请您给我们弄开鲁先，因为拉斯迪额和马尔赛都不愿意人家再谈到他。”

“您放心睡吧。”菲诺说，“拿坦和麦尔冷总有卡伊亚尔所答应的文章，鲁先一行也不能够发表，我们可以这样的切断他的生路。他只有马尔丹维尔的报纸给自己辩护，给高萝丽防卫：一家报纸和一切的报纸对敌，他没有办法抵抗。”

“我以后再告诉您大臣最容易感觉的地方，但是请您给我您叫鲁先写的文章。”吕博尔回答说。他忍住没有告诉菲诺，所谓上谕只是一个戏弄鲁先的把戏。

吕博尔离开了游散场。菲诺找鲁先来，他用一般人所有的仁慈的腔调，给鲁先解释，他如何的不能够否认鲁先所应有的编辑的地位。菲诺不敢想象一个可以毁灭他的朋友对于保王党的希望的步法。菲诺喜欢相当有力而能够大胆改变主张的人。鲁先和他，他们不是应当在生活上互相接触的人吗？他们不是有成千的小事情互相帮忙吗？鲁先需要在自由党里有一个靠得住的人，一个能够在攻击内阁派或是极端派之中拒绝给他尽心的人。

“如果人家跟您开玩笑的话，您要怎样办呢？”菲诺结束着说。“如果有一两个大臣以为大家都是用您的叛逆来拉拢您，如果他不再畏惧的把您送走的话，您不是得放出几条狗去咬伤他的大腿吗？哎，您跟陆士铎闹得您死我活，他简直要您的头了。您和飞里先，您们就不说话。只有我一个人还留着跟您要好！我的一个原则就是要和有力量的人好好生活在一起。在您所参加的社会里，您可以像我在出版中帮忙您一样的帮忙我。但是，说了半天，事情还是事情！请您给我送一些纯粹文学的评论来，这些文章不会招祸，您也能够实行我们的契约。”

鲁先只从菲诺的建议里看到友谊和一些掺杂在内的智慧的计谋。菲诺和吕博尔的阿谀使他觉得畅快：他感谢菲诺！

有些人只能够在别人和事物的帮助中，在一个相当有组织的行动的计划中得到成功。在野心家和这些人之间常常有一个残忍的时刻，有你我也不知道哪一种的权力使他们屈服在许多粗暴的艰苦下：缺乏一切，各方面的线索都断绝或混乱了，不幸似乎出现在一切的方向。如果一个人在这精神的失统之中没有理智的话，他就失败了。这些懂得反抗这些环境的第一个叛乱的人，这些立定脚跟打退愁苦的人，这些躲避而努力爬到上等社会去的人，这些人才算是真正的强有力的人。一切的人，除了生来就富贵的人以外，都得有他的所谓悲惨的一周。拿破仑的悲惨的一周就是莫斯科的败退。这一个时刻已经来到鲁先的身上了。在社会上，在文学界中，他的一切都太得意的接踵而来；他一向都是太高兴的，他应当看见许多人和许多东西反对他。第一个苦痛是最强烈而残暴的，这苦痛打到了他在心中和爱情里自以为不能被人伤害的地方。高萝丽可以不是聪明的，但是她有一个美丽的灵魂，她有一种机能，可以用铸成伟大坤伶的突然的动作把她的灵魂表露在外面。这种奇怪的现象并不是因为长时间的应用而变成习惯，而是因为性格的偏私而生的结果，这往往是统治年纪尚青的坤伶的可敬的贞洁所产生的。高萝丽的内心是天真的、懦怯的，虽然她的外表是和喜剧戏角一样的大胆和灵敏。这位还在爱恋中的高萝丽，就在她那喜剧戏角的面具上，反应着她的女性的心肠。表现一切情绪的艺术，这个最高的虚伪，还没有在她身上习惯成自然。她耻愧给群众献出一些只属于爱情的东西。此外，她还有一种真实的女人所特有的弱点。虽然她清楚知道她在舞台上被人称为王后，然而她却觉得需要成功，她不能够防范她所不同情的观众，她总是颤抖的登台：而且，观众的冷淡会使她发栗。这种可怕的感情使她在每一出新戏里都变成一位新出台的角色。喝彩可以使她发狂，这对于她的自尊心毫无用处，然而却是鼓励她的勇气的不可缺少的力量：一个喝倒彩的怨声或是不留心的观众的寂寞可以使她错乱一切的步骤；人满而聚精会神的台众或钦慕而欢迎的眼光可以激励她；于是，她就发动灵魂的一切的高贵性，而感到有提高推动这灵魂的力量。这双重的效果可以表现她的神经质的本性和她的天才的结构，同时也可以表露这可怜的孩子的精脆和温柔。鲁先终于欣赏到这个心田所含蓄的宝库，他认识他的情妇是一位如何年青的少女。高萝丽不会乔装坤伶所有的虚伪，她不能够自卫，不能够反抗她的竞争者和佛罗林在台房里所布置的示威；佛罗林已经变成危险和腐败的了，这和她的朋友的单纯和仁慈有同样的程度。戏院应当请她扮演；她太骄傲，她不能够恳求剧作家，忍受他们的侮辱的条件，她不能够献身给第一个用爱情和笔管来压迫她的新闻记者。喜剧戏角的技术不一定有天才，然而却是喜剧戏角的成功的一个条件；并且，天才没有某种奸刁的才能，他甚至于反而有长时期的害处，然而这种奸刁的才能却是高萝丽所绝对没有的。预先看到女朋友将要在角技戏院初演时所有的苦痛，鲁先愿意不惜一切的代价给她筹划胜利。卖家具剩下的钱，鲁先赚到的钱，一切都花费在制造衣服、安排包厢、一切初演的人所需要的费用上。几天之前，鲁先因为爱情做下一个卑劣的举动：

他拿了方坦和卡发利所给他的期票，到布尔顿尼街的金茧公司去请求卡莫苏给他预支。诗人还没有完全腐化，他居然能够冷静的突击。他在路上留下无数的苦痛，他把最可怕的思想铺在这路上，对自己说道："对的！——不对！"然而他却终于走到了这间冷酷、黑暗而由院中透进阳光的办公室；已经不是高萝丽的情人的卡莫苏正坐在那里，这位他所认识的柔懦的、怠惰的、放荡无信的卡莫苏；然而卡莫苏却是严肃的家长，富有聪慧和德性的商人，他戴着商事法庭审判官的虚伪的面具，用家长的冷淡的态度来防卫；他的身旁围绕着伙计、钱柜、绿色的纸匣、货单和标本、他的妻子和一位穿得十分简单的女儿。走近他的时候，鲁先从头至尾的发抖，因为这位尊严的商人给他投去一道他曾在预支者的眼睛里看到的同样傲慢而无情的眼色。

"这里是些期票，如果您要这些期票的话，先生！我是千感万谢的。"他站在高踞座上的商人的身边说。

"您已经占过我的什么东西，先生，"卡莫苏说，"我记得。"

鲁先低声在绸缎商人的耳旁解释高萝丽的景况，卡莫苏可以听出谦虚的诗人的心悸。卡莫苏没有让高萝丽失败的意向。听的时候，他看着期票的签字，微微的一笑，他是商事法庭审判官，他知道书商的情形。他给鲁先四千五百佛郎，条件是在票据背面写着："收到绸缎的价值。"鲁先立刻跑去探视布鲁拉尔和他安排使高萝丽成功的事情。布鲁拉尔答应来参观试演，因而可以商量好在什么地方让他的英雄们施展大肉手，取得成功。鲁先把剩下的钱交给高萝丽，没有告诉她到卡莫苏店里去的秘密；他使不知道如何维持家计的坤伶和毕礼尼斯放心。马尔丹维尔是当时认识戏剧最清楚的一个人，他也好几回来指导高萝丽练习扮演。鲁先已经得到好几位保王党的编辑的许诺，给他写一些有利高萝丽的批评，所以，他并不发愁失败。高萝丽初次公演的前夜，鲁先遇到一桩惨痛的事情。阿尔太斯的书出版了。麦尔冷·埃克多尔的报馆的总编辑就把这本书拿给鲁先看，认为鲁先最配得给这部书写书评：他曾以写作批评拿坦之类的文章出过不幸的名望。报馆的办公室有很多的人，一切的编辑都在那里。马尔丹维尔来商讨保王党报纸对于自由党报纸所应取的一般的笔战原则。拿坦、麦尔冷，一切《醒报》的同事都在谈论吉罗·黎昂所办的半周刊的影响，这影响有极大的危险，这危险和他的谨慎、他的贤惠的温和的语气有同样的程度。人家开始谈论四风街的文社，人家管他叫作国约会议。大家决定和这危险的反对派展开一个决死的战争、一个有计划的格斗，因为这些人要真正的实现主义。自从最低微的报复引导最著名的保王党作家和他相联结的那一天起，这主义就推翻了布尔崩王朝。阿尔太斯的绝对主义并不是人家所认识的，然而却包括在人家对文社所起的反感之内，于是，他就变成第一个牺牲者了。他的书必得加以粉碎，依据古典的说法。鲁先拒绝写这篇文章。这拒绝激起了出席会议的重要保王党的剧烈的愤恨。人家坦坦白白的对鲁先宣告说：一位新近转变过来的分子没有自由的意志，如果他不愿意献身给国王和教会，他可以回到本来的阵营去。麦尔冷和马尔丹维尔拉他到一旁，亲切的告诉他说：他已经给高萝丽引起自由党报纸的仇恨；如果他不写这篇文章的话，连保王党和内阁派的报纸都不会给她保卫。坤伶一定会引起强烈的笔战，这笔战又可以使她得到一切女伶所叹羡的名誉。

“您一点儿也还不知道，”马尔丹维尔对他说，“她可以在我们的笔战之下演三个月戏，她可以在告假出外演戏的三个月中赚到三万佛郎。为着一个可以妨碍您当一位政治家，应当被人踏在脚下的疑虑，您会杀害高萝丽和您自己的前途，丢掉您的生活的工具。”

鲁先知道在阿尔太斯和高萝丽之间非选择一个不可了，如果他不在大报和《醒报》上毁坏阿尔太斯的话，他的情妇就要失败了。这位可怜的诗人就心如死灰的回到自己的家里；他坐在火炉的旁边，读着这本近代文献中最美丽的书，每一页上都留有他的泪痕。他犹豫了好久，终于写了一篇讽刺的评论，是他所习惯的；他拿这本书就好像小孩子拿一只鸟来拔毛、来杀戮一样。他的恶性的讽刺本质上是用来破坏这本书的。当他重读这篇文章的时候，他的良心忽然发现了；他就在半夜里穿过巴黎的街市，来到阿尔太斯的住所。他从玻璃窗上看到常常用崇拜的情绪所看见的这个洁净而懦怯的微光，这微光证明这位真正伟人的勤学。他觉得没有登楼的勇气，就在角落里停留一刻钟。然而，因为天神的推动，他终于敲了门，他看见阿尔太斯在念书，没有生火。

“您有什么事呀?”看见鲁先的来临，年青的作家就猜出只有可怕的不幸会把他引到这里来，他就这样的问。

“您的书太好了，”鲁先满眼流泪的叫了起来，“然而他们却要我攻击这本书。”

“可怜的孩子，你真是吃了一碗不容易吃的饭!”阿尔太斯说。

“我只请求您宽恕我，请您保守秘密，不要让人家知道我来看您，让我在我的地狱里干我的勾当。也许没有在心脏最富于感觉的地方留些胼胝，人家就不能够发迹。”

“总是这样的!”阿尔太斯说。

“您相信我是一个懦夫吗?不，阿尔太斯，不，我是一个沉醉于爱情的孩子。”

于是，他就给阿尔太斯解释他的地位。

“我们看看这篇文章吧。”阿尔太斯听见鲁先所说关于高萝丽的一切的话，不禁受了感动，他就这样的说。

鲁先给他递过原稿，阿尔太斯读了这篇文章，不禁发出微笑：“真是卖弄聪明!”他叫了起来。

但是，他看见鲁先被一个真切的苦痛压倒在靠椅里，他就不说话了。

“您可以让我改一改吗？明天就送还给您。”他接着说，“讽刺可以损害文章的名誉，一个严肃的批评有的时候反而是赞词，我知道如何使您的文章更加可敬，既为您的好处，也为我的好处。并且，只有我自己清楚知道我的缺点！”

“走上不毛的海岸，有的时候人们可以找到果子来止渴；这果子就在这里！”鲁先说着，滚到阿尔太斯的臂膀里，哭了起来，吻着阿尔太斯的额头，对他说，“——我觉得我把我的良心交给您了，我希望有一天您能够把这良心还给我！”

“我认为周期的忏悔是一种伪善，”阿尔太斯严肃的说，“这种忏悔是赏给罪恶行为的奖金。忏悔本来是上帝赐给我们的灵魂的童真；所以，忏悔过两次的人就是可怕的骗子了。我怕你一定以为忏悔就算是赦免！”

这些话使鲁先不寒而栗。他慢慢的回到月牙街。第二天，鲁先把阿尔太斯所修改送回的文章带到报馆里去；但是，自从这一天起，他就被一种无法瞒蔽的悲哀侵袭了。当他晚上看见角技戏院全场满座的时候，他就动起初次出台的戏子所有可怕的情感，这种情感随着爱情的一切的力量发展着。一切的虚荣都在动作着，他的视线包揽一切的体态，正如一个被告的视线包揽一切被判罪刑的囚徒和审判官的脸色一样：一个呻吟可以使他发抖；舞台上的小事故，高萝丽的出入场，微末的声响，这一切的一切都能够无穷的激动他。高萝丽开始公演的戏是许多失败而又崛起的戏剧之中的一出，然而却失败了。上场的时候，没有人喝彩，并且反而被台下喝了个冷酷的倒彩。包厢里，除了卡莫苏的鼓掌以外，她再也找不到其他的喝彩声。坐在戏院回廊和看棚里的人众就用不断的“嗞！”来使这位商人静默。鼓掌的人过分喝彩的时候，看棚里的人就强制他们寂寞。马尔丹维尔勇敢的鼓掌喝彩，伪善的佛罗林、拿坦、麦尔冷也就效仿他。戏倒了台，一大群的人众就挤到高萝丽的包厢里来，然而这一群人却增加了她由安慰之中所得到的痛苦。坤伶又忧愁了，多半是为鲁先，小部分才是为自己。

“我们上了布鲁拉尔的当。”他说。

高萝丽发烧了，她的心受到伤刺了。第二天，她简直不能够出演；她看出自己的事业停顿了。鲁先瞒着她，不让她看报，他跑到饭厅里去偷看报纸。一切的副刊作者都认为高萝丽的失败是：她过于自信她的力量，在马路上的戏院里大走红运的高萝丽却在角技戏院里泄气了；她被野心的催迫而到这里来，但是她并没有运用方法，她选错了扮演的角色。鲁先于是就读到他给拿坦所写的虚伪的文章上所有的杂拌。当他觉得他的手困在自己所开的橡木架里的时候，一个相当于葛落当·米郎所有的疯狂就发生在鲁先的身中，他变成灰色的：他的朋友们用满充善意、同情和兴趣的句法给高萝丽献出许多假意的劝告。他们说，她是扮演了这些在无耻的副刊上写文章的假意的文人所明明知道不适合于她的天才的角色。这是保王党报纸的意见，无疑的是受拿坦的指使。至于自由党的报纸和小报呢，他们就用鲁先的惯技来施展他们的假意和讽刺。高萝丽仿佛听到一两声呜咽，她就从床上跳了起来，走到鲁先这边来，她看见了报纸，请求拿给她看，她也就念了这些报纸了。读完之后，她又一声不响的去睡觉了。佛罗林也是参加阴谋的人，她预先知道这结果，她也会高萝丽所扮演的角色，因为拿坦是她的导演。支撑这次公演的戏院当局要把这角色让给佛罗林来扮演。经理就来寻找这位可怜的坤伶，她是满面流泪而瘦弱的；但是当经理在鲁先之前说佛罗林会这出戏而当天晚上不能够不演这出戏的时候，她就站了起来，从床上跳了下来。

“我要演！”她叫着说。

她昏倒了。于是，佛罗林就扮演这个角色而得到大名声了，因为她救起了这出戏；她在一切的报纸上都得到人家的欢迎，从此之后，她也就变成人家所知道的伟大的坤伶了。佛罗林的胜利使鲁先愤怒到极点。

“你曾给这位可怜虫送过面包！如果角技戏院愿意的话，他可以重新买回他的合同。我得当吕崩柏礼伯爵；我得发迹来正式娶你。”

“真傻！”高萝丽说着，给他投去一道惨白的眼色。

“傻！”鲁先叫着说，“好吧，几天之内，你就可以住在一所美丽的房子里，你就有一辆华丽的马车，我也可以叫你扮演一个角色了。”

他拿了两千佛郎，跑到福拉斯卡迪赌场去。这位不幸的诗人在那里留了七个点头，满腔的悲愤，脸上现出平静和冰冷的外表。在这一天和一部分夜里的时间中，他有各种极不相同的运气：他一直赢到三万佛郎，然而却空空如也的出去。当他回来的时候，他看见菲诺在他家里等着他，要他的小文章。鲁先做下一个错误，因为他在菲诺之前埋怨。

“啊！一切都不妙。”菲诺回答说，“您这样残酷的对左派送去一半的秋波，您一定会损失自由党报纸的支持，自由党的报纸比内阁派和保王党的报纸有势力得多。没有制好一张可以安慰自己所等待的损失的板床之前，绝不要从一个阵营跑到另一个阵营去；但是无论如何，一个懂事的人总要看望他的朋友去，给他们说明理由，让他们安慰背叛的行为，他们会变成您的同谋者，他们会怜惜您；然后，正如拿坦和麦尔冷一样，您也就可以和同伴们相处而互相帮忙了。豺狼并不自相残食。在这一桩事里，您简直和绵羊一般的天真洁净。您一定会被迫去给您的新党露出爪牙去抓他的大腿或是他的翅膀。所以，人家必得让您给拿坦当牺牲品。

我并不瞒您说外面的风声，您的诽谤和您反对阿尔太斯的文章所引起的嘲笑。和您相比较，马拉简直是圣人。现在有人在准备攻击您，您的书要倒霉。您的小说现在印到什么地步啦?”

“这是最后的几页。”鲁先指着一束校对稿说。

“人家认为内阁派和极端党的报纸上攻击小阿尔太斯的没有署名的文章都是您写的。现在，每天的《醒报》都对四风街的人物加以针刺，这嘲笑并且是和他的恶意一样程度的残忍。在吉罗·黎昂报纸的背后有一个严肃的谨密的政党，这政党迟早会得到政权。”

“一星期以来我就没有去过醒报社。”

“好吧，请您留意我的小文章吧。请您马上就写五十段，我要一起给您稿费；但是您得依照报纸的色彩写。”

于是，菲诺就在无意之中给鲁先提出一个讽刺司法大臣的题材，给他叙述一段所谓的逸事，据他说，这是各权贵客厅中传诵的。

为着弥补赌博的损失起见，虽然鲁先是懊丧的，他却重新找到他的兴致、他的精神，写了每篇两列格的三十篇文章。写完文章，鲁先就到多里亚那边去，他以为总可以在那里遇到菲诺，给他秘密的交出这些稿子，同时他也要这位书商给他解释之所以不出版《群芳集》的理由。他发现书铺充满着敌人。当他进来的时候，大家都整个的寂寞下来，停止谈话。看到自己得到了新闻界的逐客令，鲁先觉得有双倍的勇气，和以前在鲁林堡公园的小径中一样的对自己说：

“我要得到胜利!”

多里亚并不是和蔼而温厚的，他显得侮慢的样子，用权利为自己辩护：他要随他的意出版《群芳集》，他要等到鲁先的地位可以保证成功的时候才出版这诗集，他已经买了整个的版权。鲁先驳斥说依据契约的性质和定约人的品格，多里亚必得出版《群芳集》。这位书商就反驳说：按照法律的观点，他不能够受人的拘束实行他认为于他不利的工作，他是唯一可以判断事业的成败的人。不过，总有一个解决的方式，是一切的法院所允许的：鲁先有权利交还他的一千厄古，赎回他的书，让保王党的书店出版。

鲁先退出去了，他受到多里亚的温和的态度的刺激，要比第一次会见他时所受到的他那君王一般的神气的刺激还要厉害。所以，《群芳集》只能够在鲁先变成一个有力的朋友的有力的助手或是自己变成一个有力的人的时候才可以出版。诗人慢慢的回到家里，非常的气馁。如果行动是跟着思想而来的话，这气馁曾带他到自杀的路上来。他看见高萝丽惨白而苦痛的躺在病榻之上。

“扮演一出戏，不然，她就活不了啦。”毕礼尼斯对他说。鲁先正在穿衣服，要到白岭街笃慈小姐的家里去，出席看得见吕博尔、维昂、布郎德、埃斯巴尔夫人和巴尔吉顿夫人的夜会。

夜会是为赋有舞台以外的著名的歌喉的大作曲家岗地，是为秦迪、巴斯达、卡尔西亚、勒发苏和其他两三位上流社会的嗜歌者而开的。鲁先一直溜到侯爵夫人、她的表妹和孟哥尔尼夫人所坐的地方去。这不幸年青人的神气是轻快、满意而幸福的，他说说笑笑，显得和平常华丽的日子一样，他一点儿也不显出需要人家帮助的样子。他高卧在他给保王党所尽的功劳上面，他用自由党对他所放出的怨声来证明他的功勋。

“您一定会大受赏赐，我的朋友。”巴尔吉顿夫人对他说，给他送去一个微笑。“后天请您到铨叙局去，和鹭鸶跟吕博尔一块儿去，您可以在那里找到国王所签字的命令。司法大臣明天就要把他带到别宫里来；但是内阁开会，他得到天黑才能回来：不过，如果我晚上知道结果的话，我就把他送到您的家里去。您住在哪儿呢？”

“还是我来吧。”鲁先回答说，他不好意思告诉人家他住在月牙街。

“勒农古尔公爵和拿发莲公爵都对国王说到您，”侯爵夫人说，“他们大吹嘘，说到您的完全的效忠，说是值得最大的赏赐，因而能够使您报复自由党对您所加的迫害。并且，您有权从您母亲方面改过来的吕崩柏礼姓氏和衔头，也一定会因为您而变成显耀的。那天晚上，国王曾对公爵说过叫他带一张命令授权查尔登·鲁先先生用母族的最后的伯爵的外孙资格改称为吕崩柏礼伯爵。国王读了公爵所给他的那篇纪念我的表妹的关于百合花的十四行诗之后，他就说：‘让我们赏赐仙山平特的金莺吧。’拿发莲先生就回答说：‘特别是当国王能够把他变成鹰鸟的时候。’”

鲁先吐露出他的衷情，如果不是像纳格礼柏里斯·埃斯巴尔·路易丝那样受过重伤的女人的话，这一定可以感动她。鲁先越是漂亮，她就越想报仇。吕博尔说得对，鲁先缺乏机敏：他不知道人家所说的上谕根本只是一个开玩笑，只是埃斯巴尔夫人所干的把戏。这成功和笃慈小姐所给他的阿谀鼓励着他，他居然在笃慈小姐家里逗留到早晨两点钟，要和她私下谈话。鲁先从保王党的报馆里听到，笃慈小姐是当时大坤伶小费伊将要公演的一出戏剧的秘密的合著人。客厅没有人的时候，他就领着笃慈小姐坐在化妆室的沙发上，用这样动人的态度，告诉她高萝丽和自己的不幸，结果，这位著名的巾帼英雄就答应他，让高萝丽扮演剧中的主要角色。

这夜会的第二天，高萝丽听见了笃慈小姐的允许，快乐得恢复了生命。当她和诗人在一起吃早饭的时候，鲁先读着陆士铎的报纸，这报上载有一篇讽刺司法大臣和他的妻子的虚构的故事。最黑暗的恶意就在那里隐藏在最尖刻的智慧之下。那里甚至于很巧妙的谈到路易十八，讽刺到这位国王，而没有让检察官能够来干涉。这是自由党说得活灵活现的一段事实，不过这也只是增加聪明的诽谤的数目而已。

路易十八对于一封漂亮香艳、满充着风雅和光辉的信件所有的情感，就被作者解释为他的爱情的最后的表达，而且含有教育的意味：作者说，他是从事实走到理想。在奥克达维的名字之下而被柏郎志苛刻攻击的这位著名的情妇心中有最严重的恐惧。通信稀疏了。奥克达维越是施展她的聪明，她的情人就越显得冷淡。奥克达维终于发现了失宠的原因，她的势力受到保王党作家跟司法大臣的妻子的通信所协迫。据说，这位超卓的女人并不会写信，她一定只是简简单单的抄袭一个大胆的野心的作家罢了。谁是隐在这石榴裙下的野心家呢？经过几次的考察之后，奥克达维发现国王跟他的大臣通信。她定好了计划。她就在一位忠实朋友的援助之下，有一天在国会里用她那风涛一般的演说扣住了大臣，头对头的争吵着，她就这样的揭破了这个奸计，激动了国王的自尊心。路易十八大为气愤，发了布尔崩国王的怒气，他对奥克达维发恨，他怀疑她的话：奥克达维马上就给他一个证明，请他写一封非要立刻回答不可的信。惊愕了的不幸的女人就派人到国会去征唤他的丈夫；但是一切都是奥克达维所预料到的，这时候，他正在国会里。这位妻子只好绞尽脑汁，费尽心思用自己的语气回答。

“您的大臣会告诉您其他的事情。”奥克达维哈哈大笑的嚷着，对失望的国王说。

虽然是撒谎，这篇文章却强烈的刺激司法大臣、他的妻子和国王。据人家说，这故事是吕博尔所捏造的，菲诺总替他守秘密。这聪明而刻薄的文章却使自由党和王弟的党派大大的快乐。鲁先也觉得很有意思，不过他只认为这是一篇非常有趣的谣啄而已。第二天他去找吕博尔和查特利男爵。查特利先生被委为特任顾问官，他已经升为伯爵了，国王而且还答应在查兰特的州长用几个月的时间准备一切退老的手续之后就任命查特利当查兰特的州长。查特利伯爵请鲁先坐在他的车中，用平等的态度对待他。如果没有鲁先的文章的话，也许他反而不会这样快的发迹；自由党的迫害其实是他的升官发财的基石。吕博尔是在内阁衙门秘书长的办公室里。看见鲁先的时候，这位长官不禁大为惊异，他就瞧了吕博尔。

“怎么，您敢到这里来，先生?”秘书长对愣住的鲁先说。“公爵大人已经扯破了给您预备好的上谕，瞧，这就是！（他指着第一张扯破的纸张给鲁先看）大臣要追究昨天的可怕的文章的作者，这就是这一期的报纸。”秘书长说着，给鲁先递过登载他的文章的几页。“您自称为保王党，先生，但是您却是这无耻的报纸的同人，这报纸使大臣们气白了头发，使中央派悲愤，把我们带到地狱里去。您吃了《突击报》、《镜报》、《宪政报》、《新闻报》的中饭，您吃了《每日新闻》、《醒报》的夜饭，您又和马尔丹维尔一块儿吃宵夜。马尔丹维尔是内阁的最大的反对派，他要推着国王走上绝对王权主义的路，这可以引他走上革命的路，和极端左派所引起的革命一样的快速！您是个非常聪明的新闻记者，但是您永远也当不了一位政治家。大臣已经告诉国王说您是这篇文章的作者，国王气愤愤的大骂拿发莲公爵，他的第一个内侍大臣。正因为您是他们的宠臣，您却变成他们的强敌了。在敌人方面觉得是自然的事，在朋友方面却是受不了的。”

“您真的是小孩子吗，亲爱的?”吕博尔说，“您害了我了。埃斯巴尔夫人、巴尔古顿夫人、孟哥尔尼夫人，她们都是给您担保的人，现在一定会大生气。公爵一定要把气出在侯爵夫人身上，侯爵夫人一定要大骂她的表妹。您千万不要去啦！等等吧。”

“大人来了，出去吧！”秘书长说。

鲁先走到王多姆广场来。他就好像一个头上刚受到大槌的打击的人一样的呆呆的愣住。他走过许多的马路，步行回家，一边想方法批判自己。他看出自己是那些又妒忌、又贪婪、又无信义的人的玩具。在这满充野心的世界上，他到底是什么呢？是一个追逐欢乐和享受而牺牲一切的孩子！是一个没有深远思考的诗人，好像从一个火焰扑到另外一个火焰的蛾虫一样，没有固定的计划，当了环境的奴隶，想得好而不会实行的诗人。他的良心是一个无情的刽子手。他一个钱也没有，并且早就因为工作和悲痛而疲惫了。他的文章只在麦尔冷和拿坦的文章之后。他就这样糊里糊涂的走着，沉堕在反复的思考之中；走路的时候，他看见在那些开始给人家书报阅读的阅书室里有一张通告，上面在一个他所不认识的奇怪的书名之下，发亮着他的名字：吕崩柏礼·查尔登·鲁先著。他的书已经出版了，他却一点儿也不知道，各报纸一句话也没有提到。他垂着手，一动也不动的停留着，没有看到有一阵最漂亮的青年走过，其中有拉斯迪额、马尔赛和其他几位他所认识的人。他没有注意克里斯特恩·米赤尔和吉罗·黎昂走到他的面前。

“您是查尔登先生吗?”米赤尔用一种使鲁先五脏回响的声调对他说。

“您不认识我吗?”鲁先脸上发白的回答。

米赤尔朝着他的脸上吐去一口唾水。

“这就是您那几篇攻击阿尔太斯的文章的报酬。如果为着自己的缘故或是为着朋友的缘故，每一个人都能够仿效我的行为的话，报纸就会保持他所应有的性质：一个可敬而被敬的司铎!”

鲁先踌躇了一会儿，他找拉斯迪额来做靠山，而对他和马尔赛说：

“诸位先生，你们不能够拒绝来给我当决斗的证人。但是我要先回报同等的侮辱和无可挽救的事情。”

鲁先强烈的批了冷不提防的米赤尔一个嘴巴。几位花花公子和米赤尔的朋友都抢着拦住这位共和党和这位保王党，让他们不至于学贱民一般的打架。拉斯迪额抱住鲁先，把鲁先带到他自己的家里去。他的家就坐落在距离这战场只有两步路的接连岗马路的第博街上。这是吃晚饭的时分了。这环境取消了在同样情形之下的人群的聚集。马尔赛找鲁先来了。这两位花花公子就强请鲁先跟他们一块儿到英国咖啡馆，去吃一顿高高兴兴的饭。他们都喝得微醉了。

“您的剑术精不精？”马尔赛对他说。

“我从来没有拿过剑。”

“手枪呢？”拉斯迪额说。

“我平生连一次手枪也没有打过。”

“那么，您有运气，您是一位可怕的对手，您能够杀死您的敌人。”马尔赛说。

鲁先非常快乐的看见高萝丽躺在床上睡着了。

坤伶临时演了一出小戏。她算是报了仇了，因为这一次她却得到了正当的喝彩，不是花钱买来的叫好。这一夜的戏是她的仇人们所没有想到的，经理决定派她在莫宾・葛美尔的剧本中扮演主角；因为他终于知道了高萝丽初次公演的失败的原因。他大为震怒佛罗林和拿坦居然使他所支持的坤伶塌台，就答应高萝丽由院方来保护她。

清晨五点钟，拉斯迪额找鲁先来了。

“亲爱的，您是住在您这一条街的风俗里。”他对鲁先说，这就算是他的一切的问候敬词了。“我们应当先到约会的场所，克里昂古尔大道去，这是有意思的，我们得做个好模样。”

“程序是这样的，”当马车在圣登尼斯镇上转动的时候，马尔

在鲁先的整个的危险期间，高萝丽每天都和毕礼尼斯服侍他。

赛这样说，“你们用二十五步的手枪相打，你们可以自由的面对面的走到互相距离十五步的地方。你们每个人都可以走五步，开三枪，但是不能够再多。无论结果如何，你们都只得停止在那儿。我们负责监视您的对手的手枪，他的证人负责监视您的手枪。武器是四位证人在军火店里选来的。我告诉您我们促成了这桩凑巧的事：你们所有的是骑兵的手枪。”

在鲁先看来，生命已经变成一场噩梦了；在他看来，生死都是不在乎的。自杀所特有的勇气使他在决斗的观众之前显得勇敢而伟大。他停留在他的地位上，不再走动。这种无忧无虑的态度在人家看来是一种冷酷的计算：人家觉得鲁先很会打枪似的。克里斯特恩一直走到他的界限上。两位对手同时开枪，因为人家认为他们的侮辱是同等的。第一枪，克里斯特恩的子弹轻轻的擦过鲁先的额部，鲁先的子弹则在对方的头上十尺远穿了过去。第二枪，米赤尔的子弹中在诗人的礼服的领上，侥幸这条领是由几层厚布缝得紧紧的。第三枪，鲁先的胸部中了一弹，他跌倒了。

“他死了吗?”米赤尔问。

“没有，”外科医生说，“他会出险的。”

“算了吧!”米赤尔回答说。

“噢！是的，算了吧。”鲁先重复了一句，眼泪涔涔而下。

中午的时候，这不幸的孩子就躺在他的房子的床上；为着把他运到这里来，大家花了五个钟头的布置。虽然他的伤状并不危险，但是也得有许多的谨慎：发烧可以引起许多复杂的病症。高萝丽忍住她的忧愁和悲哀。在朋友的整个的危险期间，她每天夜里都和毕礼尼斯在一块儿，一边学习演戏。鲁先的危险经过了两个月。这女孩子有的时候扮演着装作快乐样子的戏，但是她的内心总是这样的对自己说：

“说不定我的亲爱的鲁先这时候正死去了哩!”

在这时期之中，鲁先是由毕安仓来看护的；他的生命实在是这位朋友的忠诚所赐予的，这位朋友这样强烈的受到鲁先的刺痛，不过阿尔太斯也曾把鲁先的秘密的举动告诉过他，对他解释过这位不幸的诗人的苦处。鲁先有高度的烧热，当他明白清醒的时候，怀疑阿尔太斯的仁慈的毕安仓曾经问过他的病人；鲁先告诉他说，除了在麦尔泠·埃克多尔的报纸上登过一篇文章以外，并没有写过任何其他批评阿尔太斯的文字。

第一月月底的时候，方坦和卡发利的书店宣告倒闭了。毕安仓告诉坤伶，请她不要让鲁先知道这逆意的打击。在一个奇怪的书名之下刊印出来的这本闹得不亦乐乎的小说《查尔九世的弓手》并没有得到任何的成功。为着在倒闭之前弄到一些钱起见，方坦瞒着卡发利把这部书整批的卖给杂货商人，这后者又用负贩的办法贱价转卖出去。这时候，鲁先的书装满了巴黎的桥梁和堤岸的墙边。奥古士丁堤岸的书店曾买了相当册数这部小说，现在却随着价格的降低而损失了相当可观的金钱；用四佛郎五十参丁的本钱所买来的四册十二开本的书籍现在只值得五十苏。商界大声叫苦，报纸却继续着一声不响。巴尔柏没有预先看到这“漂”，他相信鲁先的天才；和他的习惯相反，他却买了两百部，亏本的预见使他疯狂，他说了许多鲁先的气话。巴尔柏取了一个英雄的决定：他用吝啬人的固执把他的两百部放在机房的一角里，让他的同行用贱价去肃清他们所有的。后来，在一八二四年，因为阿尔太斯的一篇好《序》和吉罗·黎昂的两篇批评把这部书的价值表现了出来，巴尔柏就把他所有的书一部一部的用十佛郎的价格卖出去。不论毕礼尼斯和高萝丽如何小心，她们却没有方法阻止麦尔泠·埃克多尔来探视这垂死的朋友；麦尔泠一滴一滴的让他喝这碗“苦汤”，这是书店用来描写跟方坦和卡发利一样出版一个新进作家的书的惨剧的语词。唯一忠实于鲁先的马尔丹维尔写了一篇伟大的评论，称赞这部书；但是，他的激怒太大了，他反对自由党，反对内阁派，反对《评论报》、《王旗报》、《白旗报》的总编辑，结果这位勇士的努力、这位总是用十个侮辱来回答自由党的一个侮辱的勇士的努力只有反害了鲁先。任何的报纸都没有揭起笔战的旗帜，虽然这位勇敢的保王党的攻击是非常强烈的。高萝丽、毕礼尼斯和毕安仓关上了门，不许一切高声喊叫的所谓鲁先的朋友进来，但是他们却没有法子不让执达吏进来。方坦和卡发利的破产使他们的期票可以根据商法的处置要求偿还，这商法对于第三者的权利最有害处，因为他们损失了到期的利益。鲁先受到卡莫苏的追究。听到这个名字，坤伶就懂得她的诗人曾经为着她这天使一般的美人做过一桩可怕的委屈的事情；她因此就十倍的更爱他，不愿意恳求卡莫苏。进来寻找囚犯的商法侦缉队在床上找到了他，也就放弃了带他去的意思；没有到法院去请求院长指示一个安置负债人的医院之前，他们先跑到卡莫苏家里去。卡莫苏马上跑到月牙街。高萝丽下了楼，带了诉讼的文状上来，这讼状是根据票据背面的签字而宣告鲁先是一位商人。她怎么能够从卡莫苏手中拿到这些纸据呢？她答应卡莫苏一些什么呢？她绝口不说，但是她却半死的重新上了楼。高萝丽演了莫宾·葛美尔的剧本，给这位文学界的巾帼英雄的成功建下不少的功劳。这一次的扮演是这盏美灯的最后的红光的一现。第二十次的公演了，当康复了的鲁先开始散步、吃饭，说要重新工作的时候，高萝丽却病了；一个秘密的苦痛侵吞了她。毕礼尼斯总相信：为着救护鲁先起见，她曾答应重新回到卡莫苏怀中去。坤伶总觉得把自己所演的角色让给佛罗林是一个耻辱。拿坦说，如果佛罗林不取高萝丽而代之的话，他就要和角技戏院宣战。为着不让她的竞争者代替她起见，她就一直扮演到最后的一刻，她过于费用气力了，鲁先病的时候，角技戏院已经让她预支一些钱，她不能够再向戏院的管账借钱；不论鲁先如何想工作，然而他的康健仍然不允许他工作，并且他还得看护高萝丽，因而可以使毕礼尼斯减轻苦痛；这可怜的家庭于是就走到绝对悲惨的地步了。然而他总还有一个福气，就是能够找到一位能干的忠实的医生毕安仓。毕安仓让他在一家药房里记账。高萝丽和鲁先的状况不久就被送货人和业主知道了。于是乎，家具也就被没收了。制衣匠和裁缝工已经不再骇怕这位新闻记者了，他们特别紧迫的穷追这两位流荡的艺人。最后，只有药房和肉铺让这两位不幸的孩子记账。差不多有一个星期的光景，鲁先、毕礼尼斯和病人只好吃肉铺给他们送来的猪肉，发明了各种不同的烹调法。猪肉是相当上火的，他使坤伶的病症越加严重化。鲁先为着穷困所迫，不得不到陆士铎那里去讨回这位叛逆的老朋友所短他的一千佛郎。这是他在不幸中所有的最苦恼的措置。陆士铎不能够回到哈尔布街他的家里去，他在朋友的家里睡觉，好像一只兔子一样的被人追索。鲁先只能够在福利高都饭馆找到这位介绍他到文学界去的朋友。陆士铎坐在那一天鲁先不幸离开阿尔太斯而遇到他时所坐的同一的桌上。陆士铎请他吃饭，鲁先接受了，离开福利高都的时候，那一天也在那里吃饭的维昂·克罗德、陆士铎、鲁先和当日在萨满农处赎回衣服的不知名的大个子都要到福尔泰尔咖啡馆去喝咖啡，他们把口袋里的铜币凑在一起，怎么凑也凑不上三十苏。他们到鲁森堡公园去消磨时光，希望能够在那里碰到一两位书商。果然，他们看到了当时一位最著名的印刷家，陆士铎向这位印刷家讨四十佛郎，这后者也就给了他。陆士铎把这数目划为四份来平分，四个作家每人都拿一份。穷困熄灭了鲁先的一切傲气、一切情绪；他在这三个艺术家之前痛哭流涕，叙述他的景况，但是这些同伴每一个人也都有一幕剧，都一样惨痛的告诉他：每一个人解释自己的穷境的时候，诗人觉得自己还是这四位中最幸运的一个。所以，大家都需要忘记他们的不幸，忘记他们的思想。陆士铎跑到王宫去把十佛郎所剩下的九佛郎来赌博。不知名的大个子虽然有一位神圣的情妇，却到一间下贱的妓馆去，到这危险的性欲的泥浆里去打滚。维昂到小冈卡尔岩饭馆去，想要喝他两瓶保尔都酒，让他的理性和他的记忆宣告退位。鲁先在饭馆的门限上离开了维昂，拒绝参加这顿宵夜。外省的伟人给这位唯一对他没有敌忾的新闻记者所行的握手礼，是带有心脏的紧缩的。

“怎么办呢?”他问他。

“打仗就得像打仗。”大批评家对他说。“您的书是好书，但是他却给您引起许多的妒忌，您的斗争一定是长期而困难的。天才是一种可怕的疾病。一切的作家都在心中带有一个魔鬼，这魔鬼就好像胃中的蛔虫一样在那里侵吞情绪，只要有情绪的话。谁要胜利呢？是疾病胜过人，还是人胜过疾病呢？当然，为着使天才和性格平衡，就得当一个伟大的人物。才能长大了，心就干涸了。除非要做一个巨人，除非有大力士里尔居尔的肩膀，人们总没有心灵，没有才能。您是个细小忏弱的人，您要失败。”他加上这句话，说着走进了饭馆。

鲁先回到家里去，一路上想着这句可怕的断案，这断案的深刻的真理给他说明了文学的生活。

“要一点儿钱。”一个声音对他这样的叫唤。

他自己假造了三张付给自己的每张一千佛郎的期票，一张一个月，一张两个月，一张三个月，模仿了极乎肖似的施且尔·大卫的签字；他在背面签了自己的名字，第二天就带到塞尔班特街的纸店老板麦提维尔那儿去，没有困难的预支了钱。鲁先给他的姐夫写了几行信，预先告诉他这笔侵略他的钱柜的款项，照例答应他，到期的时候给他弄到钱。高萝丽和鲁先的债务都还清了，剩下的还有三百佛郎，诗人就把他交给毕礼尼斯，告诉她就是他要也一点儿不要再给他，因为他怕发起赌兴再去赌博。鲁先受到一个黯淡的、冰冷的、寡言的疯狂的鼓励，就在一盏灯火的微光之下，一面看守高萝丽，一面写许多最为精彩的文章。当他搜索枯肠的时候，他看见这位他所崇拜的女郎洁白得和白瓷一样，带有临死的美女的艳丽，用两个苍白的嘴唇对他微笑，给他送来一切因为疾病和悲哀而消逝的女人所有的光焰的眼色。鲁先把文章送到各报馆里去；因为他不能够到编辑室去麻烦各位总编辑，他的文章没有登载出来。当他最后到报馆来的时候，曾借给他稿费而后来要大利用这些文坛金刚钻的卡伊亚尔·泰奥多尔就冷淡的接见他。

“你得小心，亲爱的，您已经没有精神了，不要萎靡不振的，有点兴致吧！”他对鲁先说。

“这位小鲁先肚子里只有一部小说和几篇文章，”维尔奴·飞里先、麦尔冷和一切恨他的人，在多里亚铺子里或芜德维尔戏院里谈论他的时候，都叫了起来，这样的说，“他给我们送了一些坏东西来。”

“肚子里什么东西也没有。”这是一句新闻界的密语，一个最高的断案，说了出来就不容易收回去。这句话传到各处去，就在鲁先的不知不觉中杀害了鲁先，因为那时候他有许多不是他的力量所能解除的烦扰。他因为施且尔·大卫的票据而被追究，他又想法子去要求卡莫苏的援助。高萝丽的旧友却很仁慈的保护鲁先。这种丑陋的景况经过了两个月的时光，这两个月却装饰有不少贴有印花的纸张，鲁先听从卡莫苏的话，把这些账单送到毕克西乌、布朗德和吕博尔的一位朋友德斯罗慈那里去。

八月初旬，毕安仓告诉诗人高萝丽没有希望，她只有几天的生命。毕礼尼斯和鲁先都在哭泣里度过这几个不幸的日子，他们没有法子不让这位为鲁先而忧愁致死的可怜的女郎知道他们的眼泪。由于一种奇异的转变，高萝丽坚请鲁先给她请一位教士来。坤伶要和教会和解，因而能够放心的死去。她要举行一个基督徒的临终礼，她的忏悔是诚恳的。这个临终和死亡就减除了鲁先的一切力量和一切勇气。鲁先整个的颓唐，愣在高萝丽床前的一张靠椅上，不断的看着她，一直等到坤伶的眼睛被死神的手翻转的时刻为止。那时候是早晨五点钟。一只飞鸟在十字窗外面的花瓶上飞翔着，唱了几曲小歌。跪在地下的毕礼尼斯吻着高萝丽的手，这手就在眼泪的润湿之下变冷了。那时候，壁炉上只有十二苏钱。鲁先出去了，忧愁催促他、劝告他去为安葬他的情妇而求乞，或是到埃斯巴尔夫人、查特利伯爵、巴尔吉顿夫人、笃慈小姐、可怕的花花公子马尔赛脚前去哀求：他已经不再觉得自己有任何的傲气和力量了。为着得到一些钱，他甚至于可以当兵去！他用这个软弱而变乱的脚步到莫宾·葛美尔的公馆，没有注意到自己的服装的凌乱，就进去了，请求她来接见他。

“小姐今早三点钟才睡觉，在她打铃之前谁也不敢到她的卧室去。”仆人回答说。

“她什么时候给你们打铃呢？”

“绝不会在十点钟之前。”

鲁先写了一封许多漂亮的暴徒也不能够更谨慎措辞的惊人的信。一天晚上，当陆士铎对他说到年青的才子们如何向菲诺要求，他的笔也许要把他带到他的先辈所被弃的不幸的界限之外的时候，他曾经怀疑过这些落魄的可能性。一身的发烧，他痴痴呆呆的从马路上回来，没有疑惑忧愁所刚给他提示的可怕的杰作，他遇到巴尔柏。

“巴尔柏，五百佛郎有吗？”他给巴尔柏拉手说。

“不，二百佛郎。”书商回答说。

“啊！您真有好心肠！”

“是的，但是我也有我的买卖。您让我赔了不少的钱，”他对鲁先述说方坦和卡发利的破产之后，就加上这一句说，“您愿意让我挪本吗？”

鲁先发抖了。

“您是诗人，您一定懂得写各种体裁的诗。”书商继续的说，“这时候，我需要一些放逸的小歌，把他们掺杂在从各家的诗集里选择出来的小歌里，这么一来，人家就不会说我冒充违法而追究我，我就也可以在街中卖他一本小歌集十苏钱。如果明天您能够给我十首下酒歌或是放诞的小曲的话……哪……您知道吗？我就送您这二百佛郎。”

鲁先回到自己的家里：他看见高萝丽僵硬的躺在帆布床上，包在毕礼尼斯含泪给她缝纫的可恶的床单之中。这位肥胖的诺曼地女人已经在床的四角上点起四支蜡烛。高萝丽的脸上发出这道美丽的花光，这花光这样高声的对生存者说话，给他们表达一个绝对的安静，她好像是一些得到惨白脸色的疾病的少女一样：不时不时的，她的两个紫色的嘴唇好像要张开似的，好像要呻吟鲁先的名字似的，这个名字和上帝的名字是她在最后一息之前所没有离口的。鲁先对毕礼尼斯说，叫她去请一队丧事的仪仗，不要超过二百佛郎，连佳音小教堂的安葬费都算在内。毕礼尼斯出去之后，诗人就坐在桌上，在可怜的女朋友的尸体旁边写了十首需要快乐的思想和平民的腔调的小歌。工作之前，他感到无上的苦痛；但是他终于找到为需要而效劳的理智，好像他并没有苦痛过似的。他已经实现了维昂所说关于心脑分家的可怕的断案。这位可怜的孩子在给高萝丽祷告的教士旁边，蜡烛的微光之下，搜索枯肠，写着酒后欢乐的小曲，这是什么夜景呢！……第二天清早，写完最后一首小曲的鲁先就用尝试的态度，把他拿来调和平民的时髦的乐调。听见他唱这小曲的时候，毕礼尼斯和教士都只怕他发了疯：

朋友，唱歌还谈到道德，
　　这使我疲倦，使我厌腻；
人们奴役疯神的时刻，
　　说什么还得唤醒理智？
并且，和快活的人交饮的时光，
一切的叠句都是美焕：
　　伊壁鸠鲁这样说晓。
我们不必寻找阿波罗了，
因为巴楚当了我们的酒保。
　　　　我们欢笑吧！我们喝酒吧！
　　再给其他的开开玩笑。

喜波克拉特答应一切的酒徒
　　都能够活到一百岁。
总之，如果命运给了人苦楚，
　　让他那不健全的大腿
不能够追随一位女宾，
只要还有自由的手来开开酒瓶，
　　这又有什么干休？
如果我们可以用婴儿的乳引
一直狂饮到六十岁的光景；
　　　　我们欢笑吧！我们喝酒罢！
　　再给其他的开开玩笑。

如果要知道我们是从哪里来的，

这是非常的容易；
但是，要知道我们的归程，
就得有极度的才能。
总之，不要忧愁不懈，
让我们利用上天的仁爱，
一直到生命的终究！
我们总是要死的；
我们却是准确的活着的；
我们欢笑吧！我们喝酒吧！
再给其他的开开玩笑。

正当诗人唱这怪诞的最后一曲的时候，毕安仓和阿尔太斯进来了，他们发现诗人极端的颓废。鲁先不禁泪如雨下，再也没有力量誊清这几首诗。当他呜咽的叙述他的状况的时候，他看见听他说话的两位朋友眼中满充着泪珠。

“眼泪洗去了一切的错误！”阿尔太斯说。

“在这世上找到地狱的人是有福的啊！”教士悲惨的说。

这含笑而死的美景，用这放肆的诗句为她买到墓地，给她付给棺材钱和这四支围绕这位当日曾以华丽的丝裙和红边的绿袜使全场心悸的坤伶身边的蜡烛的情人，还有这位要在那里为这恋爱过的女郎举行弥撒，要领她回到上帝的教会去的教士，这是什么景象啊！这些伟大，这些污点，这些在必要之下粉碎的苦痛，这一切都使这位伟大的作家和这位伟大的医生不寒而栗；他们坐了下来，然而却找不出一句话说。一位仆人出现了，宣告笃慈小姐的光临。这位美丽而高超的女人明白了一切，她紧迫的走到鲁先的身边，拉着他的手，给他留下两张一千佛郎的钞票。

“没有时间了。”他说着，给她投去一道死人般的眼色。

阿尔太斯、毕安仓和笃慈小姐都用温和的言语安慰他的忧愁，然后才离开了鲁先，但是他的一切的气力都已碎灭了。中午的时候，除了已经觉悟鲁先的实情的克里斯特恩·米赤尔以外，全文社的人都到佳音教堂去，此外还有毕礼尼斯和笃慈小姐、两位角技戏院的小戏子、给高萝丽穿戏衣的女人和那位不幸的卡莫苏。大家都陪着高萝丽，一直到拉齐士神父墓园去。满流热泪的卡莫苏正式对鲁先发誓，说要买一块永久的土地，在上面建立一个小柱，上行刻着高萝丽的名字，下行刻着：

一八二二年八月去世

享年十九岁

一直等到太阳下山的时候，鲁先都一个人停留在这个可以俯瞰全巴黎的山丘之上。

“谁还要爱我呢?”他问自己。“我的真实的朋友们轻蔑我。虽然我所做的，虽然我的一切，似乎都对得起这位死者！但是我却只有我的姐姐、大卫和我的母亲了！他们在那里怎么想我呢?

可怜的外省伟人又回到月牙街来。看到这空洞的寓所，他的印象太强烈了，他就马上跑到同一街上一间恶劣的旅馆里去居住。笃慈小姐所给他的两千佛郎让他还清一切的债务，不过还得加上出售家具的结果，毕礼尼斯和鲁先一共只剩下一百佛郎，这让他们度过两个月的日子。在这两个月之中，鲁先的生活是在烦闷之中度过的。他既不能够写文章，也不能够思想，他只让自己苦痛；毕礼尼斯很怜悯他。

“如果您要回到您的本乡去的话，您要怎样走呢?”当鲁先想到他的姐姐、大卫和他的母亲而发出叹声的时候，毕礼尼斯这样的回答他。

“步行走去。”他说。

“步行也还得在路上吃饭、睡觉。如果您每天走十二法里的路，您至少还得有二十佛郎。”

“我找得到二十佛郎。”

他拿了他的衣服和他的好布单，只留下最必要的东西，到萨满农那里去。萨满农给他五十佛郎，换取他的一切的破衣。他请求这位放高利贷的人多给他一点，让他可以坐邮车，但是他不能够感动萨满农。鲁先发疯的举起他的热脚，登上柏礼拉斯卡迪赌楼，希冀赌赢他的幸运，然而却一个铜子儿也没有的回来。当他走到月牙街他那悲惨的房子时，他向毕礼尼斯讨高萝丽的肩巾。这位仁慈的女人瞅了他几眼，知道他在赌场的失败，就懂得这位可怜的失望的诗人的意向了：他要上吊。

“您疯了吗，先生？”她说，“请您到外边去走走，半夜再回来，我可以给您赚您的钱；但是请您留在马路上，不要走到堤岸上面来。”

鲁先在马路上溜达，苦痛得昏头昏脑的。他看着马车、过路的人，觉得自己在这一群被巴黎的兴趣的鞭策所旋转的人众中缩小了、孤单了。想到查兰特的境界，他不禁渴望着家庭的快乐；于是，他就发出这些贻予一切半女性的人物的力量，他不愿意在把他的心坎卸在施且尔·大卫的心上和得到他所剩下的三位天使的劝告之前放手。慢步的时候，他看见毕礼尼斯穿得和星期日一样，站在月牙街的角落里和一位站在泥泞的佳音路上的男人说话。

“你干什么？”鲁先说，他看了这位诺曼地女人的脸孔，不禁起了许多的疑惑，大为惊愕。

“这是用极大的代价而得到的二十佛郎，但是您必须动身。”她回答着，给鲁先的手扔去四个一百苏的钱币。

毕礼尼斯跑去了，没有让鲁先知道她从哪里走去；因为这种钱可以烧热他的手，使他不愿意接受，而送还给她（这却是我们所得称赞的）；但是，这么一来，她就逼着他拿了这个钱，作为巴黎生活的最后的创伤。

一八三八年十二月于约尔地

一八三九年五月于巴黎